Au

Anaxagoras und die Israeliten

SALZWASSER VERLAG

Aug. Gladisch

Anaxagoras und die Israeliten

Unveränderter Nachdruck der Originalausgabe von 1864.

1. Auflage 2022 | ISBN: 978-3-75259-576-5

Verlag: Salzwasser Verlag GmbH, Zeilweg 44, 60439 Frankfurt, Deutschland
Vertretungsberechtigt: E. Roepke, Zeilweg 44, 60439 Frankfurt, Deutschland
Druck: Books on Demand GmbH, In de Tarpen 42, 22848 Norderstedt, Deutschland

ANAXAGORAS

UND

DIE ISRAELITEN.

ANAXAGORAS

UND

DIE ISRAELITEN.

EINE HISTORISCHE UNTERSUCHUNG

VON

AUG. GLADISCH

LEIPZIG

1864.

VORWORT.

Die Abhandlung, welche ich hier der Oeffentlichkeit übergebe, ist zwar eine durchaus selbständige und für sich abgeschlossene Untersuchung, bildet aber dennoch zugleich ein wesentliches Glied einer ganzen Reihe von Entdeckungen auf dem Gebiete der inneren Geschichte, welche nach ihrem Zusammenhange und ihrer Bedeutung für die gesammte Geschichte von mir in dem Werke: „Die Religion und die Philosophie,“ [1] dargelegt worden sind. Dort ist nämlich in Darstellung des ganzen Stufenganges der geistigen Entwickelung der Menschheit gezeigt worden, dass die Hellenischen Philosophen in ihren bekannten Weltansichten keinesweges, wie bisher allgemein geglaubt worden, blos eigene Gedanken entwickeln, sondern in ihnen uns zugleich die Gedanken der früheren Weltgeschichte, die religiösen Weltanschauungen der Hauptvölker des Alterthums gleichsam in Lichtbildern überliefern, indem erstens die Pythagorische Lehre, auch die Pythagorische Sittlichkeit, mit der Schinesischen, zweitens die Herakleitische Lehre mit der Zoroastrischen, drittens die Eleatische mit der Indischen, viertens die Empedokleische mit der Aegyptischen, fünftens die Anaxagorische mit der Israelitischen, endlich die Platonische, in welcher die Geschichte der Hellenischen Philosophie sich vollendet, mit der Kunstreligion des Hellenischen Volkes selbst, nicht etwa blos eine Aehnlichkeit oder Verwandtschaft hat, sondern im Princip und Wesen übereinstimmt. Diese Uebereinstimmung ist aber in jenem Werke, weil es eben die Aufklärung des ganzen Stufenganges der Erkenntniss vom Anfange bis zu seiner Vollendung im Christenthum und insbesondere auch die Aufklärung der Bedeutung und Stellung, wel-

1) Die Religion und die Philosophie in ihrer weltgeschichtlichen Entwickelung und Stellung zu einander nach den Urkunden dargelegt von Aug. Gladisch. Breslau, Ferd. Hirt, 1852. VIII u. 235 S. 8.

che die beiden Hauptmächte des geistigen Lebens, die Religion und die Philosophie, in ihm einnehmen, zum Ziele hatte, zur leichteren Auffassung und Uebersicht des Ganzen nur in den allerwichtigsten und entscheidendsten Zügen dargelegt worden; es war daher nothwendig, die merkwürdigen und fast unglaublichen Thatsachen auch noch in besonderen Abhandlungen ausführlich ins Einzelne aus den betreffenden Urkunden und Ueberlieferungen nachzuweisen und so über jeden Zweifel zu erheben. Von diesen besonderen Abhandlungen, welche die Grundlagen jener Darstellung der ganzen Weltgeschichte vollends zu befestigen und zu erweitern bestimmt sind, habe ich bereits vier, über die Pythagoräer und die Schinesen, über Herakleitos und Zoroaster, über die Eleaten und die Indier, über Empedokles und die Aegypter, theils früher, theils später herausgegeben;[2] zu ihnen gesellt sich jetzt diese fünfte, welche die philosophische Lehre des Anaxagoras, die höchste Erkenntnissstufe der Vor-Platonischen Philosophie, und die religiöse Weltanschauung der Israeliten, die höchste Erkenntnissstufe des alten Morgenlandes, zum Gegenstande hat und einer genaueren Vergleichung unterwirft, die wegen der engen Beziehung, in welcher die Theologie des Alten Testaments zum Christenthum steht, ein vorzügliches Interesse in Anspruch nimmt.

Die ausführlichen Vergleichungen der genannten Philosophen und Völker haben jedoch nicht den alleinigen Zweck, die Thatsache ihrer Uebereinstimmung im Princip und Wesen nur noch vollständiger, als es in der übersichtlichen Darstellung des Ganzen thunlich war, nachzuweisen, sondern es soll zugleich mit den Fackeln, welche die Hellenischen Philosophen uns in die Hand geben, die Dunkel-

---

2) Sie sind in nachstehender Zeitfolge erschienen:

a) Die Pythagoräer und die Schinesen, als I. Abtheilung der „Einleitung in das Verständniss der Weltgeschichte,“ Posen, J. J. Heine, 1841. 8.

b) Die Eleaten und die Indier, als II. Abtheilung des genannten nicht weiter fortgesetzten Werkes, ebend. 1844. 8. Jene „Einleitung in das Verständniss der Weltgeschichte“ sollte ursprünglich sogleich die ganze Reihe der Entdeckungen in Ausführlichkeit entwickeln; es erschien aber dann zweckmässiger, diesen Plan fallen zu lassen, und die Sache in der Weise, wie sie jetzt vorliegt, zu behandeln.

c) Empedokles und die Aegypter, eine historische Untersuchung, mit Erläuterungen aus den Aegyptischen Denkmälern von Dr. H. Brugsch und Jos. Passalacqua. Leipzig, Hinrichs, 1858. 8. Dazu gehört der Aufsatz: Das mystische vierspeichige Rad bei den alten Aegyptern und Hellenen, in d. Zeitschr. d. Deutschen Morgenl. Ges. B. XV, H. 2, S. 406 f.

d) Herakleitos und Zoroaster, eine historische Untersuchung. Leipzig, Hinrichs, 1859. 8. Hiezu gehören die beiden Aufsätze: Ueber den vermeintlichen Ausspruch des Herakleitos: *παλίντονος γὰρ ἁρμονίη κόσμου, ὅκωσπερ λύρης καὶ τόξου*, und: Die Grundansicht des Herakleitos, in d. Zeitschr. f. d. Alterthumswiss. von Bergk u. Cäsar, Jahrgg. 1846, Nr. 121 f. u. 1848, Nr. 28 f.

heit und Räthselhaftigkeit jener alten Völker soviel als möglich nach allen Richtungen hin erhellt werden. Daher ist auch die Untersuchung über Anaxagoras und die Israeliten in vielen Stücken weiter hinausgeführt worden, als es bei einer blossen Vergleichung zum Beweise der angegebenen Uebereinstimmung nöthig gewesen wäre.

Nachdem ich mit dieser Untersuchung mein Werk vollendet, und nunmehr die ganze Reihe der angegebenen Entdeckungen in ausführlicher Entwickelung und Begründung vorgelegt habe (denn die Stellung, welche Platon zur Hellenischen Kunstreligion in der Reihe einnimmt, ist nicht erst von mir bemerkt worden, und bedarf wol kaum noch eines besonderen ausführlichen Beweises), so wird sich jetzt über dieselben ein richtigeres und eingehenderes Urtheil bilden lassen, als bisher von Manchen vernommen worden, die ohne genauere Kenntniss von der Sache geredet haben. Allerdings besteht für die eingehende Beurtheilung des Ganzen leider! die Schwierigkeit, dass die Kenner der Hellenischen Philosophie meist mit dem alten Morgenlande, die Orientalisten dagegen, wenn sie überhaupt ihre Forschungen auf das gesammte Morgenland ausdehnen und nicht auf einzelne Gebiete desselben beschränken, meist mit der Hellenischen Philosophie nicht ins Genauere vertraut sind; indessen ist zu hoffen, dass diese Entdeckungen doch auch Manchen, namentlich jüngeren Forschern, eine Anregung darbieten werden, die erforderlichen Studien zu vereinigen, um der Sache überall mit eigenen Augen auf den Grund zu sehen und dieselbe für die Aufklärung der Geschichte der Menschheit in reicherem Maasse fruchtbar zu machen. Inzwischen ist freilich nicht zu erwarten, dass Diejenigen, welche in dem bisherigen Gebäude der Betrachtung jener Dinge sich eingewohnt haben und befriedigt fühlen, dasselbe plötzlich niederreissen und einen Neubau unternehmen sollten; diese werden es vorziehen, sich in der bisherigen Auffassung durch die neuen Thatsachen, wie sorgfältig sie auch begründet seien, nicht stören zu lassen, sondern dieselben ohne nähere Prüfung kurz abzuweisen. In welcher Weise selbst Zeller in seinem Werke: „Die Philosophie der Griechen,“ dies thut, auf den wieder Brandis in seiner „Geschichte der Entwickelungen der Griechischen Philosophie“ sich stützt, verdient hier um der Sache selbst willen eine nähere Beleuchtung.

Indem Zeller meine einfachen urkundlichen Vorlagen mit den Behauptungen Röth's, welche im Wesentlichsten auf einer eigenthümlichen, mindestens unsichern Ausdeutung Aegyptischer Hieroglyphen und anderen rein persönlichen Anschauungen beruhen, auf

Eine Linie zusammenstellt, so leitet er seine Beurtheilung derselben a. a. O. B. I, S. 24 f. mit folgenden Voraussetzungen ein: „Die Beobachtung, sagt er, welche Gladisch gemacht zu haben glaubt, liesse sich, wenn sie Grund hätte, auf eine doppelte Weise erklären: man könnte entweder eine wirkliche Abhängigkeit der pythagoreischen Philosophie von chinesischen, der eleatischen von indischen Lehren u. s. f. annehmen, oder man könnte ihr Zusammentreffen mit diesen Lehren für etwas ansehen, was sich ohne einen äussern Zusammenhang beider vermöge der Universalität des griechischen Geistes von selbst gemacht habe.“ Die letztere Voraussetzung fertigt er nun damit ab: „Aber im letzteren Fall erhielten wir aus dieser Erscheinung keinen Aufschluss über die Entstehung der griechischen Philosophie, und so auffallend die Thatsache auch wäre, zum geschichtlichen Verständniss der griechischen Wissenschaft würde sie kaum etwas beitragen.“ Diese Abfertigung ist indessen doch allzu kurz; denn selbst zugegeben, obwohl es nicht zugegeben werden kann, was hier Zeller behauptet:[3] wäre denn die Thatsache selbst, auch für den Geschichtschreiber der Philosophie der Griechen, blos auffallend und sonst gleichgiltig, wenn in der Geschichte jener Philosophie uns die Philosophie der Geschichte des Alterthums vorläge? Was die Hypothese selbst betrifft, so kann sie nur von Jemandem aufgestellt werden, der mit der Sache nicht genauer bekannt ist; denn wenn ich auch mit dem grössten Gewicht hervorheben muss, dass die Uebereinstimmung sich nicht so sehr im

---

3) Zum Beweise, welchen Werth die Vorlagen allerdings auch für das bessere Verständniss der Geschichte der Hellenischen Philosophie haben, will ich nur Folgendes hervorheben: Wenn die Megariker, die Sophisten, die Pyrrhonische Skepsis, die Atomiker und die Kyniker bei einer genaueren Betrachtung der Ueberlieferungen, wie zum Theil auch schon von Anderen erkannt worden, auf die Lehre des Eleaten Parmenides als ihre gemeinsame Wurzel zurückführen, so wird dieses Ergebniss in überraschender Weise dadurch bekräftigt, dass dieselben Gewächse sich in Indien aus der gleichen Wurzel, der Wedantalehre, entwickelt haben. S. die Eleaten u. d. Indier S. 318 ff. Sogar die Lehre des Parmenides selbst erhält erst von den Wedantinen ihr volles Licht; wenigstens bekundet die Frage nach der Gottheit des Parmenides neben dem absoluten Sein, welche von Heinr. Ritter und Anderen aufgeworfen worden ist, keineswegs, dass man den grossen Eleaten schon vor der Vergleichung mit den Wedantinen wirklich verstanden habe. S. a. a. O. S. 272f. vgl. S. 254, Anm. 398. Ja das Wunderbarste widerfährt uns bei Parmenides, dass selbst die Berichtigung einer Leseart bei ihm, V. 98 ed. Karsten: *τῷ πάντ' ὄναρ ἐστίν*, statt *τῷ παντ' ὄνομ' ἐστίν*, uns von den Wedantinen an die Hand gegeben wird. S. Relig. u. Philos. S. 154. Dass, um vieles Andere zu übergehen, auch bei Herakleitos das 41. Bruchstück: *πυρὸς ἀνταμείβεται πάντα καὶ πῦρ ἁπάντων, ὥςπερ χρυσοῦ χρήματα καὶ χρημάτων χρυσός*, erst von der Zoroastrischen Bedeutung des Goldes sein rechtes Licht empfängt, springt in die Augen. S. Herakl. u. Zor. S. 15 f. Anm. 24.

Einzelnen und Zufälligen, als im Princip und Wesen offenbart, so geht sie doch sowohl im Grossen wie im Kleinen allzu weit, als dass sich die Annahme einer nur nicht unmittelbaren Ueberlieferung zurückweisen liesse; wenigstens wird sie ohne diese Annahme zu einem grösseren Wunder, als sie mit dieser Annahme immerhin noch bleibt. Oder möchte etwa Zeller, um von dem unzähligen Auffallenden nur Eines anzuführen, möchte er die merkwürdige Begebenheit, dass der Kyniker Diogenes nicht blos, gleich seinen Genossen, mit den Attributen der Indischen Entsagenden einherging, sondern, nach der ausdrücklichen Vorschrift der heiligen Wedas für den höchsten Grad der Entsagung, zuletzt auch den Becher wegwarf und das Wasser aus der hohlen Hand trank (s. die Eleaten und die Indier S. 363 f.), im Ernste ebenfalls aus der Universalität des Griechischen Geistes erklären? Ueber die andere Voraussetzung schreibt Zeller: „Soll dagegen ein äusserer, geschichtlicher Zusammenhang zwischen den genannten griechischen Systemen und ihren orientalischen Vorbildern stattfinden, so müsste doch die Möglichkeit einer solchen Verbindung irgendwie nachgewiesen, es müsste aus der Betrachtung der geschichtlichen Verhältnisse wahrscheinlich gemacht werden, dass einem Pythagoras und Parmenides diese genaue Kunde von chinesischen und indischen Lehren zukommen konnte, es müsste endlich die unbegreifliche Erscheinung erklärt werden, dass die verschiedenen orientalischen Ideen auf dem Wege nach Griechenland und in Griechenland selbst sich nicht vermischt hätten, sondern gesondert neben einander her gegangen wären, um ebenso viele griechische Systeme und zwar genau in der Aufeinanderfolge zu erzeugen, die der geographischen und geschichtlichen Stellung jener Völker entspräche.“ Hier muss ich zuvörderst bemerken, dass die Voraussetzung, mit welcher es Zeller in dieser Abfertigung zu thun hat, die einer unmittelbaren Ueberlieferung ist; denn er sagt kurz vorher: „Die Vertheidiger orientalischer Einflüsse haben es nicht selten versäumt, sich darüber zu erklären, ob das Orientalische unmittelbar, oder durch Vermittelung der griechischen Religion in die Philosophie kam; zwischen Beidem ist aber kein geringer Unterschied, und nur der erstere Fall ist es, der uns hier zunächst beschäftigt.“ Nun kann mir der Vorwurf nicht gemacht werden, dass ich versäumt hätte, mich über den erwähnten Punkt zu erklären; denn ich habe gleich von vorne herein, als ich die Sache zuerst zur Verhandlung brachte, in der Untersuchung über die Pythagoräer und die Schinesen S. 16, mich mit voller Klarheit also ausgesprochen: „Jedoch keineswegs aus blos äusserlicher und späterer Aufnahme lässt sich die Verjüngung des Morgenlandes in Hellas erklären; denn jene Vor-Platonischen Philosophieen sind ganz offenbar nicht blosse Pfropfreiser, sondern zeigen sich als ursprünglich verwachsen und gemischt in den Kern und Saft des Hellenischen Fruchtbaumes.“ Zudem habe ich am Schlusse jener Abhandlung S. 202 f. darauf hingewiesen, wie die alte dunkle Sage von den Hyperboreern, den Dienern Apollon's, bei Pindar und Herodot nach Beschreibung und Oertlichkeit uns auf die alten Schinesen leite, wie Herodot von einer Ueberlieferung Hyperboreischer Heiligthümer nach Delos berichte, und Pythagoras nach der Meldung des Aristoteles eben zu dem Delischen Cultus des Apollon in näherer Beziehung gestanden, und wie endlich derselbe Aristoteles melde, dass Pythagoras von den Krotoniaten geradezu der Hyperboreische Apollon genannt worden sei. Nicht minder klar habe ich dann auch in der Abhandlung über die Eleaten und die Indier am Schlusse S. 376 f. über den erwähnten Punkt mich ausgesprochen, wie folgt: „Dass diese Wiedergeburt des Indischen Bewusstseins in Hellas zunächst aus dem Hellenischen Wesen selbst hervorgegangen, wird schwerlich Jemand bezweifeln, der mit der Geschichte der Hellenischen Philosophie genauer vertraut ist. Denn abgesehen davon, dass die Erkenntniss der Eleaten sich als ein wesentliches Glied, ja als das wesentlichste, in der organischen Entwickelung der früheren Hellenischen Philosophie offenbart, findet sich nirgends bei Platon, bei Aristoteles und den anderen Berichterstattern auch nur die leiseste Andeutung, dass die Eleaten aus Indischer oder überhaupt Morgenländischer Quelle geschöpft hätten; im Gegentheil zeigt die Weise, wie Aristoteles in seiner Metaphysik die Entstehung der Vor-Platonischen Ansichten darstellt, ganz klar, dass er, der darüber unter Allen am gründlichsten unterrichtet war, sie nur als Erzeugnisse des Hellenischen Geistes kannte. Sogar nicht von den Kynikern, deren Uebereinstimmung mit den Indischen Entsagenden, selbst in der äusserlichen Erscheinung und Lebensweise, doch augenfällig ist, wissen die ältesten Schriftsteller im Geringsten, dass sie aus der Fremde und nicht auf dem Hellenischen Boden entsprungen wären. Indessen ist es auch wieder nicht denkbar, dass eine so vollständige Wiedergeburt des Indischen Geistes in Hellas, wie hier nachgewiesen worden, habe rein für sich, ohne Ueberlieferung aus Indien, geschehen können; nur muss diese Ueberlieferung, wie die Schinesische, bereits im höheren Alterthum, in religiöser Form, von den Hellenen aufgenommen worden und in ihr geistiges Leben verschmolzen sein. Auf eine ältere, wie es scheint, mystisch-religiöse Wurzel der Eleatischen Philosophie deutet in der That auch Platon hin. Sollte demnach das alte Aegypten, welches eine so auffallende Gemeinschaft der Ideen und Einrichtungen mit Indien bekundet, ja von dorther, wie Einige glauben, bevölkert worden ist, nicht wirklich jenen Stapel der Weisheit gebildet haben, für welchen es von den Hellenen selber ausgegeben wird? Sollte insbesondere den uralten Sagen von den Einwanderern, welche in den frühesten Zeiten aus Aegypten und Phönizien nach Hellas gekommen seien, nicht in Wirklichkeit mehr Historisches zu Grunde liegen, als die neueren Forscher des Hellenischen Alterthums in ihnen erkennen wollen? Doch das sind blosse Lichtschimmer in dem Dunkel.“ Wie man nun auch über die hier ausgesprochenen Vermuthungen urtheilen mag, so geht aus dem Angeführten doch sonnenklar hervor, dass mir die Behauptung einer unmittelbaren Ueberlieferung auch nicht im Traume eingefallen, sondern allein der Gedanke zulässig erschienen ist, dass das Orientalische durch Vermittelung der Griechischen Religion in die Philosophie gekommen; „zwischen Beidem ist aber,“ wie Zeller selbst richtig bemerkt, „kein geringer Unterschied.“ Gegen wen hat also Zeller die obige Abfertigung gerichtet? Gegen ein Phantom, das Niemand sonst, als er selbst, sich gebildet hat. Oder hat er Andere glauben machen wollen, ich sei so oberflächlich bekannt mit der Geschichte der Hellenischen Philosophie, dass ich ungleich Wunderlicheres zu Markte gebracht, als jene Alexandriner, welche die Hellenischen Philosophen ihre Lehren wenigstens nicht so planmässig, wie nach Verabredung, unmittelbar aus dem Morgenlande herbeiholen oder sich herbeibringen liessen? Wenn er diese Absicht gehabt, so hat er sie allerdings bei Brandis vollkommen erreicht; denn dieser verkündigt, auf seine Darstellung bauend, a. a. O. S. 13 bereits mit klaren Worten: „In unserer Zeit haben besonders Gladisch und Röth die Annahmen der Alexandriner von Neuem zu stützen gesucht,“ und fügt den Verlegenheiten, welche mir Zeller bereitet, noch die neue hinzu, wie ich den Hellenischen Philosophen im Morgenlande die erforderlichen Dolmetscher möchte besorgen können! Ich vermag sonst nicht recht abzusehen, zu welchem Behufe Zeller die ganze angeführte Casuistik, für welche meine Vorlagen gar keinen Boden darbieten, entwickelt; denn sind die Uebereinstimmungen, wie er behauptet, in Wirklichkeit nicht begründet und nicht vorhanden, so war es überflüssig, sowohl ihre Bedeutungslosigkeit für die Geschichte der Hellenischen Philosophie, als ihre Unglaublichkeit darzuthun; sind sie aber doch begründet und vorhanden, so werden sie dadurch, dass sich ihre Entstehung nicht nachweisen lässt, nicht erschüttert. Mir selbst hat daher die Frage, ob das alles möglich und wie es etwa geworden, nicht in erster Linie gestanden, sondern ich habe den umgekehrten Weg für geboten gehalten, zuvörderst die Thatsachen selbst in genauer Untersuchung zur vollen Klarheit zu erheben, die Frage dagegen, welche Zeller voranstellt, auch schon darum, weil ihre Beantwortung auf dem dunklen und unsichern Gebiete der Vermuthungen gesucht werden muss, erst zuletzt aufzuwerfen.

Nachdem Zeller zuerst meinen Nachweisungen insgesammt die eben beleuchteten Voraussetzungen untergeschoben hat, so legt er dann auch in der nähern Beurtheilung derselben klar zu Tage, dass ihm weder recht bekannt ist, was sie in Wirklichkeit nachweisen, noch was sie nachweisen wollen. Denn wäre ihm dies bekannt, so konnte er nicht entgegnen und es sogar für „mehr als bedenklich" erklären, dass meine Nachweisungen die Atomenlehre vermissen lassen, da doch in der That gezeigt ist, wie diese Lehre sich in der Hellenischen Philosophie auf dem Eleatischen, im alten Morgenlande auf dem Indischen Boden entwickelt hat. S. Die Eleaten u. d. Indier S. 342 f. Relig. u. Philos. S. 47 u. 157. Er konnte nicht entgegnen: „Gerade die Grundbestimmung des pythagoreischen Systems, dass die Zahlen die Substanz der Dinge selbst seien, suchen wir bei den Chinesen vergebens;" denn wenn Zeller nicht etwas ganz Anderes sucht und eines ganz Anderen über die Pythagoräer belehrt ist, als was uns Aristoteles und all die alten Zeugen melden, dass sie den Ursprung und das Wesen aller Dinge auf das Zahlensystem und insbesondere auf den Gegensatz der geraden und ungeraden Zahlen zurückführten, so ist ja doch in den heiligsten Urkunden des Schinesischen Volkes, den Tafeln Ho-tou und Lo-chou, welche eben die Zehnheit in dem Gegensatze der geraden und ungeraden Zahlen darstellen, und in den Berichten der Sinologen über dieselben ganz Dasselbe vor Augen gelegt. Denn also berichtet Amiot: Ces deux figures sont en général la représentation symbolique du Ciel et de la Terre, du parfait et de l'imparfait, des deux principes yn et yang, du mâle et de la femelle, et en un mot, de tout ce qui existe dans la nature, tant dans sa cause que dans ses effets; und also berichtet der ältere Deguignes: On bâtit sur ces nombres le système entier de l'Univers et l'harmonie qui règne dans le physique comme dans le moral. Zugleich ist nachgewiesen, dass die Pythagoräer die Zehnheit, da diese ihnen die Natur der Zahlen und der Dinge erschöpfte, auch geradezu das All genannt haben, und dass die Schinesen das Weltall wirklich als die Alles umfassende Zehnheit abbilden und benennen; ferner dass den Pythagoräern der Gegensatz der geraden und ungeraden Zahlen die Musik und die Weltharmonie begründete, und dass bei den Schinesen dieser Gegensatz ganz dieselbe Geltung hat; endlich, dass der Pythagoräer Philolaos in einem noch vorhandenen Bruchstück die Weltharmonie selbst mit Bestimmtheit als Oktave auffasst, und dass die Schinesen uns dieselbe in der That in der Gestalt einer Oktave entwickeln. S. Die Pythag. u. d. Schin. S. 51 ff. Zeller konnte ferner, wenn er nicht ohne wirkliche Kenntniss der Vorlagen urtheilte, nicht einwenden: „Die Grundanschauung der chinesischen Reichsreligion ohnedem, dass der Himmel der höchste Gott sei, findet keine Analogie im Pythagoreismus," da ja die Erklärung jenes Himmels, thian, aus der Schinesischen Urschrift und mit den Worten Abel-Remusat's: première unité, d. i. Ur-Eins, gegeben worden ist, und unter Anderen auch Eudoros bei Simplic. in Aristot. Phys. fol. 39, a von der Pythagorischen Lehre berichtet: *τοῦτο δὲ* (nämlich das Ur-Eins, *τὸ ἕν, τὴν ἀρχὴν τῶν πάντων*) *εἶναι τὸν ὑπεράνω θεόν*. S. a. a. O. S. 68 f. Relig. u. Philos. S. 11. Er konnte ferner nicht über die Wedantalehre hinschreiben: „Mag dieses System auch alle Erscheinung für eine Täuschung und die Gottheit allein für das Wirkliche erklären, so ist es doch weit entfernt, die Vielheit und das Werden mit der strengen Consequenz eines Parmenides ganz zu leugnen, sondern eben jenes Unwirkliche ist ihm zugleich die Gestalt, in die Brahm sich verwandelt;" denn es ist ja mit voller Klarheit aus Sankara selbst vor Augen gelegt, dass die akosmischen Wedantinen ganz ebenso, wie Parmenides, zwei Standpunkte, den der *ἀλήθεια* und den der *δόξα*, oder, wie sie bei ihnen heissen, der cognitio und ignorantia, unterscheiden, dass sie auf dem ersteren, gleich jenem, das Eine reine Seyn, Brahm, d. i. das Göttliche, oder sat, d. i. buchstäblich *τὸ ὄν*, als das allein Wirkliche erkennen, dagegen die sichtbare Welt als asat, d. i. buchstäblich *τὸ μὴ ὄν*, allerdings völlig leugnen, und dass sie nur auf dem letzteren, wie ja Parmenides ebenfalls thut, der sichtbaren Gestalt des Seyns oder Brahms, der Vielheit und dem Werden, eine Geltung einräumen. S. Die Eleaten u. d. Indier S. 259. Relig u. Philos. S. 38 f. Er konnte ferner nicht bemerken: „Noch augenfälliger ist der Unterschied der anaxagorischen, aus rein wissenschaftlichen Beweggründen entsprungenen, rein physikalisch gehaltenen Theorie von der jüdischen Theologie, der es um ganz andere Dinge zu thun ist;" denn abgesehen, dass Zeller sich darin gröblich irrt, wenn er die Lehre des Anaxagoras zu einer „rein physikalischen" machen will, was in der vorliegenden Untersuchung seine mehr als ausreichende Widerlegung findet, so hält er mir hier entgegen, was ich ja selber sage und zur durchgehenden Voraussetzung meiner gesammten Nachweisungen gemacht habe, dass die Hellenischen Philosophen die Lehren eben in der Form und dem Interesse der Philosophie als rein wissenschaftliche Erkenntniss, die Morgenländischen Völker dagegen sie in der Form und dem Interesse der Religion als göttliche Offenbarung entwickeln; nur das ist die Behauptung, dass ihre Lehren bei dieser augenfälligen Verschiedenheit gleichwohl im Princip und Wesen dieselbigen sind. Diese Uebereinstimmung aber im Princip und Wesen findet allerdings auch bei Anaxagoras und den Israeliten statt, wenn es wahr ist, was ich nicht erst zu erweisen brauche, sondern schon die Christlichen Theologen und namentlich de Wette (Bibl. Dogm. §. 100) längst lehren: „als Geist haben sich die Hebräer Jehovah gedacht, aber nicht metaphysisch, sondern anthropologisch populär als Intelligenz, unter den Bildern menschlicher Eigenschaften;" die Uebereinstimmung findet statt im Princip und Wesen, wenn bei genauerer Betrachtung, welche eben in der vorliegenden Abhandlung unternommen wird, sich ergiebt, dass dieser „Geist" oder diese „Intelligenz," des religiösen anthropologischen Gewandes ungeachtet, nichts Anderes, als der Anaxagorische Noos ist, ein unendlicher reiner Geist, allwissend, allmächtig und allwaltend, mit derselben gleichzeitigen Entgötterung der Natur, mit demselben uranfänglichen Chaos aller natürlichen Stoffe, aus denen die Welt gebildet ist, im Wesentlichen auch mit derselben nur religiösen Anschauung von der Schöpfung und von der Beschaffenheit der Dinge; sie wird dadurch nicht aufgehoben, dass Anaxagoras im philosophischen Interesse, welches die Israeliten auf dem religiösen Standpunkte nicht hatten, zugleich eine vollständige Physik entwickelt, sondern sie wird dadurch vielmehr bekräftigt, wenn diese Physik sich eben nur als die genauere rein wissenschaftliche Entwickelung derselben Schöpfungstheorie erweiset. Der Unterschied ist bei den anderen Philosophen und Völkern nicht minder augenfällig,[4] aber auch die Uebereinstimmung im Princip und Wesen

4) So hat namentlich auch die Herakleitische und Zoroastrische Lehre, trotz der Uebereinstimmung im Princip und Wesen, indem sie die Substanz des Urwesens, den Ursprung und die Beschaffenheit der Dinge völlig übereinstimmend denken, ein sehr verschiedenes Aussehn. Denn wenn der Philosoph das Entgegengesetzte und Widerstreitende in der Schöpfung einfach als τὸ ἀγαθὸν und τὸ κακὸν denkt, so gestaltet sich das-

nicht minder klar; und nur die Uebereinstimmung im Princip und Wesen, die aber auch das allein Wichtige, bei der Verschiedenheit der philosophischen und religiösen Entwickelung der Gedanken, ist es, die überall urkundlich nachgewiesen und zugleich durch die thatsächliche Gestaltung des Cultus [5] und Lebens [6] jener Völker beglaubigt werden soll. Dass dabei auch untersucht wird, ob und wieweit die Uebereinstimmung ins Einzelne geht, wird Niemand missbilligen, der erkennt, dass durch die Uebereinstimmung im Princip und Wesen auch das mehr oder minder Unwesentliche eine

---

selbe in der religiösen Anschauung zu den beiden Göttern des Guten und des Bösen, Ormusd und Ahriman, und gestalten sich in ihr auch die besonderen Formen, in denen beides in der Welt sich darstellt, zu den beiden Heeren guter und böser Dämonen, während der Hellenische Denker nur da, wo er von dem philosophischen auf den religiösen Standpunkt hinübertritt, das eine in seiner höchsten Vollkommenheit als Zeus, das andere als Hades verpersönlicht und von Dämonen redet. S. Herakl. u. Zor. S. 26, Anm. 39 u. S. 55 f. Zu dieser Verschiedenheit der philosophischen und religiösen Form kommt die Verschiedenheit des philosophischen und religiösen Interesses, indem es der Zoroastrischen Religion, mit Zeller zu reden, eben auch „um ganz andere Dinge," nämlich nicht sowohl um die Erklärung des Widerstreites, durch welchen die Welt entstanden ist und besteht (denn dieser ist ihr eine göttliche Offenbarung und unzweifelhafte Thatsache), als vielmehr um die werkthätige Theilnahme an dem Weltkampfe auf der Seite Ormusd's gegen Ahriman „zu thun ist." Wenn daher Herakleitos sich freut, in der *παλιντροπία* und dem *γίγνεσθαι πάντα κατ' ἐναντιότητα* die erklärende Formel für das Welträthsel gefunden zu haben, und dieselbe mit Befriedigung überall nachweist, wenn er, in den Sinn dieser Weltordnung eindringend, zugleich bemerkt, es wäre für die Menschen, wenn es nach ihrem Wunsche geschähe und kein Uebel in der Welt gäbe, nicht besser, *ἀνθρώποις γίνεσθαι, ὁκόσα θέλουσιν, οὐκ ἄμεινον· νοῦσος ὑγιείην ἐποίησεν ἡδὺ καὶ ἀγαθόν, λιμὸς κόρον, κάματος ἀνάπαυσιν* (Bruchst. 39 b. Schleierm.), und auf seinem philosophischen Standpunkte in der Vereinigung des Guten und Schlechten in der Welt, welche ja durch die weiseste Gottheit, *ἓν τὸ σοφόν* (Bruchst. 11), bewirkt ist, eine *ἁρμονίη ἀφανὴς* erkennt, so kann dies bei dem Ormusd-Diener, welcher den Widerstreit nicht als Philosoph, sondern mit dem Streitgürtel angethan betrachtet, natürlich nicht der Fall sein, und nur der tiefer blickende Zerduschtier, welcher sich ebenfalls auf einen höheren, theoretischen Standpunkt stellt, wird erkennen, dass man diesen Widerstreit nicht wegwünschen dürfe, sowie dies Herakleitos erkennt, *οἰχήσεσθαι γάρ φησι πάντα* (Herakl. u. Zor. S. 22, Anm. 34), und wird sagen, wie er wirklich sagt (a. a. O. S. 85): ex necessitate exstitit contrarium, denn nisi haec duo commista fuissent, non exstitisset mundus. Indessen darf nicht unbeachtet bleiben, dass Herakleitos, wenn er auch durchaus den höheren, philosophischen Standpunkt behauptet, die *ἁρμονίη ἀφανὴς* doch nur auf dem physischen Gebiete des Weltganzen erblickt, auf welches seine Betrachtung vornehmlich gerichtet ist, nicht aber auch auf dem Gebiete des sittlichen Lebens, welches dagegen der religiöse Standpunkt zunächst im Auge hat; denn auf diesem sehen wir natürlich auch ihn wie mit dem Koschti umgürtet auftreten, z. B. Herakl. u. Zor. S. 25, Bruchst. 70, S. 70. Bruchst. 8, S. 71, Anm. 106 u. s.

5) S. Die Eleaten u. d. Indier S. 291 f., Herakl. u. Zor. S. 14 f., Emped. u. d. Aegypt. S. 75 f.

6) S. Die Pythag. u. d. Schinesen S. 108 f.

Bedeutung erhält, welche ihm sonst nicht beigelegt werden könnte. Indem aber Zeller unbegreiflicher Weise (denn schon die gleichzeitige Zusammenstellung Platon's mit der Hellenischen Kunstreligion hätte ihm dies verbieten sollen) mir die Behauptung unterschiebt, dass die Lehren der Vor-Platonischen Philosophen „nur eine Wiederholung“ Morgenländischer Vorstellungen in derselben Gestalt und Ausführung seien, und die Begründung dieser Behauptung in meinen Nachweisungen sucht: so darf ich mich freilich nicht wundern, wenn er zur Widerlegung Differenzen anführt, die das Princip und Wesen nicht berühren; wenn er z. B. (a. a. O. S. 499) auch auf die eigenthümliche Ansicht des Herakleitos von der Sonne aufmerksam macht, indem der wackere Ephesier kühn selbst diese, obwohl er gar nicht gering von ihr dachte, der allgemeinen *παλιντροπία*, und zwar einer täglichen, unterworfen hat, worin ihm jedoch seine Nachfolger in der Weltansicht nicht beigetreten sind, unter denen im Gegentheil Kleanthes, und dieser nicht zuerst, die Sonne, über die Zoroastrische Verehrung derselben weit hinaus gehend, sogar als die höchste Gottheit bezeichnete (s. Herakl. u. Zor. S. 17, Anm. 26); oder wenn er (a. a. O. S. 26) hervorhebt, dass die Pythagoräer die ungeraden und geraden Zahlen, welche ihnen doch dasselbe Vollkommnere und Unvollkommnere in der Welt darstellen, ihnen in der Zehnheit das Weltall umfassen, ihnen auch in gleicher Weise die Musik und Weltharmonie begründen, nicht zugleich ebenso, wie die Schinesen, vorzugsweise als himmlische und irdische bezeichnen, indem ich bei ihnen allerdings nur die Vorschrift habe anführen können: *τοῖς μὲν οὐρανίοις θεοῖς περιττὰ θύειν, τοῖς δὲ χθονίοις ἄρτια* (s. Die Pythag. u. d. Schinesen S. 98); oder wenn er auf die Hellenische Schönheit des Pythagorischen Lebens gegenüber der unerquicklichen Gestalt des Schinesischen hinweist, als ob ich nicht selber (a. a. O. S. 202) schon darauf hingewiesen, nicht selber die gesammte Vor-Platonische Philosophie eben als die Verklärung des alten Morgenlandes im Lichte und in der Schönheit des Hellenischen Geistes dargestellt hätte. Alle diese Einwendungen hätte Zeller nicht erheben können, wenn er sich über den Inhalt und das Ziel der Vorlagen, ehe er sie beurtheilte, genauer unterrichtet hätte.

Wenn ich indessen eine Berufung von dem schlecht unterrichteten Zeller an den besser zu unterrichtenden einlege, so will ich ihn damit nicht zugleich als unfehlbar anerkennen, weder auf dem Gebiete des alten Morgenlandes, noch auch auf dem der Philosophie der Griechen. Ich übergehe seine Ausstellungen auf dem ersteren Gebiete, unter denen eine sich befindet, von der ich hoffe, dass sie bei den Kennern sich vielmehr in eine Belobung umkehren werde, nämlich die, dass ich bei der Vergleichung der Eleaten mit den Indiern an die Wedanta allein gedacht habe; denn die genaueren Kenner des Indischen Wesens wissen, dass die Wedanta mit Nichten, wie Zeller meint, „nur eine von den vielen indischen Schulen," sondern nach Colebrooke, ihrem Namen gemäss, the end and scope of the Vedas, und daher bei dem genannten grossen Forscher the Indian theology or Vedanta völlig gleichbedeutend ist; ich übergehe auch seine Behauptung, dass die Zoroastrische Theologie einen ursprünglichen Dualismus des Guten und Bösen lehre, und das Uebrige, und rede nur von seinen Ausstellungen auf dem Gebiete der Philosophie der Griechen. Hier muss ich zum Verständniss derselben Folgendes vorausschicken. So treffend Zeller die eigentlich Hellenische Philosophie, die des Sokrates, Platon und Aristoteles, dargestellt hat, so sehr zeigt er sich in der Auffassung der früheren noch unter der Macht des Einflusses, welchen Hegel, wie auf die meisten seiner jüngeren Zeitgenossen, auch auf ihn ausgeübt hat. Hegel hat nämlich einerseits das hohe Verdienst dass er das Interesse für die Geschichte der Hellenischen Philosophie neu belebt und eine tiefere und geistvollere Betrachtung derselben eingeleitet, hat aber anderseits zugleich eine nachhaltige Verirrung dadurch herbeigeführt, dass er in jener Geschichte grossentheils nur die Entwickelung seiner eigenen Philosophie gesucht und nicht sowohl historisch, was natürlich nicht gelingen konnte, als philosophisch, geistvoll und blendend, nachzuweisen unternommen. So hat er, um nur das hervorzuheben, was hier besonders in Betracht kommt, in der Eleatischen und Herakleitischen Philosophie gleichsam zwei Paragraphen seines Handbuches der Logik erblickt; indem er in dem Princip der ersteren bei Parmenides das absolute „Seyn" vorfand, so folgte ihm daraus, dass das der letzteren das „Werden" sei.[7] Den Empedokles liess er seine Geringschätzung empfinden, weil dieser sich in keiner Weise recht für sein System hergeben wollte; dagegen den Anaxagorischen Noos machte er zum „Gedanken, an und für sich." Und damit begnügte sich Hegel nicht, den Hellenischen Philosophen seine eigenen Philosopheme unterzuschieben, sondern brachte auch in der Genesis ihrer Philoso-

7) Hegel selbst sagt in s. Vorles. über d. Gesch. d. Philos. B. I, S. 334 höchst naiv: „Es ist so diese Philosophie keine vergangene, ihr Princip ist wesentlich, und findet sich in meiner Logik im Anfange, gleich nach dem Sein und dem Nichts."

phie seine Dialektik zur Geltung; denn wie er den Herakleitos eben darum unmittelbar an die Eleaten anschloss, um das Parmenideische „Seyn" nach der Dialektik seines Handbuches bei ihm sich in das „Werden" umsetzen zu lassen, so reihte er auch die Sophisten, welche nach der Ueberlieferung ihren Ursprung in der Eleatischen Philosophie haben, nicht an diese an, sondern an Anaxagoras, indem er den Anaxagorischen Noos auf ähnliche Weise plötzlich, wie durch einen Hocuspocus, aus einem objektiven in einen subjektiven umschlagen liess. Dieser Behandlung der Geschichte der Hellenischen Philosophie hat Zeller in der ersten Auflage seines Werkes sich treu angeschlossen, indem er die Philosophen nicht blos in derselben Aufeinanderfolge, wie Hegel, aufführte, sondern im Ganzen auch nach derselben Dialektik mit denselben Begriffen hervorgehen liess, nur dass seine Darstellung weit lichtvoller ist, und mehr den Schein historischer Begründung darbietet, um welche Hegel sich weniger bemüht hat. In der zweiten Auflage seines Werkes hat er sich von dieser Behandlung zwar sehr merklich losgesagt; denn wenn er auch noch die gleiche Aufeinanderfolge der Philosophen beibehalten hat, so scheut er sich doch, jene Dialektik zu wiederholen, sondern sucht seine Darstellung nun vielmehr überall historisch zu begründen; indessen hat er sich von der Hegelschen Betrachtung der Dinge noch nicht in dem Grade befreit, dass er die Ueberlieferungen überall unbefangen angesehen, ihnen das entscheidende Gewicht beigelegt und sich dadurch das richtige Verständniss jener Philosophen erschlossen hätte. Denn wäre dies der Fall, und stände bei ihm in der Herakleitischen Philosophie der vorgefasste Hegelsche Begriff des Werdens nicht noch immer in einem höheren Ansehn, als die Ueberlieferungen, so könnte er unmöglich (a. a. O. S. 499) mir die Behauptung entgegenstellen, dass, wenn Herakleitos den Streit den Vater aller Dinge nennt, „dieser bei ihm eine ganz andere Bedeutung hat, als der Kampf des Guten und Bösen in der zoroastrischen Religion," da ja nicht blos Plutarch an mehren Stellen, sondern auch Aristoteles und Simplicius ausdrücklich bezeugen, dass Herakleitos den allgemeinen Gegensatz in der Schöpfung wirklich als *τὸ ἀγαθὸν* und *τὸ κακὸν* gedacht hat, und zwar bezeugt Simplicius dies, indem er zugleich auf den bekannten Ausspruch mit den noch unerklärten Bildern vom Bogen und der Lyra, in welchem Herakleitos die eigentliche Angel seiner ganzen Lehre ausgedrückt haben soll, hinweist, nämlich mit folgenden Worten: *ὡς Ἡράκλειτος τὸ ἀγαθὸν καὶ τὸ κακὸν εἰς ταὐτὸν λέγων συνιέναι δίκην τόξου καὶ λύρας* (Simplic. in

Aristot. Phys. fol. 11, a. b. vgl. Die Grundansicht des Herakleitos in d. Zeitschr. f. d. Alterthumswiss. 1848, Nr. 29, S. 226 f. Herakl. u. Zor. S. 25 f.); abgesehen, dass auch die Herakleitische Grundansicht selbst erst dadurch recht verständlich wird, erst dadurch sich begreifen lässt, warum ihm das Urwesen mit der Umwandelung in die Welt zugleich in Widerstreit mit sich selbst getreten, ihm nach Platon's Ausdruck (Symp. p. 187, A) als τὸ ἓν διαφερόμενον αὐτὸ αὑτῷ erschienen ist. Freilich aber meint Zeller, dass Herakleitos ein Urwesen aller Dinge, Platons eben angeführtes τὸ ἕν, gar nicht gedacht habe, sondern dass eben das Hegelsche Werden oder „der metaphysische Satz vom Fluss aller Dinge" das eigentliche Princip seiner Philosophie sei, während doch das Fliessen aller Dinge und der Gegensatz ihm gerade eine Wirkung des Urwesens und augenfällig nicht das Prius, sondern das Posterius war; dass er eine feurige lebendige Substanz, welche er πῦρ benennt, für das Eine Urwesen aller Dinge erklärt habe, das in Alles sich umwandele und in das Alles zurückkehre, bestreitet Zeller dem Aristoteles und dem gesammten Alterthum, bestreitet er dem Herakleitos selber, indem er a. a. O. S. 458 behauptet, dass der Mann dies nicht in der Klarheit des Denkens, sondern nur „durch eine unmittelbare Wirkung der Einbildungskraft" heraussage! Indem nun Zeller so die klarsten und sichersten Ueberlieferungen bestreitet, vermag er natürlich auch die Uebereinstimmung der Herakleitischen Grundgedanken mit den Zoroastrischen nicht zu ersehen, und kann es ihm ebensowenig ein Bedenken erregen, dass in dieser Uebereinstimmung auch all das andere Ueberlieferte, welches er (a. a. O. S. 499) für etwas blos Zufälliges und das Wesen der Herakleitischen Lehre nicht Berührendes erklären muss, sich zum überraschendsten wesentlichen Einklange vereinigt. Er vermag natürlich auch bei Anaxagoras, nach seinem Bilde von der Lehre desselben, nicht die Uebereinstimmung im Princip und Wesen mit den Israeliten zu erkennen; denn wenn er auch seine frühere ganz Hegelsche Auffassung des Anaxagorischen Noos in Folge des so klar begründeten Widerspruchs, den er bereits von Wirth erfahren, in der zweiten Auflage seines Werkes schon sehr erheblich umgestaltet hat, so sträubt er sich (a. a. O. S. 679 f.) doch noch dagegen, ihn für ein rein geistiges und persönliches Wesen gelten zu lassen, was zur Anerkennung der angegebenen Uebereinstimmung unerlässlich ist. Auf gleiche Weise verhält es sich bei Empedokles, bei dem er auch wieder im Cardinalpunkte der klarsten Ueberlieferung widerspricht. Denn so sicher aus allen urkundlichen Vorlagen hervorgeht, dass dem Empedokles der Sphairos die höchste Gottheit war, dass diese, nach seiner Anschauung, bei der Weltschöpfung von Neikos oder dem Streit in die vier Elemente zerrissen wurde, und dass dann aus den vier Elementen als den Gliedern der Gottheit von Aphrodite oder der Liebe die Welt und Alles in ihr gebildet wurde, so stellt Zeller dennoch (a. a. O. S. 528, Anm. 2 u. S. 554, Anm. 1) die Behauptung auf: „als *die* Gottheit hat übrigens Empedokles den Sphairos nicht bezeichnet, sondern nur als Gottheit,“ „er kann von ihm immer nur für *eine* Gottheit gehalten worden sein,“ und lässt sich das nicht anfechten, dass Aristoteles den Sphairos in mehren Stellen ausdrücklich als τὸν θεὸν des Empedokles, in einer Stelle (Metaph. B, 4. p. 1000, b) sogar als τὸν εὐδαιμονέστατον θεὸν desselben darstellt. S. Emped. u. d. Aegypt. S. 32, Anm. 72. So verhält es sich mit Zeller's Auffassung der Vor-Platonischen Philosophie, dass sie in den Cardinalpunkten unrichtig ist, und sein Gebäude wirklich von Grund aus eines Neubaues bedarf, bei welchem jene Philosophen dann auch in einer wesentlich anderen als der Hegelschen Galerie aufzustellen sein werden.

Indem ich so diesen Einwürfen Zeller's, welche allerdings Princip und Wesen betreffen, gar keine Geltung einzuräumen vermag, bin ich jedoch, wie sorgfältig und vorsichtig ich auch bei den Untersuchungen zu Werke gegangen und genau Jedes geprüft habe, weit davon entfernt zu glauben, dass meine Vorlagen, zumal bei der Vielheit und dem grossen Umfange der Gebiete, welche zu durchforschen waren, nicht doch auch im Einzelnen wirkliche Irrthümer enthalten sollten. Solche Berichtigungen, welche überzeugend dargethan werden (wie dies von Bernays bei Herakleitos und Zoroaster S. 75, Anm. 112 geschehen), können, da sie die rechte Erkenntniss, um die es allein zu thun ist, fördern, nur im höchsten Grade willkommen sein. Wer hätte denn ein Interesse, Unbegründetes aufzustellen oder aufrecht erhalten zu wollen, das früher oder später unausbleiblich fällt. Ueberhaupt machen meine Nachweisungen keinen höheren Anspruch, als nur dies neue Feld der Forschungen zu *eröffnen*, und wollen, wie sie sich im Anfange genannt haben, nur die *Einleitung* in das Verständniss der Weltgeschichte sein.

Krotoschin, im October 1864.

Der Verfasser.

INHALT.

DRUCKFEHLER.

S. 31 Zeile 1 von oben lies: vorausschicke statt vorausschicken.
S. 148 " 5 u. 6 von unten lies: S. 88 f. statt S. 136.

Die vorliegende Untersuchung hat zum Ziele, den vollkommenen Einklang der philosophischen Lehre des Klazomeniers Anaxagoras mit der religiösen Gotteserkenntniss und Weltanschauung der alten Israeliten ausführlich aus den betreffenden Urkunden und Ueberlieferungen nachzuweisen. Nicht von Aehnlichkeit oder Verwandtschaft ist die Rede, sondern davon, dass die beiden Weltansichten im Princip und Wesen übereinstimmen, und sich von einander nur durch die Form unterscheiden, indem dieselbe Erkenntniss von dem Hellenischen Philosophen freilich in der Form und dem Interesse der Philosophie, von dem Israelitischen Volke in der Form und dem Interesse der Religion entwickelt worden ist. Die Urkunden, aus denen diese Uebereinstimmung nachgewiesen werden soll, sind auf der einen Seite die von Simplicius aufbewahrten und von Schaubach gesammelten Bruchstücke aus dem Werke des Anaxagoras „über die Natur“, [1] nebst den Zeugnissen des Platon, Aristoteles, Plutarch und der Uebrigen, die über den Klazomenier berichten; auf der anderen Seite die heiligen Schriften des Israelitischen Volkes, nebst den Zeugnissen der bedeutendsten älteren und neueren Christlichen Theologen und Gelehrten, welche diese Schriften mit Unbefangenheit betrachtet haben.

Da nach der allgemeinen allerdings richtigen Ansicht der Christenheit die Israeliten ganz einzig in der Geschichte des Alterthums dastehen, als Diejenigen, denen allein unter den alten Völkern die Erkenntniss des wahren Gottes zu Theil geworden, so wird hier das Erste, wonach die Christlichen Theologen und Gelehrten fragen werden, ohne Zweifel dies sein, ob auch Anaxagoras, gleich den Israeliten, den wahren Gott erkannt habe. Diese Frage kann mit

---

1) Anaxagorae Clazomenii Fragmenta quae supersunt omnia, collecta commentarioque illustrata ab Ed. Schaubach. Lips. 1827. 8. Dazu Anaxagorae Clazomenii et Diogenis Apolloniatae Fragmenta ed. Schorn. Bonnae 1829. 8. Fr. Aug. Carus De Anaxagoreae cosmo-theologiae fontibus. Lips. 1797. 4. Hemsen Anaxagoras Clazom. s. de vita eius atque philosophia disquisitio. Gottingae 1821. 8. Clemens De philosophia Anaxagorae Clazom. diss. inaug. Berol. 1839. 8. Breier Die Philosophie des Anaxagoras nach Aristoteles. Berlin 1840. 8.

der gebührenden Gründlichkeit nur durch eine genaue urkundliche Betrachtung und Vergleichung des Anaxagorischen und des Israelitischen Gottesbegriffes selbst beantwortet werden, welche eben den eigentlichen Kern unserer ganzen ausführlichen Untersuchung bilden wird. Aber Viele werden von vorne herein gegen die Untersuchung eingenommen sein, in der Meinung, dass Anaxagoras hier mit einer Erkenntniss, die er niemals gehabt habe, bloss zu Gunsten einer eigenthümlichen Auffassung der ganzen Weltgeschichte beschenkt werden solle. Diesen dürfte jedoch sogleich der Umstand nicht als ein blos zufälliger und völlig gewichtloser erscheinen, dass bereits alte Kirchenlehrer selbst und viele neuere Christliche Theologen und Gelehrte, welche den Verdacht einer gleichen Befangenheit nicht erregen können, dem Anaxagoras eben die Erkenntniss zugeschrieben haben, die er hier in Anspruch nimmt. Denn so sagt der gelehrte Bischof Eusebios von Cäsarea mit ausdrücklichen Worten, dass unter den Hellenen zuerst Anaxagoras die Erkenntniss des wahren Gottes ans Licht gebracht habe.[2] Ja der Bischof Elias von Kreta, der Erklärer des Gregorios von Nazianz, spricht es geradezu aus, dass die Lehre des Anaxagoras von dem unendlichen Geiste als dem Urheber der herrlichen Weltordnung dieselbige sei, wie die der Psalmen Davids.[3] Unter den Neueren hat Meiners, der sich mit den früheren Hellenischen Philosophen sehr eingehend beschäftigt und namentlich um die Sichtung der Ueberlieferungen über Pythagoras ein wesentliches Verdienst erworben hat, auch gerade den Punkt, von dem hier die Rede ist, zum Gegenstande einer besondern ausführlichen Untersuchung gemacht, nämlich in seiner „Geschichte der Lehre vom wahren Gott." Hören wir, was sich ihm ergeben hat. Indem er nach Erforschung all der älteren Vor-Platonischen Philosophen, ob einer von ihnen den wahren Gott erkannt habe, zur nähern Betrachtung des Anaxagoras übergeht, so schreibt er wörtlich, wie folgt: „Nachdem ich mich allzu lange gleichsam auf einem ungeheuren Meere unzähliger Irrthümer und Träume fruchtlos umhergetrieben habe, glaube ich endlich Land zu erblicken,

---

2) Euseb. Praep. Evang. XIV, 16: *οὐκ ἦν ἄρα παλαιοτάτη παρὰ πᾶσιν Ἕλλησι καὶ τοῖς προπάλαι τὴν πολύθεον δεισιδαιμονίαν παρά τε Φοίνιξι καὶ Αἰγυπτίοις εἰσηγησαμένοις ἡ τοῦ τῶν ὅλων Θεοῦ γνῶσις, ἣν πρῶτος Ἑλλήνων Ἀναξαγόρας καὶ οἱ ἀμφ' αὐτὸν ἐξήνεγκαν.*

3) Elias Cret. ad Gregor. Nazianz. Orat. XXXVII, 12. t. II, p. 831 ed. Venet.: Anaxagoras quoque, cum ait, Mentem esse in universitate rerum, quae causa sit ordinis et concinnitatis, non procul a Doctrina recessit. quid enim aliud David in his verbis, „verbo domini coeli formati sunt et spiritu eius omnis virtus eorum," significare voluit, quam hoc ipsum?

indem ich mich zur Philosophie des Anaxagoras wende, welcher, unter den Hellenen der erste Priester des höchsten und wahren Gottes, die bisher vergeblich gesuchte Wahrheit aus dem innersten Heiligthume der Natur, nach dem Vorgange des Hermotimos, an das Licht zu ziehen unternommen hat." Er sagt: „Es lässt sich durch die sichersten Beweise darthun, dass Anaxagoras der Erste unter den Hellenen gewesen ist, welcher den wahren Gott und Urheber aller Dinge erkannt oder wenigstens öffentlich gelehrt hat," und stellt sodann die gewichtigsten Zeugnisse dafür zusammen.[4] In demselben Lichte erblickte den Anaxagoras Fr. Aug. Carus, der ihm auch eben darum eine genauere Betrachtung gewidmet hat; er sagt: fast alle Schriftsteller des Alterthums kommen darin überein, dass in der Zeit des Perikles der Begriff der Einen Gottheit, beinahe fünfhundert Jahre vor dem göttlichen Verkündiger derselben, in dem Geiste des Klazomeniers Anaxagoras entsprungen sei.[5] Ebenso urtheilt über die Anaxagorische Lehre auch noch Hemsen, indem er schreibt: „In diesem System tritt uns der erste Theismus entgegen, welcher aus der Betrachtung der Natur und des Menschen hervorgegangen ist."[6] In der neuesten Zeit freilich ist die Lehre des Anaxagoras von dem Noos, dem unendlichen reinen Geiste, als dem Urheber der Weltordnung und Lenker aller Dinge, von Hegel

4) Chr. Meiners Historia doctrinae de vero Deo. Lemgov. 1780. 8. p. 360: Postquam nimis diu tamquam in immenso pelago innumerorum errorum et somniorum contrariis fluctibus iactatus fui, terram denique conspicere mihi videor, dum ad Anaxagorae philosophiam accedo, qui primus summi et veri Dei inter Graecos sacerdos frustra hactenus quaesitam veritatem ex intimo naturae sacrario praeeunte Hermotimo in lucem proferre ausus est. Equidem palam fateor, me, quoties in summi huius viri nomen incido, toties ipsius memoriam venerari, licet non ignorem, hunc quoque omnium saluberrimam disciplinam primum vulgasse quidem, non vero totam patefecisse et illustrasse. L. c. p. 251: Antequam vero longius progredior, hoc praesertim certissimis argumentis probandum est, Anaxagoram primum inter Graecos fuisse, qui verum Deum omnium rerum auctorem agnoverit, vel publice saltem professus sit. hanc summi viri gloriam quisquis tuendam suscipit, ille tot illustrium virorum auctoritatibus et gravissimorum hominum iudiciis atque testimoniis sese munire vel armare potest, ut earum pondere quemvis licet paratissimum adversarium facile opprimere valeat. Das Weitere s. bei ihm selbst l. c. und p. 361 sq. Vgl. Meiners Gesch. d. Wiss. B. I. S. 664 und 672.

5) Fr. Aug. Carus De Anaxagoreae cosmo-theologiae fontibus p. 1 sq.: Namque omnium fere monumentorum veterum consensus in eo deprehenditur, Periclis demum aetate conceptam de uno numine opinionem, quingentis fere annis ante divinum illum numinis summis virtutibus instructi rerumque humanarum rectoris aeterni ac benignissimi interpretem, natam esse in animo Clazomenii Anaxagorae.

6) Hemsen Anaxagoras Clazom. p. 105: In hocce systemate primus theismus, qui ex naturae hominisque contemplatione prodiit, nobis occurrit.

und seinen Nachfolgern in das Hegelsche Philosophem umgedeutet worden, „dass das Denken die Wahrheit und der Zweck des Seins sei.“ Wäre diese Auffassung richtig, so könnte davon, den Anaxagoras auf dieselbe Erkenntnissstufe mit den Israeliten zu stellen, nicht die Rede sein. Aber die Hegelsche Deutung ist ohne Zweifel grundfalsch, und es ist gegen dieselbe auch bereits von Wirth der entschiedenste Einspruch erhoben worden; dieser hält ihr durchaus richtig entgegen: „Anaxagoras setzt aber ausdrücklich und mit den bestimmtesten Worten den Noos als den unendlichen, Alles, noch ehe die Welt mit allem Endlichen geworden, wissendeu und ordnenden und zugleich rein für sich, getrennt von der Welt, existirenden Geist.“ [7] Die Uebereinstimmung des Anaxagorischen Gottesbegriffes mit dem Israelitischen ist, wenigstens im Hinblick auf das Allerwesentlichste, so augenfällig, dass auch minder Scharfsichtige sie bemerkt, und in der Voraussetzung, dass der Hellenische Philosoph zu einer solchen Uebereinstimmung unmöglich aus sich selbst habe gelangen können, der Vermuthung Raum gegeben haben, es sei ihm auf irgend einem Wege die Lehre der heiligen Schriften des Israelitischen Volkes zugeführt worden. Denn um Flavius Josephus zu übergehen, der freilich fast die gesammte Hellenische Philosophie von Moses herleitet, [8] so schreibt auch noch der Französische Gelehrte Le Batteux: „Dürfte man über die Quellen, aus denen dieser Philosoph geschöpft, einige Vermuthungen wagen, so möchte es, nach gewissen übereinstimmenden Zügen zu urtheilen, fast scheinen, dass er wenigstens eine mittelbare Kenntniss der Lehre der heiligen Schriften gehabt habe.“ [9] Sogar Jahn kann in seiner Biblischen Archäologie nicht umhin, unserem Heiden die Israelitische Gotteserkenntniss, wenn auch mit vieler Bemängelung, zuzugestehen, und erklärt sie sich daraus, dass Anaxagoras durch

---

7) Wirth Ueber die Philosophie der Griechen, mit Rücksicht auf Zeller's Geschichte derselben, in d. Jahrb. d. Gegenw. von Schwegler, Jahrg. 1844, Aug. S. 725. Wirth weist dabei auf die eigenen Worte des Anaxagoras hin, Fragm. 8. ed. Schaub., und bemerkt über ihn fortfahrend: „und dass er diese spekulative Idee rein erkannt, dass er den unendlichen Geist nicht wieder mit der Welt identificirt, sondern als ein selbstständiges, von dem Complex des Sinnlichen freies Subjekt (*μοῦνος αὐτὸς ἐφ᾽ ἑωυτοῦ ἐστι*) begriffen hat, dies bildet den grossen Fortschritt seiner Speculation.“ Vgl. dess. Die speculative Idee Gottes (Stuttg. u. Tübingen 1845. 8.) S. 176 f.

8) Joseph. c. Apion. II, 16.

9) Le Batteux Entwickelung eines Hauptgrundsatzes der alten Physik a. d. Mém. de l'Acad. d. I. et B. L. t. XXV, p. 68 suiv. in Hissmann's Magazin f. d. Philosophie B. III. St. 5, S. 242 f. Vgl. Fabric. Bibl. Gr. t. II, p. 647 ed. Harl.

die Phönizier oder durch Israelitische Sklaven oder durch gefangene Israeliten, welche nach dem Propheten Joel selbst in Friedenszeiten von den Phöniziern an die Hellenen verkauft wurden, von der Israelitischen Lehre Kenntniss erhalten habe." [10] Diese Zeugnisse für die Uebereinstimmung oder Verwandtschaft der Anaxagorischen Gotteserkenntniss mit der Israelitischen, welche hier vorgelegt worden, sind allerdings noch gar kein wirklicher Beweis; es sollte aber auch durch dieselben zuvörderst nur so viel klar werden, dass der Gegenstand eine gründliche Untersuchung fordert, wie auch immer das Ergebniss sich herausstelle.

Zu allernächst müssen wir untersuchen, worin die Anaxagorische Weltansicht sich von denen aller übrigen Vor-Platonischen Philosophen, die Israelitische sich von denen aller übrigen Völker des alten Morgenlandes grundwesentlich unterscheidet, um so zuerst den neuen Boden, auf welchem beide sich entfalten, in voller Klarheit herzustellen. All die übrigen Vor-Platonischen Philosophen kommen darin überein, dass sie die sichtbare Welt entweder als Entwickelung, oder als Umwandelung des Einen Urwesens oder der Gottheit auffassen, so dass ihnen die Urgottheit Eines mit der Welt, und ihrer reinen Wesenheit nach die inwohnende Seele und göttliche Substanz der Welt ist. Die Pythagoräer betrachten die Welt als Entwickelung des Ur-Eins, welches an sich sowohl ungerade als gerade sei, und damit die gesammte Natur der ungeraden und geraden Zahlen oder Dinge, die ihnen eben für Zahlen gelten, in sich enthalte und in der Weltschöpfung nur aus sich heraussetze. [11] Empedokles betrachtet die Welt als Entwickelung des Sphairos, welcher durch den Streit oder Neikos aus seiner ursprünglichen Einheit in die in ihm enthaltene Vierheit der Elemente zerrissen und durch die Liebe oder Aphrodite als die harmonische Welt zusammengefügt worden sei, so dass ihm die Welt aus den Gliedern der Gottheit gebildet ist. [12] Herakleitos lässt die Welt aus dem Urwesen, welches er als reinstes Feuer oder Licht und zugleich als das Gute anschaut, durch Umwandelung und Entzweiung desselben mit sich selbst in den Gegensatz und Widerstreit des Guten und Schlechten oder des Feurigen und Nicht-Feurigen hervortreten, so dass auch er die Gottheit und die Welt als Eins, die letztere nur

10) Jahn Biblische Archäologie B. V, S. 164 f.

11) S. Die Pythagoräer u. die Schinesen S. 66 f. Relig. u. Philos. S. 132.

12) S. Empedokles u. die Aegypter S. 21 f. Relig. u. Philos. S. 162 f.

als die in sich entzweite Urgottheit ansieht.[13] Bei Xenophanes, dem Begründer der Eleatischen Philosophie, ist die Einheit der Gottheit und des Alls die ausdrückliche Angel der ganzen Lehre. Ja selbst die akosmische Ansicht des Parmenides ruhet auf der Voraussetzung, dass die Welt, wenn es eine gäbe, nur eine Umwandelung des Urseins oder der Gottheit sein könnte; denn eben weil er nicht zu denken vermag, wie das Urwesen, welches er als reines Sein auffasst, sich jemals umwandeln könne in Nicht-Sein oder Anderssein, leugnet er alles Nicht-Sein oder Anderssein, die sichtbare Welt.[14] Ganz übereinstimmend sind die Ansichten der alten Schinesen,[15] der Aegypter,[16] der Meder und Perser[17] und der Indier.[18] Alle diese Philosophen und Völker unterscheiden zwar sehr wohl die Gottheit in ihrer vorweltlichen Einheit und in ihrer reinen Wesenheit von der Weltentwickelung; aber die Weltentwickelung ist ihnen nichts desto weniger Entwickelung oder Umwandelung der Gottheit selber aus ihrer Einheit oder ihrem Ursein in Vielheit oder Anderssein, wenn sie nicht, wie Parmenides und die akosmischen Wedantinen, das Anderssein oder die Welt leugnen. Also ist das Gemeinsame der genannten Philosophen und Völker, dass sie allesammt, selbst kaum Parmenides und die akosmischen Wedantinen ausgenommen, Pantheisten sind, nur in verschiedener Weise. Dagegen Anaxagoras und die Israeliten, jener allein unter allen Vor-Platonischen Philosophen, diese allein unter allen Alt-Morgenländischen Völkern, erkennen die Gottheit als einen unkörperlichen reinen Noos oder Geist, ohne Gemeinschaft der Wesenheit und ohne Aehnlichkeit mit irgend einem der Dinge, so dass sie die Gottheit ihrer Wesenheit nach gänzlich scheiden von der Welt oder Natur, die ihnen ein Gebilde aus völlig Anderem, aus blossen natürlichen Stoffen, und damit ihrer Substanz nach vollständig entgöttert ist. Wir haben bei ihnen zuerst die völlige Scheidung und Entgegensetzung des reinen Geistes und des Körperlichen oder der Materie. Dass dies das Neue ist, was Anaxagoras in der Geschichte der Vor-Platonischen Philosophie zum Bewusstsein gebracht hat, und wodurch er sich gegen alle seine Vorgänger aus-

---

13) S. Herakleitos u. Zoroaster S. 32. Relig. u. Philos. S. 142 f.

14) S. Die Eleaten u. die Indier S. 220 f. u. 250 f. Relig. u. Philos. S. 151 f.

15) S. Die Pythagoräer u. die Schinesen S. 66 f. Relig. u. Philos. S. 11 f.

16) S. Empedokles u. die Aegypter S. 26 f. Relig. u. Philos. S. 48 f.

17) S. Herakleitos u. Zoroaster S. 32 f. Relig. u. Philos. S. 23 f.

18) S. Die Eleaten u. die Indier S. 222 f. u. 258 f. Relig. u. Philos. S. 34 f.

zeichnet, haben auch schon die Geschichtschreiber der Philosophie richtig gesehen. So erklärt Fr. Ast dies für das Unterscheidende der Weltansicht des Anaxagoras, dass er „den göttlichen Geist von der Natur trennte, die Natur also nicht mehr als ein selbstständiges, sich selbst setzendes Leben betrachtete, sondern sie zur ungeregelten chaotischen Materie herabsetzte, die das Gesetz ihrer Bildung von dem ordnenden Verstand erhalten." [19] Und Heinr. Ritter bemerkt: „Bei den frühern Philosophen war der Gegensatz zwischen Körperlichem und Geistigem noch gar nicht hervorgetreten oder in irgend einer bestimmten Form festgehalten worden, vielmehr Körperliches und Geistiges wurden in gleichgiltiger Mischung nebeneinandergestellt, und dem Geistigen nur etwa ein höherer Rang, gegen das Körperliche gehalten, zugestanden," wogegen nun „dem Anaxagoras der Geist als entgegengesetzt der Raum erfüllenden Masse sich darstellt." [20] Auf der anderen Seite hat ebenso schon Braniss auch „den diametralen Unterschied des Judenthums gegen das Heidenthum darin gefunden, dass in ihm das Göttliche als ein absolut Nichtnatürliches, von der Natur nicht Bestimmbares und zu ihr sich nur frei bestimmend Verhaltendes auftritt." [21] Doch diese Zeugnisse dürfen uns nicht genügen, sondern es ist nöthig, das Gesagte auch urkundlich zu erweisen. Dass die angeführte Scheidung des Geistes und der Materie, oder der Gottheit und der Welt, in keiner der anderen Vor-Platonischen und Alt-Morgenländischen Ansichten gegeben ist, liegt in den Untersuchungen über dieselben bereits urkundlich vor Augen; daher ist jetzt blos darzuthun, dass diese Scheidung wirklich in der Anaxagorischen und in der Israelitischen Ansicht vollzogen ist, und wirklich auch die Grundlage derselben bildet.

Das ganze Alterthum leistet die Gewähr dafür, dass unter den Hellenen Anaxagoras zuerst offen [22] die Lehre aufgestellt und durch sie eine neue Phase, die letzte und höchste in der Geschichte der Vor-Platonischen Philosophie, begründet hat: der Urheber und Herr der Welt, oder die allwirkende Gottheit, sei ein durchaus reiner

---

19) Fr. Ast Grundriss der Philologie S. 234.

20) Heinr. Ritter Gesch. d. Philos. B. I, S. 311 f. Dazu Wirth oben in Anm. 7.

21) Braniss Gesch. d. Philos. seit Kant B. I. S. 307 f.

22) Aristot. Metaph. A, 3: *φανερῶς μὲν οὖν Ἀναξαγόραν ἴσμεν ἁψάμενον τούτων τῶν λόγων, αἰτίαν δ' ἔχει πρότερον Ἑρμότιμος ὁ Κλαζομένιος εἰπεῖν.* Was die Alten über Hermotimos berichten, ist gesammelt von Fr. Aug. Carus Ueber die Sagen von Hermotimos aus Klazomenä, in Fülleborn's Beiträgen zur Gesch. d. Philos. B. III, St. 9.

unkörperlicher Geist oder Noos, ohne Gemeinschaft der Wesenheit mit irgend einem der Dinge, welche aus einem völlig Anderen, aus blossen natürlichen Stoffen, von ihm gebildet seien. Dieser Dualismus des allwirkenden reinen Geistes und der natürlichen Stoffe, welche jetzt von den Geschichtschreibern der Philosophie nach Aristoteles gewöhnlich „Homoiomerieen“ benannt werden, die wir aber nach dem Vorgange vieler Alten lieber „die Materie“, als Inbegriff aller natürlichen Stoffe, benennen wollen,[23] wird von der gesammten Ueberlieferung mit Bestimmheit als die Grundlage der Anaxagorischen Lehre angegeben. So berichtet Aristoteles: Anaxagoras behaupte eine unendliche Vielheit von Stoffen als die Substanz der Dinge, den Geist oder Noos aber als den Urheber der Welt und der gesammten Ordnung und jeglicher Veränderung in ihr; und Aristoteles erblickt in dieser Lehre eine so bedeutende Epoche der Vor-Platonischen Philosophie, dass er dabei den Ausspruch thut, Anaxagoras sei mit seiner Ansicht, im Vergleich mit den Früheren, wie ein Nüchterner unter thöricht Redenden erschienen.[24] Das Gleiche meldet Theophrast: Anaxagoras behaupte unzählige Stoffe als die Bestandtheile der Dinge, aber Einen Urheber der Veränderung und Schöpfung, nämlich den Geist oder Noos; wenn man nun jene, die ursprünglich in chaotischer Mischung vereinigt waren, als Eines auffasse, so lehre er zwei Urwesen, jene gestaltlose Masse oder Materie und den Geist.[25] Ebenso schreibt Sextus: „den Geist, welcher nach ihm die Gottheit ist, betrachtet er als das wirkende Urwesen, die Vermischung der Homoiomerieen dagegen als das stoffliche.“[26] Ebenso auch die Späteren: „die Homoiomerieen seien die

---

23) S. über den Namen Anm. 122.

24) Aristot. Metaph. A, 3. Hier wird Anaxagoras erst den Philosophen, welche die Welt auf Einen oder mehrere Urstoffe zurückführten, angeschlossen mit der Ansicht, es gebe unzählige Urstoffe, *ἀπείρους εἶναι τὰς ἀρχάς*, dann aber bei der Betrachtung des Princips *ὅθεν ἡ ἀρχὴ τῆς κινήσεως* als Derjenige gerühmt, der dieses zuerst mit Klarheit im Noos erfasst habe; dabei sagt Aristoteles von ihm: *νοῦν δή τις εἰπὼν ἐἶναι, καθάπερ ἐν τοῖς ζώοις, καὶ ἐν τῇ φύσει τὸν αἴτιον τοῦ κόσμου καὶ τῆς τάξεως πάσης, οἷον νήφων ἐφάνη παρ' εἰκῇ λέγοντας τοὺς πρότερον.*

25) Simplic. in Aristot. Phys. fol. 33, a: *γράφει δὲ (Θεόφραστος) οὕτως ἐν τῇ φυσικῇ ἱστορίᾳ· Οὕτω μὲν οὖν λαμβανόντων δόξειεν ἂν ποιεῖν τὰς μὲν ὑλικὰς ἀρχὰς ἀπείρους, ὡς εἴρηται, τὴν δὲ τῆς κινήσεως καὶ γενέσεως αἰτίαν μίαν. εἰ δέ τις τὴν μῖξιν τῶν ἁπάντων ὑπολάβοι μίαν εἶναι φύσιν ἀόριστον καὶ κατ' εἶδος καὶ κατὰ μέγεθος, συμβαίνει δύο τὰς ἀρχὰς αὐτὸν λέγειν, τὴν τοῦ ἀπείρου φύσιν καὶ τὸν νοῦν.* Ueber Theophrast's Zusammenstellung des Anaxagorischen Chaos mit dem *ἄπειρον* d. i. der *ἄμορφος ὕλη* Platon's vgl. Aristot. Metaph. A, 7. in Anm. 97.

26) Sext. Empir. adv. Math. IX, 6: *τὸν μὲν νοῦν, ὅς ἐστι κατ' αὐτὸν θεός, δραστήριον ὑποτιθέμενος ἀρχήν, τὴν δὲ τῶν ὁμοιομερῶν πολυμιγίαν, ὑλικήν.*

Materie, das schaffende Princip aber der Geist, welcher Alles geordnet und eingerichtet habe.“ [27] Zu dieser einstimmigen Bezeugung des Alterthums, welche den Anaxagorischen Dualismus des Geistes als der Gottheit und der natürlichen Stoffe als der Bestandtheile der Dinge schon ganz unzweifelhaft macht, kommt noch die Beglaubigung durch die Anaxagorische Urschrift selbst, in welcher wirklich die Substanz der Welt als eine ursprünglich chaotische Masse dargestellt wird, die durch den Geist oder Noos gesondert und in die gegenwärtige Gestalt und Ordnung des Alls gebracht worden sei. Doch darüber soll das Nähere weiterhin bei der genaueren Betrachtung und Vergleichung der Anaxagorischen und der Israelitischen Weltschöpfung dargelegt werden. [28] Zunächst überzeugen wir uns noch aus den Urkunden, dass Anaxagoras die Gottheit auch wirklich als durchaus reinen und sich mit keinem der Dinge vermischenden, sondern getrennt von allem Sinnlichen für sich selbst seienden unkörperlichen Geist oder Noos erkannt hat. Platon schreibt wörtlich: Anaxagoras „behauptet, dass der Geist, indem er unumschränkter Herrscher und mit Nichts vermischt sei, alle Dinge einrichte, durch Alles hindurchgehend.“ [29] Aristoteles sagt: Anaxagoras erklärt den Geist, „ihn allein von Allem, für einfach und unvermischt und rein;“ „er behauptet, dass der Geist unwandelbar sei und mit keinem der anderen Dinge irgend Etwas gemein habe“; und an einer anderen Stelle: „der Geist ist einfach und unwandelbar und hat mit Nichts irgend eine Gemeinschaft, wie Anaxagoras lehrt.“ [30] Das Gleiche berichten die Späteren, namentlich Simplicius, der aber auch noch unmittelbar aus der Urquelle schöpfte: „Anaxagoras betrachtete den Geist nicht als ein stoffliches Wesen, sondern als scheidendes und ordnendes Princip, das getrennt von den Dingen und von anderer Substanz sei, als die Dinge, die von ihm gebildet;“

---

27) Plutarch. de plac. philos. I. 3, 11: *τὰς μὲν ὁμοιομερείας ὕλην, τὸ δὲ ποιοῦν αἴτιον τὸν νοῦν, τὸν τὰ πάντα διαταξάμενον.* Dasselbe b. Stob. Eclog. phys. I, p. 298. Ferner Origen. Philosophum. 8.: *οὗτος ἔφη τὴν παντὸς ἀρχὴν νοῦν καὶ ὕλην, τὸν μὲν νοῦν ποιοῦντα, τὴν δὲ ὕλην γινομένην.* Diog. L. II, 6: *πρῶτος τῇ ὕλῃ νοῦν ἐπέστησεν.*

28) S. unten Anm. 57 f.

29) Plat. Cratyl. p. 413, C: *λέγει Ἀναξαγόρας νοῦν εἶναι τοῦτο· αὐτοκράτορα γὰρ αὐτὸν ὄντα καὶ οὐδενὶ μεμιγμένον πάντα φησὶν αὐτὸν κοσμεῖν τὰ πράγματα διὰ πάντων ἰόντα.*

30) Aristot. de anima I, 2: *μόνον γοῦν φησιν αὐτὸν τῶν ὄντων ἁπλοῦν εἶναι καὶ ἀμιγῆ καὶ καθαρόν*, und weiterhin *Ἀναξαγόρας δὲ μόνος ἀπαθῆ φησιν εἶναι τὸν νοῦν καὶ κοινὸν οὐθὲν οὐθενὶ τῶν ἄλλων ἔχειν.* Ibid. III, 4: *ὁ νοῦς ἁπλοῦν ἐστι καὶ ἀπαθὲς καὶ μηθενὶ μηθὲν ἔχει κοινόν, ὥςπερ φησὶν Ἀναξαγόρας.* Metaph. A, 8: *τοῦτον δὲ ἀμιγῆ μόνον καὶ καθαρόν.* Dazu Phys. VIII, 5. in Anm. 167.

und Johannes Philoponos: der Geist oder Noos „sei unvermischt und ohne Gemeinschaft irgendwomit und habe keine Verwandtschaft mit den Stoffen, aus denen alle Dinge bestehen;" Anaxagoras „erklärte ihn für rein und unvermischt und unwandelbar, das ist, für unkörperlich."[31] Auch Cicero bezeugt dem Anaxagoras die Israelitische Gotteserkenntniss auf das Glänzendste dadurch, dass er sich nicht darein zu finden vermag, wie dieser Geist ohne Körper als ein wirkliches lebendes Wesen gedacht werden könne.[32] Dazu vernehmen wir zuletzt das Wichtigste und Entscheidendste, des Anaxagoras eigene Worte; also lauten diese in genauer Uebersetzung: „der Geist aber ist unendlich und unumschränkt herrschend und ist mit keinem Dinge vermischt, sondern ganz allein für sich selber ist er."[33] Wäre hiemit des Anaxagoras Auffassung der Gottheit als reinen Geistes in absolutem Fürsichselbstsein, getrennt von allem Sinnlichen der Wesenheit nach, nicht schon vollständig erwiesen, so würde sie auch noch aus der völligen Entgötterung einleuchten, in welcher die Dinge, nachdem eben die Gottheit aus der Substanz derselben geschieden ist, vor ihm liegen; was wir weiterhin näher betrachten werden.[34]

Jetzt untersuchen und vergleichen wir urkundlich auch die Israelitische Erkenntniss, versteht sich, zunächst nur soweit, wie die Anaxagorische dargelegt ist, nach ihrer grundwesentlichen Unterscheidung von allen übrigen religiösen Weltansichten des alten Morgenlandes. Dass die Israeliten im entschiedensten Widerspruche

---

31) Simplic. in Aristot. Phys. fol. 67, a: *τὸν νοῦν Ἀναξαγόρας οὐκ ἔλεγεν εἶδος ἔνυλον, οἷον ἦν τὸ νῦν ζητούμενον, ἀλλὰ διακριτικὸν καὶ κοσμητικὸν αἴτιον χωριστὸν ἀπὸ τῶν κοσμουμένων καὶ ἄλλης ὂν ὑποστάσεως παρὰ τὰ κοσμούμενα.* Philop. in Aristot. de anima C, 9: *ἀμιγὴς γὰρ ὢν καὶ ἀκοινώνητος καὶ μηδεμίαν σχέσιν ἔχων πρὸς τὰς ἀρχάς, ἐξ ὧν τὰ πάντα ... τοῦτον τὸν νοῦν καθαρὸν ἔλεγε καὶ ἀμιγῆ καὶ ἀπαθῆ, τουτέστιν, ἀσώματον.* Dazu Plutarch. vit. Pericl. 4: *νοῦν ἐπέστησε καθαρὸν καὶ ἄκρατον ἐμμεμιγμένοις πᾶσι τοῖς ἄλλοις.* Plotin. Ennead. V, 1, 9: *Ἀναξαγόρας δὲ νοῦν καθαρὸν καὶ ἀμιγῆ λέγων, ἁπλοῦν καὶ αὐτὸς τίθεται τὸ πρῶτον καὶ χωριστὸν τὸ ἕν.* Tertullian. de anim. 12: purumque eum (animum d. i. *τὸν νοῦν*) affirmans et simplicem et incommiscibilem.

32) Cic. de nat. deor. I, 11: Si mentem istam (Anaxagoras) quasi animal aliquod esse voluit, erit aliquid interius, ex quo illud animal nominetur. quid autem interius mente? cingatur igitur corpore externo. quod quoniam non placet, aperta simplexque mens nulla re adiuncta, qua sentire possit, fugere intelligentiae nostrae vim et notionem videtur.

33) Anaxag. Fragm. 8. ed. Schaub., Fragm. VI. ed. Schorn: *Νόος δέ ἐστι ἄπειρον καὶ αὐτοκρατὲς καὶ μέμικται οὐδενὶ χρήματι, ἀλλὰ μοῦνος αὐτὸς ἐφ' ἑωυτοῦ ἐστι.* Und bald darauf: *ἔστι γὰρ λεπτότατόν τε πάντων χρημάτων καὶ καθαρώτατον.* Ueber diese letztern Ausdrücke s. Anm. 165.

34) S. unten Anm. 124 f.

gegen den Pantheismus und die Naturreligionen der anderen Völker, gerade so wie eben von Anaxagoras gezeigt worden, die Gottheit als durchaus reinen Geist, ohne Gemeinschaft der Wesenheit und ohne Aehnlichkeit mit irgend einem der Dinge, dagegen die Dinge ihrer Substanz nach als ein völlig Anderes, als Gebilde aus blossen natürlichen Stoffen ohne Göttlichkeit, erkannt haben, das liegt in den heiligen Schriften des Volkes so klar vor Augen, und wird von den Christlichen Theologen, ja von der gesammten Christenheit, so richtig gesehen, dass kein Zweifel dagegen aufkommen kann. Zugleich ist unbestreitbar, was nicht blos die Christlichen Theologen, sondern auch andere gründliche Kenner lehren, dass die Auffassung der Gottheit als reinen Geistes und die völlige Scheidung derselben von der Welt oder Natur, ihrer Wesenheit nach, auch gerade die Angel und die welthistorische Bedeutung der Israelitischen Religion als solcher ausmacht. Denn so sagt auch Braniss ganz richtig: „Das wesentliche Geschiedensein Gottes von der Natur festzuhalten, Nichts von Allem, was im Himmel und auf Erden ist, zum Bilde und Gleichniss Gottes zu machen, und so überhaupt nichts Natürliches in das Gottesbewusstsein eindringen zu lassen“, das ist „Element und Wurzel“ des Israelitischen religiösen Volkslebens, ist „die ursprüngliche und schlechthin maassgebende Eigenthümlichkeit“ desselben.[35] Und Schwartze schreibt: „Wohl hatten die Hebräer Ursache, sich der Vorstellung ihres Jehovah zu rühmen; denn gerade in dem Bewusstsein des Jehovah liegt das welthistorische Moment des Mosaism als Volksreligion. Schreitet auch noch Jehovah vorüber im linden Säuseln der Luft, brauset er einher im Sturmesungewitter, spricht er auch aus der Gluth des Feuers, so war dies doch nur dichterisches, nicht dogmatisches Symbol. Er hatte ganz die ätherisch-feurige Hülle abgelegt“, in welcher die Gottheit auch in ihrer reinsten Wesenheit als Kneph von den Aegyptern, als Ormusd von den Medern und Persern vorgestellt wurde.[36] Zwar findet sich in den kanonischen Büchern des Volkes keine einzige Stelle, in welcher ausdrücklich ausgesprochen wäre, dass die Gottheit ein unkörperlicher reiner Geist sei; gleichwohl ist diese Erkenntniss der Israeliten völlig gewiss. Sie ist erstens klar aus der vollständigen Entgötterung, in welcher die Welt und alle Dinge in ihr, weil eben die Gottheit aus der Substanz derselben geschieden ist, sich dem nüchternen Blicke der Israeliten darstellen; worauf wir

35) Braniss a. a. O. Bd. I, S. 26 f. u. 307 f.
36) Schwartze Das alte Aegypten, Leipzig 1843 f. 4. B. I, Abth. I, Einleit. S. 17.

späterhin zurückkommen werden.[37] Sie ist zweitens klar aus der heiligen Schöpfungsurkunde des Volkes, in welcher, wie Umbreit sagt, gar nicht zu verkennen ist „die scharfe Trennung der schaffenden Gottheit von der durch ihre allmächtige Willenskraft hervorgerufenen Welt, so dass der pantheistische Ausleger schwere Sünde gegen die unbefangene Hermeneutik auf sich laden muss, wenn er seine philosophische Ansicht der Klarheit des ältesten Schöpfungsberichtes einzuzwängen unternimmt.“[38] Auch diesen Schöpfungsbericht werden wir weiterhin genauer betrachten, und es wird sich zeigen, dass in ihm, gerade so wie in der Kosmogonie des Anaxagoras, die Gottheit als rein geistiger Demiurg, die Substanz der Welt aber als eine ursprünglich chaotische Mischung aller Stoffe dargestellt wird, aus welcher die Gottheit durch Sonderung die gegenwärtige Gestalt und Einrichtung der Welt hervorgebracht habe.[39] Die Auffassung der Gottheit als reinen Geistes, ohne Verwandtschaft mit irgend einem der natürlichen Dinge, welche auch von Anaxagoras auf das Bestimmteste verneint wird, leuchtet ferner ein aus dem vorhin von Braniss hervorgehobenen Gebote der heiligen Schriften des Volkes: „Du sollst dir kein Bild machen, noch irgend ein Gleichniss, was im Himmel oben, und was auf der Erde unten, und was im Wasser unter der Erde.“[40] Eine andere Stelle begründet dieses Gebot ausdrücklich durch die Gestaltlosigkeit der Gottheit, indem sie Moses also zu dem Volke reden lässt: „So habet nun wohl Acht auf euch selbst, denn ihr habt keinerlei Gestalt gesehen des Tages, da Jehovah zu euch redete auf Horeb aus dem Feuer, dass ihr nicht übel thuet und euch ein Bildniss machet, Gleichniss irgend eines Bildes, die Gestalt eines Mannes oder eines Weibes, die Gestalt irgend eines Thieres auf der Erde, die Gestalt irgend eines geflügelten Vogels, welcher am Himmel flieget, die Gestalt irgend eines Gewürmes auf dem Erdboden, die Gestalt irgend eines Fisches im Wasser unter der Erde.“[41] Auch sagt Flav. Josephus mit ausdrücklichen Worten: keine Kunst vermag eine Nachbildung der

---

37) S. unten bei Anm. 126 f.

38) Umbreit Kommentar über die Sprüche Salomo's. Heidelberg 1826. 8. Einleit. S. XL. Ebenso Tuch Kommentar über die Genesis. Halle 1838. 8. zu Kap. 1—2, 3. S. 12: „Die Natur ist entgöttert, sie hört auf, Evolution, Aussenseite Gottes zu sein“ und „vergebens sucht Johannsen die Hebräische Kosmogonie in eine Emanationstheorie umzugestalten, um die Beziehungen zu Indiens Sagenkreise herauszufinden.“

39) S. unten Anm. 68 f.

40) 2 Mos. 20, 4. der Uebersetzung de Wette's, welche hier durchweg zu Grunde gelegt wird.

41) 5 Mos. 4, 15 f.

Gottheit zu ersinnen; „Nichts, das ihr ähnlich wäre, sahen wir, noch erdenken wir, noch dürfen wir vermuthen.“ [42] Weil Jehovah eben ein ganz unsinnlicher reiner Geist ist, darum spricht er auch in den heiligen Schriften: „Du kannst mein Angesicht nicht sehen, denn nicht siehet mich der Mensch und lebet“; und wiederum: „Mein Angesicht kann man nicht sehen.“ [43] Dies wohl wissend, fragt auch Sirach: „Wer sah ihn, dass er ihn beschreiben kann?“ [44] Und in derselben Erkenntniss redet Hiob von Gott: „Hast du Augen von Fleisch? siehest du, wie Sterbliche sehen?“ [45] Demnach unterliegt es gar keinem Zweifel, dass von den Israeliten jede Verbildlichung Gottes in irgend einer sinnlichen Gestalt eben wegen der Unangemessenheit mit dem klar erkannten Wesen desselben als reinen Geistes zurückgewiesen wurde. Und so tief wurde diese Unangemessenheit von den Israeliten empfunden, so rein also auch die Gottheit als Geist von ihnen erfasst, dass ihnen, wenigstens in der Zeit und auf dem Standpunkte ihres schärfer ausgebildeten Gottesbewusstseins, die Verbildlichung Jehovah's dem Götzendienste der anderen Völker, dem wirklichen Abfalle von ihm, völlig gleich galt. In solchem Lichte betrachten ihre heiligen Schriften die bekannte Verbildlichung Jehovah's durch Aaron in dem von den Aegyptern entlehnten Stierbilde; [46] in solchem Lichte beurtheilen sie beständig die auch noch später fortdauernde gleiche Verbildlichung Jehovah's

---

42) Flav. Joseph. c. Apion. II, 22: *οὗτος (θεὸς) ἔργοις μὲν καὶ χάρισιν ἐναργὴς καὶ παντὸς οὑτινοσοῦν φανερώτερος, μορφὴν δὲ καὶ μέγεθος ἡμῖν ἀφανέστατος· πᾶσα μὲν γὰρ ὕλη πρὸς εἰκόνα τὴν τούτου, κἂν ᾖ πολυτελής, ἄτιμος, πᾶσα δὲ τέχνη πρὸς μιμήσεως ἐπίνοιαν ἄτεχνος· οὐδὲν ὅμοιον οὔτ' ἴδομεν οὔτ' ἐπινοοῦμεν οὔτ' εἰκάζειν ἐστὶν ὅσιον.*

43) 2 Mos. 33, 20. u. 23.

44) Sir. 43, 35. (31.)

45) Hiob 10, 4.

46) S. 2 Mos. 32, 1 f. 5 Mos. 9, 12 f. und dazu Gramberg Krit. Gesch. d. Religionsideen des A. T. (Berl. 1829. 8.) B. I. S. 442 f., welcher wol ganz richtig bemerkt: Aaron macht aus dem vom Volke hergegebenen Geschmeide „ein gegossenes Kalb, welches sie aufstellen, indem sie ausrufen: Das ist dein Gott, Israel, welcher dich aus Aegypten geführt hat! Schon daraus ist klar, dass sie das Bild als ein Symbol Jehovah's betrachten, und keinesweges irgend einen anderen, ausländischen Gott dabei verehren wollen; aber dies wird noch dadurch bestätigt, dass Aaron V. 5. vor dem Bilde einen Altar erbauen und ausrufen lässt: Morgen ist ein Fest Jehovah's.“ Ebenso urtheilt Konr. v. Coelln Bibl. Theologie § 13. B. I, S. 68: „Später finden wir jedoch Jehovah zu Dan unter dem Bilde eines Rindes oder jungen Stiers (vitulus) verehrt 1 Kön. 12, 28. 29., und wahrscheinlich trug auch das frühere Bildniss daselbst keine andere Gestalt, da sich zu diesem Symbol die Israeliten schon in der Wüste gewendet hatten 2 Mos. 32, 1—8. Das Symbol selbst war entlehnt aus dem Cultus der Aegyptier.“ Vgl. de Wette Bibl. Dogm. §. 72. S. 50. (Ausg. 1831) u. dess. Beiträge zur Einleitung in d. A. T. B. II, S. 246. Rosenmüller Schol. ad Exod. 32, 4.

in dem durch Jerobeam von Juda getrennten Reiche Israel.[47] Zu all dem Angeführten kommt endlich, dass die heiligen Schriften der Israeliten, nicht erst das Buch der Weisheit und Sirach, sondern auch schon die älteren Bücher, die allwirkende Kraft Gottes mit Bestimmtheit als allwaltende lautere Weisheit oder Intelligenz, d. i. ausdrücklich als den Anaxagorischen Noos, darstellen; worauf wir weiterhin bei der genaueren Untersuchung und Vergleichung des Israelitischen und des Anaxagorischen Gottesbegriffes zurückkommen werden.[48] Daher ist auch Philon, trotz seines Platonismus, hier nicht im Irrthum, indem er dem Moses genau die Anaxagorische Auffassung zuschreibt: das wirkende Princip des Alls sei „der reinste und unvermischteste Noos."[49] Und demnach stellt auch de Wette die Israelitische Gotteserkenntniss ganz richtig dar, wenn er in Uebereinstimmung mit Konr. v. Cölln schreibt: „Als Geist haben sich die Hebräer Jehovah gedacht, aber nicht metaphysisch, sondern anthropologisch popular als I n t e l l i g e n z unter den B i l d e r n menschlicher Eigenschaften."[50] Denn in die philosophische Form ist die religiöse Erkenntniss allerdings nicht verklärt; sonst wäre sie auch eben Philosophie.

Damit haben wir nun den neuen Boden gefunden, auf welchem in der Geschichte der Vor-Platonischen Philosophie die Anaxagorische, in der Geschichte des alten Morgenlandes die Israelitische

47) S. 1 Kön. 12, 26. f., wozu Gramberg a. a. O. B. I, S. 505 f. bemerkt: „Unser Erzähler sieht darin nur Götzendienst, obgleich er selbst die Worte Jerobeam's mittheilt: Das ist dein Gott, Israel, der dich aus Aegypten geführt hat." „Weiterhin nun ist der Erzähler auf diesen Cultus stets aufmerksam und berichtet von jedem Israelitischen Könige immer, dass er ihn beibehalten habe, gewöhnlich mit den Worten: Er wandelte auf den Wegen Jerobeam's, des Sohnes Nebat's, und in seiner Sünde, womit er Israel zur Sünde verleitete; worunter nie etwas Anderes zu verstehen ist, als die Anbetung der Bilder des Jehovah-Apis, indem anderweitige, eigentliche Abgötterei dem Jerobeam nicht Schuld gegeben wird." S. 1 Kön. 15, 26 f. 16, 25 f. 30 f. 22, 53. Am klarsten ist dies 2 Kön. 3, 2 f., wo es von Joram heisst, dass er den von seinen Eltern eingeführten Dienst des Baal wieder abschaffte, aber an den Sünden Jerobeam's, des Sohnes Nebat's, festhielt. „Man sieht, wie sorgfältig der Erzähler den ausländischen Götzendienst von dem Cultus des Jerobeam unterscheidet." Vgl. v. Coelln a. a. O. und §. 15. B. I. S. 77 f.

48) S. unten Anm. 142 f.

49) Philo de mundi opif., init.: *ἔγνω* (*Μωυσῆς*), *ὅτι ἀναγκαιότατόν ἐστιν ἐν τοῖς οὖσιν τὸ μὲν εἶναι δραστήριον αἴτιον, τὸ δὲ παθητόν· καὶ ὅτι τὸ μὲν δραστήριον ὁ τῶν ὅλων* *ν ο ῦ ς* *ἐστιν* *ε ἰ λ ι κ ρ ι ν έ σ τ α τ ο ς* *καὶ ἀκραιφνέστατος*. Vgl. Anm. 97 u. 138.

50) de Wette Bibl. Dogm. §. 100, wo die Bilder, in denen der rein geistige Gott von der religiösen Vorstellung aufgefasst wird, ganz richtig beurtheilt sind. Vgl. v. Coelln Bibl. Theol. §. 23. u. 24. Bd. I. S. 131 f. hier unten bei Anm. 176.

Weltansicht sich entwickelt: die erste völlige Scheidung der Gottheit als reinen Geistes und der natürlichen Stoffe oder der Materie als solcher, woraus die Welt gebildet ist. Niemand kann leugnen, dass Anaxagoras durch diese Scheidung ein Werk von der ungeheuersten Bedeutung für die Entwicklung der gesammten Philosophie vollbracht hat. Denn nicht genug, dass diese Scheidung die unumgängliche Vorarbeit sowohl der Platonischen wie der Aristotelischen Philosophie war, welche ohne sie gar nicht entstehen konnten; sie bildet noch die Voraussetzung und freilich auch die Sphinx alles Christlichen Philosophirens. Die Bedeutung, welche dem Anaxagoras in der Geschichte der Philosophie zukommt, gebührt den Israeliten auf dem Gebiete der grossen weltgeschichtlichen Entwickelung der Menschheit, so dass sie vollkommen die Bewunderung verdienen, die ihnen von der Christenheit gezollt wird. Je gründlicher aber das Unermessliche der Anaxagorischen und der Israelitischen Errungenschaft eingesehen wird, desto weniger darf die Vorstufe unbeachtet bleiben, auf welcher wir in der Vor-Platonischen Philosophie den Parmenides, im alten Morgenlande die Indier mit der Lehre der akosmischen Wedantinen erblicken, zumal da die genauere Vergleichung der Anaxagorischen und Israelitischen Erkenntniss mit der des Parmenides und der akosmischen Wedantinen dazu dient, den Anaxagorischen und Israelitischen Gottesbegriff selbst noch in helleres Licht zu setzen. Dem Parmenides muss das Verdienst zuerkannt werden (und was von ihm in der Vor-Platonischen Philosophie, gilt von den Wedantinen in der Geschichte des alten Morgenlandes), dass er zuerst die klare Erkenntniss einer übernatürlichen rein geistigen Wesenheit gewonnen hat, was ihm auch Aristoteles ausdrücklich bezeugt.[51] Seine Beschreibung des absolut Seienden ist in der That die Beschreibung der Wesenheit des reinen Geistes oder des Anaxagorischen und des Israelitischen Gottes. Denn also lautet ja seine Lehre von dem absolut Seienden: es ist ungeworden und unvergänglich, erhaben über die Veränderung der natürlichen Dinge, ohne Zeitlichkeit oder ewig, auch ohne Räumlichkeit, durchaus Eines, rein durch und für sich selbst bestehend, vollkommen, und ganz gleich an sich; ja er spricht es geradezu aus: es ist Eines mit dem Denken.[52] Indessen der Unterschied findet statt, dass Parmenides wol die Substanz des absoluten Seins oder der Gottheit als eine solche übernatürliche

51) Aristot de coelo III, 1. in Anm. 53.
52) S. die Eleaten u. die Indier S. 272 f. Vgl Clemens de philosophia Anaxagorae p. 50

oder rein geistige erkennt, dass er wol logisch die Wesenheit des Anaxagorischen oder Israelitischen Geistes gleichsam als eines X, nicht aber diesen selber als ein in der erkannten Wesenheit für sich, getrennt von der Welt, existirendes Subjekt erfasst. Denn wie schon vor ihm Xenophanes den logischen Begriff der Anaxagorischen oder Israelitischen Gottheit hat, diesem aber das ganze sichtbare All unterlegt, so überträgt auch noch Parmenides die Beschreibung des absoluten Seins, welche in Wahrheit nur auf den Anaxagorischen und Israelitischen reinen Geist passt, auf die sichtbare Welt, indem er dieselbe freilich ihrer sichtbaren Beschaffenheit nach dadurch aufhebt. Das hat schon Aristoteles mit voller Klarheit gesehen, da er sagt: indem die Eleaten Parmenides und Melissos zuerst Uebersinnliches erfassten, aber gleichwohl ein anderes Sein ausser dem Sinnlichen nicht annahmen, so übertrugen sie die Bestimmungen des Uebersinnlichen auf das Sinnliche.[53] Was so von Parmenides und den akosmischen Wedantinen seiner Wesenheit nach beschrieben wird, aber ihnen gleichwohl seiner Wirklichkeit nach unbekannt ist, so dass sie ihm selbst die sichtbare Welt unterlegen, das wird von Anaxagoras und den Israeliten in seiner Wirklichkeit wie durch unmittelbare Offenbarung gewusst als der reine, getrennt von der Welt existirende göttliche Geist. Parmenides und die akosmischen Wedantinen erkennen nur erst die Substanz des reinen Geistes als eines X, und schreiben ihr allein Wirklichkeit zu, alles Andere verneinend, so dass bei ihnen auch nicht von einem Schaffen und Walten der Gottheit die Rede sein kann; dagegen Anaxagoras und die Israeliten erkennen den reinen Geist selber, erkennen ihn „als ein selbstständiges, von dem Komplex des Sinnlichen freies Subjekt", wie Wirth völlig übereinstimmend mit den urkundlichen Vorlagen von dem Anaxagorischen Noos schreibt,[54] und ebenso von dem Israelitischen Gotte erwiesen ist.

Nachdem wir die Anaxagorische und die Israelitische Erkenntniss in ihrer Unterscheidung von den anderen Vor-Platonischen und Alt-Morgenländischen Weltansichten insgesammt und von der des Parmenides und der akosmischen Wedantinen insbesondere, betrachtet

---

53) Aristot. de coelo III, 1: *ἐκεῖνοι δὲ διὰ τὸ μηθὲν μὲν ἄλλο παρὰ τὴν τῶν αἰσθητῶν οὐσίαν ὑπολαμβάνειν εἶναι, τοιαύτας δέ τινας νοῆσαι πρῶτοι φύσεις, εἴπερ ἔσται τις γνῶσις ἢ φρόνησις, οὕτω μετήνεγκαν ἐπὶ ταῦτα τοὺς ἐκεῖθεν λόγους.*

54) S. Wirth in Anm. 7. Treffend bemerkt daher auch Clemens l. c. p. 69 sq.: Eleaticorum id, quod est (*τὸ ὄν*), quamvis mentis naturam involvat, tamen ... in mente Anaxagorae concretam formam, animam, ut ita dicam, et vitam consecutum est.

und dadurch die Grundeigenthümlichkeit derselben in grösster Bestimmtheit und Klarheit gewonnen haben, so wenden wir uns jetzt zur genaueren Untersuchung und Vergleichung beider nach ihrer Beschaffenheit für sich und nach ihrer gesammten ausführlichen Entwickelung.

Die Grundansicht selbst sowohl des Anaxagoras wie der Israeliten ist der nachgewiesene Dualismus der Gottheit als reinen Geistes und der Welt als eines Gebildes aus blossen natürlichen Stoffen. Die nächste Frage ist, ob dieser Dualismus des reinen Geistes und der natürlichen Stoffe, oder der Materie überhaupt, als ein uranfänglicher gedacht wird, oder ob nach Anaxagoras und den Israeliten die Materie erst von dem Geiste oder der Gottheit erschaffen ist, versteht sich, aus dem Nichts; denn von einem Hervorgehen der Materie aus dem Geiste oder der Gottheit selber kann, da die Gottheit als ganz unstoffliche oder unkörperliche Wesenheit gedacht wird, gar nicht die Rede sein. Die Beantwortung dieser Frage ergiebt sich aus der Bestimmtheit, in welcher Anaxagoras und die Israeliten die Weltschöpfung darstellen. Bei Anaxagoras besteht nicht der geringste Zweifel, dass er eine Erschaffung der Welt aus dem reinen Nichts nicht zu denken vermocht hat. Denn ausserdem, dass Aristoteles auf das Bestimmteste bezeugt, Anaxagoras habe so wenig, wie all die anderen Vor-Platonischen Philosophen, ein Werden aus Nichts angenommen, und dass ein Anaxagorisches Bruchstück selbst ein solches Werden ausdrücklich verneint,[55] so ist auch aus der Kosmogonie des Anaxagoras, die wir zu grossem Theile noch in der Urschrift besitzen, völlig klar, dass er den Dualismus des unendlichen reinen Geistes und der Weltmaterie sich als einen uranfänglichen gedacht hat. Nämlich die Schöpfungsgeschichte, mit welcher Anaxagoras sein Werk, gerade so wie die Israeliten die Sammlung ihrer heiligen Schriften, eröffnete,[56] lautete in ihren Hauptzügen, nach den Berichten der Alten und den vorliegenden

---

55) Aristot. Phys. I, 4: *ἔοικε δὲ Ἀναξαγόρας οὕτως ἄπειρα οἰηθῆναι τὰ στοιχεῖα διὰ τὸ ὑπολαμβάνειν τὴν κοινὴν δόξαν τῶν φυσικῶν εἶναι ἀληθῆ, ὡς οὐ γινομένου οὐδενὸς ἐκ τοῦ μὴ ὄντος.* Vgl. de gen. et corr. I, 1 u. s. Plutarch. de plac. philos. I, 3, 9. Dazu Anaxag. Fragm. 22. (XVII): *τὸ δὲ γίνεσθαι καὶ ἀπόλλυσθαι οὐκ ὀρθῶς νομίζουσιν οἱ Ἕλληνες. οὐδὲν γὰρ χρῆμα (οὐδὲ) γίνεται οὐδὲ ἀπόλλυται, ἀλλ' ἀπὸ ἐόντων χρημάτων συμμίσγεταί τε καὶ διακρίνεται.*

56) Simplic. in Aristot. Phys. fol. 33, b: *ὅτι δὲ Ἀναξαγόρας ἐκ τινος μίγματος ἄπειρα τῷ πλήθει ὁμοιομερῆ ἀποκρίνεσθαί φησιν, κτλ. δηλοῖ διὰ τοῦ πρώτου τῶν φυσικῶν, λέγων ἀπ' ἀρχῆς· Ὁμοῦ χρήματα πάντα ἦν κτλ.* Vgl. fol. 35, a. 37, a. Diog. L. II, 6. (in Anm. 59). Plutarch. de plac. philos. I, 3, 12.

Bruchstücken, wie folgt: Im Anfange waren alle Stoffe, aus denen die sichtbare Welt gebildet ist, in einem Chaos beisammen, [57] „und bevor diese von einander geschieden wurden, indem Alles zusammen war, liess sich durchaus nicht irgend eine Beschaffenheit erkennen; denn das war unmöglich, weil Alles vermischt war, das Nasse und das Trockene, das Warme und das Kalte, das Helle und das Finstere, dazu viel Erde, und unzählige Stoffe, ganz unähnlich einander.“ [58] Da trat der Geist herzu, der Noos, und brachte Bewegung in das todte Chaos und schied die Stoffe und bildete aus ihnen die Welt mit Allem, was in ihr ist. [59] Denn „das Zusammengemischte und das Abgesonderte und Geschiedene, Alles kannte der Geist; und wie es sein sollte und wie es war und so Vieles jetzt ist und wie es sein wird, Alles richtete der Geist ein, auch diese Kreisbewegung, in welcher jetzt die Gestirne herumgehen und die Sonne und der Mond und die Luft und der Aether, die abgesonderten. Diese Kreisbewegung aber bewirkte die Absonderung, und es sonderte sich das Dichte von dem Dünnen, das Warme von dem Kalten, das Helle von dem Finsteren, das Trockene von dem

57) Anaxag. Fragm. 1: *Ὁμοῦ πάντα χρήματα ἦν, ἄπειρα καὶ πλῆθος καὶ σμικρότητα. καὶ γὰρ τὸ σμικρὸν ἄπειρον ἦν. καὶ πάντων ὁμοῦ ἐόντων οὐδὲν εὔδηλον* (al. *ἔνδηλον*) *ἦν ὑπὸ σμικρότητος. πάντα γὰρ ἀήρ τε καὶ αἰθὴρ κατεῖχεν, ἀμφότερα ἄπειρα ἐόντα.* Schaubach ad h. l.: illud *ὁμοῦ πάντα χρήματα ἦν* proverbii instar apud plurimos scriptores citatur. Plat. Phaed. 17: *ταχὺ ἂν τὸ τοῦ Ἀναξαγόρου γεγονὸς εἴη, ὁμοῦ πάντα χρήματα.* U. A. l. c. Mit der Bemerkung Plotin's Ennead. II, 4, 7: *Ἀναξαγόρας δὲ τὸ μίγμα ὕδωρ ποιῶν*, ist zu vergleichen Diog. L. II, 9. Orig. Philosophum. 8 in Anm. 413. Heraclit. Alleg. Hom. 22 in Anm. 414. und 1 Mos. 1, 2.

58) Anaxag. Fragm. 6. (IV): *πρὶν δὲ ἀποκριθῆναι ταῦτα, πάντων ὁμοῦ ἐόντων, οὐδὲ χροιὴ εὔδηλος* (al. *ἔνδηλος*) *ἦν οὐδεμίη· ἀπεκώλυε γὰρ ἡ σύμμιξις πάντων χρημάτων, τοῦ τε διεροῦ καὶ τοῦ ξηροῦ, καὶ τοῦ θερμοῦ καὶ τοῦ ψυχροῦ, καὶ τοῦ λαμπροῦ καὶ τοῦ ζοφεροῦ, καὶ γῆς πολλῆς ἐνεούσης, καὶ σπερμάτων ἀπείρων πλῆθος, οὐδὲν ἐοικότων ἀλλήλοις.*

59) Diog. L. II, 6: *πρῶτος τῇ ὕλῃ νοῦν ἐπέστησεν, ἀρξάμενος οὕτω τοῦ συγγράμματος, ὅ ἐστιν ἡδέως καὶ μεγαλοφρόνως ἡρμηνευμένον· Πάντα χρήματα ἦν ὁμοῦ· εἶτα νοῦς ἐλθὼν αὐτὰ διεκόσμησε.* Plutarch. de plac. philos. I, 3, 12: *ἄρχεται δὲ οὕτως· Ὁμοῦ πάντα χρήματα ἦν, νοῦς δ' αὐτὰ διῆρε καὶ διεκόσμησε.* Id. l. c. I, 7, 6. ap. Euseb. Praep. Evang. XIV, 16. p. 753: *ὁ δὲ Ἀναξαγόρας φησίν, ὡς εἱστήκει κατ' ἀρχὰς τὰ σώματα, νοῦς δὲ αὐτὰ διεκόσμησε θεοῦ καὶ τὰς γενέσεις τῶν ὅλων ἐποίησεν.* Euseb. l. c. X, 14. p. 504: *ἦν γὰρ τὴν ἀρχήν, φησί, τὰ πράγματα ὁμοῦ πεφυρμένα· νοῦς δὲ εἰσελθὼν αὐτὰ ἐκ τῆς ἀταξίας εἰς τάξιν ἤγαγεν.* Theodoret. Graec. aff. cur. II, p. 24 ed. Sylb. p. 67 ed. Gaisf.: *Ἀναξαγόρας ὁ Ἡγησιβούλου ὁ Κλαζομένιος, τῶν πρὸ αὐτοῦ φιλοσόφων οὐδὲν περαιτέρω τῶν ὁρωμένων νενοηκότων, πρῶτος νοῦν ἔφησεν ἐφεστάναι τῷ κόσμῳ, καὶ τοῦτον εἰς τάξιν ἐκ τῆς ἀταξίας ἀγαγεῖν τὰ στοιχεῖα.* Dazu Aristot. Phys. III, 4. VIII, 1. Simplic. l. c. fol. 257, b (Anm. 238). Timon ap. Diog. L. II, 6. Cic. Acad. IV, 37. Themist. Orat. XV, p. 360. ed. Petav. u. A. b. Schaubach ad Anaxag. Fragm. 1. p. 66 sq.

Nassen."[60] Nachdem der Geist oder die Gottheit so mittels Scheidung der Stoffe den Himmel und die Erde hervorgebracht hatte, liess er die Pflanzen und die lebendigen Wesen entstehen, auch die letzteren aus der Erde.[61] Demnach war dem Anaxagoras die Weltmaterie nicht erschaffen, sondern uranfänglich vorhanden, als eine finstere chaotische Masse (denn von Finsterniss bedeckt muss er gleich den Anderen, die diese Anschauung hatten, sich das Chaos vorgestellt haben, da er das Licht erst bei der Scheidung der Stoffe hervorgehen lässt); und die Gottheit bildete also nach ihm die Welt und Alles, was in ihr ist, aus der vorhandenen Materie in Weise eines Künstlers oder Werkmeisters, mit welchem auch von den Alten selbst, wie wir weiterhin sehen werden,[62] der Anaxagorische Weltschöpfer ausdrücklich verglichen wird.

Was die Israelitische Schöpfungsgeschichte betrifft, so wird von den Christlichen Theologen und Gelehrten darüber gestritten, ob in der heiligen Urkunde die Darstellung einer Weltschöpfung aus dem Nichts, oder die einer blossen Weltbildung aus der vorhandenen Materie, aus demselben finsteren Chaos aller Stoffe, wie bei Anaxagoras, gegeben sei. Zwar das können und wollen auch Diejenigen, die in ihr eine Weltschöpfung aus dem Nichts erblicken, nicht leugnen, dass Moses, oder wer der Verfasser der heiligen Urkunde ist, die Vollbringung der Weltschöpfung als eine Scheidung und Bearbeitung eines finsteren Chaos darstellt; aber sie behaupten, dass Moses die Gottheit erst das Chaos aus dem Nichts erschaffen und dann aus ihm durch Scheidung und Gestaltung der Stoffe die Welt mit Allem, was in ihr ist, hervorbringen lasse. Ob diese Behauptung richtig oder ein leeres Vorgeben ist, kann natürlich nur durch eine unbefangene und genaue Betrachtung der heiligen Urkunde selbst erkannt und entschieden werden. Indessen schon ehe wir uns dazu wenden, muss uns sogleich der Umstand,

---

60) Anaxag. Fragm. 8 (VI): *καὶ τὰ συμμισγόμενά τε καὶ ἀποκρινόμενα καὶ διακρινόμενα, πάντα ἔγνω νόος· καὶ ὁκοῖα ἔμελλεν ἔσεσθαι καὶ ὁκοῖα ἦν καὶ ἄσσα νῦν ἔστι καὶ ὁκοῖα ἔσται, πάντα διεκόσμησε νόος· καὶ τὴν περιχώρησιν ταύτην, ἣν νῦν περιχωρέει τά τε ἄστρα καὶ ὁ ἥλιος καὶ ἡ σελήνη καὶ ὁ ἀὴρ καὶ ὁ αἰθὴρ οἱ ἀποκρινόμενοι. ἡ δὲ περιχώρησις αὕτη ἐποίησεν ἀποκρίνεσθαι, καὶ ἀποκρίνεται ἀπό τε τοῦ ἀραιοῦ τὸ πυκνὸν καὶ ἀπὸ τοῦ ψυχροῦ τὸ θερμὸν καὶ ἀπὸ τοῦ ζοφεροῦ τὸ λαμπρὸν καὶ ἀπὸ τοῦ διεροῦ τὸ ξηρόν.* Fragm. 19 (VIII): *τὸ μὲν πυκνὸν καὶ διερὸν καὶ ψυχρὸν καὶ ζοφερὸν ἐνθάδε συνεχώρησεν, ἔνθα νῦν ἡ γῆ· τὸ δὲ ἀραιὸν καὶ τὸ θερμὸν καὶ τὸ ξηρὸν (καὶ τὸ λαμπρὸν) ἐξεχώρησεν ἐς τὸ πρόσω τοῦ αἰθέρος.* Vgl. Diog. L. II, 8.

61) S. Plutarch. de plac. philos. II, 8. ap. Euseb. l. c. XV, 39. Diog. L. II, 9. u. A. in Anm. 413. und Heraclit. Alleg. Hom. 22. in Anm. 414.

62) S. unten Anm. 110 f.

dass über einen solchen Angelpunkt gestritten werden kann, dass die heilige Urkunde sich über ihn nicht ausspricht, in hohem Grade befremden. Und unser Befremden wird dadurch auf das Höchste gesteigert, dass auch in den übrigen heiligen Schriften des Volkes, in den Psalmen und in den Propheten und den historischen Büchern, nicht Eine Stelle nachgewiesen werden kann, welche den Gedanken einer Weltschöpfung aus dem Nichts ausdrückte und dadurch als die Israelitische Ansicht ausser Zweifel setzte. Wir wissen, dass kein einziges der alten Morgenländischen Völker den Gedanken zu fassen vermocht hat, so dass die Israeliten, wenn sie ihn gehabt, damit etwas völlig Neues und unter allen mitlebenden Völkern Unerhörtes gewusst hätten; und dies hätte der Verfasser der heiligen Schöpfungsurkunde, dies hätten die Sänger der Psalmen, dies die Propheten unterlassen sollen auszusprechen? Wie will Jemand die Unterlassung erklären? Etwa so: weil sie es für Etwas angesehen, das sich von selbst verstand? Aber es war ja, wie gesagt, etwas im ganzen Alterthum Unerhörtes. Oder so: weil sie den Gedanken für gewichtlos erachtet? Auch den oberflächlichsten Denkern hätte das Gewicht desselben einleuchten müssen, um so mehr den Sängern der Psalmen und den Propheten; unmöglich hätte diesen entgehen können, dass keine Lehre so, wie die der Weltschöpfung aus dem Nichts, geeignet war, ihren Gott vor denen aller übrigen Völker zu verherrlichen. Wohin würde das führen, wenn wir solche Erklärungen zuliessen! Dann könnten wir Jedem jede Erkenntniss zuschreiben, die er nirgends ausspricht. Aber in den heiligen Schriften der Israeliten ist der Gedanke einer Weltschöpfung aus dem Nichts nicht blos nirgends ausgedrückt, selbst nicht in der Schöpfungsurkunde, deren Verfasser doch, wenn er ihn hatte, geradezu genöthigt war, ihn auszusprechen, sondern im Gegentheil lassen sich Stellen nachweisen, welche diesen Gedanken mit Bestimmtheit verneinen. Es soll hier weniger Gewicht gelegt werden auf die Worte Hiobs: wenn Gott „seinen Geist und seinen Lebenshauch an sich zöge, es erblasste alles Fleisch zumal, und der Mensch kehrte in den Staub zurück;“[63] obwohl auch das offenbar nicht die Rede eines Mannes ist, der den Gedanken einer Schöpfung aus dem Nichts hat; denn dann hätte er wol gesagt: so kehrte Alles in das Nichts zurück. Aber das Buch der Weisheit legt uns in einer Stelle, die wir weiterhin genauer ansehen wollen, mit klaren Worten die Lehre des Anaxagoras vor Au-

63) Hiob 34, 14 f.

gen.[64] Blos in dem zweiten Buche der Makkabäer kommt eine Stelle vor, in welcher die Behauptung einer Weltschöpfung aus dem Nichts ganz unzweifelhaft scheint; sie lautet in de Wette's Uebersetzung: „Ich bitte dich, Kind, aufzuschauen zum Himmel und zur Erde und Alles, was in ihnen ist, zu betrachten und zu erkennen, dass Gott sie aus dem Nichts hervorgerufen, und dass auch das Menschengeschlecht also entstanden ist." Hier steht ausdrücklich: „dass Gott sie aus dem Nichts hervorgerufen;" aber das steht nur in de Wette's und Luther's Uebersetzung und in der Vulgata, nicht in dem Griechischen Text; dieser sagt nur: dass Gott sie aus dem Nichtsein in's Dasein gerufen, dass er sie gemacht hat, da sie vorher nicht waren, wie schon Rufinus ganz richtig übersetzt hat.[65] Also enthält die Stelle keinesweges das Nichts, sondern dies wird erst aus der Christlichen Dogmatik hineingelegt. Denn „aus dem Nichtsein ins Dasein rufen" und „aus dem Nichts erschaffen," das sind gar verschiedene Dinge. Die Worte „aus dem Nichtsein ins Dasein rufen" sagen, nur nachdrücklicher, Dasselbe, was „hervorbringen" überhaupt, ohne über die bestimmte Weise des Hervorbringens, ob aus dem Nichts, oder aus vorhandenem Stoffe, zu entscheiden. Daher dürfen wir auch von dem Werke, welches der Künstler aus dem gegebenen Marmor gebildet hat, aussprechen: er habe es aus dem Nichtsein in's Dasein gerufen, ohne dass wir damit behaupten, er habe auch den Stoff, den Marmor, erschaffen. Um über diese Bedeutung der Worte im zweiten Buche der Makkabäer keinen Zweifel übrig zu lassen, so gebraucht Xenophon buchstäblich denselben Griechischen Ausdruck von der Erzeugung der Kinder durch die Eltern.[66] So verliert die angeführte Stelle bei näherer Betrachtung der Urschrift jede Beweiskraft, die ihr denn auch längst von

---

64) Weish. 11, 17. unten in Anm. 94.

65) 2 Makk. 7, 28: *ἀξιῶ σε, τέκνον, ἀποβλέψαντα εἰς τὸν οὐρανὸν καὶ τὴν γῆν καὶ τὰ ἐν αὐτοῖς πάντα ἰδόντα γνῶναι, ὅτι ἐξ οὐκ ὄντων ἐποίησεν αὐτὰ ὁ θεὸς καὶ τὸ τῶν ἀνθρώπων γένος οὕτω γεγένηται.* Bei Origen. de princip. II, 1, 5. p. 79 ed. Delarue, in der Uebersetzung des Rufinus: et videns haec scito, quia Deus haec omnia, cum non essent, fecit. Der Ausdruck *ἐξ οὐκ ὄντων* sagt offenbar nicht ex nihilo, wie schon die Mehrzahl beweist, in welcher die Beziehung auf *αὐτὰ* gegeben ist. Die folgenden Worte: *καὶ τὸ τῶν ἀνθρώπων γένος οὕτω γεγένηται,* dienen zur Bekräftigung; denn bei diesen kann der Verfasser doch unmöglich eine andere Anschauung gehabt haben, als die der Schöpfungsurkunde und ihrer Ergänzung, wo die Erschaffung des Menschen, wie überall in den heiligen Schriften, auf das Bestimmteste als eine Bildung aus vorhandenem Stoffe dargestellt wird.

66) Xenoph. Memor. II, 2, 3: *τίνας οὖν, ἔφη, ὑπὸ τίνων εὕροιμεν ἂν μείζονα εὐεργετημένους, ἢ παῖδας ὑπὸ γονέων; οὓς οἱ γονεῖς ἐκ μὲν οὐκ ὄντων ἐποίησαν εἶναι κτλ.*

den neueren Theologen abgesprochen ist, indem diese sich darauf stützen, dass Philon in demselben Ausdrucke von der Schöpfung rede, während er die Erschaffung aus dem Nichts leugne[67]. Indessen die Begründung der Erklärung aus der Alexandrinisch-Jüdischen Philosophie ist, wie soeben gezeigt worden, weder nöthig, noch auch, wie scheint, berechtigt, da der Verfasser des Buches nirgends eine Philonisch-philosophische Bildung bekundet. Die Stelle würde aber auch dann, wenn sie den Gedanken der Welterschaffung aus dem Nichts wirklich ausdrückte, doch nur die Ansicht des Verfassers des späten Buches und keineswegs zugleich die der uralten heiligen Schöpfungsurkunde beweisen, sondern könnte höchstens nur die Vermuthung rechtfertigen, dass in dieser schon die gleiche Ansicht gegeben sei; während jetzt dadurch, dass der ungeheure Gedanke nirgends in den heiligen Schriften gefunden,

---

67) So schreibt Dähne in s. Geschichtl. Darstellung der Jüdisch-Alexandrinischen Religionsphilosophie, Halle 1834. 8. B. II, S. 183 über 2 Makk. 7, 28: „Schon bei dem Lehrbegriffe des Philo haben wir mit Mehrem auseinandergesetzt, einmal wie eine in streng philosophischem Sinne festgehaltene Schöpfung aus Nichts, welche freilich die Worte *ἐξ οὐκ ὄντων*, im strengsten und allgemeinsten Sinne gefasst, bezeichnen würden," was nach Anm. 65 u. 66 durchaus unwahr, „dem innersten Wesen alles Alexandrinismus widerstrebe, wie aber doch auch Philo in Ausdrücken rede, die eine solche zu empfehlen scheinen, aber doch nicht nothwendig annehmen lassen, indem auch die Formen, die der frühern form- und qualitätslosen Materie angepasst wurden. als *οὐκ ὄντα* erscheinen konnten. Das Alexandrinische Gepräge, das sonst diese Schrift charakterisirt, veranlasst uns, die vorliegenden Worte in dem Sinne zu nehmen, wie sie Philo wenigstens gewiss nahm." Und v. Coelln sagt in s. Bibl. Theologie §. 83. B. I, S. 381: „Nach Weish. 11, 17. hat Gott die Welt gebildet aus einem ungeordneten ungestalteten Stoffe (*ἐξ ἀμόρφου ὕλης*, vgl. 1 Mos. 1, 2. Tohu Wabohu); wenn nun dafür 2 Makk. 7, 28. gesagt wird, Gott habe die Welt geschaffen *ἐξ οὐκ ὄντων*, so hat man hierin eine Schöpfung aus Nichts finden wollen. Aber *οὐκ εἶναι* sagt durchaus nicht mehr, als *ἄποιον εἶναι*, ohne Qualität und ohne Gestalt, Form sein. Deutlich zeigt dies eine Stelle des Philo de creat. princ. §. 7 f. Philo beschreibt dort die Schöpfung mit den Worten: *τὰ μὴ ὄντα ἐκάλεσεν* (*ὁ θεὸς*) *εἰς τὸ εἶναι*, dies erklärt er aber sogleich durch den Zusatz: *τάξιν* (*ἐκάλεσεν*) *ἐξ ἀταξίας καὶ ἐξ ἀποίων ποιότητας*. Dass hier Philo bei dem *οὐκ εἶναι* an eine Nicht-Existenz nicht habe denken können, ohne sich selbst zu widersprechen, zeigt die Vergleichung der Stelle de mundi incorr. §. 2, wo er sich ausdrücklich für den Grundsatz der Hellenischen Philosophen erklärt: *ἐκ τοῦ οὐδαμῆ ὄντος ἀμήχανόν ἐστι γενέσθαι τι*." Ebenso wird die Stelle gefasst von Geddes bei Vater Commentar über den Pentateuch zu 1 Mos. 1, 1—4., von Bretschneider Dogmatik der Apokryphen §. 25. S. 147 f. (vgl. über ihn Dähne a. a. O.), auch von Tuch Kommentar über die Genesis S 13, u. A., nach denen allen der Ausdruck *ἐξ οὐκ ὄντων* zufolge der Philonischen Redeweise gleichbedeutend ist mit *ἐξ ἀμόρφου ὕλης* Weish. 11, 17. Aber auch die Worte: *τὰ μὴ ὄντα ἐκάλεσεν εἰς τὸ εἶναι*, haben bei Philon keinen anderen Sinn, als sie bei jedem anderen Griechischen Schriftsteller haben würden. nämlich: „was (vorher) nicht war," und damit meint er die ganze Weltordnung und alle Gebilde in ihr, „rief er in's Dasein."

vielmehr in dem Buche der Weisheit geradezu die Anaxagorische Lehre vorgetragen wird, die entgegengesetzte Vermuthung begründet ist. Doch wir wollen, das wohlbegründete Vorurtheil ebenso, wie das völlig grundlose der Christlichen Dogmatik, zurückweisend, die heilige Schöpfungsurkunde selbst, wie sie uns vorliegt, mit vollkommener Unbefangenheit genauer betrachten.

Diese heilige Urkunde ist nicht blos ihrem Gesammtinhalte nach, sondern auch in allem Einzelnen höchst bedeutungsvoll, so dass sie auf der Israelitischen Seite die Hauptgrundlage unserer Vergleichung bildet, zu der wir fast bei allen gewichtvollen Punkten zurückkehren werden. Für jetzt kommt sie ihrem Gesammtinhalte nach in Betracht, dessen Dogmatik, entkleidet von der dichterischen Form, uns durch Rosenmüller herausgestellt werden mag, durch einen derjenigen Theologen selber, die in der Urkunde die Beschreibung einer Weltschöpfung aus dem Nichts erblicken, welcher daher auch Niemandem den Verdacht einflössen wird, dass er irgend Etwas zu Gunsten des Klazomeniers aus ihr herauslese. „Zuallererst," schreibt Rosenmüller in seiner ausführlichen Erläuterung der Urkunde, „wurde von Gott der Stoff des Himmels und der Erde erschaffen, aber roh und ungestaltet, bedeckt von ungeheurem Gewässer, und mit tiefer Nacht umhüllt. Da dieser Klumpen zu einem bequemen Wohnsitze lebendiger Geschöpfe eingerichtet werden sollte, so musste vorher, was in roher und ungeordneter Masse zusammengemischt dalag, geschieden und in Ordnung gebracht werden. Dies unternahm Gott so, dass er erstlich die dicke Finsterniss durch das Licht des Tages zerstreut werden liess. Darauf wurde die ungeheure Wassermenge abgesondert, und durch den Himmel wie durch eine starke und feste Zwischenwand getrennt, so dass ein Theil unten verblieb, ein anderer oben. Aber auch die unten befindliche Wassermenge wurde, damit sie nicht mit zügelloser Fluth die ganze Erdoberfläche überschwemmte, in einen bestimmten Raum zusammengedrängt; wodurch die Sonderung des Meeres und des Festlandes entstand. Nun wurde die Erde, nachdem sie so aus den Fluthen sich erhoben hatte, mit Kräutern und Pflanzen bekleidet. Darauf wurde an dem Himmel die Sonne befestigt und der Mond mit den übrigen Sternen, welche durch ihr Licht den Erdkreis erhellen und durch ihre gemessene Bewegung den Wechsel der Zeiten bestimmen sollten. Endlich, nachdem die Erde in solcher Weise eingerichtet war, gab ihr der weiseste Bildner derselben die Bewohner, das ganze Geschlecht der lebendigen Wesen, indem er zugleich allen die Fähigkeit verlieh, sich durch sich selbst fortzupflanzen. Bei deren Hervorbringung aber verfuhr der höchste Bildner, nach der Ansicht des Verfassers, in der Ordnung, dass er von den unvollkommneren stufenweise zu den vollkommneren fortschritt," erst die Wassergeschöpfe bildete, dann die Vögel, darauf die Landthiere, und zuletzt, als die Krone der Schöpfung, den Menschen, „zu dessen Nutzen und Gunsten er alles Uebrige lange vorher eingerichtet und vorbereitet hatte."[68] Zugleich ist die ganze Weltschöpfung als das Werk Einer Woche aufgefasst, so dass auch die Heiligkeit des Sabbaths durch diese Vorstellung begründet wird. Sehen wir für jetzt noch ab von dem hernach genauer zu betrachtenden ersten Verse, in welchem die Erschaffung der Weltmaterie aus dem Nichts ausgedrückt sein soll, so ist die in der heiligen Urkunde beschriebene Schöpfung auch nach Rosenmüller im Grundwesentlichen ganz die Lehre des Anaxagoras: dass die Gottheit, oder der unendliche reine Geist, die Welt aus einem finsteren Chaos mittels Scheidung und Absonderung der gleichartigen Stoffmassen oder Homoiomerieen hervorgebracht und in der gegenwärtigen Gestalt und Ordnung eingerichtet habe. Rosenmüller spricht dies auch nochmals bei der Erläuterung in's Einzelne mit der grössten Bestimmtheit aus: „Dass nach der Ansicht des Schriftstellers im Anfange eine gestaltlose Materie, Chaos, Hyle, gewesen, aus welcher hernach Alles gebildet und gestaltet worden sei, das ist, obwohl es nicht ausdrücklich gesagt wird, doch daraus augenfällig, weil im Folgenden erzählt wird, dass das Einzelne von einander gesondert und geschieden worden sei, namentlich das Licht von der Finsterniss, das Wasser" über dem Himmel

---

68) Rosenmüller Scholia in Vet. Test. t. I, p. 55 sq (edit. 1821): Primum omnium a Deo condita est coeli terraeque materia, sed rudis illa et informis, fluctibus insuper ingentibus cooperta nocteque profunda involuta (Vs. 1. 2.). Quae moles quum aptanda esset ad commodum animantium domicilium, prius, quae in rudi indigestaque massa confusa iacebant et mista, secernenda erant atque ordinanda. Quod Deus ita instituit, ut primo densissimas istas caligines diei luce dispellendas iuberet (Vs. 3 4 5.). Tum ingens aquarum vorago segregatur, et coelo, tamquam firmo ac solido quodam interstitio, ita dividitur, ut pars quaedam infra remaneret, altera supra (V. 6 7. 8.). Sed illa etiam inferior aquae moles, ne vago fluctu totam telluris superficiem inundaret, in certum locum constipatur: quo ortum est oceani continentisque discrimen (Vs. 9. 10.). Nunc terra e fluctibus ita emersa herbis plantisque vestitur (Vs. 11. 12. 13.). Tum in coelo firmantur sol et luna cum ceteris astris, quae luce sua hunc orbem collustrent, ratisque suis motibus temporum designent vicissitudines (V. 14—19.). Iam terrae hunc in modum instructae sapientissimus eius fabricator incolas imponit omne animantium genus, indita simul singulis generis propagandi facultate. In his autem procreandis eum ordinem ex nostri mente servavit summus opifex, ut ab imperfectioribus ad perfectiora paulatim progrederetur. Ab animantibus

„von dem Wasser“ unten, „das Meer von dem Festlande.“ [69] Und darin stimmen alle Ausleger überein, wie verschieden sie auch den ersten Vers erklären. So erkennen in dem Tohu Wabohu des zweiten Verses schon die ältesten Uebersetzer, am ausdrücklichsten die Siebenzig und Symmachos, die Vorstellung eines finsteren Chaos. [70] Unter den neueren Theologen und Gelehrten, welche die Urkunde näher beleuchtet haben, schreibt Ilgen: „Aus einer ganz mit Wasser bedeckten rohen ungeordneten Erdmaterie bildet Gott die Erde und die Himmelskörper; nicht auf Einmal steht das Weltall da mit allen seinen Theilen und Bewohnern, sondern ein Theil entwickelt sich nach dem andern; erst trennt sich Licht und Finsterniss, dann bildet sich der Luftraum, das Wasser sondert sich vom trockenen Lande,“ u. s. w. [71] Und Hartmann: „Hier erblicken wir, bevor Jehovah sein allmächtiges Wort: Es werde! sprach, eine ungeordnete mit Wasser angefüllte Masse, wo alle Grundstoffe unentwickelt in wilder Verwirrung durch einander lagen, ein Chaos.“ [72]) Und Gabler: „Ausbildung, nicht unmittelbare Schöpfung der einzelnen Theile des Ganzen ist“ dem Dichter „der eigentliche Gegenstand seines Schöpfungsgemäldes, worin Gott mehr als Werkmeister und Bildner des Weltalls nach der sinnlichen Idee des Dichters erscheint, denn als eigentlicher Schöpfer; nur des Zusammenhanges wegen wird die Hervorbringung der rohen unausgebildeten Weltmasse, des Chaos, vorausgeschickt; mit der Ausbildung dieser rohen Masse beginnt erst sein Dichtergemälde; vom dritten Verse an tönt erst der feierliche Spruch des Dichters in den drei

---

aquarum incipit, id est, piscibus et natalibus, a terrae elemento, hominis proprio, maxime remotis, quod haec infima animantium videntur dignitate et praestantia; deinde aves, purioris et excellentioris naturae, creat (Vs. 20. 21.); tandem terrestres animantes, elemento nobis coniunctos et nobiscum versantes (Vs. 23. 24. 25.); extremum omnium hominem, omnium dignissimum et praestantissimum, velut colophonem, addit, cuius in usum et gratiam reliqua omnia longe ante comparasset et praeparasset (Vs. 26—31).

69) Rosenmüller l. c. ad Gen. 1, 1. p. 64: Ab initio informem materiam, *χάος*, *ὕλην*, ex scriptoris mente exstitisse, ex qua deinceps omnia expressa atque efficta sint, licet non disertis verbis declaretur, manifestum tamen est eo, quod singula a se invicem secreta et distincta esse in sequentibus narrantur, veluti lux a tenebris, aquae ab aquis, oceanus a continente.

70) Rosenmüller l. c. ad Gen. 1, 2: „Terra fuit vastitas et inanitas.“ LXX: *ἀόρατος καὶ ἀκατασκεύαστος*; Aquila: *κένωμα καὶ οὐδέν*; eodem modo Theodotion, nisi quod pro *κένωμα* habet *κενόν*; Symmachus vero: *ἀργὸν καὶ ἀδιάκριτον*; Onkelos: deserta et vacua, quorum interpretum omnium mentibus obversatum esse patet *τὸ χάος*.

71) Ilgen Die Urkunde des ersten Buches von Moses, Halle 1798. 8. S. 3.

72) Hartmann Aufklärungen über Asien, Oldenb. 1806. 8. B. I, S. 113

charakteristischen immer wiederkehrenden Formeln: Gott sprach; Es geschah also; Gott sah, dass es gut war.“ [73] Görres hebt an der Schöpfung der Israelitischen Urkunde mit dem grössten Nachdrucke auch gerade den Hauptzug der Anaxagorischen Schöpfung hervor: „In der Schöpfungsgeschichte selbst thut eine bedeutende Abweichung von den bisherigen Kosmogonien sich kund; das Wort wirkt nicht, wie bei ihnen, zeugend, sondern disjunctiv das Besondere aus der Verwirrung im Chaos lösend; das Wort bringt am ersten Tage das Licht hervor, indem es das Licht scheidet von der Finsterniss, den Tag von der Nacht; am zweiten scheidet das Wort die Wässer,“ u. s. w. [74] Dasselbe, die Scheidung und Gestaltung eines Chaos, sehen in der Israelitischen Weltschöpfung, ihrer ganzen Ausführung nach, auch Fulda, [75] Paulus, [76] Buttmann, welchen wir weiterhin genauer darüber vernehmen wollen, kurz, Alle, mit Rosenmüller auch die anderen Erklärer der Hebräischen Urschrift, namentlich Vater, der bemerkt: Im Eingange der Schöpfungsgeschichte „ist von einer Art von Chaos die Rede,“ [77] P. v. Bohlen, welcher schreibt: Die Ausdrücke Tohu Wabohu im zweiten Verse „sind Abstracta und bilden eine sprichwörtliche Assonanz, um eine ungeordnete Masse zu bezeichnen und zwar im superlativen Sinne;“ [78] auch Tuch räumt vollständig und unumwunden, nur mit dem Vorbehalte Rosenmüller's, ein, dass „allerdings die Hebräische Schöpfungstheorie, wie andere Kosmogonien, ein Chaos an die Spitze stellt,“ aus welchem die Gottheit durch

---

73) Gabler Neuer Versuch über die Mosaische Schöpfungsgeschichte, Altdorf u. Nürnb. 1795. 8. S. 132 f. Vgl. dazu Eichhorn's Urgeschichte, m. Einleit. u. Anmerk. von Gabler, Nürnb. 1790. 8. B. I, S. 185 f.

74) Görres Mythengesch. B. II, S. 515 f. Vgl. Wilib. Grimm zu Weish. 7, 22. S. 193. unten b. Anm. 139 u. Philo Quis ver. divin. heres p. 499 in Anm. 138.

75) Fulda Ueber Kosmogonie, Androgonie u. s. w. in Paulus Memorabilien St. II, Nr. 4: „Sieben Tagewerke: 1. Chaos, 2. Veste,“ u. s. w.

76) Paulus Das Chaos, eine Dichtung, in s. Memorab. St. IV, Nr. 3. S. 33 f.: „Ehe noch Physik irgend innere Gesetze der Urstoffe zeigen konnte, erklärte freilich die Phantasie die Entstehung des Weltalls bald nach dem nächsten menschlichen Bilde von einem Bau, zu welchem vorher die Materialien alle in Unordnung unter einander liegen können, und alsdann vom Befehl des Baumeisters durch arbeitende Hände in Bewegung gesetzt und in ein Ganzes geordnet werden, bald nach der Analogie von Gährung in fermentirenden Stoffen, u. s. w.“ Ersteres, sagt Paulus, finde bei der Israelitischen Urkunde statt. „Andere Nationen, die Griechen vorzüglich, sahen das Ganze mehr unter dem Bilde einer gährenden Masse. Diese Kosmogonie ist zufälliger Weise schon der chemischen weit näher, als jene erstere, die wir die Hebräische nennen können.“

77) Vater Commentar über den Pentateuch, zu 1 Mos. 1, 1—4.

78) P. v. Bohlen Die Genesis historisch-kritisch erläutert, Königsb. 1835. 8. zu Kap. 1, 2.

Scheidung und Ordnung und Verarbeitung der Stoffe die Welt mit Allem, was in ihr ist, gebildet habe.[79] Soweit stimmt demnach diese Schöpfungstheorie unbestritten mit der Anaxagorischen überein. Wer, der Augen hat, könnte auch bestreiten, was so klar zu lesen ist! Indessen würde ungeachtet dieser Uebereinstimmung eine grundwesentliche Verschiedenheit stattfinden, wenn begründet wäre, was uns oben von Rosenmüller, auch von Gabler gesagt worden, was auch von Tuch behauptet wird, und früher der allgemeine feste Glaube war, dass nach der Darstellung der Israelitischen Schöpfungsurkunde Gott zuerst die chaotische Materie aus dem Nichts erschaffen, und dann aus ihr die Welt in der beschriebenen Weise gebildet habe. Das müssen wir jetzt untersuchen.

Die Behauptung hat keine andere Stütze, als allein den ersten Vers der Urkunde: „Im Anfange schuf Gott den Himmel und die Erde;" diese Worte sollen den Gedanken aussprechen, dass Gott zuerst den Stoff des Himmels und der Erde, die chaotische Materie, aus dem Nichts hervorgebracht habe. So erklärt die Worte Rosenmüller, Gabler, und Alle, die ihre Behauptung theilen; so erklärt sie auch Tuch, indem er schreibt: „Denn wenn es heisst: Am Anfange schuf Gott Himmel und Erde; die Erde war wüste und leer; Finsterniss deckte die Wasser, u. s. w., was kann das heissen, als: Gott schuf beim Anbeginn der Schöpfung, als ersten Akt derselben, den Stoff Himmels und der Erde, noch ungetrennt und ordnungslos, den zu sondern, zu ordnen und zu verarbeiten, das wohl disponirte Werk der sechs Schöpfungstage war."[80] Einen Beweis aus den übrigen heiligen Schriften des Volkes vermag Niemand beizubringen; im Gegentheil dienen diese zur Widerlegung. Um so mehr müssen daher die Worte der Schöpfungsurkunde den behaupteten Gedanken mit Bestimmtheit und Klarheit aussprechen. Nun sehen wir, wie sie ihn aussprechen, und was die Ausleger behaupten. In dem ersten Verse: „Im Anfange schuf Gott den Himmel und die Erde," soll der Ausdruck „schuf," im Hebräischen bara, bedeuten: schuf aus dem Nichts; und der Ausdruck: „den Himmel und die Erde," soll bedeuten: eine chaotische Masse! Hier wird uns erstlich zugemuthet, wir sollen diese Bedeutung des Wortes bara sofort zugeben, ohne dass sie durch eine einzige Stelle der Hebräischen Schriften erwiesen wird, in denen das Wort vielmehr nur in der Bedeutung: „machen" überhaupt, ja auch geradezu

79) Tuch Kommentar über die Genesis S. 13.
80) Tuch a. a. O. S. 12 f.

in der Bedeutung: „aus vorhandenem Stoffe bereiten," vorkommt, wie Rosenmüller selber ehrlich darlegt, und freilich auch jedes Hebräische Wörterbuch nachweist.[81] Wir könnten uns vielleicht entschliessen, das Unglaubliche zu glauben, dass gleichwohl der Verfasser der Schöpfungsurkunde, er allein unter allen Hebräern, das Wort in der bestimmten Bedeutung: aus dem Nichts erschaffen, gedacht und gebraucht habe. Aber sogar dieser Entschluss, wenn wir ihn fassen wollten, wird uns durch die Schöpfungsurkunde selbst unmöglich gemacht; denn hier, wie schon Buttmann bemerkt hat, „findet man dasselbe Wort nicht blos von der ersten angeblichen Hervorrufung des Ganzen aus dem Nichts, sondern auch von der Bildung des Einzelnen aus dem vorhandenen Stoff, V. 21, und am deutlichsten V. 27 von dem aus einem Erdenkloss geformten Menschen."[82] Trotzdem sollen wir im ersten Verse zu bara ergänzen: aus dem Nichts. Doch das ist noch nicht die ganze Zumuthung, die an uns gestellt wird, sondern auch dies, dass der Ausdruck „den Himmel und die Erde" im ersten Verse eine chaotische Masse bezeichne, sollen wir nur so geradhin glauben,[83] ungeachtet selbst

---

81) Rosenmüller l. c. ad Gen. 1, 1: „Verbum בָּרָא proprie notat caedere, Germanice hauen, aufhauen, hakken, uti Jos. 17, 15. et mox ibidem vs. 18. Vid. et Ezech. 23, 47. ubi iungitur cum חַרְבוֹת, ut significet excidere gladiis. Porro בָּרָא, observante A. Schultensio ad Excerpta Hamasae p. 384, notavit praecidere, praecidendo asciare et dedolare, adhibitis nempe instrumentis fabrilibus, atque adeo exasciare, mox fabricari. Ita Ezech. 21, 19: et signum exasciato, sive fabricato, in ingressu viae." Haec Scheidius in Libro Geneseos ad fidem codd. mss. etc. ad h. l. Tum verbum בָּרָא omnino eadem sumitur significatione qua עָשָׂה et יָצַר, vid. infra vs. 21. 27. cap. 2, 4. 7. Jes. 43, 7. Auch Gesenius bemerkt in s. Thes. ling. Hebr. s. v. בָּרָא: Iungitur verbis יָצַר Jes. 43, 7. 45, 18. et עָשָׂה Jes. 41, 20. 45, 7. 12. utpote synonymis, et cum posteriore non raro permutatur. Gen. 1, 26. 27. 2, 4. Nichts desto weniger behauptet aber auch er: Primo autem Geneseos commate primam mundi eiusque rudis et indigesti creationem ex nihilo, reliqua primi capitis parte molis recens creatae elaborationem et dispositionem exponi, id rerum in tota hac sectione nexus satis perspicue docet. Ita etiam Rabbini (Aben Esra ad Gen. 1, 1: plerique statuunt creationem esse productionem rei ex nihilo) et N. T. scriptores Hebr. 11, 3. Rom. 4, 17. coll. 2 Macc. 7, 28. Welche wunderliche Begründung! Weil die Rabbinen und die Christlichen heiligen Urkunden eine Erschaffung der Welt aus dem Nichts lehren, soll dies auch die Lehre der alten Israeliten gewesen sein! als ob die Rabbinen und selbst das Christenthum gar keine neue Lehre aufzuweisen hätten. Denn eine andere Begründung ist bei Gesenius nicht vorhanden, da der rerum in tota hac sectione nexus, auf den er sich beruft, das gerade Gegentheil darthut.

82) Buttmann Ueber die beiden ersten Mythen der Mosaischen Urgeschichte, in s. Mythologus B. I, St. 6, S. 126. Dazu Bruno Bauer Die Religion des Alten Testaments B. I, § 2, S. 17.

83) Rosenmüller l. c. ad Gen. 1, 1. schreibt blos einfach hin, als verstände sich das von selbst: coeli terraeque nomine in hoc versu primo

Diejenigen, welche uns den Glauben zumuthen, weder gewagt haben, noch jemals wagen werden, diese Bedeutung des Ausdruckes in ein Hebräisches Wörterbuch aufzunehmen. Der Verfasser der heiligen Urkunde soll bei dem ersten Verse die Anschauung eines finsteren Chaos, welches Gott aus dem zu ergänzenden Nichts hervorrufe, um hernach, vom dritten Verse ab, daraus das gegenwärtig sichtbare Weltganze zu bilden, vor seiner Seele haben, und soll diese Anschauung eines finsteren Chaos mit den Worten aussprechen, welche jedem Hebräer das bereits gebildete gegenwärtig sichtbare Weltganze, eben den Himmel und die Erde, vor die Seele riefen! Welch einer seltsamen Schreiberei muss er fähig erachtet werden! Einer, der für seine Vorstellung keinen nur verwandten Ausdruck fand, der Jenes dachte, aber Dieses hinschrieb, ein solcher soll der Verfasser der heiligen Urkunde gewesen sein! Wenn eine Worterklärung, wie die, welche wir hier vor uns haben, von einem Gelehrten bei Platon oder Cicero vorgebracht würde, so würde sie ohne Zweifel das höchste Erstaunen erregen; bei den heiligen Schriften der Israeliten aber ist diese Auslegung oder vielmehr Hineinlegung aus den ältesten Zeiten her eingeführt und so geheiliget, dass auch die gründlicheren Forscher sich von ihr nicht durchaus loszusagen vermögen. Was zur Heiligung einer solchen Hineinlegung gedient hat, muss hier, um die Verwunderung zu mindern, erwähnt werden. Die Christliche Offenbarung selbst ist die unschuldige Urheberin derselben. Sie nämlich hat, indem sie auf dem Boden des Israelitischen Bewusstseins in die Weltgeschichte hereintrat, das Neue mit dem unmittelbar vorliegenden Alten verknüpfend, die neue Erkenntniss in die alten heiligen Schriften des Volkes hineingelegt und dieselben, soweit sie vermochte, kühn in ihren Sinn umgedeutet. Wenn aber Christus und die Apostel also thaten, so hatten sie durchaus nicht die grammatische und historische, sondern die absolute Wahrheit, die wirkliche Umdeutung und Umwandelung jener in diese, zum Ziele. Diese Umdeutung und Umwandelung des Israelitischen Bewusstseins in das Christliche, welche in der That die Hineinlegung des Christenthums (als solche die allerwahrste und allerheiligste) in die Weltgeschichte war, ist von den Christlichen Theologen unrichtig verstanden worden, indem sie ihr den

---

eorum tantummodo designatur materia, quae omnium primum erat efficienda. Ebenso Umbreit Kommentar über die Sprüche Salomo's, zu Kap. 8, 22: „Die uranfängliche chaotische Wassermasse wurde zuerst durch den allmächtigen Athem in's Dasein gerufen,“ und er fügt kühn hinzu: „S. 1 Mos. 1, 1.,“ als wäre das hier zu lesen.

beschränkten Sinn grammatischer und historischer Wahrheit beigemessen haben. In solcher irrigen Auffassung ist es geschehen, dass sie auch auf dem Gebiete der wissenschaftlichen Untersuchung die grammatische und historische Hineinlegung nicht blos der Christlichen Idee des Erlösers, sondern fast der gesammten Christlichen Erkenntniss in die heiligen Schriften der Israeliten entwickelt haben, welche grossentheils noch jetzt fortgepflanzt wird; wobei sie die Christliche Offenbarung zu verherrlichen wähnten, während sie im Gegentheil den Glanz und die Bedeutung derselben als neuer, vollendender Phase der Weltgeschichte verringerten, da sie die ganze Tiefe und Fülle des Christlichen Bewusstseins schon dem Israelitischen Alterthum zueigneten. So haben sie, sehr bald geübt, zu lesen, was nicht da steht, in dem V. 26 der Schöpfungsurkunde, welcher die Gottheit in der Mehrzahl: „Lasset uns Menschen machen," reden lässt, sowie in den Worten Jesaia's: „Heilig, heilig, heilig ist Jehovah," die christliche Dreieinigkeitslehre gefunden. So haben sie aus der Mosaischen Urgeschichte des Menschen, aus jener Erzählung von der Verführung desselben durch die Schlange und dem Verlust des Paradieses, die Begründung der Christlichen Lehre von der natürlichen Sündhaftigkeit des Menschen gemacht, indem sie die widersprechende Rede Jehovah's: „Siehe, der Mensch ist geworden wie unser einer, so dass er Gutes und Böses erkennt," hinweg erklärten als blosse Ironie. Dass diese Lehre doch erst mit der Christlichen Offenbarung vom blos natürlichen und vom wiedergeborenen Menschen, nach dem Ausdrucke des Apostels, von Adam und von Christus, entspringen konnte, und dass auch in Wirklichkeit ihre Deutung jener Urgeschichte den Israeliten selber völlig unbekannt ist, kam und kommt dabei nicht in Betracht. In gleicher Weise haben sie auch dem ersten Verse der Schöpfungsurkunde, von dem wir hier handeln, die Christliche Lehre der Welterschaffung aus dem Nichts untergelegt, zu bara, „er machte," aus eigener Erfindung hinzufügend: aus dem Nichts, und für „den Himmel und die Erde" unterschiebend: eine chaotische Masse. Da nun diese Ausdeutung von solcher Herkunft und Beschaffenheit ist, so werden wir unsere Augen um so weniger gegen den klaren Wortlaut verschliessen, nach welchem der erste Vers: „Im Anfange schuf Gott den Himmel und die Erde," blos die Ankündigung des Inhaltes der nachfolgenden Erzählung sein kann, so dass die eigentliche Schöpfungsgeschichte erst mit dem zweiten Verse beginnt. Wenn Tuch hiegegen einwendet, dass „V. 2 entschieden die Erzählung fortführt, mithin V. 1 nicht Ueberschrift sein kann, welche eine Uebersicht des Ganzen vorausschicken,“ [84] so werden wir unbedenklich zugeben, dass durch das Und, mit welchem sich der zweite Vers an den ersten anschliesst, die Fortsetzung der Erzählung bezeichnet wird; aber daraus folgt nicht, dass der erste Vers eine andere, als die angegebene Bedeutung haben müsse. Zwar eine eigentliche Ueberschrift ist er allerdings nicht, wie aus der Satzform erhellt, in welcher er ausgedrückt ist, nicht aus dem darauf folgenden Und; denn wegen dieses Und könnte er gar wohl eine wirkliche Ueberschrift sein, wie das Buch Nehemia beweist, dessen Eingang wörtlich also lautet: „Geschichte Nehemia's, des Sohnes Hachalja's. Und es geschah im Monde Chisleu“ u. s. w. Für eine eigentliche Ueberschrift haben den Vers auch Diejenigen nicht erklären wollen, welche sich so ausgedrückt, sondern nur für eine Art Ueberschrift oder für gleichbedeutend mit einer solchen. Doch wenn auch der erste Vers keine eigentliche Ueberschrift, sondern schon der wirkliche Anfang der Erzählung ist, und der zweite Vers die Erzählung fortführt, so ist doch nichts desto weniger das Und nur die Verknüpfung des Erzählenden, und keinesweges des Erzählten im Sinne der zeitlichen Aufeinanderfolge. Die Form der Erzählung ist dieselbe, wie wenn Jemand in unserer Sprache, nur zur Vermeidung des Missverständnisses in bestimmteren Ausdrücken, also redete: Im Anfange bildete Gott diese ganze sichtbare Welt, und (als das geschah) da war zuerst Alles in einem finsteren Chaos durch einander u. s. w., wobei das Und ebenfalls nur die Rede als solche verknüpft, und nicht im Entferntesten den Sinn darbietet, dass das im ersten Satze Gesagte früher, das im zweiten Satze Gesagte später stattgefunden habe. Einen solchen Sinn konnte auch das Und, mit welchem die Schöpfungsurkunde den zweiten Vers an den ersten anreiht, dem Hebräer nicht darbieten, und ihm kein Missverstehen verursachen, weil er erstens das Wort bara in der energischen Bedeutung: „aus dem Nichts hervorrufen,“ welche ihm jetzt untergelegt wird, nicht kannte, und weil er zweitens auch bei dem Ausdrucke: „den Himmel und die Erde,“ sich niemals etwas Anderes, als eben den Himmel und die Erde, oder das gegenwärtig sichtbare Weltganze vorstellte. Also mussten ihm die Worte: „Im Anfange machte oder bereitete Gott den Himmel und die Erde,“ als blosse einleitende Ankündigung des Gegenstandes der Behandlung ebenso klar sein, wie jedem Deutschen die gleichlautenden Worte in der angeführten Nachbildung. Diese Auffassung

84) Tuch a. a. O. S. 13.

der heiligen Urkunde legt nicht nur Nichts in den Text hinein, was nicht da steht, und schiebt keinem Ausdrucke eine Bedeutung unter, die er erweislich nicht hat, sondern sie ist auch an sich selbst überaus einfach und insbesondere in der Erklärung des Und, wie Jeder sieht, der Redekunst und dem Zeitalter des Verfassers vollkommen angemessen. Und so verstehen jetzt die Urkunde auch bereits sehr viele Christliche Theologen und Gelehrte, welche den Text so, wie er vorliegt, ohne dogmatische Befangenheit, auch ohne jeden Hinblick auf Anaxagoras, der hier unser Auge könnte zu trüben scheinen, betrachtet haben. Unter ihnen schreibt Bredow: „Diese Schöpfungsgeschichte ist ziemlich deutlich nichts Anderes, als die Bearbeitung eines Chaos; denn alle einzelnen Dinge, die in den folgenden Versen geschaffen werden, entwickeln sich aus dem Ganzen, und werden von ihm und von einander geschieden; und bara hiess ursprünglich so wenig, als unser „schaffen," Etwas aus Nichts hervorbringen, sondern nur Etwas bilden, einem Dinge eine Gestalt geben."[85] Ebenso Görres: „Jene Stelle am Eingange der Genesis muss übrigens offenbar als eine vorangeschickte Einleitung und gleichsam Ueberschrift für die folgende Schöpfungsgeschichte angesehen werden; diese fängt also eigentlich zuerst mit den Worten an: Und die Erde war wüste und leer, und Finsterniss auf der Tiefe."[86] Ebenso Vater in seiner Erläuterung des Hebräischen Urtextes: „V. 1 ist gleichsam Ueberschrift des Folgenden, noch nicht Beschreibung der Schöpfung selbst; denn das Werden gerade des Himmels und der Erde wird nachher besonders beschrieben."[87] P. v. Bohlen erklärt sich blos gegen die Deutung des Verses als „Ueberschrift," indem er übersieht, dass die Ausleger, welche diesen Ausdruck gebrauchen, nur sagen: „gleichsam Ueberschrift," fasst aber die Stelle ganz ebenso, wie sie vorhin erläutert worden ist, indem er schreibt: „V. 1 hängt mit dem Folgenden zusammen, und ist keineswegs ein für sich vollendeter Schöpfungsakt, noch auch, wie Einige wollen, eine Ueberschrift des Ganzen, sondern lediglich eine lockere Verbindung durch die Conjunction, welche wir durch die Wendung: Als Gott im Anbeginn den Himmel und die Erde bildete u. s. w., auflösen würden." Demgemäss sagt er dann: „Die alte Frage, ob hier überhaupt ein vorhandenes Chaos angenommen, oder eine Schöpfung aus Nichts gelehrt werde, können wir nur mit Burnet beantworten," welcher

85) Bredow Handb. d. alten Geschichte S. 48.
86) Görres Mythengesch. B. II, S. 516.
87) Vater Commentar über d. Pentateuch, zu d. Stelle.

schreibt: „Aus keiner Stelle lässt sich beweisen, dass das Chaos des Moses aus dem reinen leeren Nichts hervorgegangen sei," und: „Die Lehre von der Hervorbringung der Dinge aus dem Nichts scheint zuerst durch die Christliche Theologie aufgekommen zu sein." [88] Auch Bruno Bauer behandelt den Gegenstand ganz verständig, wenn er sagt: „Kap. 1, 1. berichtet nicht die Erschaffung eines Grundstoffes, dessen Entwickelung nur im Sechstagewerke gegliedert sei, sondern jene Anfangsworte sind die zusammenfassende und antecipirende Ueberschrift des Ganzen. Wäre es nicht so, dann würde nicht vom Erschaffen des Grundstoffes und Kap. 2, 3. u. 4. von der umbildenden und entwickelnden Thätigkeit des Sechstagewerkes dasselbe Wort bara gebraucht sein. Dann würde auch ein so wichtiges Moment, wie das Setzen des Grundstoffes, bei einer Anschauung, die so genau chronologisch bestimmt ist, gewiss mitgezählt sein." [89] Insbesondere verdient Buttmann gehört zu werden, der sich in der unbefangenen und richtigen Auffassung der Schriften des Alterthums auf Gebieten geübt hat, auf denen keinerlei Hineinlegung für Gewinn geachtet wird; auch dieser, welcher die Schöpfungsurkunde zum Gegenstande einer besonderen sorgfältigen Betrachtung gemacht hat, erklärt auf das Entschiedenste: „Dass Gott die Welt aus Nichts geschaffen habe, ein Satz, den wir alle aus der Bibel zu haben glauben, steht nicht darin." [90] Er erläutert den Eingang der Urkunde näher, wie folgt: Nachdem er von bara, wie bereits oben angeführt worden, aus der Urkunde selbst, V. 21 und 27, nachgewiesen, dass ihm die untergelegte Bedeutung des Schaffens aus Nichts nicht zukomme, sondern blos die des Formens und Bildens, so schreibt er weiter: Auch „der Ausdruck Himmel und Erde, der offenbar gleich anfangs schon den Begriff der Absonderung entstehen macht, für die ungeformte Masse, woraus nachher erst Himmel, dann Erde sich absondern, hätte

---

88) P. v. Bohlen Die Genesis, zu d. St., S. 6 f. Auch in seinem Werke: Das alte Indien B. I, S. 164 bemerkt er bereits: „Schon im sechsten Jahrhundert leugnet Procopius von Gaza die Lehre von einer Schöpfung aus Nichts in der Genesis mit Bestimmtheit, und Burnet, Ziegler u. A. unterstützen es mit Gründen, dass nur eine relative Hervorbringung, also Entwickelung und Umgestaltung einer vorhandenen Materie hier gelehrt werde." Die von ihm angeführten Worte Burnet's lauten in dessen Archaeol. tellur. II, 9: ex nullo capite probari potest chaos Mosaicum tunc temporis ex puro puto nihilo prodiisse; und ib. I, 7: doctrinam de eductione rerum ex nihilo primum invenisse videtur theologia Christiana.

89) Bruno Bauer Die Religion des Alten Testaments, Berlin 1838. 8. B. I, §. 2, S. 16 f.

90) Buttmann Ueber die beiden ersten Mythen der Mos. Urkunde, in s. Mythologus B. I, St. 6, S. 125 f.

gleich aufmerksam machen sollen. Mit Einem Wort: der Satz: „Am Anfang schuf Gott Himmel und Erde," ist die allgemeine, gleichsam als Ueberschrift, oder als Ankündigung dessen, was erzählt werden soll, vorausgeschickte Uebersicht des Ganzen. „Diesen Himmel und diese Erde, wie wir sie itzt sehen, hat am Anfange der Dinge Gott gebildet." Und nun folgt die Erzählung des Einzelnen; wobei freilich ein heutiger Erzähler durch ein „Dies geschah auf folgende Art," oder wenigstens durch ein Nämlich, uns in die rechte Ansicht gesetzt haben würde. Aber wer mit der Darstellungsart aller ältesten Schriftsteller vertraut ist, der weiss, dass sie, ohne solche künstliche Sorgfalt, die Ideen blos so hinter einander folgen lassen, wie sie in ihrem Kopfe entstehen; und wer insbesondere die Sprache der vor uns liegenden Schriften nur halb kennt, der weiss, dass sie alle solche Sätze durch das blosse einförmige Und mit einander verbinden. Mit den Worten: „Und die Erde war wüste und leer," fängt also die eigentliche Erzählung erst von vorne an. Nach unserer Art: Die Erde war nämlich vor der Schöpfung eine unförmliche Masse. Wir sehen also, dass dieser älteste Denker sich, sowie die ältesten Weisen aller anderen Nationen, eine uranfängliche Masse dachte, die er, nach dem am meisten in die Sinne fallenden Bestandtheil des Weltalls, Erde nennt, und als Chaos beschreibt. Eine Schöpfung aus Nichts mag eine so erhabene, sie mag eine so wahre Darstellung sein, als sie wolle; in die Seele unseres Alten kommt sie nicht. Die Begriffe: machen, bilden, und: aus Etwas, sind ihm unzertrennlich. Alles, was Gott macht und Gott betrifft, denkt er sich ebenso, wie beim Menschen. Den Unterschied sucht er nicht darin, dass der Gottheit möglich sei, was ihm sonst als etwas an sich Unmögliches vorkommt, sondern blos darin, dass der Gottheit eben Dasselbe ebenso, nur in einem unendlich höheren Grade und Umfange, möglich sei." Demgemäss schreibt denn auch K. v. Coelln: „Die Frage, ob eine eigentliche Schöpfung der Materie oder blos eine Umbildung der Form nach" in der heiligen Schöpfungsurkunde „solle gelehrt werden, entscheidet sich bei näherer Betrachtung zu Gunsten der letzteren Meinung. Denn es wird V. 2 eine chaotische Masse beschrieben, aus welcher die Schöpfung erfolgt, und der allgemeine Satz V. 1: Im Anfang schuf Gott den Himmel und die Erde, fasst nur zusammen, was in der folgenden Erzählung seinen einzelnen Umständen nach berichtet wird, wie die Vergleichung von Kap. 2, 1. zeigt. Auch das gebrauchte Zeitwort bara steht durchgängig, wie fabricavit, von der Ausbildung, Formung eines gegebenen Stoffes. Wie aber die formlose Masse, das Chaos, entstanden sei, darüber dachte unser alter Hebräer schwerlich nach. Die Vorstellung von einer vollständigen Schöpfung nach Form und Materie, oder von einer Schöpfung aus Nichts, darf man ihm aber um so weniger beilegen, da sie sich im Hebraismus überhaupt nicht vorfindet."[91] Doch nicht blos dadurch wird die Richtigkeit unserer Auffassung bekräftigt, dass bereits die neueren Christlichen Theologen und Gelehrten, welche die Urkunde mit Unbefangenheit betrachten, sie in dem dargelegten Sinne verstehen; es lässt sich nachweisen, dass auch die alten Israeliten selber sie nicht anders verstanden haben. Dies lehrt erstens schon die soeben von K. v. Coelln bezeugte Thatsache, welche bereits oben beurtheilt worden ist, dass in den gesammten heiligen Schriften des Volkes der Gedanke einer Welterschaffung aus dem Nichts nirgends zu lesen ist, während sie vielmehr die Gottheit beständig unter dem Bilde eines Weltbaumeisters darstellen.[92] Auch Flav. Josephus, von dem uns eine Paraphrase der Schöpfungsurkunde vorliegt, erwähnt einer solchen Welterschaffung mit keiner Sylbe; im Gegentheil hat seine Paraphrase in allen unsern Ausgaben eine Ueberschrift, welche diesen Gedanken von vorne herein ganz offen zurückweist: „Die Zusammenstellung der Welt und Sonderung der Elemente."[93] Zweitens aber steht in dem Buche der Weisheit, wie bereits oben bemerkt worden, sogar ausdrücklich geschrieben von Gott: „Zwar war es deiner allmächtigen Hand, welche die Welt aus gestaltloser Materie erschuf, nicht unmöglich" u. s. w.;[94] hier haben wir die Ansicht, die sich uns und den angeführten Gewährsmännern aus der näheren Betrachtung der Schöpfungsurkunde ergeben hat, und offenbar dieselbige ist mit der Anaxagorischen, in vollständiger Klarheit vor Augen. Und die kritischen Ausleger sind darüber einig, dass auch Sirach und die übrigen apokryphischen Bücher, selbst, wie wir gesehen, den Verfasser des zweiten Buches der Makkabäer nicht ausgenommen, sich zu der gleichen Ansicht bekennen;[95] sowie dieselbe auch in der Alexandrinisch-Jüdischen

---

91) v. Coelln Bibl. Theologie §. 31, B. I, S. 168.

92) S. Anm. 103 ff. Dazu Euseb. Praep. Evang. VII, 10. in Anm. 227.

93) Flav. Joseph. Antiq. Jud. I, 1, 1: *Ἡ τοῦ κόσμου σύστασις καὶ διάστασις τῶν στοιχείων.* Constitutio mundi et dispositio elementorum. Auch übersetzt er den ersten Vers mit folgenden Worten: *Ἐν ἀρχῇ ἔκτισεν ὁ θεὸς τὸν οὐρανὸν καὶ τὴν γῆν.* Vgl. zu *ἔκτισεν* Weish. 11, 17. in Anm. 94: *κτίσασα τὸν κόσμον ἐξ ἀμόρφου ὕλης.*

94) Weish. 11, 17: *οὐ γὰρ ἠπόρει ἡ παντοδύναμός σου χεὶρ καὶ κτίσασα τὸν κόσμον ἐξ ἀμόρφου ὕλης, ἐπιπέμψαι αὐτοῖς κτλ.* Vgl. Anm. 96.

95) So sagt Bretschneider, Dogmatik d. Apokryphen §. 35, S. 208 f: „Woher kommt es aber, dass die Weisheit Gottes nicht nur bei Sirach,

Philosophie offen gelehrt wird. Zwar wollen die Gegner uns auch diese Bekräftigung unserer Auslegung der Schöpfungsurkunde wieder entreissen; denn Tuch sagt: „Begreiflich übrigens ist es, dass Philon und die Alexandriner, wie so vieles andere Entlehnte, auch die Lehre von einer ewigen Materie in die Bibel hinübertrugen," worauf die Schöpfung aus gestaltloser Materie im Buche der Weisheit und auch die oben erläuterte Stelle des zweiten Buches der Makkabäer zurückgehe; und auch Wilib. Grimm und die Meisten finden die Quelle der angeführten Worte des Buches der Weisheit in der Alexandrinischen Philosophie und also eigentlich im Platonischen Timaios. [96]) Aber Tuch versucht nicht im Geringsten, sowenig wie die Anderen, selbst nur von den philosophirenden Alexandrinischen Juden begreiflich zu machen, wie sie dazu vermocht worden seien, von Platon eine Lehre aufzunehmen, welche den ihnen von den Vätern überlieferten geheiligten Gottesbegriff, wenn in diesem die Erschaffung der Weltmaterie enthalten war, so tief und scharf verletzte, da doch die Erschaffung der Weltmaterie sich

---

sondern auch in den Sprüchwörtern und bei Baruch, unter andern Eigenschaften Gottes so vorzüglich hervorgehoben, und ihr bei der Schöpfung eine vorzügliche Thätigkeit beigelegt wird? Ich glaube, der Grund lag theils darin, dass jenes Zeitalter den philosophischen Begriff einer Schöpfung aus Nichts noch nicht hatte (s. Eichhorn's Einleit. in die Apokr. des A. T. S. 841, Paulus Commentar über den Johannes I. Abth. S. 70 f.), und also bei der Schöpfung vorzüglich das Ordnen, Bilden und Formen des vorhandenen Urstoffes (*ὕλης ἀμόρφου* Weish. 11, 17.) zu bestimmten Endzwecken in Betracht kam, wozu Weisheit unentbehrlicher war, als Macht," u. s. w. Vgl. dens. ad Jes. Sirac. 16, 26. und dort Excursus III. p. 725. Ebenso urtheilt de Wette Bibl. Dogmatik §. 158. Dazu Dähne u. A. in Anm. 67.

96) Tuch a. a. O. S. 13. Wilib. Grimm Commentar über das Buch der Weisheit, Leipzig 1837. 8. Einleit. S. XLVI und zu Kap. 11, 17., wo er über die Worte *ἐξ ἀμόρφου ὕλης* bemerkt: „*Ὕλη* eigentlich das Material, aus welchem ein Gebäude aufgeführt wird, dann der Stoff, aus welchem die Welt bereitet ist; der Ausdruck rührt von der Vergleichung der Welt mit einem Gebäude und Gottes mit einem Werkmeister her, Hiob 38, 4—7. Philo opif. mundi p. 14. de cherub. t. II, p. 162. Plato hat zwar den Ausdruck in diesem Sinne noch nicht gebraucht, wohl aber hat er die Veranlassung zu diesem, seinem System auch ganz angemessenen Sprachgebrauche gegeben; vgl. Tim. p. 69, A: *ὅτ' οὖν δὴ τανῦν οἷα τέκτοσι ἡμῖν ὕλη παράκειται τὰ τῶν αἰτίων γένη διυλασμένα*. Dagegen wurde bei den nachfolgenden Philosophen die Bezeichnung des Urstoffes durch *ὕλη* gewöhnlich. Auch der Ausdruck *ἄμορφος* ist aus dem Platonismus entlehnt, s. Tim. p. 51, A." Schon aus dem, was hier Grimm selber vorlegt, ist aber klar, dass Einer, welcher der Griechischen Sprache kundig war, den Ausdruck *ἐξ ἀμόρφου ὕλης* auch ohne Bekanntschaft mit der Griechischen Philosophie gebrauchen konnte, wenn er nur die Ansicht der Schöpfungsurkunde, sei es mit oder ohne Hindeutung auf das Bild Hiob's, aussprechen wollte. Strauss bemerkt in s. Christl. Glaubenslehre B. I, §. 46, S. 625 Ausg. 1840 über den Ausdruck *ἐξ ἀμόρφου ὕλης* ganz richtig: „Dies ist das Tohu Wabohu aus 1 Mos. 1, 2. (*ἀόρατος καὶ ἀκατασκεύαστος* LXX)."

gar leicht mit ihrem Platonismus vereinigen liess. Jetzt, nachdem sich das Umgekehrte herausgestellt hat, dass vielmehr die Lehre von der Erschaffung der Weltmaterie erst von den Christlichen Theologen in die alten heiligen Schriften des Volkes hinübergetragen wird, ist es ohne Zweifel begreiflicher, dass sie die Ansicht ihrer heiligen Schriften eben nur beibehielten, und das Chaos der Schöpfungsurkunde blos in die Platonische Materie umdeuteten, mit der es die augenfälligste Verwandtschaft hat, sowie Aristoteles auch von dem Anaxagorischen Chaos sagt, dass es im Grunde Dasselbe sei, wie die Platonische Materie. [97]) Doch wir wollen hier keine Unterstützung bei den philosophirenden Juden in Alexandria suchen, ungeachtet selbst diese sie uns anbieten, sondern nur bei dem Verfasser des Buches der Weisheit stehen bleiben. Niemand, der dieses Buch gelesen hat, wird behaupten, dass der Verfasser eine wirklich philosophische, und nicht blos eine höhere allgemeine Bildung bekunde, als die Israeliten zu besitzen pflegten. Und was insbesondere sein Verhältniss zur Platonischen und Alexandrinischen Philosophie betrifft, so thut Wilib. Grimm selber schon genügend dar, dass er nur einige „so zu sagen, mehr zufällige" Anklänge an dieselbe vernehmen lässt, während er z. B. nicht einmal von einem Unterschiede der denkenden und der animalischen Seele weiss, welcher doch von Keinem, der nur die oberflächlichste Gemeinschaft mit dem Platonismus hat, übersehen werden kann, zu geschweigen, dass keine einzige der entscheidenden Hauptlehren des Platonismus bei ihm zu finden ist, wenn man nicht eben die angeführte Stelle aus Platon herleiten und so das zu Beweisende zum Beweisgrunde machen will. [98] Was liegt demnach näher, an-

---

97) Aristot. Metaph. A, 8: *Ἀναξαγόραν δ' εἴ τις ὑπολάβοι δύο λέγειν στοιχεῖα, μάλιστ' ἂν ὑπολάβοι κατὰ λόγον, ὃν ἐκεῖνος αὐτὸς μὲν οὐ σαφῶς διήρθρωσεν, ἠκολούθησε μέντ' ἂν ἐξ ἀνάγκης τοῖς ἐπάγουσιν αὐτόν. κτλ. ἐκ δὴ τούτων συμβαίνει λέγειν αὐτῷ τὰς ἀρχὰς τό τε ἕν (τοῦτο γὰρ ἁπλοῦν καὶ ἀμιγές) καὶ θάτερον, οἷον τίθεμεν τὸ ἀόριστον πρὶν ὁρισθῆναι καὶ μετασχεῖν εἴδους τινός. ὥστε λέγεται μὲν οὔτ' ὀρθῶς οὔτε σαφῶς, βούλεται μέντοι τι παραπλήσιον τοῖς τε ὕστερον λέγουσι καὶ τοῖς νῦν φαινομένοις μᾶλλον.* Vgl. Breier Die Philosophie d. Anaxagoras S. 83 f. Ebenso fasst das Anaxagorische Chaos Theoprast b. Simplic. in Aristot. Phys. fol. 33, a. in Anm. 25, und auch die Späteren nennen es nur *ὕλη*, in Anm. 27. Plutarch stellt die Anaxagorische und die Platonische Urmasse zusammen mit der Bemerkung, dass die erstere ursprünglich regungslos, die letztere dagegen in unordentlicher Bewegung sei, ap. Euseb. Praep. Ev. XIV, 16. u. de plac. philos. I, 7, 6. in Anm. 238, und es ist beachtenswerth, dass Philon hierin nicht mit Platon, sondern mit Anaxagoras und der heiligen Schöpfungsurkunde zusammenstimmt, indem er die Materie *νεκρὸν* und *ἀκίνητον ἐξ ἑαυτοῦ* nennt, worüber Dähne Jüdisch-Alexandrin. Religionsphilos. B. I, S. 184 f.

98) S. Wilib. Grimm a. a. O. Einleit. S. LI f.

zunehmen, dass er die Lehre von der Bildung der Welt aus gestaltloser Materie sich aus dem Platonischen Timaios zugeeignet, der schwerlich zu seinen Lieblingsschriften gehört hat, oder dass er nur ausgesprochen, was er in der heiligen Schöpfungsurkunde seines Volkes, nach dem dargelegten Wortlaute, beständig musste gelesen haben? Hätte hier die Lehre von der Erschaffung der Weltmaterie gestanden, so wäre es völlig undenkbar, wie dieselbe von einem Manne hätte zurückgewiesen werden können, der sich durchaus von keiner Philosophie, geschweige von einer der Israelitischen Ansicht widerstreitenden, sondern nur von der allgemeinen religiösen Ueberzeugung seines Volkes, durchdrungen zeigt. Was denn hätte ihn vermögen sollen diese Lehre zu verwerfen, die ihm auf seinem religiösen Standpunkte, auf dem er Gott als den Allmächtigen erkannte, nicht die geringste Schwierigkeit darbieten konnte, während sie, war sie einmal aufgenommen in den Gottesbegriff, sich nicht wieder herausnehmen liess, ohne denselben geradezu zu zerstören. Die Verwerfung dieser Lehre hätte von ihm nothwendig als eine arge Versündigung empfunden werden müssen. Und hier sind wir in unserer Untersuchung zu der eigentlichen Quelle gelangt, aus welcher die Hineinlegung der Erschaffung der Weltmaterie in die Israelitische Schöpfungsurkunde entsprungen ist, die uns zu dieser ausführlichen Erörterung genöthigt hat. Nachdem nämlich die Christliche Theologie, und sie zuerst, den Gedanken der Erschaffung der Weltmaterie aus dem Nichts erfasst hatte, so war sie gedrungen, den Israeliten den gleichen Gedanken zuzueignen, wenn ihr nicht die grundwesentliche Einheit ihres Gottesbegriffes mit dem des Alten Testaments vernichtet erscheinen sollte. Daher begründet auch Tuch seine Auslegung der Schöpfungsurkunde geradezu durch die Christliche Gotteserkenntniss, indem er schreibt: „Kommt aber Gott allein wahrhaftes Seyn und Selbständigkeit zu, so muss er ebenso der absolut Erste sein, und es kann Nichts neben ihm als ewig gedacht werden; daraus folgt nothwendig als wesentlich in der Hebräischen Kosmogonie die so oft in Anspruch genommene Schöpfung aus Nichts."[99] Die Israelitische Gotteserkenntniss ist indessen ohne Zweifel noch nicht die Christliche; und wenn dieser Dualismus, in welchem die Weltmaterie uranfänglich für die Gottheit vorhanden ist, dem Christlichen Bewusstsein widerstreitet, so folgt daraus nicht, dass er sich dem Israelitischen habe ebenso darstellen müssen. Klarer, als Tuch,

99) Tuch a. a. O. S. 12.

sieht hier Bruno Bauer, welcher sagt: „Wenn wir das Princip der freien Subjectivität und die Voraussetzung eines Chaos als sich widersprechend erkennen, so ist dieser Widerspruch für das Bewusstsein des Berichtes, wenn freilich nicht gelöst und negirt, doch auch nicht vorhanden.“ [100] Denn der ungeheure Unterschied findet statt, dass die Israeliten eben noch nicht, wie die Christlichen Theologen, den Gedanken der Erschaffung der Weltmaterie aus dem Nichts erfasst hatten; desshalb konnte auch, wenn sie der Gottheit nicht zuschrieben, was sie gar nicht zu denken vermochten, ihnen keineswegs, wie jetzt dem Christlichen Bewusstsein, als eine Beschränkung der göttlichen Allmacht erscheinen. Damit uns kein Zweifel übrig bleibe, dass es sich wirklich so verhalten habe, so hebt ja der Verfasser des Buches der Weisheit in der vorgelegten Stelle die Erschaffung der Welt aus gestaltloser Materie gerade als Beweis der göttlichen Allmacht hervor. [101] Darüber dürfen wir uns bei den Israeliten auch gar nicht verwundern; denn wir haben ja ganz Dasselbe sogar bei dem Philosophen Anaxagoras; auch ihn hindert die gleiche Schöpfungstheorie nicht im Mindesten, den Noos oder die Gottheit als unbeschränkt und allmächtig aufzufassen, wie wir weiterhin sehen werden. [102]

Nachdem erwiesen worden ist, dass in der Israelitischen Ansicht völlig ebenso, wie in der Anaxagorischen, die Weltmaterie von der Gottheit nicht aus dem Nichts hervorgerufen, sondern vorgefunden und nur aus ihrem uranfänglichen Chaos in die gegenwärtige Gestalt und Ordnung der Dinge umgeschaffen wird: so ist die Aehnlichkeit augenfällig, welche sowohl der Israelitische, wie der Anaxagorische Weltschöpfer mit einem menschlichen Werkmeister hat. Diese Aehnlichkeit hat daher auch nicht unbemerkt bleiben können, zumal da sie, was zuerst den Israelitischen Weltschöpfer betrifft, auch schon in den heiligen Schriften des Volkes mit der grössten Bestimmtheit hervorgehoben wird. Denn so stellt sich in dem Buche Hiob Gott ausdrücklich als Weltbaumeister dar, indem er also zu Hiob redet: „Wo warest du, als ich die Erde gründete? Sag an, wenn du Einsicht hast! Wer bestimmte ihre Maasse, dass du's wüsstest, oder wer zog über sie die Messschnur? Worauf wurden ihre Grundlagen eingesenkt? oder wer legte ihren Eckstein?“ [103] So schilt der Verfasser des Buches der Weisheit

100) Bruno Bauer Die Religion d. Alten Test. B. I, §. 2. S. 17.
101) S. Anm. 94.
102) S. Anm. 177 u. 257.
103) Hiob 38, 4 f. Vgl. Wilib. Grimm zu Weish. 11, 17. in Anm. 96.

die Thorheit der Menschen, welche „nicht, ihre Aufmerksamkeit auf die Werke richtend, den Werkmeister erkannten.“ [104] Auch in der Schöpfungsurkunde selbst ist die Vergleichung Gottes mit einem menschlichen Werkmeister weder zu verkennen, noch von einem der Ausleger übersehen worden. Namentlich bemerkt Leclerc: Der Verfasser „redet von Gott, wie von einem Werkmeister;“ [105] und Andere richten dagegen selbst eine scharf tadelnde Kritik. Z. B. Hartmann schreibt: „Wir erblicken freilich in dem hier dargestellten Schöpfer des Weltalls einen sinnlich gedachten beschränkten menschlichen Künstler,“ und hebt insbesondere hervor: „dass Gott, bevor er sein erhabenes Werk begonnen, Licht hervorgerufen habe, weil ohne Licht keine Arbeit sich unternehmen lässt; dass er blos den Tag über gearbeitet und des Nachts, um neue Kräfte zu sammeln, ausgeruhet habe; dass er, so oft ein Hauptstück des grossen Werkes vollendet gewesen, dieses sorgfältig beschauet und voll Freude über die gelungene Arbeit ausgerufen habe: es ist vortrefflich gerathen! und dass er endlich nur sechs Tage bei der Arbeit zugebracht habe, weil der siebente Tag den Israeliten heilig war; in dieser Vorstellung,“ sagt er endlich, „werden wir noch mehr bestärkt, wenn wir ferner erwägen, dass nach gewissen Abschnitten ein Haupttheil des Universum's nach dem andern in's Dasein tritt.“ [106] Ebenso bemerkt P. v. Bohlen: Die Gottheit „schafft stückweise, gleich einem beschränkten Baumeister, prüft, ob es gerathen, und ruhet aus nach ihrem Werke.“ [107] Wirklich steht in der Schöpfungsurkunde wörtlich: Gott „ruhete am siebenten Tage von all seinem Werke, das er gemacht,“ und noch bestimmter im zweiten Buch Moses: „am siebenten Tage ruhete er und erholete sich,“ als habe ihm die Hervorbringung der Welt viel Mühe und Beschwerde verursachet. [108]

Jetzt vergleichen wir den Anaxagorischen Weltschöpfer. Auch von diesem bemerkt schon Heinr. Ritter: „Er ordnet Alles auf

---

104) Weish. 13, 1: *οὔτε τοῖς ἔργοις προσσχόντες ἐπέγνωσαν τὸν τεχνίτην.* Vgl. 7, 22. Spr. 8, 30.

105) Rosenmüller l. c. ad Gen. 1, 4: „Loquitur de Deo quasi de opifice, qui opus suum fini, quem animo proposuit, tum demum aptum esse vidit, quando usum optatum praestare incipit.“ Cleric. Vgl. Gabler oben S. 25. Paulus in Anm. 76. Wilib. Grimm in Anm. 96. Besonders in die Augen springend ist auch, wie 1 Mos. 2, 7. Gott mit einem Thonbildner verglichen wird; worüber Rosenmüller (Anm. 419) u. P. v. Bohlen zu d. St. Vgl. Hiob 10, 9. und Jes. 45, 9.

106) Hartmann Aufklärungen über Asien B. I, S. 107.

107) P. v. Bohlen Die Genesis S. 4

108) 1 Mos. 2, 2. u. 3. und 2 Mos. 31, 17.

das Schönste, und ist als die Ursache aller Ordnung und aller Uebereinstimmung im Weltall anzusehen. Hiernach also kann man nicht leugnen, dass dem Anaxagoras die Vorstellung von einem Werkmeister der Welt vorschwebte." Nach Heinr. Ritter „scheint er sich den Geist als den ordnenden Künstler des Weltalls gedacht und die Seite der Naturbetrachtung hervorgehoben zu haben, in welcher sich Alles nach bestimmtem Entwurf geordnet zeigt." [109] In der That führt auch Aristoteles in seiner Darstellung der Entwickelung der Vor-Platonischen Weltansichten den Anaxagorischen Noos unter der Vergleichung mit einem menschlichen Künstler oder Werkmeister ein. [110] Und auch Plutarch drückt den Anaxagorischen Dualismus der natürlichen Stoffe und des Noos also aus: „der Materie hat er den Werkmeister beigeordnet." [111] Ja Plutarch richtet gegen den Anaxagorischen Weltschöpfer, indem er ihn mit dem Platonischen zusammenstellt (denn Platon liess nach dem Vorgange des Anaxagoras ebenfalls den Noos, nur in anderer Weise und in Gemeinschaft mit der Nothwendigkeit, die Welt aus gestaltloser Materie hervorbringen), ganz dieselbe Kritik, welche wir soeben von den Beurtheilern der Israelitischen Schöpfungsurkunde vernommen haben; denn also lauten seine Worte: „Armselig aber wäre er, wenn er nach Weise eines Arbeiters oder Baumeisters Beschwerde und Sorge hatte, um die Welt zu Stande zu bringen." [112] Ebenso urtheilt Heinr. Ritter über die Weltschöpfung des Anaxagoras: „Wie niedrig menschlich aber seine Vorstellungen von dem bildenden Geiste waren, zeigt sich dabei auf das Klarste. Denn erscheint nicht dieser Alles beherrschende Geist wie ein menschlicher Künstler, der mühsam und allmählich fortschreiten muss in seinem Werke, wenn er gleich voraus schon weiss, nach welchen

---

109) Heinr. Ritter Gesch. d. Ion. Philos. S. 239 u. 230. Vgl. S. 259.

110) Aristot. Metaph. A, 3. Hier schreibt Aristoteles von den Philosophen, welche die Weltbildung von Einem oder mehreren Urstoffen herleiteten: *οὐ γὰρ δὴ τό γε ὑποκείμενον αὐτὸ ποιεῖ μεταβάλλειν ἑαυτό· λέγω δ' οἷον οὔτε τὸ ξύλον οὔτε ὁ χαλκὸς αἴτιος τοῦ μεταβάλλειν ἑκάτερον αὐτῶν, οὐδὲ ποιεῖ τὸ μὲν ξύλον κλίνην, ὁ δὲ χαλκὸς ἀνδριάντα, ἀλλ' ἕτερόν τι τῆς μεταβολῆς αἴτιον·* dieses *ἕτερον αἴτιον*, sagt er dann, habe Anaxagoras in seinem Noos aufgestellt.

111) Plutarch. de plac. philos. I, 3, 12: *ἀποδεκτέος οὖν ἐστιν, ὅτι τῇ ὕλῃ τὸν τεχνίτην προσέζευξεν.* Ebenso Simplic. in Aristot. Phys. fol. 106, b: *(τὴν διακόσμησιν) ὑφίστασθαι ὑπὸ τοῦ δημιουργικοῦ νοῦ.*

112) Plutarch. de plac. philos. I, 7, 7. ap. Euseb. Praep. Ev. XIV, 16. p. 753: *κακοδαίμων δ' ἂν εἴη (ὁ θεός), ἐργάτου δίκην καὶ τέκτονος ἀχθοφορῶν καὶ μεριμνῶν εἰς τὴν τοῦ κόσμου κατασκευήν.* Ueber die Platonische Weltbildung s. Plat. Tim. p. 29, D sq.; nach ihr, p. 47, E sq. sind *τὰ μὲν διὰ νοῦ δεδημιουργημένα, τὰ δὲ δι' ἀνάγκης γιγνόμενα, νοῦ δὲ ἀνάγκης ἄρχοντος.*

Formen Alles sich gestalten werde? Muss er nicht von dem einen Theile seines Werkes zu dem andern übergehen, und jenen erst vollenden, um zu diesem Kraft und Zeit zu gewinnen?"[113]

Da einmal die Untersuchung uns hier in die Kritik der Lehre, die wir betrachten, geführt hat, so mag auch noch ein anderer ungleich tieferer Angriff erwähnt werden, welchen Plutarch gegen die Anaxagorische und Platonische Ansicht unternimmt. Es werden sich der Einwürfe gegen unseren Klazomenier im Gange der Verhandlung noch mehre darbieten, und wir werden sie um so lieber anhören, weil sie erstens dazu dienen, die Lehre des Mannes in noch helleres Licht zu setzen, und weil sie zweitens, indem sie die Israeliten vollständig mittreffen, nicht ohne hohes Interesse einsehen lassen, wie auch die Israelitische Lehre sich einem Hellenischen Denker darstellte, und was er gegen dieselbe vorzubringen vermochte. Plutarch nimmt, wie auch schon Eudemos, Anstoss daran, dass nach Anaxagoras die chaotische Weltmaterie seit unendlicher Zeit in Ruhe, oder, wie Platon meinte, in regelloser Bewegung, da gelegen, und dann plötzlich die Gottheit sich zur Weltbildung entschlossen haben soll; er fragt, wie die Gottheit in der vorhergehenden unendlichen Zeit zu denken sei, und was sie zur Weltschöpfung vermocht haben könne. „Entweder," sagt er, „war die Gottheit die vorhergehende Zeit nicht, als die Stoffe in Ruhe oder in regelloser Bewegung da lagen, oder sie schlief, oder sie wachte, oder sie that Keines von beiden. Weder das Erste lässt sich annehmen, denn die Gottheit ist ewig; noch das Zweite, denn wenn sie von Ewigkeit her schlief, so war sie todt; denn ewiger Schlaf ist der Tod. Aber die Gottheit ist unfähig des Schlafes; ihre Unsterblichkeit und die Aehnlichkeit mit dem Tode liegen weit von einander. Doch wenn die Gottheit wachte, so fehlte ihr entweder Etwas zur Glückseligkeit," was sie vermochte, die Weltschöpfung zu unternehmen, „oder sie war in sich ganz erfüllt von Seligkeit. Im ersteren Falle entbehrte sie der Seligkeit," was doch dem Wesen der Gottheit widerstreitet; „denn ein Wesen, dem Etwas zum Glücke mangelt, ist nicht selig. Im letzteren Falle, wenn sie Nichts entbehrte, befasste sie sich mit einem unnöthigen, eitlen Unternehmen." So redet Plutarch.[114] Wir wenden uns nach An-

113) Heinr. Ritter a. a. O. S. 259.

114) Plutarch. de plac. philos. I, 7, 8. 9. ap. Euseb. l. c. XIV, 16. p. 754: *ὁ θεός, ὃν λέγουσιν (Ἀναξαγόρας καὶ Πλάτων), ἤτοι τὸν ἔμπροσθεν αἰῶνα οὐκ ἦν, ὅτε ἦν ἀκίνητα τὰ σώματα ἢ ἀτάκτως ἐκινεῖτο, ἢ ἐκοιμᾶτο, ἢ ἐγρηγόρει, ἢ οὐδέτερον τούτων. καὶ οὔτε τὸ πρῶτόν ἐστι δέξα-*

hörung seiner Kritik wieder zur Betrachtung der Ansicht selbst in ihrer historischen Beschaffenheit.

Dass die Israelitische und die Anaxagorische Schöpfungsgeschichte durchaus auch in allem Einzelnen übereinstimmen, wird nicht behauptet. Die ganze Form der Auffassung ist verschieden, bei dem Israelitischen Volke eine religiöse und dichterische, bei dem Hellenischen Philosophen eine philosophische und nüchterne. Und auch abgesehen von der Verschiedenheit der Form, ist z. B. die Vorstellung eines Wasserbehälters über dem Himmelsgewölbe dem Anaxagoras nicht mit der Israelitischen Schöpfungsurkunde gemeinsam, wenn diese Vorstellung buchstäblich genommen werden muss. Aber alle wesentlichen und entscheidenden Gedanken sind ganz unleugbar völlig dieselbigen. Erstens die Gottheit selbst, welche die Weltbildung vollbringt, ist hier wie dort ein allmächtiger und unendlicher reiner Geist. Zweitens das, woraus sie die Welt bildet, ist hier wie dort ein finsteres unerkennbares Durcheinander aller Stoffe, aus denen die Welt jetzt besteht. Drittens auch die Weltbildung selbst geschieht hier wie dort durch Scheidung und Absonderung der gleichartigen Stoffe oder Homoiomerieen aus dem Gemisch. In der Darstellung des Wirkens der Gottheit ist es der Israelitischen Urkunde völlig gleichbedeutend, zu sagen: Gott machte Dies und Jenes, oder: Gott liess Dies und Jenes entstehen; und in gleicher Weise gilt dem Anaxagoras das unmittelbare und mittelbare Wirken des Noos oder der Gottheit für Eines; worauf wir später zurückkommen werden.[115] Vergleichen wir beide Kosmogonieen noch weiter ins Einzelne, so zeigt sich auch darin eine auffallende Uebereinstimmung, dass die Israelitische Urkunde, wenigstens nach der Auslegung Rosenmüller's und vieler Anderen, das Licht und die Finsterniss als Stoffe mit den übrigen im Chaos vermischt sein und durch Aussonderung aus demselben entspringen

---

σθαι· ὁ γὰρ θεὸς αἰώνιος· οὔτε τὸ δεύτερον· εἰ γὰρ ἐκοιμᾶτο ἐξ αἰῶνος ὁ θεός, ἐτεθνήκει· αἰώνιος γὰρ ὕπνος ὁ θάνατός ἐστιν. ἀλλ' οὔτε δεκτικὸς ὕπνου θεός· τὸ γὰρ ἀθάνατον τοῦ θεοῦ καὶ τὸ ἐγγὺς θανάτου πολὺ κεχώρισται. εἰ δὲ ἦν ὁ θεὸς ἐγρηγορώς, ἤτοι ἐνέλειπεν εἰς εὐδαιμονίαν, ἢ ἐπεπλήρωτο ἐν μακαριότητι· καὶ οὔτε κατὰ τὸ πρῶτον μακάριός ἐστιν ὁ θεός· τὸ γὰρ ἐλλεῖπον εἰς εὐδαιμονίαν οὐ μακάριον· οὔτε κατὰ τὸ δεύτερον· μηδὲν γὰρ ἐλλείπων κεναῖς ἔμελλεν ἐπιχειρεῖν πράξεσι. Simplic. in Aristot. Phys. fol. 273, a: *ὁ δὲ Εὔδημος μέμφεται τῷ Ἀναξαγόρᾳ οὐ μόνον, ὅτι μὴ πρότερον οὖσαν ἄρξασθαί ποτε λέγει τὴν κίνησιν, ἀλλ' ὅτι καὶ περὶ τοῦ διαμένειν ἢ λήξειν ποτὲ παρέλιπεν εἰπεῖν, καίπερ οὐκ ὄντος φανεροῦ. τί γὰρ κωλύει, φησί, δόξαι ποτὲ τῷ νῷ στῆσαι πάντα χρήματα, καθάπερ ἐκεῖνος εἶπε κινῆσαι.* Vgl. Themist. in Aristot. Phys. fol. 58, b. in Anm. 238.

115) S. unten Anm. 327 ff.

lässt, gleich dem Anaxagoras.[116] Sodann ist an beiden die Entstehung der lebendigen Geschöpfe aus der Erde bemerkenswerth.[117] Ferner ist an der Israelitischen Urkunde bedeutungsvoll, dass sie dem Menschen die Herrschaft über alle Geschöpfe auf der Erde zueignet, und ihn überhaupt als das Ziel der ganzen Welteinrichtung darstellt; und Dasselbe hat Anaxagoras gethan.[118] Endlich erweist sie sich auch darin, dass sie beständig hervorhebt, Gott habe Alles gut oder trefflich gemacht, im vollsten Einklange mit Anaxagoras.[119] All diese Punkte werden noch im Gange der Untersuchung zur genaueren Verhandlung kommen; hier werden sie nur berührt, um überhaupt darauf aufmerksam zu machen, dass die Israelitische Schöpfungsurkunde nicht blos in den entscheidenden Hauptgedanken, sondern selbst in allen hervorstechenden Zügen ihres Gemäldes mit Anaxagoras zusammenstimmt.

Durch die ganze bisherige Untersuchung ist nun der vollkommene Einklang des Anaxagoras mit dem Israelitischen Volke für's Erste in dem Allerwichtigsten und Allerwesentlichsten, in der Grunderkenntniss, erwiesen, durch welche jener von allen Vor-Platonischen Philosophen in Hellas, dieses von allen Völkern des alten Morgenlandes sich unterscheidet und auszeichnet. Wir haben bei Anaxagoras und den Israeliten denselben Dualismus oder dieselbe völlige Scheidung der Gottheit und der Welt, ihrer Wesenheit nach, jener als eines unkörperlichen reinen Geistes oder Noos, dieser als eines Gebildes aus blossen natürlichen Stoffen, die als solche aller Göttlichkeit entkleidet sind. Und dieser Dualismus ist bei den Israeliten ebenso, wie bei Anaxagoras, ein ursprünglicher, indem die Stoffe zur Weltbildung uranfänglich vorhanden sind, in einem finsteren Chaos durcheinander, und der Geist oder die Gottheit hinzutritt und sie scheidet und aus ihnen die gegenwärtige Weltordnung und alle Geschöpfe in ihr hervorbringt. Das ist unleugbar die Grundansicht des Anaxagoras, das unleugbar auch die Grundansicht der Israeliten, also die Grundansicht beider völlig dieselbige. Mit der völligen Uebereinstimmung der Grundansicht ist aber eigentlich schon Alles erwiesen, es müsste denn aus einerlei Wur-

---

116) Rosenmüller l. c. ad Gen. 1, 4: Unde patet, lucem et tenebras non minus a nostro creditas esse duas naturas per se exsistentes, quae tanquam in chao prius mistae essent, postea divina potentia secretae et sejunctae, quo orta diei noctisque vicissitudo. Vgl. Anaxag. Fragm. 6. u. 8. in Anm. 58 u. 60.

117) Vgl. 1 Mos. 1, 24. und Anaxagoras in Anm. 413 f.

118) S. unten Anm. 483 f. und besonders Anm. 491 f.

119) S. unten Anm. 290 f. u. 306 f.

zel hier eine Palme, dort eine Ceder gewachsen sein. Die weitere Betrachtung wird darthun: es ist wirklich dieselbe Ceder, nur auf dem verschiedenen Boden und in dem verschiedenen Wuchse und Aussehn des philosophischen Denkens und der religiösen Vorstellung. Der gesammte Stoff der weiteren Ueberlieferungen über Anaxagoras wird in einfacher Ableitung aus der dargelegten Grundansicht aufgehen, und einerseits dadurch uns die vollständigste Gewissheit entstehen, dass wir die Lehre des Mannes nicht bei einer falschen Angel ergriffen haben, während anderseits das Weitere selbst eben in der einfachen Ableitung aus der Grundansicht uns auch einfach und in der rechten Bedeutung verständlich werden wird; und zugleich wird dieselbe Grunderkenntniss sich mit derselben Kraft als die beherrschende und gestaltende Seele der gesammten religiösen Weltanschauung des Israelitischen Volkes erweisen. Ueber den Gang, welchen wir in dieser weiteren Untersuchung zu befolgen haben, können wir nicht in Verlegenheit sein. Da die Grundansicht des Anaxagoras, wie der Israeliten, der angegebene Dualismus ist, so kann alles Weitere nur eine nähere Betrachtung uud Vergleichung der drei Stücke sein, der beiden Seiten des Dualismus und ihres Verhältnisses zu einander. Wir müssen aber zuerst die Ansicht von der Substanz der Welt genauer betrachten und vergleichen, weil die Weltmaterie, wie wir gesehen, bei Anaxagoras und den Israeliten die Voraussetzung für die bildende und wirkende Thätigkeit des reinen Geistes oder der Gottheit ist. Alsdann können wir den Anaxagorischen und den Israelitischen Begriff des reinen Geistes oder der Gottheit in seiner genaueren Bestimmtheit für sich und in seinem Verhältnisse zur Welt mit Allem, was aus dem Gottesbegriffe ausfliesst, mit mehr Klarheit und ungestört in's Auge fassen und vergleichen.

Die Ansicht des Anaxagoras von der Substanz der Dinge zeigt sich in ihrem wahren Lichte am klarsten, wenn wir sie in ihrer Unterscheidung von den Ansichten der übrigen Vor-Platonischen Philosophen, insbesondere des Herakleitos und des Empedokles, betrachten. Wenn Herakleitos und dessen Vorgänger Anaximenes die Gesammtheit der sichtbaren Dinge ihrer Substanz nach als eine mannichfaltige Umwandelung des Einen Urwesens oder der Gottheit, des Feuers oder des Aethers, auffasste; wenn Empedokles sie für eine mannichfaltige Mischung der vier Elemente ansah, in welche das Urwesen oder der Sphairos aus seiner uranfänglichen Einheit zerrissen worden sei: so war dem Anaxagoras die Welt, ihrer Substanz nach, von der Gottheit völlig geschieden, und zerfiel ihm damit, der in der Ableitung aus Einem Urwesen gegebenen Göttlichkeit und Einheit beraubt, in eine unendliche Vielheit blosser natürlicher Stoffe von mannichfaltiger Beschaffenheit, in so viele verschiedene Stoffe, Fleisch, Knochen, Holz, Eisen, Erde, Wasser u. s. w., als sich unserer Wahrnehmung darbieten.[120] Anaxagoras lehrte also nicht, wie Herakleitos und Anaximenes, Fleisch, Knochen u. s. w. sei irgendwie umgewandeltes Feuer, oder irgendwie umgewandelte Luft; er lehrte auch nicht, wie Empedokles, das sei irgendwelche Mischung der vier Elemente; sondern er behauptete, Fleisch sei eben Fleisch, Knochen sei eben Knochen u. s. f., die Dinge seien ihrer Substanz nach eben das, als was sie sich darstellen und wofür wir sie im gemeinen Leben ansehen, indem es unzählige besondere und ureigenthümliche Stoffe der Dinge gebe. Nachdem wir diese einfache Lehre, die gar keinem Zweifel unterliegt, uns klar gemacht haben, sind wir im Stande, noch jetzt, nach mehr als zweitausend Jahren, besser zu wissen, als Aristoteles, was Anaxagoras zu seinen Freunden ausgesprochen hat. Aristoteles berichtet nämlich: „Man erwähnt auch einen Ausspruch des Anaxagoras zu einigen seiner Freunde, die Dinge seien das, wofür sie dieselben eben ansähen," und will den Worten unseres Philosophen die bekannte Meinung des Sophisten Protagoras unterlegen: der Mensch sei das Maass aller Dinge.[121] Es ist nicht zu leugnen, dass der Ausspruch: die Dinge sind das, wofür ihr sie ansehet, dem Wortlaute nach in die Meinung des Protagoras gedeutet werden

---

120) S. Anaxag. Fragm. 6 in Anm. 58. Dazu Aristot. Metaph. A, 3. p. 984, a, 11: *ἀπείρους εἶναί φησι τὰς ἀρχάς*. de gen. et corr. I, 1: *τὰ ὁμοιομερῆ στοιχεῖα τίθησιν, οἷον ὀστοῦν καὶ σάρκα καὶ μυελὸν καὶ τῶν ἄλλων, ὧν ἑκάστου τὸ μέρος συνώνυμόν ἐστι.* de coelo III, 3: *Ἀναξαγόρας δ' ἐναντίως Ἐμπεδοκλεῖ λέγει περὶ τῶν στοιχείων· ὁ μὲν γὰρ πῦρ καὶ γῆν καὶ τὰ σύστοιχα τούτοις στοιχεῖά φησιν εἶναι τῶν σωμάτων καὶ συγκεῖσθαι πάντ' ἐκ τούτων· Ἀναξαγόρας δὲ τοὐναντίον· τὰ γὰρ ὁμοιομερῆ στοιχεῖα· λέγω δ' οἷον σάρκα καὶ ὀστοῦν καὶ τῶν τοιούτων ἕκαστον.* Joann. Philop. in Aristot. de gen. et corr. ad l. c. fol. 3, b: *Ἀναξαγόρας δὲ πάντων τὰς ὁμοιομερείας ἀρχάς, φαίνεσθαι δὲ καὶ λέγεσθαι ἕκαστον κατὰ τὸ ἐπικρατοῦν.* Vgl. Aristot. Phys. I, 4. Plutarch. de plac. philos. I, 3. Joann. Philop. in Aristot. Phys. c. 2, in Anm. 134 f. Schaubach l. c. p. 147: Quot res, quarum pars similis est toti, tot elementa, eaque innumera, quum harum rerum multitudo infinita sit in mundo.

121) Aristot. Metaph. Γ, 5. p. 1009, b, 25: *Ἀναξαγόρου δὲ καὶ ἀπόφθεγμα μνημονεύεται πρὸς τῶν ἑταίρων τινάς, ὅτι τοιαῦτ' αὐτοῖς ἔσται τὰ ὄντα οἷα ἂν ὑπολάβωσιν.* Anaxagoras hat wol zu seinen Freunden gesagt: *ὅτι τοιαῦτ' ἐστὶ τὰ ὄντα οἷα ὑπολαμβάνετε*, so dass erst Aristoteles den Worten die vorliegende Wendung gegeben hat, in der sie die Meinung des Protagoras ausdrücken, welcher lehrte, *πάντων χρημάτων εἶναι μέτρον ἄνθρωπον, οὐθὲν ἕτερον λέγων ἢ τὸ δοκοῦν ἑκάστῳ τοῦτο καὶ εἶναι παγίως*, l. c. K, 5.

kann; aber ebenso klar ist es, dass er auch auf das Beste mit der eben dargelegten Lehre des Klazomeniers zusammenstimmt; und dadurch werden wir nicht blos berechtigt, sondern geradezu gezwungen, anzunehmen, dass Anaxagoras die Worte in dem Sinne seiner Lehre gesprochen hat, und nicht in dem der Lehre des Protagoras, mit welchem er nirgends auch nur die geringste Gemeinschaft bekundet. Indessen hierüber, wie es sich mit diesem Ausspruche verhalte, urtheile Jeder, wie er will; es wird hier Nichts auf ihn gebaut, sondern er sollte nur, da sich gerade die Gelegenheit dazu darbot, ganz einfach erklärt, und damit den Geschichtschreibern der Philosophie die bisher vergebliche Mühe abgenommen werden, ihn so, wie er von Aristoteles gemeldet und gedeutet wird, mit der ganzen Weltanschauung des Anaxagoras in Einklang zu bringen. Das, worauf es hier ankommt, unterliegt nicht dem geringsten Bedenken, sondern urkundlich durch die erhaltenen Bruchstücke des Anaxagorischen Werkes selbst und durch die Ueberlieferung des Aristoteles und des gesammten Alterthums wird es bezeugt, dass Anaxagoras die angegebene Ansicht von der Substanz der Dinge entwickelt hat, dass seine Homoiomerieen, wie sie jetzt mit dem von Aristoteles eingeführten Namen benannt werden,[122] in Wirklichkeit gar Nichts weiter sind, als die unzähligen verschiedenen Stoffe, wie Fleisch, Knochen, Holz, Eisen, Erde, Wasser u. s. w., welche wir als die Bestandtheile der Dinge wahrnehmen; diese Stoffe, „unendlich an Menge und ganz unähnlich einander," wie er selber sich ausdrückt, waren im Anfange chaotisch und ununterscheidbar zusammengemischt, und der Geist oder die Gottheit sonderte sie, und brachte aus ihnen in der oben beschriebenen Weise die gegenwärtige Weltordnung mit Allem, was da ist, hervor. Das ist die Ansicht des Anaxagoras von der Substanz der Dinge.

---

122) Dass der Ausdruck *ὁμοιομερῆ*, wie schon Schleiermacher vermuthete, nicht von Anaxagoras gebraucht, sondern erst von Aristoteles eingeführt worden ist, hat Breier in seiner Abhandlung über die Philosophie des Anaxagoras hinreichend ins Licht gesetzt. Anaxagoras nennt die Stoffe, aus denen alle Dinge gebildet sind, bald nur *χρήματα*, z. B. Fragm. 1, bald bezeichnet er sie als *σπέρματα*, z. B. Fragm. 3 u. 6, und diesen Ausdruck gebraucht auch Aristoteles, wo er sich treuer an die Redeweise des Anaxagoras anschliesst, de coelo III, 3., sowie Johannes Philoponos in Aristot. Phys. c. 2. in Anm. 136; ja Simplicius bemerkt geradezu von Anaxagoras: *τὰ ὁμοιομερῆ, οἷον σάρκα καὶ ὀστοῦν καὶ τὰ τοιαῦτα, σπέρματα ἐκάλει*, in Aristot. de coelo fol. 148, b. Vgl. Heinr. Ritter Gesch. d. Ion. Philos. S. 269. Die Späteren folgen durchaus dem von Aristoteles eingeführten Sprachgebrauche, oder nennen die Anaxagorischen zahllosen Stoffe nur kurzweg die *ὕλη*, die Materie, im Gegensatze zum reinen *νόος*, z. B. Plutarch. de plac. philos. I, 3, 11. Diog. L. II. 6. u. A. in Anm. 27 u. 218, wie schon in Anm. 97 erwähnt worden.

Jetzt vergleichen wir mit der Ansicht des Anaxagoras die der Israeliten. Auch die Israeliten wissen nichts davon, dass die sichtbaren Dinge etwa, wie die Zoroastrische Theologie lehrte, durch Entzweiung des Einen Urwesens mit sich selbst entsprungen, oder dass sie, wie die Aegypter behaupteten, eine mannichfaltige Mischung der vier Elemente als der Glieder der aus ihrer uranfänglichen Einheit zerrissenen Gottheit seien, sondern sie betrachten die Dinge ganz ebenso, wie Anaxagoras, als Gebilde aus blossen natürlichen Stoffen ohne irgendwelche Gemeinschaft oder Verwandtschaft mit der Wesenheit Gottes, der als unkörperlicher reiner Geist völlig von ihnen geschieden ist. Und auch nach der Israelitischen Ansicht waren diese Stoffe ursprünglich in einem finsteren Chaos zusammengemischt, und der Geist oder die Gottheit sonderte sie, und brachte aus ihnen den Himmel und die Erde mit Allem, was da ist, hervor. Ob die Israeliten auch, wie Anaxagoras, eine unendliche Vielheit dieser Stoffe angenommen haben, ist weder in ihrer Schöpfungsgeschichte, noch sonst irgendwo in ihren heiligen Schriften ausdrücklich zu lesen; aber hätten sie dieselben auf die vier Elemente oder auf eine andere bestimmte Zahl beschränkt, so konnten sie dies nicht unausgesprochen lassen, und mussten sie die Nöthigung empfinden, die Erscheinung auch noch anderer Stoffe, als der wenigen zu Grunde gelegten, sei es aus Verschiedenheit der Mischung, wie die Aegypter und Empedokles, sei es auf eine andere Weise, zu erklären; ihr gänzliches Schweigen hierüber lässt unmöglich eine andere als die Anaxagorische Ansicht bei ihnen voraussetzen, dass es eben so viele und verschiedene Stoffe der Dinge gebe, als sich unserer Wahrnehmung darbieten.[123]

Ehe wir zusehen, wie Anaxagoras die dargelegte Ansicht von der Substanz der Dinge noch in's Bestimmtere zu einer wirklichen Physik entwickelt hat, müssen wir jene grundwesentliche Eigenthümlichkeit seiner ganzen Weltanschauung, die bisher nur im Allgemeinen hervorgehoben worden ist, die völlige Entgötterung der Natur, welche unmittelbar aus seiner Ansicht von der Substanz der Dinge ausfliesst, genauer betrachten. Indem Anaxagoras

---

123) Der Alexandrinische Jude Philon lehrte freilich de cherub. p. 129: *ὕλη τὰ τέτταρα στοιχεῖα, ἐξ ὧν συνεκράθη (ὁ κόσμος)*, und de plant. N. p. 230 sq.: *τὰς δὲ γοῦν τοῦ παντὸς ῥίζας, ἐξ ὧν ὁ κόσμος, τέτταρας εἶναι συμβέβηκε, γῆν, ὕδωρ, ἀέρα, πῦρ.* Vgl. Dähne Jüdisch-Alexandrin. Religionsphilos. B. I, S. 190 f. Aber er folgte hierin dem doppelten Vorgange der Aegyptischen Weisen, mit denen übereinstimmend auch Empedokles die vier Elemente die *τέσσαρα τῶν πάντων ῥιζώματα* nannte, und der Platonischen Philosophie, an die er sich am meisten anschloss.

die Gottheit als unkörperlichen reinen Geist oder Noos durchaus von der Natur schied, und die Substanz der Dinge in blossen natürlichen Stoffen bestehen liess, die gar keine Gemeinschaft oder Verwandtschaft mit der Wesenheit der Gottheit oder des Noos haben, so mussten damit die Dinge sich ihm völlig entgöttert darstellen. Diese völlige Entgötterung der Natur in der Anschauung des Anaxagoras wird nun auch urkundlich von Platon und dem gesammten Alterthum bezeugt, welche melden, dass er auch selbst der Sonne, dem Monde und den übrigen leuchtenden Himmelskörpern, denen von den anderen Vor-Platonischen Philosophen, wie überhaupt von den Alten, vorzugsweise Göttlichkeit beigelegt wurde, alle Göttlichkeit abgesprochen habe. Denn Platon lässt den Sokrates folgendes Zwiegespräch mit seinem Ankläger Melitos vor dem Athenischen Gerichtshofe führen: [124] „Halte ich also auch weder Sonne noch Mond für Götter, wie die übrigen Menschen?" „Nein, beim Zeus, ihr Richter! denn die Sonne, behauptet er, sei ein Stein, und der Mond sei eine Erde." „Du vermeinst den Anaxagoras anzuklagen, lieber Melitos, und denkst so gering von diesen hier, und hältst sie für so unerfahren in Schriften, dass sie nicht wüssten, dass das Buch des Anaxagoras, des Klazomeniers, voll ist von solchen Reden." Und mit Platon übereinstimmend berichten die Späteren von Anaxagoras, namentlich Flav. Josephus: „Da die Athener die Sonne für einen Gott ansahen, er aber behauptete, sie sei eine glühende Steinmasse" ohne Göttlichkeit, „so hätten sie ihn beinahe zum Tode verurtheilt;" und Eusebios sagt: er erkannte zuerst unter den Hellenen, dass der Geist oder Noos der Urheber aller Dinge sei; „indem er aber der Erste unter den Hellenen in dieser Weise von Gott lehrte, erschien er den Athenern als ein Gottloser, weil er nicht die Sonne vergötterte, sondern den Schöpfer der Sonne, und es fehlte wenig, dass er zu Tode gesteinigt worden wäre." [125] Doch Anaxagoras leugnete nicht blos die Göttlichkeit

124) Plat. Apolog. Socr. p. 26: *οὐδὲ ἥλιον οὐδὲ σελήνην ἄρα νομίζω εἶναι θεούς, ὥςπερ οἱ ἄλλοι ἄνθρωποι; Μὰ Δί', ὦ ἄνδρες δικασταί· ἐπεὶ τὸν μὲν ἥλιον λίθον φησὶν εἶναι, τὴν δὲ σελήνην γῆν. Ἀναξαγόρου οἴει κατηγορεῖν, ὦ φίλε Μέλιτε, καὶ οὕτω καταφρονεῖς τῶνδε καὶ οἴει αὐτοὺς ἀπείρους γραμμάτων εἶναι, ὥστε οὐκ εἰδέναι, ὅτι τὰ Ἀναξαγόρου βιβλία τοῦ Κλαζομενίου γέμει τούτων τῶν λόγων.* Vgl. Plat. de leg. X, p. 886, fin. Xenoph. Memor. Socr. IV, 7, 7.

125) Flav. Joseph. c. Apion. II, 37: *Ἀναξαγόρας δὲ Κλαζομένιος ἦν· ἀλλ' ὅτι νομιζόντων Ἀθηναίων τὸν ἥλιον εἶναι θεόν, ὁ δ' αὐτὸν ἔφη μύδρον εἶναι διάπυρον, θανάτου αὐτὸν παρ' ὀλίγας ψήφους κατέγνωσαν.* Euseb. Praep. Ev. XIV, 14. p. 750: *μόνος δ' οὖν πρῶτος Ἑλλήνων Ἀναξαγόρας μνημονεύεται ἐν τοῖς περὶ ἀρχῶν λόγοις νοῦν τῶν πάντων αἴτιον ἀποφήνασθαι .... θαυμάσαι δ' ἐστίν, ὡς οὗτος πρῶτος παρ' Ἕλλησι*

der Sonne, des Mondes und der übrigen Gestirne und überhaupt aller erschaffenen Dinge, zufolge seiner Ansicht von der Substanz derselben, sondern verwarf mit den Naturgöttern auch die übrigen Götter der Hellenen, indem sein Gott, der unendliche und allmächtige reine Geist oder Noos, als der alleinige Urheber der Welt und alles Lebens und Geschehens in ihr, keinen anderen Gott neben sich duldete; worauf wir weiterhin bei der genaueren Erörterung des Anaxagorischen Gottesbegriffes zurückkommen werden.

Wie Anaxagoras, er allein unter allen Vor-Platonischen Philosophen, die Natur in völliger Entgötterung anschaute, ganz ebenso die Israeliten, sie allein unter allen Völkern des alten Morgenlandes und des gesammten Alterthums. Während die anderen Völker auch gerade zur Sonne, zum Monde und zu den übrigen leuchtenden Himmelskörpern mit vorzüglicher Verehrung und Anbetung aufblickten, hatten die Israeliten in ihren heiligen Schriften das strenge Gebot: „dass du deine Augen nicht erhebest gen Himmel, und die Sonne schauest und den Mond und die Sterne, das ganze Heer des Himmels, und lassest dich verführen, und sie anbetest, und ihnen dienest, welche Jehovah, euer Gott, allen Völkern zugetheilt unter dem ganzen Himmel!“ [126] Freilich vermochten auch die Anbeter des unendlichen und allmächtigen reinen Geistes oder Jehovah's nicht durchaus dem hinreissenden Eindrucke zu widerstehen, welchen der Glanz der Sonne und das freundliche Licht des Mondes und der anderen Himmelskörper allgemein auf die Gemüther ausübte, und befanden sich nach dem Zeugnisse der heiligen Schriften auch unter ihnen Manche, die „der Sonne und dem Monde und allem Heere des Himmels“ huldigten; aber diese Huldigung war in den Augen der frommen und rechtgläubigen Israeliten eben eine schwere Versündigung und ein Abfall von der wahren Gottesverehrung. [127] Beides, den Eindruck der Himmelskörper auf die Gemüther und den Widerstand der frommen Israeli-

---

τοῦτον θεολογήσας τὸν τρόπον, δόξας Ἀθηναίοις ἄθεος εἶναι, ὅτι μὴ τὸν ἥλιον ἐθεολόγει, τὸν δὲ ἡλίου ποιητήν, μικροῦ δεῖν καταλευσθεὶς ἔθανε. Vgl. Orig. c. Cels. V, 11. Max. Tyr. Dissert. XXV, 3. ed. Reisk. Gegen diese Anaxagorische Entgötterung der Sonne ist nicht etwa einzuwenden, dass ja auch die anderen Vor-Platonischen Philosophen, namentlich Herakleitos, die Sonne als eine feurige Masse auffassten; denn bei diesen wurde sie dadurch keineswegs entgöttert, im Gegentheil erkannte ja Herakleitos gerade die Wesenheit der Gottheit als eine feurige Substanz, und dem Empedokles war das Feuer wenigstens eines der vier ewigen Glieder der Gottheit.

126) 5 Mos. 4, 19. Vgl. 17, 3.

127) S. 2 Kön. 17, 16. 21, 3. 5. 23, 4. 5. 11 f. 2 Chron. 33, 3. 5. Jer. 8, 2. 19, 13. Zeph. 1, 5.

ten gegen denselben, schildert uns das Buch Hiob in rührender Weise, wie folgt: „Sah ich das Licht, wie es scheinet, und den Mond prächtig wallend, und liess heimlich mein Herz sich bethören, dass meine Hand meinen Mund küsste, auch das ist richterliches Verbrechen, weil ich verleugnete Gott in der Höhe.“ [128] Wie die Israeliten aber aus ihrer Ansicht von der jeder Göttlichkeit entkleideten Substanz der Dinge nothwendig, gleich dem Anaxagoras, alle Naturgötter verwarfen, so vermochten sie neben Jehovah, als dem ausschliessenden Urheber der Welt und alles Lebens und Geschehens in ihr, auch keine andere Macht oder keinen anderen Gott anzuerkennen, gleich dem Klazomenier; worauf wir ebenfalls weiter unten zurückkommen werden.

Durch die völlige Entgötterung der Natur wird, wie von selbst einleuchtet, auch die gesammte W a h r s a g e r e i und Z e i c h e n d e u t e r e i, welche eben in der Naturvergötterung wurzelt, vernichtet. Daher finden wir denn auch den Anaxagoras, fern von Zeichendeuterei, die natürlichen Dinge mit vollkommener Nüchternheit betrachten, namentlich bei folgender Veranlassung, von der uns Plutarch berichtet: „Eines Tages, erzählt man, sei dem Perikles ein Widderkopf mit Einem Horne vom Lande gebracht worden, und da habe der Seher Lampon beim Anblicke des fest und starr mitten aus der Stirn herausgewachsenen Hornes erklärt, von den zwei Gewalten im Staate, der des Thukydides und des Perikles, werde die Macht auf den Einen übergehen, bei welchem das Zeichen geschehen sei; Anaxagoras aber habe den Schädel zerlegt und nachgewiesen, wie das Gehirn die Höhlung desselben nicht ausgefüllt habe, sondern eiförmig zugespitzt aus dem ganzen Kasten auf die Stelle zusammengeflossen sei, wo sich die Wurzel des Hornes befand.“ [129]

Den Israeliten war alle Wahrsagerei und Zeichendeuterei, weil ihr eben die Naturvergötterung zu Grunde lag, geradezu ein Greuel. Daher lassen ihre heiligen Schriften den Moses also zu dem Volke reden: „So du in's Land kommst, welches Jehovah, dein Gott, dir

---

128) Hiob 31, 26 f. Vgl. Movers Die Phönizier B. I, S. 157 f.

129) Plutarch. vit. Pericl. 6: *λέγεται δέ ποτε κριοῦ μονόκερω κεφαλὴν ἐξ ἀγροῦ τῷ Περικλεῖ κομισθῆναι, καὶ Λάμπωνα μὲν τὸν μάντιν, ὡς εἶδε τὸ κέρας, ἰσχυρὸν καὶ στερεὸν ἐκ μέσου τοῦ μετώπου πεφυκός, εἰπεῖν, ὅτι δυοῖν οὐσῶν ἐν τῇ πόλει δυναστειῶν, τῆς Θουκυδίδου καὶ Περικλέους, εἰς ἕνα περιστήσεται τὸ κράτος, παρ' ᾧ γένοιτο τὸ σημεῖον· τὸν δ' Ἀναξαγόραν, τοῦ κρανίου διακοπέντος, ἐπιδεῖξαι τὸν ἐγκέφαλον οὐ πεπληρωκότα τὴν βάσιν, ἀλλ' ὀξὺν ὥςπερ ᾠὸν ἐκ τοῦ παντὸς ἀγγείου συνωλισθηκότα κατὰ τὸν τόπον ἐκεῖνον, ὅθεν ἡ ῥίζα τοῦ κέρατος εἶχε τὴν ἀρχήν.*

giebt, so sollst du nicht lernen thun nach den Greueln selbiger Völker; es soll nicht unter dir gefunden werden, der seinen Sohn und seine Tochter durch's Feuer weihet, der Wahrsagerei treibt, kein Zauberer, noch Zeichendeuter, noch Beschwörer, noch Bannsprecher, noch Todtenbeschwörer, noch kluger Mann, noch der die Todten befraget; denn ein Greuel Jehovah's ist Jeglicher, der solches thut."[130] Ja so streng war das Israelitische Gesetz, dass es gebot: „Ein Mann oder ein Weib, in denen ein Todtenbeschwörer- oder Wahrsager-Geist ist, die sollen getödtet werden; man soll sie steinigen; ihr Blut über sie!"[131] Sirach sagt: „Wahrsagereien und Deutungen des Vogelfluges und Träume sind nichtig, und gleich einer Kreisenden hat das Herz Einbildungen; es sei denn, dass sie vom Höchsten gesendet sind in Heimsuchung, so habe darauf nicht Acht; Viele wurden durch Träume betrogen, und wurden getäuscht, indem sie darauf hofften."[132] Dem Berichte Plutarch's über die Nüchternheit, mit welcher Anaxagoras die natürlichen Dinge betrachtete, verdient die Erzählung des Hekataios von Abdera an die Seite gestellt zu werden, der als Theilnehmer an dem Feldzuge Alexander's des Grossen in Asien Augenzeuge folgender Begebenheit wurde: „Als ich nach dem Rothen Meere zog," erzählt er in einem von Josephus und Eusebios aufbewahrten Bruchstücke, „befand sich bei uns unter den Jüdischen Reitern, die uns geleiteten, Einer mit Namen Mosomamos, ein an Geist und Körper tüchtiger Mann und nach dem einstimmigen Urtheile der Hellenen und der Fremden der beste Bogenschütze. Dieser Mann nun, da Viele des Weges wanderten, und ein Seher, der einen Vogel beobachtete, Alle anhalten liess, fragte, wesshalb sie stehen blieben; und als der Seher ihm den Vogel zeigte und sagte, wenn dieser an der Stelle verbliebe, müssten Alle ebenfalls hier verbleiben, wenn er sich erhöbe und vorwärts flöge, dürften sie die Reise fortsetzen, wenn er dagegen rückwärts flöge, sollten sie zurückkehren: so zog derselbe, ohne ein Wort zu sagen, den Bogen hervor, und schoss, und tödtete den Vogel. Als aber der Seher und einige Andere darüber unwillig wurden und ihn verwünschten, so sprach er: ihr wunderlichen Leute, was raset ihr? Darauf nahm er den Vogel in die Hände und sagte: wie konnte wol dieser, da er sein eigenes Geschick nicht voraus wusste, uns über unsere Reise etwas Heilsames verkündi-

130) 5 Mos. 18, 9 f. Vgl. 3 Mos. 19, 26. 31. 2 Kön. 17, 17. 21, 6. 2 Chron. 33, 6.
131) 3 Mos. 20, 27.
132) Sir. 34, 5 f.

gen? denn wenn er das Künftige voraus zu sehen vermochte, so wäre er nicht an diesen Ort gekommen, weil er sich gefürchtet hätte, dass der Jude Mosomamos nach ihm schiessen und ihn tödten werde.“ [133]

Hienach kehren wir zur Ansicht des Anaxagoras von der Substanz der Dinge zurück, um dieselbe noch in ihrer bestimmteren Entwickelung zu einer wirklichen Physik genauer zu betrachten. Die Grundzüge der Anaxagorischen Physik sind folgende: eine Unendlichkeit von verschiedenen Stoffen bildet die Substanz der Dinge, welche nur nach demjenigen Stoffe, der an ihnen vorherrscht und in die sinnliche Wahrnehmung fällt, als Knochen, oder Fleisch, oder Holz, oder Brot u. s. w. angesehen und benannt werden. [134] Also das Brot, welches wir geniessen, ist seinem vorherrschenden Bestandtheile nach Brot, enthält jedoch zugleich in sich Fleischstoff, Knochenstoff, Blutstoff u. s. w., so dass vermöge der Verdauung diese verschiedenen Stoffe sich aussondern, und mit dem Fleische, den Knochen, dem Blute und den anderen gleichen Bestandtheilen unseres Körpers sich vereinigen. [135] Demnach ist alles Entstehen nur Aussonderung und Sichtbarwerden der vorher im Gemisch verborgenen Stoffe, und alles Vergehen nur Verschwinden derselben für die sinnliche Wahrnehmung im Gemisch mit den anderen. Diese Ansicht des Anaxagoras ist am klarsten von Johannes Philoponos auseinandergesetzt, wie folgt: „Jegliches werde nach

133) Flav. Joseph. c. Apion. I, 22. u. Euseb. Praep. Ev. IX, 4. *ἀγανακτοῦντος δὲ τοῦ μάντεως καί τινων ἄλλων καὶ καταρωμένων αὐτῷ, τί μαίνεσθε, ἔφη, κακοδαίμονες; εἶτα τὸν ὄρνιθα λαβὼν εἰς τὰς χεῖρας, πῶς γὰρ οὗτος, ἔφη, τὴν αὑτοῦ σωτηρίαν οὐ προειδώς, περὶ τῆς ἡμετέρας ἡμῖν πορείας ἄν τι ὑγιὲς ἀνήγγειλεν; εἰ γὰρ ἐδύνατο προγινώσκειν τὸ μέλλον, εἰς τὸν τόπον τοῦτον οὐκ ἂν ἦλθε, φοβούμενος μὴ τοξεύσας αὐτὸν ἀποκτείνῃ Μοσόμαμος* (Joseph. *Μοσόλλαμος*) *ὁ Ἰουδαῖος. καὶ ταῦτα μὲν ὁ Ἑκαταῖος.*

134) Aristot. Phys. I, 4: *ἐνόμισαν ἐξ ὄντων μὲν καὶ ἐνυπαρχόντων γίνεσθαι, διὰ μικρότητα δὲ τῶν ὄγκων ἐξ ἀναισθήτων ἡμῖν. διό φασι πᾶν ἐν παντὶ μεμῖχθαι, διότι πᾶν ἐκ παντὸς ἑώρων γινόμενον· φαίνεσθαι δὲ διαφέροντα καὶ προσαγορεύεσθαι ἕτερα ἀλλήλων ἐκ τοῦ μάλιστ' ὑπερέχοντος διὰ πλῆθος ἐν τῇ μίξει τῶν ἀπείρων· εἰλικρινῶς μὲν γὰρ ὅλον λευκὸν ἢ μέλαν ἢ γλυκὺ ἢ σάρκα ἢ ὀστοῦν οὐκ εἶναι, ὅτου δὲ πλεῖστον ἕκαστον ἔχει, τοῦτο δοκεῖν εἶναι τὴν φύσιν τοῦ πράγματος.*

135) Plutarch. de plac. philos. I, 3, 9 sq: *Ἀναξαγόρας ὁ Κλαζομένιος ἀρχὰς τῶν ὄντων τὰς ὁμοιομερείας ἀπεφήνατο. ἐδόκει γὰρ αὐτῷ ἀπορώτατον εἶναι, πῶς ἐκ τοῦ μὴ ὄντος δύναταί τι γίνεσθαι, ἢ φθείρεσθαι εἰς τὸ μὴ ὄν. τροφὴν γοῦν προσφερόμεθα ἁπλῆν καὶ μονοειδῆ, οἷον τὸν Δημήτρειον ἄρτον, ἢ ὕδωρ πίνοντες· καὶ ἐκ ταύτης τῆς τροφῆς τρέφεται θρίξ, φλέψ, ἀρτηρία, νεῦρα, ὀστᾶ καὶ τὰ λοιπὰ μόρια. τούτων οὖν γινομένων, ὁμολογητέον ἐστίν, ὅτι ἐν τῇ τροφῇ τῇ προσφερομένῃ πάντα ἐστὶ τὰ ὄντα, καὶ ἐκ τῶν ὄντων πάντα αὔξεται, καὶ ἐν ἐκείνῃ ἐστὶ τῇ τροφῇ μόρια αἵματος γεννητικὰ καὶ νεύρων καὶ ὀστέων καὶ τῶν ἄλλων, ἃ ἦν λόγῳ θεωρητὰ μόρια.*

seinem Hauptbestandtheile benannt; wie ein Gemisch von allerlei Samen, wenn es zumeist aus Waizen besteht, ein Waizenhaufen genannt wird, nach dem Vorherrschenden, so werde das, worin der Fleischstoff der Hauptbestandtheil sei, Fleisch genannt; worin der Knochenstoff, Knochen; das Gleiche finde beim Holze und Golde und den übrigen Dingen statt. Wie nun Derjenige, welcher aus dem Gemisch der allerlei Samen die wegen ihrer Geringheit darin verborgene Gerste herausbrächte und einen Gerstenhaufen bildete, keine Entstehung der Gerste bewirkte, sondern nur ein Sichtbarwerden und eine Aussonderung derselben, so verhält es sich auch mit den Dingen in der Natur. Denn wenn aus dem Fleische Knochen, oder etwas Anderes entsteht, so ist dies eigentlich kein Entstehen, sondern blos Sichtbarwerden und Aussonderung des vorher Verborgenen. Nur dass bei dem Gemisch der allerlei Samen eine Gattung, wie Gerste, rein ausgesondert werden kann, was bei den Homoiomerieen unmöglich ist; denn niemals kann Fleisch, oder Stein, oder Gold, oder etwas Anderes rein ausgesondert werden, sondern immer ist in jedem Ausgesonderten, von welcher Grösse es auch sei, Alles darin, nur wird es nach dem Vorherrschenden genannt." [136] Diese Grundzüge der Anaxagorischen Physik sind uns auch noch urschriftlich in den Bruchstücken des Philosophen erhalten; denn also schreibt er wörtlich: „Wie es im Anfange war, so ist auch jetzt Alles zusammen," und: „Wovon Jegliches das Meiste in sich enthält, das ist es am sichtbarsten," und: „Kein Ding entsteht, oder vergeht, sondern von vorhandenen Dingen wird es zusammengemischt und ausgesondert." [137] Demnach ist die ganze

---

136) Jo. Philop. in Aristot. Phys. c. 2, fol. 17, b. bei Schaubach l. c. p. 115: *καλεῖσθαι δὲ ἕκαστον ἐκ τοῦ πλεονάζοντος τοῦ ἐν αὐτῷ. ὥςπερ ἐπὶ σωροῦ πανσπερμίας εἰ ἐνυπάρχει πλέον τῶν λοιπῶν σπερμάτων ὁ σῖτος, καλεῖται ὁ σωρὸς ἐκεῖνος σῖτος, ἐκ τοῦ πλεονάζοντος· οὕτως ἔνθα μέν ἐστι πλείων ἡ σὰρξ τῶν ἄλλων, σάρκα τοῦτο καλεῖσθαι, ἔνθα δ' ὀστοῦν, ὁμοίως ὀστοῦν· ὡςαύτως καὶ ἐπὶ ξύλου καὶ χρυσοῦ καὶ τῶν λοιπῶν. ὥςπερ οὖν εἴ τις ἀπὸ τῆς πανσπερμίας κρυπτομένας κριθὰς δι' ὀλιγότητα ἐξαγάγοι καὶ ποιήσαι σωρείαν κριθῶν, οὐ γένεσιν κριθῶν οὗτος ἐποίησεν, ἀλλ' ἔκφανσιν μόνον καὶ ἔκκρισιν· οὕτως ἔχει καὶ ἐπὶ τῶν φυσικῶν πραγμάτων. ὅταν γὰρ ἐκ σαρκὸς ὀστοῦν γίνηται ἤ τι ἕτερον, οὐκ ἔστι τοῦτο γένεσις κυρίως, ἀλλ' ἔκφανσις μόνον καὶ ἔκκρισις τοῦ πρὶν κρυπτομένου. πλὴν ἐπὶ μὲν τοῦ σωροῦ τῆς πανσπερμίας ἔστιν ἕν τι εἶδος εἰλικρινὲς ἐκκρῖναι, οἷον κριθάς· ἐπὶ δὲ τῶν ὁμοιομερῶν τοῦτο ἀδύνατον· οὐκ ἐνδέχεται γὰρ οὐδέποτε σάρκα εἰλικρινῶς ἐκκριθῆναι ἢ λίθον ἢ χρυσὸν ἢ ἄλλο τι, ἀλλ' ἀεὶ ἐν παντὶ τῷ ἐκκρινομένῳ, ὁπηλίκον ἂν ᾖ, πάντα ἔνεστι, καλεῖται δὲ ἐκ τοῦ πλεονάζοντος.*

137) Anaxag. Fragm. 12. (XVI): *ἀλλ' ὅπερ* (Schorn: *ὅκως*) *περὶ ἀρχὴν εἶναι* (*ἦν*,?) *καὶ νῦν πάντα ὁμοῦ.* Fragm. 8. (VI): *ἐν παντὶ γὰρ παντὸς μοῖρα ἔνεστι .... ἀλλ' ὅτεῳ* (Panzerbieter: *ὅτευ*) *πλεῖστα ἔνι, ταῦτα ἐνδηλότατα ἓν ἕκαστόν ἐστι καὶ ἦν.* Fragm. 22. (XVII) in Anm. 55.

Physik des Anaxagoras augenfällig gar Nichts weiter, als nur die bestimmtere Entwickelung seiner Grundvorstellung von dem uranfänglichen Chaos und der Hervorbringung aller Dinge aus demselben mittels Scheidung und Aussonderung der Stoffe; wie der Noos dem Anaxagoras im Anfange die Weltbildung durch Scheidung der chaotisch vermischten Stoffe vollbracht hat, so verbleibt er ihm auch in seiner fortdauernden schöpferischen Wirksamkeit in der Natur ein Scheidekünstler. Auch erklärt ja Anaxagoras selber in den eben angeführten Worten die Vorstellung von dem uranfänglichen Chaos für die festgehaltene Grundlage seiner gesammten Physik.

Richten wir von der Physik des Anaxagoras unseren Blick auf die Israeliten, so begegnen wir hier einer Lücke, indem bei diesen, wenigstens in der vorliegenden Ueberlieferung, eine eigentliche Physik gar nicht vorhanden ist. Das nicht philosophische, sondern durchaus religiöse Interesse der Israeliten konnte allerdings bei dem Naturbegriffe in der angegebenen Allgemeinheit sich vollkommen beruhigen. Hätten sie aber unternommen ihren Naturbegriff in's Bestimmtere zu entwickeln, so hätten sie, das siehet wol Jeder, aus der gleichen Grundvorstellung ihrer heiligen Schöpfungsurkunde von dem uranfänglichen Chaos und der Hervorbringung aller Dinge aus demselben mittels Scheidung und Aussonderung der Stoffe auch nothwendig die gleiche Theorie, wie Anaxagoras, ableiten müssen. Damit uns diese Nöthigung um so weniger zweifelhaft sei, so finden wir auch wirklich selbst den Platonisch philosophirenden Juden Philon von der schaffenden Wirksamkeit Gottes in der Natur gerade so lehren, wie Anaxagoras, nämlich dass der schöpferische Logos ein Tomeus, d. i. ein Scheidekünstler, sei, welcher die Dinge, ihrer Substanz nach, durch Scheidung und Aussonderung der Stoffe aus dem Chaos der Materie hervorbringe.[138] Ja Wilib. Grimm bemerkt auch von dem Verfasser des Buches der Weisheit, er scheine der Sophia, wie hier die in der Natur wirkende Gotteskraft heisst, „dieselbe Thätigkeit zuzuschreiben, die bei Philon der Logos To-

---

138) Philo Quis rer. divin. heres p. 499, über 1 Mos. 15, 10. handelnd: *εἶτ' ἐπιλέγει· διεῖλεν αὐτὰ μέσα, τὸ τίς οὐ προσθείς, ἵνα τὸν ἀδίδακτον ἐννοῇς θεὸν τέμνοντα τάς τε τῶν σωμάτων καὶ πραγμάτων ἑξῆς ἁπάσας ἡρμόσθαι καὶ ἡνῶσθαι δοκούσας φύσεις, τῷ τομεῖ τῶν συμπάντων αὐτοῦ λόγῳ, ὅς, εἰς τὴν ὀξυτάτην ἀκονηθεὶς ἀκμήν, διαιρῶν οὐδέποτε λήγει τὰ αἰσθητὰ πάντα, κτλ.* Wie Philon den weltschöpferischen Logos als *τομεὺς* und *διαιρέτης* bezeichnet, so nennt er auch die einzelnen Theile der Welt *τμήματα* der chaotischen Urmaterie. S. Dähne Jüdisch-Alexandrin. Religionsphilos. B. I, S. 193 f. Nicht Israelitisch ist bei Philon blos die in Anm. 123 erwähnte Annahme von vier Urstoffen.

meus hat, nämlich in dem ungeordneten Chaos der Materie Alles nach bestimmten Zwecken zu scheiden, zu ordnen und zu verbinden;"[139] was ja mit buchstäblicher Genauigkeit auch die Thätigkeit des Anaxagorischen Noos in der dargelegten Physik ist.

Nachdem nun zur Genüge nachgewiesen worden, dass die Ansicht des Anaxagoras und der Israeliten von der Substanz der Dinge völlig dieselbige ist, und dass der Hellenische Philosoph auch in seiner Physik die gleiche Ansicht nur in's Bestimmtere entwickelt hat, so wenden wir uns zur genaueren Betrachtung und Vergleichung des Gottesbegriffes, aus welchem die ganze Gestaltung und Eigenthümlichkeit sowohl der Anaxagorischen, als der Israelitischen Weltanschauung ausfliesst, und welcher daher auch den entscheidenden Mittelpunkt unserer ganzen Untersuchung bildet. Das Allerwichtigste und Allerwesentlichste, wodurch sich der Anaxagorische Gottesbegriff von jedem anderen in der Vor-Platonischen Philosophie, der Israelitische von jedem anderen im alten Morgenlande auszeichnet, ist bereits oben urkundlich dargelegt worden, nämlich: dass die Gottheit von Anaxagoras, wie von den Israeliten, als ein unkörperlicher reiner Geist erkannt wird, der gar keine Gemeinschaft oder Verwandtschaft mit irgend einem der Dinge habe, die aus völlig anderer Substanz, aus blossen natürlichen Stoffen, gebildet seien. „Er ist mit keinem Dinge vermischt," schreibt Anaxagoras ausdrücklich, ganz übereinstimmend mit den Israeliten, „sondern ganz allein für sich selber ist er."[140] Dieser an und für sich selbst seiende reine Geist, das ist das Nächste, was jetzt bei der genaueren Betrachtung hinzugefügt oder vielmehr blos hervorgehoben werden muss, wird von Anaxagoras Noos genannt, und damit seiner eigentlichen Wesenheit nach als Verstand oder Vernunft bezeichnet. Dass dies die Grundbedeutung des Wortes ist, weiss jeder Kenner der Griechischen Sprache, und sollte es Einer nicht wissen, so kann er es aus jedem Griechischen Wörterbuche erfahren. Vielleicht meint aber Jemand, Anaxagoras könne das Wort in einer abweichenden Bedeutung gebraucht haben. Das ist schon an sich nicht denkbar, weil die Bedeutung „Verstand und Einsicht" von dem Worte Noos ganz untrennbar ist; und dazu kommt, dass Aristoteles und Platon mit Bestimmtheit melden, und die ganze Beschaffenheit der Anaxagorischen Philosophie auch dem blödesten Auge ausser Zweifel setzt, dass er eben im Hinblicke auf die ver-

139) Wilib. Grimm zu Weish. 7, 22. S. 193.
140) S. oben S. 10, Anm. 33. Vgl. S. 4, Anm. 7.

ständige und weise Einrichtung der Welt den Noos für den Urheber und Beherrscher aller Dinge erklärt hat.[141] Auch wird ziemlich die gesammte weitere Darlegung eigentlich nur die ausführliche Entwickelung und Beglaubigung der Einen Grunderkenntniss des Anaxagoras sein, dass die Gottheit ihrer Wesenheit nach reiner Geist und Verstand ist. Für jetzt mag es, um nicht den späteren Erörterungen vorzugreifen, genügen, dass Anaxagoras diese Auffassung der Gottheit schon in der völlig klaren und unzweifelhaften Bedeutung ihres Namens ausspricht.

Vergleichen wir mit dieser Grunderkenntniss des Anaxagoras, dass die Gottheit ihrer Wesenheit nach reiner Geist und Verstand ist, den Israelitischen Gottesbegriff, so werden wir hier durch die Thatsache überrascht, dass auch die heiligen Schriften der Israeliten an Gott, den sie, wie Anaxagoras, als einen an und für sich selbst seienden reinen Geist erkennen, mit der grössten, die ganze Weltanschauung bestimmenden und beherrschenden Entschiedenheit, nächst der Allmacht, von der hernach die Rede sein wird, die Weisheit als die grundwesentlichste Eigenschaft hervorheben, die Weisheit, wie das Hebräische Wort gewöhnlich übersetzt wird, welches aber eigentlich, gleich dem Griechischen Worte Noos, wie schon v. Coelln bemerkt hat, „überhaupt Einsicht, Verstand“ bedeutet.[142] Diese Auffassung der Gottheit tritt uns schon gleich in der heiligen Schöpfungsurkunde entgegen, nach welcher Gott ja die gesammte Welt und alles Einzelne in ihr trefflich, d. i. mit Verstand oder Weisheit, bildet und einrichtet;[143] worauf wir weiterhin zurückkommen werden. Und in derselben Anschauung heisst es in den Psalmen: „Wie gross sind deine Werke, Jehovah! alle hast du sie mit Weisheit gemacht.“[144] Und in den Sprüchen:

---

141) S. Aristot. Metaph. A, 3. in Anm. 293. u. Plat. Phileb. p. 28, E. in Anm. 295.

142) v. Coelln Bibl. Theol. §. 24, B. I, S. 139 von der Weisheit: „Auch hat ihre Sprache kein Wort, welches genau diesem Begriffe entspräche. חָכְמָה, welches man gemeiniglich durch Weisheit übersetzt, bezeichnet überhaupt Einsicht, Verstand, und dann jede Art geschickter Anwendung des Wissens, auch wenn sie blos äusserliche und irdische Zwecke verfolgt.“

143) Das ist klar ausgesprochen in den Worten: „Und Gott sahe, dass es gut war,“ die nach jedem Tagewerke wiederholt werden und die ganze Darstellung beschliessen; worüber in Anm. 306. So fasst jene Worte auch Umbreit ganz richtig, indem er zu Spr. 8, 30. bemerkt: „Diese gewöhnlich missverstandene Stelle enthält eine poetische Umschreibung des am Ende eines jeden Tages wiederkehrenden freudigen Billigungswortes des weisen Schöpfers: Und Gott sahe, dass es gut war — es war aber gut geworden durch die Weisheit.“

144) Ps. 104, 24.

„Jehovah gründete durch Weisheit die Erde, richtete den Himmel ein durch Einsicht; durch seine Kunde brachen die Tiefen hervor, und die Wolken träufeln Thau.“ [145] Schon hieraus, was wir späterhin noch genauer betrachten werden, dass die Israeliten in der Beschaffenheit und Einrichtung der Welt die Offenbarung der göttlichen Weisheit anschauten, folgt mit unleugbarer Nothwendigkeit, dass sie sich Gott seiner Grundwesenheit nach als weise und einsichtig dachten. Es steht aber auch ausdrücklich im Buche Hiob: „Bei Ihm ist Weisheit und Macht, sein ist Rath und Einsicht.“ [146] Und nach Jesaja ist „der Geist Jehovah's“ geradezu „der Geist der Weisheit und der Klugheit,“ [147] von welchem auch den Menschen alle Weisheit und Einsicht zu Theil wird. „Denn Jehovah giebt Weisheit,“ heisst es in den Sprüchen; [148] und im zweiten Buche Moses redet Jehovah namentlich von dem kunstfertigen Bezaleel: „Ich habe ihn erfüllet mit dem Geiste Gottes, mit Verstand und Einsicht und Kunde und allerlei Werk, künstlich zu sinnen, zu schaffen in Gold und in Silber und in Kupfer“ u. s. w.; [149] und mit Bestimmtheit erklärt das Buch Hiob: „Allein der Geist ist es im Menschen, der Hauch des Höchsten, der ihn klug macht.“ [150] Also ist der Gott der Israeliten seiner Grundwesenheit nach augenfällig Dasselbe, wie der Noos des Anaxagoras: reiner Geist und Verstand; daher auch dem einen wie dem andern in gleicher Weise, wie wir sehen werden, [151] Allwissenheit zugeschrieben wird. Und diese grundwesentliche Uebereinstimmung des Israelitischen Gottesbegriffes mit dem Noos des Anaxagoras wird auf das Glänzendste und Entscheidendste dadurch bekräftigt, dass die heiligen Schriften des Volkes unter Allem, was im Himmel und auf Erden ist, nichts Erhabeneres und Preiswürdigeres, als die Weisheit, kennen, die ihnen eben, wie auch Wilib. Grimm richtig bemerkt, „identisch mit dem Geiste Gottes“ ist. [152] Voll Bewunderung rühmen sie die Weis-

---

145) Spr. 3, 19 f. Vgl. Jer. 10, 12.

146) Hiob 12, 13. Vgl. 9, 5. Dan. 2, 20.

147) Jes. 11, 2. u. dort Gesenius. Vgl. Sir. 39, 8. 9. (6. 7.). 5 Mos. 34, 9 u. s. Dazu Wilib. Grimm a. a. O. S. XVI f. u. v. Coelln Bibl. Theol. §. 23, B. I, S. 133.

148) Spr. 2, 6.

149) 2 Mos. 31, 2 f. u. 35, 30 f. Vgl. 28, 3.

150) Hiob 32, 8.

151) S. unten Anm. 178 f.

152) Wilib. Grimm schreibt a. a. O. S. XVI: „Aus dem Vorstehenden erkennt man leicht, in welchem engen Zusammenhange die menschliche Weisheit mit der göttlichen gedacht wurde. Dieser Zusammenhang ergiebt sich schon aus den Proverbien, indem hier die stärksten und nachdrücklichsten Empfehlungen der Weisheit als menschlicher Eigenschaft

heit, die objektive und die subjektive nicht mit Bestimmtheit unterscheidend und auseinander haltend, als das höchste unvergleichliche Kleinod, und stellen dieselbe in dichterischer Verpersönlichung als Gottes erhabene Genossin dar, welche, weil sie eben seine eigenste Wesenheit und von ihm untrennbar, bereits von Anfang vor allem Erschaffenen bei ihm war und in Ewigkeit ihm beiwohnt; oder sie lassen die Weisheit bei der Weltschöpfung, weil Gott in dieser zuerst sie offenbarte, von ihm hervorgebracht und auf alle Werke und in alle Wesen, die derselben theilhaft sind, ausgegossen werden; ja weil Gott vermöge der Weisheit die ganze Welt und alles Einzelne in ihr bildete und einrichtete, so preisen sie auch die verpersönlichte Weisheit selbst als die Werkmeisterin und Anordnerin aller Dinge. So lesen wir in den Sprüchen: „Heil dem Menschen, der Weisheit findet, und dem Menschen, der Einsicht erlangt! Denn ihr Erwerb ist besser, als Erwerb von Silber, und mehr, als Gold, ihr Ertrag; köstlicher ist sie, als Perlen, und all deine Kostbarkeiten kommen ihr nicht gleich.“ [153] Dann wird die Weisheit selbst also redend eingeführt: „Ich habe Rath und Weisheit, ich bin Verstand, ich habe Kraft. Durch mich regieren Könige, und Fürsten geben gerechte Gesetze; durch mich üben Obere Obergewalt, und Edle, alle Richter der Erde.“ Und weiter sagt sie: „Jehovah bereitete mich als Anfang seines Handelns, vor seinen Werken, ehedem. Vor Alters ward ich gesalbt, vor Anfang, vor dem Ursprung der Erde; als noch keine Wassertiefen, ward ich geboren, als noch keine Quellen, reich an Wasser; bevor Berge eingesenkt waren, vor den Hügeln ward ich geboren; als er noch nicht gemacht Land und Steppen, und das Haupt des Staubes der Erde. Als er den Himmel bereitete, war ich dort, als er den Kreis zeichnete auf der Fläche der Tiefe; als er die Wolken oben anheftete, und gewaltig hervorbrachen die Quellen der Tiefe; als er dem Meere seine Grenze

---

gewöhnlich in ein Lob der göttlichen Weisheit sich schliessen, indem gezeigt wird, wie dieselbe Eigenschaft und Kraft in Gott auf das Umfassendste und Herrlichste sich beurkunde (Prov. 3, 13—20. K. 8.). War nämlich die Weisheit in Gott der Inbegriff aller seiner Offenbarung, so war sie ja identisch mit dem Geiste Gottes (s. uns. Commentar S. 10) und in dieser Identität das wirksame und beseelende Princip in der physischen und moralischen Welt; mithin konnte die menschliche Intelligenz und Weisheit ihre Quelle und ihren Ursprung nur in der göttlichen Weisheit haben. Zwar tritt diese Identität des göttlichen Geistes mit der Weisheit erst ganz deutlich im Buche der Weisheit hervor; aber ihren Merkmalen nach liegt sie schon der früheren Denkweise zu Grunde. Schon frühzeitig sagte man von den Weisen, sie seien vom göttlichen Geiste der Weisheit beseelt: Jes. 11, 2. 5. 5 Mos. 34, 9. Sir. 39, 6. 7.“

153) Spr. 3, 13 f.

setzte, dass die Wasser seinen Bord nicht überschreiten; als er die Grundvesten der Erde legte: da war als Künstlerin ich ihm zur Seite; da war ich sein Ergötzen Tag für Tag, spielte vor ihm allezeit; spielte auf seiner Erde Kreis, und hatte mein Ergötzen an den Menschenkindern.“ [154] In dem Buche Hiob heisst es: „Aber die Weisheit, wo wird sie gefunden? und wo doch ist der Sitz der Einsicht? Nicht kennet der Mensch ihre Schätzung; sie wird nicht gefunden im Lande der Lebenden. Die Tiefe sagt: In mir ist sie nicht! und das Meer sagt: Nicht bei mir! Nicht wird köstliches Gold gegeben für sie, und nicht Silber dargewogen als ihr Kaufpreis; sie wird nicht aufgewogen mit Gold von Ophir, mit köstlichem Onych und Sapphir; nicht kann man ihr gleichstellen Gold und Glas, und als ihren Tausch golden Geräth; Korallen und Krystall sind nicht zu erwähnen, und der Besitz der Weisheit ist mehr, als Perlen; nicht kann man ihr gleichstellen Aethiopiens Topas, mit feinem Golde wird sie nicht aufgewogen. Die Weisheit nun, woher kommt sie? und wo doch ist der Sitz der Einsicht? Verborgen ist sie vor den Augen aller Lebenden, und vor den Vögeln des Himmels verhüllet. Der Abgrund und Tod sprechen: Mit unseren Ohren haben wir ihren Ruf vernommen. Gott kennet ihren Weg, und Er weiss ihren Wohnsitz; denn er schaut bis an die Enden der Erde, unter dem ganzen Himmel hin schauet er. Als er dem Winde Gewicht gab, und die Gewässer abwog mit dem Maasse; als er dem Regen Gesetz gab, und eine Bahn dem Donnerstrahl: da sah er sie und that sie kund, bestellte sie und erforschte sie.“ [155] Ebenso reden die späteren Schriften, namentlich das Buch Baruch: „Wer ist in den Himmel hinaufgestiegen, und hat sie geholet, und sie herabgebracht aus den Wolken? Wer ist über das Meer geschiffet, und hat sie gefunden, dass er sie brächte für auserlesenes Gold? Es ist Niemand, der ihren Weg kennet, Niemand, der auf ihren Pfad merket. Er aber, der Alles weiss, kennet sie, hat sie gefunden durch seinen Verstand. Er, der die

---

154) Spr. 8, 14 f. u. 22 f.

155) Hiob 28, 12 f. Rosenmüller ad h. l. v. 27: Tunc, quum hanc admirandam rerum universitatem ordinaret, vidit non solum ipse sapientiam, sibi perspectam eam habuit, verum et enarravit eam, declaravit et manifestam fecit nobis, ut ex istis operibus suis discere possimus, illum omnium solum esse sapientem. Aptavit eam, ut scilicet res omnes illa aptarentur, ex qua sunt elegantia formae et figurae. (Nach anderer Leseart: intellexit eam, d. i. nach Döderlein: nemo praeter Deum scit, quid vere sapiens, quid factu optimum sit.) Quin et pervestigavit eam, ejus abditissimos et profundissimos sinus pertentatos a se cognitos habuit.

Erde geschaffen auf ewige Zeit, und mit vierfüssigen Thieren angefüllt; der das Licht sendet, dass es gehet; der es rufet, dass es ihm zitternd gehorchet. Die Sterne leuchten auf ihren Wachen, und sind fröhlich; er rufet sie, und sie sprechen: Hier sind wir! Sie leuchten fröhlich ihrem Schöpfer. Das ist unser Gott, und kein anderer ist ihm zu vergleichen. Er hat jeglichen Weg zur Weisheit gefunden.[156] Das Buch Sirach sagt: „Alle Weisheit ist vom Herrn, und ist bei ihm in Ewigkeit;“ und gleich darauf: „Die Wurzel der Weisheit, wem ward sie enthüllet? und ihre Rathschläge, wer erkannte sie? Einer ist weise, höchst furchtbar, der auf seinem Throne sitzet, der Herr. Er schuf sie, und sah sie, und that sie kund, und goss sie aus auf alle seine Werke sammt allem Fleisch nach seiner Gabe, und theilte sie denen mit, die ihn lieben.“[157] Und in einer anderen Stelle dieses Buches, welche sich unverkennbar, wie auch schon die Ausleger bemerken, auf die heilige Schöpfungsurkunde bezieht, und die Alles hervorbringende Gotteskraft jener Urkunde als die Weisheit auffasst, heisst es also: „Die Weisheit lobet sich selbst, und inmitten ihres Volkes rühmt sie sich. In der Versammlung des Höchsten thut sie ihren Mund auf, und vor seinem Heere rühmt sie sich: Ich ging aus dem Munde des Höchsten hervor, und bedeckte wie Nebel die Erde. Ich wohnte in der Höhe, und mein Thron war auf den Säulen der Wolken. Den Kreis des Himmels umging ich allein, und in der Tiefe des Abgrundes wandelte ich. In den Wogen des Meeres und auf der ganzen Erde und unter allen Völkern und Nationen nahm ich Besitz.“ „Vor der Zeit von Anfang an schuf er mich, und in Ewigkeit werd' ich nicht aufhören.“[158]) Doch nirgends in den heiligen Schriften der Israeliten wird die Weisheit in der Höhe gepriesen, und mit der Klarheit als der Alles wirkende und überall waltende

---

156) Bar. 3, 29 f.

157) Sir. 1, 1. u. 6 f.

158) Sir. 24, 1 f. Bretschneider bemerkt dort: sapientia obtexit olim mundum, illumque beneficiis replevit, creando videlicet rerum varia genera, sapientia enim omnium est τεχνίτης. repetita autem videtur haec imago vel e Genes. 1, 2., vel potius e Genes. 2, 6. Und weiterhin: Sensus autem v. 5. 6: Dei sapientia ubique fuit efficax; nam Deus sapientia sua omnia formavit omniaque parat et gubernat. Auch Wilib. Grimm sagt a. a. O. S. XVII: „Die Schilderung des göttlichen Geistes als der schöpferischen Kraft Gottes in 1 Mos. 1, 2. scheint von Sir. 24, 3. auf die göttliche Weisheit übertragen zu sein.“ Und was die Worte betrifft: πρὸ τοῦ αἰῶνος ἀπ' ἀρχῆς ἔκτισέ με κτλ., so bemerkt derselbe S. XV: „Wenn es heisst, sie sei vor Allem geschaffen worden (ἔκτισται), Sir. 1, 4. 7. 24, 9., so kann das nichts Anderes bedeuten, als sie sei sichtbar hervorgetreten, habe sich zu offenbaren begonnen; dasselbe sagt sie Prov. 8, 22.“

Gottesgeist dargestellt, wie in dem Buche der Weisheit. Dieses lehrt: „Sie ist prächtiger, als die Sonne, und über alle Stellung der Gestirne; mit dem Lichte verglichen, wird sie vorzüglicher befunden.“ [159] „Denn ein Hauch ist sie der Kraft Gottes und ein lauterer Ausfluss der Herrlichkeit des Allherrschers: darum kann nichts Beflecktes in sie hinein gerathen. Denn sie ist der Abglanz des ewigen Lichtes, der fleckenlose Spiegel der Wirksamkeit Gottes und das Bild seiner Güte.“ [160] Und zugleich betrachtet dieses Buch, übereinstimmend mit den anderen angeführten, wie Wilib. Grimm ausführlich darthut, die Weisheit als „das schöpferische und bildende Princip Gottes in der physischen Weltordnung, aber nicht weniger auch in der moralischen.“ [161] Die Weisheit ist hier ebenfalls ganz ausdrücklich „die Werkmeisterin aller Dinge,“ [162] und es heisst von ihr: „Sie reichet mächtig von einem Ende (der Welt) zum andern, und ordnet Alles wohl.“ [163] Daher sagt denn auch schon Wilib. Grimm, wie bereits erwähnt, ganz richtig: „Als wirksame Kraft Gottes nach beiden Beziehungen, in der physischen und moralischen Weltordnung, ist sie identisch mit dem Geiste Gottes“ und mithin auch „identisch mit Vorsehung.“ [164] Ist nun aber der Geist Gottes (und Gott ist ja in der Israelitischen Erkenntniss seiner Wesenheit nach nichts Anderes, als nur Geist) Eines mit der Weisheit, so ist er auch, das springt in die Augen, völlig Eines mit dem Anaxagorischen Noos. Damit diese Einheit sich vollends mit der höchsten Klarheit herausstelle, so wird die Weisheit in dem nach ihr benannten Buche auch ihrer metaphysischen Substanz und Beschaffenheit nach ganz so, wie der Noos des Anaxagoras, beschrieben. Denn wie wir in den Bruchstücken des Philosophen von dem Noos

159) Weish. 7, 29.

160) Weish. 7, 25 f.: *ἀτμὶς γάρ ἐστι τῆς τοῦ θεοῦ δυνάμεως καὶ ἀπόῤῥοια τῆς τοῦ παντοκράτορος δόξης εἰλικρινής· διὰ τοῦτο οὐδὲν μεμιαμμένον εἰς αὐτὴν παρεμπίπτει. ἀπαύγασμα γάρ ἐστι φωτὸς ἀϊδίου καὶ ἔσοπτρον ἀκηλίδωτον τῆς τοῦ θεοῦ ἐνεργείας καὶ εἰκὼν τῆς ἀγαθότητος αὐτοῦ.*

161) Wilib. Grimm a. a. O. S. XVIII.

162) Weish. 7, 22: *ἡ γὰρ πάντων τεχνῖτις ἐδίδαξέ με σοφία.* Vgl. 8, 5. 6.

163) Weish. 8, 1: *διατείνει δὲ ἀπὸ πέρατος εἰς πέρας εὐρώστως καὶ διοικεῖ τὰ πάντα χρηστῶς.* Dazu 7, 24. u 27. in Anm. 166 u. 168.

164) Wilib. Grimm a. a. O. S. XVIII. Vgl. eb. S. XVI in Anm. 152. Ebenso sagt Bretschneider in s. Dogmatik d. Apokryphen §. 47, S. 246: „Der Verfasser (des Buches der Weisheit) hat aber das *πνεῦμα ἅγιον* und die *σοφία* identificirt; beide sind ihm Ein Wesen, was nicht nur aus einigen Stellen ganz klar erhellt (9, 17. 1, 4—6. 7, 22.), sondern sich auch aus der Vergleichung dessen, was anderwärts vom heil. Geiste und hier von der Weisheit gesagt wird, ergiebt.“ S. die Vergleichung ebend. S. 249 f., hier unten in Anm. 174.

lesen: „Er ist das Feinste von allen Dingen und Lauterste," d. h. ein rein Unkörperliches, und wie Anaxagoras lehrt, dass der Noos das Allerbehendeste sei, und eben wegen seiner Lauterkeit oder Unkörperlichkeit durch Alles hindurchgehe, und Alles beherrsche,[165] so wird hier auch die Weisheit als ein „Feines," d. i., nach Wilib. Grimm's durchaus richtiger Erklärung, ebenfalls als ein Unkörperliches, dargestellt, und wörtlich stehet hier auch geschrieben: „Denn beweglicher, als alle Bewegung," d. h. das Allerbehendeste, „ist die Weisheit; sie gehet und dringet durch Alles wegen ihrer Lauterkeit."[166] Ja wie Aristoteles von dem Anaxagorischen Noos sagt,

---

165) Anaxag. Fragm. 8. (VI): *ἔστι γὰρ λεπτότατόν τε πάντων χρημάτων καὶ καθαρώτατον.* Diese Worte schliesst Anaxagoras an die Behauptung an, dass der Noos mit keinem Dinge vermischt, sondern ganz rein für sich selbst sei: *καὶ μέμικται οὐδενὶ χρήματι, ἀλλὰ μοῦνος αὐτὸς ἐφ' ἑωυτοῦ ἐστιν*, woraus er ableitet, dass der Noos über Alles herrsche, was er sonst nicht vermöchte: *καὶ ἂν ἐκώλυεν αὐτὸν τὰ συμμεμιγμένα, ὥστε μηδενὸς χρήματος κρατέειν ὁμοίως, ὡς καὶ μοῦνον ἐόντα ἐφ' ἑωυτοῦ.* Daher sollen die Ausdrücke *λεπτότατον* und *καθαρώτατον* augenfällig den Noos nicht etwa als eine feinste körperliche, sondern als eine rein unsinnliche Substanz bezeichnen, wie auch schon Breier a. a O. S. 63 f. bemerkt: „dass Anaxagoras in Ermangelung eines bestimmten und treffenden Wortes, der populären Vorstellung angemessen, das unsichtbare, immaterielle Wesen des Geistes durch obige Benennung andeuten wollte;" ebenso Carus l. c. p. 9, Hemsen l. c. p. 83 Heinr. Ritter Gesch. d. Ion. Philos. S. 235 f., Schaubach l. c. p. 103. Dass aber Anaxagoras den Noos gerade wegen seiner Lauterkeit als allbeherrschend betrachtete, bezeugt auch Aristoteles de anima III, 4: *ἀμιγῆ εἶναι, ὥςπερ φησὶν Ἀναξαγόρας, ἵνα κρατῇ*, und Phys. VIII, 5: (*μόνως ἂν*) *κρατοίη ἀμιγὴς ὤν.* Und dass er den Noos zugleich als das Allerbehendeste und so durch Alles Hindurchgehende dachte, erfahren wir von Platon, welcher im Cratyl. p. 412 sq. von den Philosophen handelt, die lehrten: *διὰ δὲ τούτου παντὸς εἶναί τι διεξιόν, δι' οὗ πάντα τὰ γιγνόμενα γίγνεσθαι· εἶναι δὲ τάχιστον τοῦτο καὶ λεπτότατον· οὐ γὰρ ἂν δύνασθαι ἄλλως διὰ τοῦ ἰόντος ἰέναι παντός, εἰ μὴ λεπτότατόν τε ἦν, ὥςτε αὐτὸ μηδὲν στέγειν, καὶ τάχιστον, ὥςτε χρῆσθαι ὥςπερ ἑστῶσι τοῖς ἄλλοις*, und dann, nach Erwähnung der verschiedenen Nachfolger des Herakleitos, bemerkt, *ὃ λέγει Ἀναξαγόρας· νοῦν εἶναι τοῦτο· αὐτοκράτορα γὰρ αὐτὸν ὄντα καὶ οὐδενὶ μεμιγμένον πάντα φησὶν αὐτὸν κοσμεῖν τὰ πράγματα διὰ πάντων ἰόντα.* Dem widerspricht nicht Aristoteles, indem er den Anaxagorischen Noos als *ἀκίνητος* bezeichnet, Phys. VIII, 5, weil er damit nur die Unveränderlichkeit desselben meint. S. Anm. 167. Treffend sagt Lactant. Inst. I, 5, 18: Anaxagoras Deum esse dixit infinitam mentem, quae per se ipsam moveatur. Der Anaxagorische Noos ist, wie nach Anm. 166 die Weisheit, *εὐκίνητος*, oder vielmehr nach Platon, wie diese, *πάσης κινήσεως κινητικώτερος.*

166) Weish 7. 22: *ἔστι γὰρ ἐν αὐτῇ* (für *ἐν αὐτῇ* haben viele Handschriften *αὕτη*) *πνεῦμα νοερόν, ἅγιον, κτλ. λεπτόν, εὐκίνητον, κτλ.* Wilib. Grimm bemerkt zu der Stelle: „*Λεπτόν*, dünn, weil die Weisheit sonst das Weltall nicht durchdringen könnte; das Wort ist bildlich von der Geistigkeit derselben zu verstehen. Die Folge von *λεπτὸν* ist *εὐκίνητον*, vgl. mit V. 24." Hier, Weish. 7, 24. heisst es: *πάσης γὰρ κινήσεως κινητικώτερον σοφία· διήκει δὲ καὶ χωρεῖ διὰ πάντων διὰ τὴν καθαρότητα*, wo derselbe Ausleger bemerkt: „Der Grund nämlich, warum der göttliche

dass er, der Eine Alles wirkende, indem er an sich selbst unveränderlich sei, alle Veränderung hervorbringe,[167] so heisst es hier von der Weisheit: „Sie ist nur Eine, und vermag doch Alles; sie bleibet dieselbe, und erneut doch Alles.“[168] Und auch in den übrigen Bezeichnungen der Weisheit oder des Noos, wie schon K. v. Coelln oben das Wort genauer erklärte, stimmt das Buch mit Anaxagoras zusammen.[169] Endlich wird die Einheit des Israe-

---

Weisheitsgeist das All durchdringt, liegt in seiner *καθαρότης*, in seiner Feinheit und Freiheit von den Fesseln der Materie.“ Also hier genau dieselbe Begründung, wie bei Anaxagoras in Anm. 165. Bemerkenswerth ist hierbei, dass auch Johannes von Damaskus, de orthodoxa fide I, 13. p. 149 ed. Lequien. von Gott sagt: *διὰ πάντων ἀμιγῶς διήκει*. Vgl. Cudworth Syst. intellect. IV, 32. p. 593 u. dort Mosheim.

167) Aristot. Phys. VIII, 5: *διὸ καὶ Ἀναξαγόρας ὀρθῶς λέγει, τὸν νοῦν ἀπαθῆ φάσκων καὶ ἀμιγῆ εἶναι, ἐπειδήπερ κινήσεως ἀρχὴν ποιεῖ αὐτὸν εἶναι· οὕτω γὰρ μόνως ἂν κινοίη ἀκίνητος ὤν, καὶ κρατοίη ἀμιγὴς ὤν*, wo Aristoteles die Ausdrücke *ἀπαθὴς* und *ἀκίνητος* als gleichbedeutend gebraucht, und also ohne Zweifel sagen will, dass der Noos nirgendsher eine Bestimmung noch Veränderung in sich aufnehme. Dazu Aristot. de anima I, 2. u. III, 4. in Anm. 30. Breier führt a. a. O. S. 62 zur Erläuterung an Aristot. Metaph. Δ, 21: *πάθος λέγεται ἕνα μὲν τρόπον ποιότης, καθ' ἣν ἀλλοιοῦσθαι ἐνδέχεται*, und sagt: „In diesem Sinne von *πάθος* steht das Wort *ἀπαθὴς* de anima I, 2: *Ἀναξαγόρας δὲ μόνος ἀπαθῆ φησιν εἶναι τὸν νοῦν*.“ Dass der Noos seiner Wesenheit nach durchaus und stets derselbige bleibt, sagt auch Anaxagoras selbst Fragm. 8. (VI): *νόος δὲ πᾶς ὅμοιός ἐστι, καὶ ὁ μείζων καὶ ὁ ἐλάσσων*, wo Schaubach bemerkt: similis est natura, est una eademque; manet semper natura sua, sive in magnis, sive in parvis apparet; ebenso Carus l. c. p. 9: in his non alium sensum deprehendo, quam hunc, eundem semper manere natura sua, sive in magnis sive in exiguis appareat.

168) Weish. 7, 27: *μία δὲ οὖσα πάντα δύναται, καὶ μένουσα ἐν αὐτῇ τὰ πάντα καινίζει*. Dazu die Erläuterung von Wilib. Grimm: „*Μένουσα ἐν αὐτῇ*: ob sie gleich in sich selbst bleibt, d. h. obschon sie immer dieselbe bleibt, und keiner Veränderung unterworfen ist (*βέβαιον* in V. 23): *τὰ πάντα καινίζει*; der Sinn dieser Worte ergiebt sich aus dem Gegensatze *μένουσα ἐν αὐτῇ*, folglich: sie verändert Alles, d. h. sie bringt durch ihre fortwährende bildende Kraft Wechsel und dadurch ewige Erneuerung in die Erscheinungen der Natur. *Καινίζειν* bezeichnet demnach die welterhaltende Kraft der Weisheit.“ Dass nach diesem Ausleger der Verfasser des Buches auch die bestimmte Art ihrer Wirksamkeit in der Natur genau ebenso denkt, wie Anaxagoras die des Noos, ist schon oben S. 55 f. angeführt worden.

169) Die gesammte übrige Beschreibung der *σοφία* Weish. 7, 22. u. 23. wird schon von Wilib. Grimm in der genauesten Uebereinstimmung mit dem Anaxagorischen Noos erklärt, ohne dass er selbst im Entferntesten an diesen denkt. Die Weisheit heisst dort ein *πνεῦμα νοερόν*, und Grimm bemerkt dazu: „*Νοερόν*, ein bei Plato häufig vorkommendes Wort, bedeutet entweder i n t e l l i g e n t, oder r e i n g e i s t i g, wie es denn auch von den alten Lexikographen (s. Schleusner Thes. t. IV, p. 18) durch *νοῦν* und *πνευματικὸν* erklärt wird. Fasst man das Wort in der letztern Bedeutung, so enthält es neben *πνεῦμα* keine Tautologie, sondern drückt dann nachdrucksvoll den Gedanken aus, dass im Wesen der göttlichen Weisheit, als einer im Weltall wirkenden Kraft, jegliches Materielle entfernt gedacht werden müsse. Da indessen *πνεῦμα* für sich schon ein immaterielles Wesen bedeutet, und diese Eigenschaft im Folgenden auch

litischen Gottes, seiner Wesenheit nach, mit dem Noos des Anaxagoras noch dadurch bekräftigt, dass auch das sittlich Gute und Böse, wie es in allen Weltansichten des alten Morgenlandes in vollkommener Uebereinstimmung mit der Natur der Gottheit, z. B. in der Zoroastrischen Lehre mit dem Lichte und der Finsterniss, aufgefasst wird, bei den Israeliten mit dem Begriffe der Weisheit oder des Verstandes und der Thorheit zusammenfällt, wie später ins Genauere gezeigt werden wird. [170]

Die Form, in welcher die Weisheit in den vorgelegten Schilderungen dargestellt wird, hat bei Vielen einen Irrthum erzeugt,

---

noch durch ein besonderes Epitheton, λεπτόν, ausgedrückt wird, so haben wir hier wol nur die erstgenannte Bedeutung anzunehmen." In beiden Bedeutungen aber ist πνεῦμα νοερὸν völlig Eines mit dem νοῦς καθαρὸς des Anaxagoras, Anm. 29 f. u. 178 f. Dann heisst die Weisheit dort μονογενές, πολυμερές, und zwar μονογενές, nach Grimm: „insofern das Geistige, als frei von allem Materiellen, seinem Wesen nach schlechthin Eins, untheilbar und einfach sein muss;" was genau auch die Lehre des Anaxagoras vom Noos, Anm. 30 f. 167, 271; dagegen „πολυμερές, vielgetheilt, d. h. obgleich ihrem Wesen nach Eins und einfach, dehnt sich doch ihre Kraft und Wirksamkeit nach allen Punkten des Weltalls aus," gleichwie die des Anaxagorischen Noos, Anm. 29, 60, 213 f., 235 f. „Die beiden Prädicate ὀξὺ und ἀκώλυτον," sagt Grimm, „beziehen sich ohne Zweifel auf die weltbildende und weltdurchdringende Thätigkeit der Sophia; ὀξύ, scharf, durchdringend; ἀκώλυτον: ungehemmt, nämlich in ihrer Kraft und Wirksamkeit." Ebenso lehrte Anaxagoras, dass der Noos Alles durchdringt, „indem er vermöge seiner körperlosen Natur über alle Schranken erhaben und, wie Platon sagt, durch Nichts zu hemmen ist;" s. Breier a. a. O. S. 64 f. und hier Anm. 165. Ferner heisst die Weisheit ἀπήμαντον, d. i. nach Grimm: „unberührt von den Veränderungen des Irdischen und Weltlichen," und βέβαιον, d. i. nach Grimm: „fest, unveränderlich," im physischen und moralischen Sinne. Genau ebenso wird auch der Anaxagorische Noos, fast mit demselben Ausdrucke, als ἀπαθὴς bezeichnet, Anm. 167. Wie ferner die Weisheit παντοδύναμον heisst, in demselben Sinne nennt Anaxagoras den Noos αὐτοκρατές, Anm. 257. Wie die Weisheit πανεπίσκοπον oder nach einigen Handschriften παντεπίσκοπον ist, genau ebenso ist der Anaxagorische Noos πάντων φρουρός, Anm. 218. Auch der Ausdruck φιλάγαθον sagt von der Weisheit ganz Dasselbe, was dem Anaxagorischen Noos zugeschrieben wird, er sei τὸ αἴτιον τοῦ καλῶς καὶ ὀρθῶς, Anm. 290 f. Selbst den Ausdrücken ἅγιον und ἀμόλυντον liegt kein anderer Gedanke zu Grunde, als wenn der Anaxagorische Noos als ὁ θεὸς und als καθαρὸς bezeichnet wird. Vgl. Anm. 270. Die übrigen Ausdrücke sind minder klar, doch leitet auch von diesen keiner auf eine Vorstellung, die dem Wesen des Anaxagorischen Noos widerspräche. In τρανὸν findet Grimm „einen dem Begriffe von ὀξὺ und ἀκώλυτον verwandten Sinn," oder dass es sich mit ἀμόλυντον und σαφὲς auf die in V. 26 gebrauchte Verbildlichung des Wesens der Weisheit im Lichte beziehe, welche nur eine Versinnlichung des Gedankens ihrer καθαρότης ist; die καθαρότης bildet aber gerade das Grundwesen auch des Anaxagorischen Noos. Auf gleiche Weise gelten von ihm die Bestimmungen ἀσφαλὲς und ἀμέριμνον. Zu εὐεργετικὸν und φιλάνθρωπον, nach der Erklärung Grimm's und Dähne's, vgl. Anm. 358, auch 483 u. 467, und dazu Spr. 8, 31.

170) S. unten Anm. 505 f.

der hier nicht unerwähnt bleiben darf, da er auch noch von K. v. Coelln fortgepflanzt wird,[171] nämlich: dass zwar in den Sprüchen die Weisheit nur mit dichterischer Phantasie aus dem Begriffe der Gottheit herausgestellt, und als eine von ihr verschiedene Person veranschaulicht, in den Hellenistischen Büchern aber eine wirkliche Hypostase der Gottheit sei, gleich dem Logos der Alexandrinisch-Jüdischen Philosophie. Wäre diese Auslegung richtig, so hätten die Hellenistischen Bücher nicht so, wie es geschehen, als vollgiltige Zeugen für den angegebenen Israelitischen Gottesbegriff mitaufgeführt werden dürfen, sondern sie würden denselben nur insoweit bekräftigen, als allerdings selbst die Herausbildung der Weisheit aus dem Begriffe der Gottheit zu einer wirklichen Hypostase derselben nur dann stattfinden konnte, wenn die Weisheit als Gottes Grundwesenheit erkannt wurde; nur die Hypostasirung selbst würde dem echt Israelitischen Gottesbegriffe widerstreiten, und dem Alexandrinisch-Jüdischen Platonismus zugerechnet werden müssen. Aber diese Auslegung ist durchaus unrichtig, und in der That wieder blos eine Hineinlegung, in der freilich Manche in dem Grade geübt sind, dass sie, wie Andere in den älteren heiligen Schriften der Israeliten unkritisch die gesammte Christliche Lehre vorfinden, aus den Apokryphen hyperkritisch die gesammte Platonische und Philonische Philosophie herauslesen,[172] während der unbefangene Leser sowohl in dem bereits beurtheilten Verfasser des Buches der Weisheit, als in denen der Bücher Sirach und Baruch überhaupt gar keine Philosophen, also auch nicht Platonische oder Philonische, sondern nur gebildetere fromme Israeliten erblicken kann, welche überall die alten heiligen Schriften als die Grundlage und Quelle ihrer religiösen Ueberzeugung anerkennen, und treulich, mit wenigen Ausnahmen, die alte Lehre nur in gebildeterer Reflexion fortpflanzen. Daher haben sich von der Schilderung der Weisheit bei Sirach auch schon Bretschneider und Dähne bei genauerer Betrachtung überzeugt, dass sie keine Hypostase, sondern nur eine dichterische Verpersönlichung ist, gleich der Schilderung in den Sprüchen.[173] Wenn dagegen Bretschnei-

171) v Coelln a. a. O. §. 90, B. I, S. 399. Vgl. §. 24, S. 142 f.

172) Z. B. schreibt Gfrörer in s. Krit. Gesch des Urchristenthums B. II, S. 226 über die in Anm. 168 erklärte Stelle Weish. 7, 27: „Hier bricht die Ideenlehre durch; jedes Wesen besteht nur dadurch, dass es an den Ideen Theil nimmt; diese sind ewiglich jugendliche Mächte, und indem sie in die einzelnen neu entstandenen Dinge eingehen und sich in ihnen abdrücken, wird der Schöpfungsakt jeden Augenblick wiederholt und die Welt immer neu.“

173) S. Bretschneider Dogmatik d. Apokryphen §. 37 f. S. 202 f. und

der noch von dem Buche der Weisheit behauptet, dass hier die Weisheit als eine wirkliche Hypostase aufgefasst sei, so widerlegt er sich selber schon vollständig, indem er ausführlich nachweist, wie Alles, was in den älteren Schriften dem Geiste Gottes, in diesem Buche eben der Weisheit zugeschrieben wird,[174] so dass der Ver-

---

ad Sirac. Excursus III, p. 722 sq. Dähne Jüdisch-Alexandrin. Religionsphilos. B. II, S. 129 f. Vgl. Wilib. Grimm a. a. O. S. XV f. und zu Weish. 6, 14. S. 154.

174) Bretschneider schreibt a. a. O. §. 47, S. 246: „Der Verfasser hat aber das *πνεῦμα ἅγιον* und die *σοφία* identificirt; beide sind ihm Ein Wesen; was nicht nur aus einigen Stellen ganz klar erhellt (9, 17. 1, 4 f. 7, 22.), sondern sich auch aus der Vergleichung dessen, was anderwärts vom heil. Geiste und hier von der Weisheit gesagt wird, ergiebt." Diese Vergleichung macht er dann S. 249 f.: „Das, was das A. T. dem Geiste Gottes oder dem heil. Geiste beilegt, schreibt der Verfasser der Sophia zu. Jener wird Jes. 11, 2. *πνεῦμα τοῦ θεοῦ, πνεῦμα σοφίας καὶ συνέσεως, πνεῦμα βουλῆς καὶ ἰσχύος, πνεῦμα γνώμης καὶ εὐσεβείας, πνεῦμα φόβου θεοῦ* genannt; und diese Weish. 7, 7. *πνεῦμα σοφίας*, das die Menschen mit *συνέσει, εὐσεβείᾳ, φόβῳ θεοῦ, βουλῇ, γνώσει* erfülle, Weish. 7, 14. 27. 8, 5 ff. 9, 9—18. 10, 2. Jener heisst Ps. 51, 10—12. *πνεῦμα εὐθές, τὸ πνεῦμα τὸ ἅγιον, πνεῦμα ἡγεμονικόν* (נדיבה, der edle, erhabene); diese Weish. 6, 12. *λαμπρὰ καὶ ἀμάραντος*, 7, 22 ff. *πνεῦμα ἅγιον, βέβαιον, ἀσφαλές, ἀμέριμνον*, ein Wesen, dem 8, 3. als Gesellschafterin Gottes *εὐγένεια* zukommt. Jener macht die Menschen freudig und glücklich; wenn er sie aber verlässt, so ergreift sie ein böser Plagegeist, 1 Sam. 16, 14 ff.; diese heisst auch Weish. 7, 23. *πνεῦμα ἀμέριμνον*, 8, 9. *σύμβουλος ἀγαθῶν καὶ παραίνεσις φροντίδων καὶ λύπης*, in deren Umgang 8, 16. keine *πικρία*, keine *ὀδύνη*, sondern lauter Freude und Glück sei. Jener führt die Menschen, welche er beherrscht, zur Tugend, und macht sie zu Helden, Richt. 15, 14. 14, 16. 19. 13, 25. 1 Sam. 11, 6. 16, 13.; wer diese besitzt, wird Völker bezwingen, Königen furchtbar, im Frieden geliebt, im Kriege tapfer sein, 8, 14. 15., was durch das Beispiel Mose's 10, 16. erläutert wird. Jener unterstützte Zach. 4, 6—9. den Zerobabel bei Erbauung des zweiten Tempels; diese that nach Weish. 9, 8 ff. Dasselbe bei Erbauung des ersten Tempels. Jener half bei Erbauung der Stiftshütte, und lehrte die Arbeiter, 2 Mos. 31, 3. 28, 3. *ἐν παντὶ ἔργῳ διανοεῖσθαι καὶ ἀρχιτεκτονῆσαι*; diese schenkt nach Weish. 7, 16. (vgl. K. 9) *πᾶσαν φρόνησιν καὶ ἐργατειῶν ἐπιστήμην*. Jener ist das Princip des Lebens; sendet ihn Gott, so empfangen die empfindenden Wesen Leben, und die Erde wird erneut, Ps. 104, 30, vgl. 1 Mos. 1, 2. und Weish. 12, 1.; diese ist *πάντων τεχνῖτις*, Weish. 7, 22., das Ebenbild der göttlichen Macht und Güte, 7, 26., und sie *καινίζει τὰ πάντα*, 7, 27. Jener lehrt den verborgenen Sinn der Träume und Vorbedeutungen erforschen, Dan. 4, 5—15. 5, 11 ff. 4, 4. 5.; diese that bei Joseph Weish. 10, 21. Dasselbe. Jener macht Propheten, eröffnet ihnen die Zukunft und leitet ihre Handlungen, Joel 3, 1. Zach. 7, 12. 4 Mos. 11, 25.; diese steigt in heilige Seelen, macht sie zu Propheten, Weish. 7, 27; sie kennt das Verborgene und Künftige, und lehrt ihre Verehrer *σημεῖα καὶ τέρατα προγινώσκειν*, 8, 8. Jener ist überall gegenwärtig und weiss Alles, Ps. 149, 7.; diese *διατείνει ἀπὸ πέρατος εἰς πέρας εὐρώστως*, Weish. 8, 1. und *οἶδε καὶ συνιεῖ τὰ πάντα*, 9, 11. Das Danklied der Israeliten nach dem Ausgange aus Aegypten 2 Mos. 15, wird Weish. 10, 20. 21. der Weisheit zugeschrieben." Der unbefangenen Betrachtung kann nicht entgehen, wie die angeführten Stellen der älteren Schriften eben durch die Voraussetzung, dass schon jene Verfasser mit der Vorstellung des göttlichen Geistes die der Weisheit oder des Noos verbanden, erst ihr volles Licht erhalten.

fasser die Weisheit Gottes nur so, wie die älteren Schriften den Geist Gottes, von der Gottheit überhaupt, von ihren übrigen Eigenschaften, als ihre eigentliche Grundwesenheit und allwirkende Kraft, unterscheidet. Darum muss denn auch Wilib. Grimm, der dieses Buch zum Gegenstande der gründlichsten Untersuchung gemacht hat, bezeugen, dass in ihm sowenig, wie in den anderen Hellenistischen Büchern, die Weisheit eine wirkliche Hypostase der Gottheit ist, ohne zu verkennen, was Jedem in die Augen springt, wie leicht der Platonismus der Alexandrinischen Juden mit seiner Logoslehre sich an die Auffassung dieses und der anderen Bücher anschliessen und mit ihr im Einklange wähnen konnte.[175] Dass aber der Verfasser des Buches der Weisheit den Geist Gottes der älteren Schriften mit der vollsten Bestimmtheit und Klarheit als die Weisheit oder als den Noos darstellt, damit zeigt er, dass er den Gottesbegriff der Väter sich unter allen Israeliten am deutlichsten und reinsten zum Bewusstsein gebracht hat. Denn allerdings nichts Anderes, als die Weisheit oder der Noos, ist der Geist Gottes oder der rein geistige körperlose Gott, wie bereits bemerkt worden, schon selbst in der heiligen Schöpfungsurkunde, welche ihn zwar nicht ausdrücklich die Weisheit nennt, aber stillschweigend doch als solche wirken, nämlich die ganze Weltbildung zweckmässig und trefflich ausführen lässt. Und Jesaja hat uns ja auch geradezu ausgesprochen, dass der Geist Jehovah's „der Geist der Weisheit und der Klugheit" ist. Und das erkennt, wie de Wette, auch v. Coelln als die Grundansicht schon der alten heiligen Schriften: „Das göttliche Wesen wird gedacht als Vernunft,"[176] d. i. als die Weisheit des gleichnamigen Buches oder als der Noos des Anaxagoras.

Indem aber Anaxagoras die Gottheit als reinen Noos, d. i. als reinen Geist und Verstand, erkannte, so musste er sie nothwendig auch als wissend denken und zwar als allwissend, da er den Noos ja als Alles wirkend und beherrschend und durch Alles

---

175) S. Wilib. Grimm a. a. O. S. XVIII f. u. zu Weish. 1, 7. S. 17, zu 6, 14. S. 154, zu 7, 26. S. 203 u. s. Auch nach Dähne, Jüdisch-Alexandrin. Religionsphilos. B. II, S. 154 f., findet sich hier in dem Lobe der göttlichen und weltschöpferischen Weisheit, „wie in dem des Siraciden, Nichts vor, das an sich mit Nothwendigkeit veranlasste, diese als ein für sich bestehendes Wesen in diesem Buche bezeichnet anzunehmen, indem Keines von Beidem vorliegt, wodurch die Personification von der Hypostasirung an sich mit Sicherheit geschieden werden kann, klare wirkliche Erklärung und bestimmte durch wesentlichen Gegensatz gegebene wesentliche Scheidung des angeblich Hypostasirten von dem, mit welchem es sonst als verbunden gedacht werden müsste."

176) S. v. Coelln Bibl. Theol. §. 23 u. 24, B. I, S. 131 f. Vgl. de Wette Bibl. Dogm. §. 100, hier oben S. 14.

hindurchgehend betrachtete und überhaupt als unbeschränkt vorstellte. Denn wörtlich schreibt er: „Der Noos aber ist unbeschränkt;" was Cicero und Lactanz bekräftigen, von denen wir den ersteren späterhin vernehmen wollen, der letztere aber sagt: „Anaxagoras behauptete, die Gottheit sei ein unbeschränkter Geist, welcher sich durch sich selbst bethätige." [177] In der That bezeugt nicht blos Aristoteles, dass Anaxagoras „demselben Princip Beides zuschreibt, das Wissen und das Wirken," [178] sondern auch in den Bruchstücken des Philosophen, die uns vorliegen, finden wir gerade die Allwissenheit des Noos mit dem grössten Gewichte hervorgehoben. Schon bei der Betrachtung der Weltschöpfung aus dem Chaos hörten wir ja den Anaxagoras also reden: „Das Zusammengemischte und das Abgesonderte und Geschiedene, Alles kannte der Geist; und wie es sein sollte und wie es war und so Vieles jetzt ist und wie es sein wird, Alles richtete der Geist ein;" und im Hinblick auf diese Worte sagte auch schon Wirth oben: Anaxagoras betrachtet „ausdrücklich und mit den bestimmtesten Worten den Noos als den unendlichen, Alles, noch ehe die Welt mit allem Endlichen geworden, wissenden und ordnenden" Geist. [179] In einer anderen Stelle desselben Bruchstücks sagt Anaxagoras vom Noos auch ganz im Allgemeinen ausdrücklich: „Und alle Kenntniss von Allem besitzt er," d. h. nach Schaubach: „Alles und Jedes ist dem Noos bekannt." [180] Als allwissend wird der Noos auch in der Ueberlie-

---

177) Anaxag. Fragm. 8. (VI): *νόος δέ ἐστι ἄπειρον.* Schaubach ad h. l.: *ἄπειρον* est res infinita. Carus l. c. p. 9: (ille *Νοῦς*) infinitus est. Hemsen l. c. p. 83: (Mens) nullis omnino finibus est circumscripta. Breier a. a. O. S. 65, hier unten in Anm. 257: „So ist *ἄπειρον* nur im allernächsten Sinne genommen und bedeutet das, worin man keine Grenze finden kann." Dazu Lactant. Instit. div. I, 5, 18. oben in Anm. 165 und Cic. de nat. deor. I, 11. unten in Anm. 214.

178) Aristot. de anima I, 2: *ἀποδίδωσι δ' ἄμφω τῇ αὐτῇ ἀρχῇ, τό τε γινώσκειν καὶ τὸ κινεῖν, λέγων νοῦν κινῆσαι τὸ πᾶν.*

179) Anaxag. l. c. in Anm. 60. Wirth oben S. 4. Dazu Carus und Hemsen in Anm. 180.

180) Anaxag. l. c.: *καὶ γνώμην γε περὶ παντὸς πᾶσαν ἴσχει.* Schaubach ad h. l.: omnia ac singula menti nota sunt. quocirca *νοῦς* appellatur *φρουρὸς πάντων*, Cedren. Chronic. p. 130. Carus l. c. p. 10: Maximam idem (ille *νοῦς*) habet cognoscendi vim, omniumque rerum pollet cognitione: novit enim, quae vel commixta vel sejuncta vel disposita erant, quin praevidet, quae futura sint olim. Hemsen l. c. p. 83: Mens omnia, quae sunt, quaeque futura sunt, penitus perspiciens, nullis omnino finibus est circumscripta (*ἄπειρον*). inde summam intelligentiam Menti tribuendam censebat. Und p. 69: (Mentem dixit) totum universum omnipotentia et omniscientia sua gubernare. Vgl. Breier a. a. O. S. 65 in Anm. 257. Dazu noch Simplic. in Aristot. de anima I, 2. fol. 63, b: *πάντα νοεῖ ἐξηρμένως.* Endlich, nach all dem Angeführten, sind auch die herr-

ferung bezeichnet, dass er von Anaxagoras für den „Wächter über Alles" erklärt worden sei. [181]

Die gleiche Auffassung der Gottheit haben wir in den heiligen Schriften der Israeliten. [182] „Denn ein Gott des Wissens ist Jehovah," steht im ersten Buche Samuel; [183] und Jeremia sagt: „Kann Jemand sich verbergen im Verborgenen, dass ich ihn nicht sehe? spricht Jehovah. Erfüll' ich nicht Himmel und Erde? spricht Jehovah." [184] Ausführlich aber heisst es in den Psalmen, indem die Gedanken, dass der unendliche reine Geist durch Alles gehe oder überall gegenwärtig sei und Alles wirke und über Alles wache, mit dem Gedanken seiner Allwissenheit vereinigt werden: „Jehovah, du erforschest und kennest mich. Du kennest mein Sitzen und Aufstehen, merkest meine Gedanken von ferne. Mein Wandeln und mein Liegen siehest du, und mit all meinen Wegen bist du vertraut. Denn kein Wort ist auf meiner Zunge: siehe, Jehovah, du weisst es ganz. Vorwärts und rückwärts umschliessest du mich, und hältst über mir deine Hand. Wunderbar ist solches Wissen mir; zu hoch, ich kann es nicht erreichen. Wohin soll ich gehen vor deinem Geist, und wohin vor deinem Antlitz fliehen? Stieg' ich zum Himmel: daselbst bist du; macht' ich die Unterwelt zu meinem Lager: du bist da! Schwäng' ich Flügel der Morgenröthe, wohnt' am äussersten Ende des Meeres: auch daselbst leitete mich deine Hand, und fasste mich deine Rechte. Und spräch' ich: Nur Finsterniss überfalle mich, und Nacht sei Licht um mich her: auch Finsterniss verfinstert nicht vor dir, und Nacht leuchtet wie Tag; so Finsterniss wie Licht. Denn du hast meine Nieren gebildet, mich gewoben im Mutterleibe. Ich preise dich darob, dass ich so erstaunlich ausgezeichnet bin. Wunderbar sind deine Werke, und das erkennt meine Seele wohl! Nicht verhohlen war mein Körper vor dir, als ich gemacht ward im Verborgenen, gewirkt im Untern der Erde. Meine Keime sahen deine Augen; und in dein

---

lichen Worte des Euripides in Anm. 281 beachtenswerth, welcher, wenn irgendwo, gewiss auf die Frage:

θεὸν δὲ ποῖον εἰπέ μοι νοητέον;

seine Anaxagorische Erkenntniss ausgesprochen hat, in der Antwort:

τὸν πάνθ' ὁρῶντα καὐτὸν οὐχ ὁρώμενον.

181) Cedren. Chron. p. 130. Harpocrat. u. Suid. s. v. Ἀναξαγόρας in Anm. 218.

182) S. de Wette Bibl. Dogm. §. 99 u. 149. v. Coelln Bibl. Theol. §. 24 u. 79.

183) 1 Sam. 2, 3. Vgl. Ps. 94, 9.

184) Jer. 23, 24.

Buch wurden alle verzeichnet die Tage, die bestimmt waren, bevor einer von ihnen war. Mir aber, wie unbegreiflich sind mir deine Gedanken, Gott! wie überschwenglich ihre Summen!"[185] Und ganz übereinstimmend lehret das Buch der Weisheit: „Der Geist des Herrn erfüllet den Weltkreis, und was das Ganze zusammenhält, hat Kunde der Rede. Daher kann Keiner, der Unrecht spricht, verborgen bleiben."[186] Wie nach dem angeführten Psalm Jehovah, gleich dem Anaxagorischen Noos, Alles kennt und bestimmt schon vor seinem Entstehen, so schreibt auch Jeremia: „Es geschah das Wort Jehovah's zu mir, und sprach: Eh' ich dich bildete im Mutterleibe, kannt' ich dich, und eh' du hervorgingst aus dem Schoosse, weiht' ich dich."[187] Und ebenso redet Sirach: „dass die Augen des Herrn unendlich heller sind, als die Sonne, auf alle Wege der Menschen sehen, und in die verborgenen Theile blicken. Alle Dinge waren ihm bekannt, ehe sie geschaffen wurden; also auch nachdem sie vollendet sind."[188] Ueberhaupt heisst es in den Sprüchen: „An jedem Orte sind Jehovah's Augen;" und im Buche Hiob: „Bloss lieget die Unterwelt vor ihm, keine Hülle hat der Abgrund;" und im Buche Baruch: „Er aber, der Alles weiss;" und bei Sirach: „Ihm entgehet kein Gedanke, und vor ihm verbirgt sich auch nicht Ein Wort;"[189] d. h. kurz, wie wir vom Anaxagorischen Noos vernommen: Alles und Jedes ist ihm bekannt.

Dass Anaxagoras, um dies bei der Betrachtung und Vergleichung der reinen Wesenheit des Anaxagorischen und des Israelitischen Gottes der Vollständigkeit wegen noch zu bemerken, dem Noos ausser der Einheit und Alleinigkeit, die uns bereits mit allem Gewichte hervorgetreten ist und weiterhin noch ausführlicher behandelt werden wird,[190] auch Ewigkeit und Unwandelbarkeit beilegte, versteht sich von selbst. Zwar werden wir ihm, da er nirgends Vertrautheit mit eigentlicher Metaphysik bekundet, nicht

185) Ps. 139, 1 ff. Die hier mit der Allwissenheit Gottes verbundenen Gedanken haben wir auch bei Anaxagoras, welcher den Noos ebenso als *πάντων κρατοῦντα* und *διὰ πάντων ἰόντα* und *πάντων ἀρχὴν καὶ φρουρὸν* betrachtet.

186) Weish. 1, 7 f.

187) Jer. 1, 5. Vgl. Jes. 41, 21 f.

188) Sir. 23, 27. (19) f. Dazu Sus. 42: „O ewiger Gott, du Kenner des Verborgenen, der da Alles weiss vor seiner Entstehung." S. auch Jud. 9, 5. und vgl. Anaxag. Fragm. 8. in Anm. 60.

189) Spr. 15, 3. Hiob 26, 6. Bar. 3, 32. Sir. 42, 20. Vgl. Hiob 28, 24. 31, 4. 34, 21 f. Spr. 15, 11. 5, 21. Ps. 7, 10. 11, 4. 33, 13 f. 44, 22. 94, 7 f. Sir. 15, 18 f. 17, 13 f. 39, 24. 42, 18 f. Weish. 1, 6. 10.

190) S. unten Anm. 271 f.

zutrauen dürfen, dass er den Noos wegen seiner Reinheit, als eine durchaus unkörperliche, übernatürliche Wesenheit, überhaupt ausser dem Bereiche der Zeit gewusst habe, wie Parmenides und die Wedantinen das absolute Sein; [191] aber für ewig in der gewöhnlichen Bedeutung des Wortes erklärte er den Noos mit dem deutlichsten Bewusstsein dadurch, dass er ihn als die Gottheit betrachtete, als das Eine Alles wirkende Princip selbst, ohne ein anderes ausser ihm, von dem er hätte hervorgebracht sein können. Das meint auch Nikephoros, der Erklärer des Synesios, indem er sagt: „Anaxagoras behauptet, dass der Noos der Anordner uud Urheber von Allem ist; woraus hervorgeht, dass er den Noos für älter, als dieses All, ansieht.“ [192] Wirklich liess er in seiner Beschreibung der Weltbildung den Noos von Urbeginn neben dem Chaos da sein und nur „herbeikommen,“ um dasselbe in die gegenwärtige Ordnung der Dinge umzugestalten. [193] Zudem haben wir oben gesehen, dass er den Noos mit Bestimmtheit auch als „unbeschränkt“ darstellt, [194] womit er ebenfalls ihm sowohl Anfang als Ende abspricht. Dass Anaxagoras dem Noos aber auch Unwandelbarkeit beilegte, wenn auch ohne eigentlich speculative Erkenntniss und Begründung, ist zuvörderst aus seiner Grundansicht einleuchtend, da er den Noos ja in vollkommener Reinheit und Einfachheit fest hielt, ganz getrennt von der Substanz der Dinge, und alle Stoffe eben desshalb von Anfang neben ihm vorhanden sein liess, weil er weder eine Erschaffung aus dem Nichts, noch eine Entwickelung der Gottheit, des reinen einfachen Noos, noch eine Umwandelung desselben zu denken vermochte, während die anderen Vor-Platonischen Philosophen den Ursprung der Dinge eben als Entwickelung oder Umwandelung der Gottheit auffassten. Doch nicht blos aus der Grundansicht des Anaxagoras geht mit voller Sicherheit hervor, dass er den Noos als unwandelbar erkannte, sondern Aristoteles bezeugt dies auch, wie schon oben erwähnt worden, ausdrücklich, und das Zeugniss des Aristoteles wird auch noch durch ein Bruchstück des Anaxagoras bekräftigt, welches geradezu hervorhebt, dass der Noos durchaus immer derselbe verbleibe. [195] Demnach schreibt

---

191) S. Die Eleaten und die Indier S. 279 f.

192) Nicephor. Schol. in Synes. de Insomn. p. 357 ed. Petav.: *φησὶ δὲ καὶ Ἀναξαγόρας, ὅτι νοῦς ἐστιν ὁ διακοσμῶν τὰ πάντα καὶ πάντων αἴτιος· ὡς ἐντεῦθεν δείκνυσθαι, ὅτι καὶ οὗτος πρεσβύτερον καὶ τοῦδε τοῦ παντὸς δοξάζει τὸν νοῦν.*

193) S. Anm. 59.

194) S. Anm. 177.

195) S. Aristoteles und Anaxagoras in Anm. 167.

auch Breier ganz richtig: der Anaxagorische unendliche Geist oder Noos ist „rein, einig und allein für sich, immer derselbe.“ [196]

Dieses Beides, die Ewigkeit und die Unwandelbarkeit der Gottheit, ist natürlich auch die Lehre der heiligen Schriften der Israeliten. [197] Denn so redet Hiob von Gott: „Seiner Jahre Zahl ist nicht zu erforschen;“ und die Psalmen preisen ihn also: „Herr, Zuflucht warest du uns von Geschlecht zu Geschlecht; bevor Berge geboren waren, und du Erd' und Welt erzeugtest, und von Ewigkeit zu Ewigkeit bist du, Gott;“ „tausend Jahre sind in deinen Augen, wie der gestrige Tag, wenn er vergangen, und eine Wache in der Nacht.“ [198] Eine andere Stelle in den Psalmen lautet: „Vor Zeiten hast du die Erde gegründet, und deiner Hände Werk sind die Himmel; dieselben vergehen, doch du bestehest; sie alle veralten wie ein Kleid, wie ein Gewand wechselst du sie, und sie wechseln; doch du bist derselbe, und deine Jahre enden nicht.“ [199] Und ganz ebenso lehren die Hellenistischen Bücher, namentlich Sirach: „Er ist immerfort, vor Ewigkeit und in Ewigkeit. Er ist nicht grösser und nicht geringer geworden,“ d. h. er bleibet stets derselbe. [200] Wie die angeführten Stellen die Unwandelbarkeit und Ewigkeit von der Gottheit im Allgemeinen aussagen, so behauptet das Buch der Weisheit sie auch insbesondere von der Weisheit, als der eigentlichen Wesenheit und allwirkenden Kraft oder dem Geiste Gottes; denn wörtlich heisst es hier, wie schon oben dargelegt worden, von der Weisheit: „Sie bleibet dieselbe, und erneuet doch Alles.“ [201]

Nachdem wir den Anaxagorischen und den Israelitischen Gott zuerst für sich selbst, seiner reinen Wesenheit nach, näher betrachtet haben, so wenden wir uns jetzt zur genaueren Betrachtung und Vergleichung seines Verhältnisses zur Welt und seiner Bethätigung

---

196) Breier a. a. O. S. 78. Auch S. 73 sagt er: „Insofern der Geist Urheber der Bewegung und somit aller Ordnung und Schönheit in der Welt ist, bleibt seine Einheit und sein reines unveränderliches Wesen ungestört, und ungetrübt steht er als allmächtiger Erhalter und Wächter über der Natur.“

197) S. de Wette Bibl. Dogm. §. 99 u. 149. und v. Coelln Bibl. Theol. §. 22 u. 79, B. I, S. 123 f. u. 367.

198) Hiob 36, 26. Ps. 90, 1 f. (wo der Gedanke, dass Gott von Ewigkeit sei, in V. 2 ganz ebenso ausgedrückt ist, wie bei Nicephor. l. c. in Anm. 192; vgl. v. Coelln a. a. O. S. 124). Dazu Ps. 145, 13. 146, 10. 1 Mos. 21, 33. 5 Mos. 32, 40. 33, 27 u. s.

199) Ps. 102, 26 f. Vgl. Jes. 41, 4.

200) Sir. 42, 21: *καὶ ἕως ἐστὶ πρὸ τοῦ αἰῶνος εἰς τὸν αἰῶνα· οὔτε προςετέθη οὔτε ἠλαττώθη*. Dazu Sir. 18, 1 u. s. Bar. 3, 3. Tob. 13, 10.

201) S. Weish. 7, 27. mit Grimm's Erklärung der Stelle, in Anm. 168, und der Ausdrücke *ἀπήμαντον* und *βέβαιον* Weish. 7, 22. u. 23, in Anm. 169.

in ihr. Von diesem reinen Noos, d. h. diesem unkörperlichen reinen Geiste und Verstande, der als solcher wissend, ja allwissend, überhaupt unbeschränkt, ewig und unwandelbar ist, lehrte Anaxagoras, dass er die ganze sichtbare Welt mit Allem, was in ihr ist, aus einem uranfänglichen Chaos aller Stoffe hervorgebracht und in der gegenwärtigen Gestalt eingerichtet habe. Diese Lehre des Anaxagoras ist bereits oben[202]) ausführlich dargelegt worden, wo wir von ihm selber die Rede vernommen haben: „Das Zusammengemischte und das Abgesonderte und Geschiedene, Alles kannte der Noos; und wie es sein sollte und wie es war und so Vieles jetzt ist und wie es sein wird, Alles richtete der Noos ein, auch diese Kreisbewegung, in welcher jetzt die Gestirne herumgehen und die Sonne und der Mond und die Luft und der Aether, die abgesonderten." Bei einer solchen urschriftlichen Vorlage bedürfen wir nicht noch der einstimmigen Bezeugung des gesammten Alterthums, welches den Anaxagorischen Noos ebenfalls mit der vollsten Bestimmtheit bald den „Werkmeister" oder „Demiurgen" der Welt, bald den „Urheber und Herrn des Alls," bald den „Schöpfer der Weltordnung" nennt.[203]

Ebenso ist schon oben[204] ausführlich gezeigt worden, wie auch nach der heiligen Schöpfungsurkunde der Israeliten die Gottheit, welche ihrer reinen Wesenheit nach völlig dieselbige mit dem Anaxagorischen Noos, nämlich ein unkörperlicher und unbeschränkter reiner Geist und Verstand, allwissend, von Ewigkeit und unwandelbar ist, in gleicher Weise, wie der Anaxagorische Noos, aus einem uranfänglichen Chaos aller Stoffe die ganze sichtbare Welt mit Allem, was in ihr ist, hervorgerufen und so, wie wir sie jetzt sehen, eingerichtet hat. Danach ist kaum noch nöthig darauf hinzuweisen, dass auch die übrigen heiligen Schriften des Volkes natürlich keine höhere Lobpreisung Gottes kennen, als dass er der erhabene Baumeister der Welt, der Urheber und Herr des Himmels und der Erde und der gesammten Ordnung der Dinge sei. Am ergreifendsten handelt hierüber das Buch Hiob,[205] auf dessen Dar-

---

202) S. 18 f.

203) Simplic. in Aristot. Phys. fol. 106, b: (*τὴν διακόσμησιν*) *ὑφίστασθαι ὑπὸ τοῦ δημιουργικοῦ νοῦ.* Plutarch. de plac. philos. I, 3, 12: *τῇ ὕλῃ τὸν τεχνίτην προσέζευξεν.* Aristot. Metaph. A, 3: (*νοῦν εἶναι*) *τὸ αἴτιον τοῦ κόσμου καὶ τῆς τάξεως πάσης.* Euseb. Praep. Ev. XIV, 14. p. 750: *νοῦν τῶν πάντων αἴτιον.* Hermias Irris. gentil. philos. §. 6: *ἀρχὴ πάντων ὁ νοῦς, καὶ οὗτος αἴτιος καὶ κύριος τῶν ὅλων.* Stob. Eclog. phys. I, p. 56: *νοῦν κοσμοποιὸν τὸν θεόν.* Mehr in Anm. 25 f. u. 59 f.

204) S. 19 ff.

205) Hiob 38, 1 ff. Vgl. 12, 7 f. u. s.

stellung wir weiterhin noch einmal zurück kommen werden; aber auch die anderen Bücher sind voll der herrlichsten Lobpreisung Gottes als Urhebers und Anordners aller Dinge, indem dieselbe meistens gerade das Grundthema der Gesänge bildet. So lautet bei Nehemia der Lobgesang der Israeliten nach der Wiederherstellung ihres Tempels und ihrer Stadt: „Auf! preiset Jehovah, euren Gott, von Ewigkeit zu Ewigkeit! Man preise deinen herrlichen Namen, der erhaben ist über allen Preis und Ruhm! Du bist es, Jehovah, du allein, du hast den Himmel gemacht, der Himmel Himmel und ihr ganzes Heer, die Erde und Alles, was darauf ist, die Meere und Alles, was darin ist; und du erhältst alles dieses.“ [206] Aehnlich der folgende Psalm: „Danket dem Herrn der Herren! denn ewig ist seine Gnade; der grosse Wunder thut allein, denn ewig ist seine Gnade; der den Himmel gemacht mit Einsicht, denn u. s. w.; der die Erde befestigt über den Wassern, denn u. s. w.; der die grossen Lichter gemacht, denn u. s. w.; die Sonne zur Beherrschung des Tages, denn u. s. w.; den Mond und die Sterne zur Beherrschung der Nacht, denn u. s. w.“ [207] Ein anderer berühmter Psalm entwickelt ausführlich nur dieses Thema. [208] Die übrigen erheben wenigstens bei jeder Veranlassung diese Lobpreisung Gottes: „Dein ist der Himmel und dein die Erde; die Welt und was sie erfüllt, du hast sie gemacht; Nord und Süd, du hast sie geschaffen.“ „Dein ist der Tag und dein die Nacht, du hast die Lichter und Sonne bereitet; du hast alle Grenzen der Erde gesetzt; Sommer und Winter, du hast sie gemacht.“ [209] Natürlich sind die Propheten von der gleichen Anschauung erfüllt; namentlich redet Jesaja zum Volke: „So spricht Jehovah, dein Erlöser, der dich bildete von Mutterleib' an: Ich bin Jehovah, der Alles geschaffen, der die Himmel ausgespannt allein, die Erde ausgebreitet durch mich selbst.“ Und wiederum: „So spricht Jehovah, der Heilige Israels und sein Schöpfer: Ueber das Zukünftige fraget mich; über meine Kinder, meiner Hände Werk, lasset mich sorgen! Ich habe die Erde gemacht, und Menschen darauf geschaffen; meine Hände breiteten die Himmel aus, und all ihr Heer bestellt' ich.“ [210] Dass auch die Hellenistischen Bücher durch und durch von derselben Ansicht beherrscht sind, bedarf, zumal nach dem, was

---

206) Nehem. 9, 5. 6.
207) Ps. 136, 3 f.
208) Ps. 104.
209) Ps. 89, 12 f. u. 74, 16 f. Dazu Ps. 33, 6. 146, 6.
210) Jes. 44, 24. u. 45, 11. 12. Dazu Jes. 42, 5 u. s. Jer. 10, 12.

bereits aus ihnen dargelegt worden ist, kaum noch der Erwähnung.[211]

Aber Anaxagoras lehrte nicht blos, dass der Noos die Welt mit Allem, was da ist, gebildet und eingerichtet habe, sondern auch, dass er fortwährend Alles in ihr wirke und durchaus in ihr walte und sie regiere. Denn Aristoteles und das gesammte Alterthum bezeugt mit der vollsten Bestimmtheit, dass Anaxagoras den Noos nicht blos als den Weltbildner, sondern überhaupt als das Eine Alles wirkende Princip erkannte, so dass er ihn auch für den Urheber aller Bewegung oder Thätigkeit in der Welt, alles Entstehens und Vergehens, kurz, alles Geschehens in ihr, erklärte.[212] Demgemäss schreibt auch Platon, Anaxagoras lehre, „dass der Noos der Anordner und Urheber von Allem" nicht blos im Anbeginn gewesen, sondern fortwährend „sei;" dass er fortwährend „alle Dinge einrichte, indem er durch Alles hindurch gehe;" dass er das All „anordnend durchwalte;" dass er die Natur aller Dinge „einrichte und erhalte."[213] Ebenso sagt Cicero: „Anaxagoras zuerst liess die Einrichtung und Beschaffenheit aller Dinge durch die Macht und Einsicht des unendlichen Geistes bestimmt und vollendet werden."[214] Auch berichtet Simplicius mit ausdrücklichen Worten: „Anaxagoras behaupte, dass die Welt, nachdem sie einmal aus dem Chaos hervorgegangen, fortdauernd unter der Waltung und Aufsicht des Noos verbleibe."[215] So lauten die Zeugnisse der gewichtvollsten Gewährsmänner, welche, vielleicht Cicero ausgenommen, noch unmittelbar aus der Urquelle schöpften, und daher schon für sich allein nicht das geringste Bedenken gegen ihre Glaubwürdigkeit aufkommen lassen; ihre Zeugnisse werden aber auch noch durch ein erhaltenes Bruchstück des Anaxagoras bekräftigt, in welchem wir lesen, dass er dem Noos gerade darum völlige Lauterkeit oder Un-

---

211) S. Weish. 11, 17. 9, 1. 9. 13, 1. 7, 22. Sir. 24, 12. (8.) 42, 15 ff. 43, 1 ff. 2 Makk. 1, 24. 7, 23. 28. Jud. 13, 18. 16, 14. Lobges. der drei Männer 34 f. u. A.

212) S. oben Anm. 24 ff.

213) Plat. Phaed. p. 97, C: *ὡς ἄρα νοῦς ἐστιν ὁ διακοσμῶν τε καὶ πάντων αἴτιος.* Cratyl. p. 413, C in Anm. 29: *πάντα φησὶν αὐτὸν κοσμεῖν τὰ πράγματα διὰ πάντων ἰόντα.* Phileb. p. 28, E in Anm. 295: *(τὰ ξύμπαντα) νοῦν καὶ φρόνησίν τινα θαυμαστὴν ξυντάττουσαν διακυβερνᾷν.* Cratyl. p. 400, A: *τί δέ; καὶ τὴν τῶν ἄλλων ἁπάντων φύσιν οὐ πιστεύεις Ἀναξαγόρᾳ νοῦν καὶ ψυχὴν εἶναι τὴν διακοσμοῦσαν καὶ ἔχουσαν;*

214) Cic. de nat. deor. I, 11: Anaxagoras, qui accepit ab Anaximene disciplinam, primus omnium rerum descriptionem et modum mentis infinitae vi ac ratione designari et confici voluit.

215) Simplic. in Aristot. Phys. fol. 33, a: *Ἀναξαγόραν λέγειν, ἅπαξ γενόμενον τὸν κόσμον ἐκ τοῦ μίγματος διαμένειν λοιπὸν ὑπὸ τοῦ νοῦ ἐφεστῶτος διοικούμενόν τε καὶ διακρινόμενον.*

körperlichkeit zuschrieb, damit er ganz ungehemmt über Alles zu herrschen vermöchte.[216] In demselben Bruchstücke finden wir, was schon oben angeführt worden, dass er dem Noos auch Allwissenheit beilegte;[217] womit er doch nothwendig die Vorstellung verbinden musste, dass der Noos auch über Alles wache und walte. Auch melden die Alten ja ausdrücklich, dass der Noos von Anaxagoras für den „Urheber und Wächter des Alls“ erklärt worden sei, und bezeichnen ihn so, wie schon Carus und Schaubach bemerken, geradezu als die Vorsehung; und als solche wird er auch von Anaxagoras selber in dem vorgelegten Bruchstücke über die Weltbildung mit der vollsten Bestimmtheit dargestellt.[218] Zugleich wissen wir bereits durch Plutarch, dass Anaxagoras das Walten des Noos keinesweges auf die Natur beschränkte, sondern auch über die Menschen ausdehnte, indem er ihn um dieser willen selbst die ganze Weltbildung vollbringen liess. Doch darauf werden wir später[219] zurückkommen; hier behalten wir das Verhältniss des Noos zur Welt in ihrer Ganzheit im Auge. Dass in dem Weltganzen Anaxagoras dem Noos die alleinige ungetheilte Herrschaft zuerkannte, wird auch dem zähesten Vorurtheile noch dadurch vollends über jeden Zweifel erhoben, dass er sowohl das Verhängniss, als den Zufall aus der Welt hinwegleugnete, und beide für leere

216) S. Anaxag. Fragm. 8. in Anm. 165.

217) S. Anaxag. l. c. und die Ausleger zu d. St. in Anm. 180.

218) Cedren. Chron. p. 130: *(Ἀναξαγόρας) ὕλην καὶ νοῦν πάντων ἀρχὴν καὶ φρουρὸν εἶπεν.* Harpocrat. s. v. *Ἀναξαγόρας: νοῦς δ' ἐπεκαλεῖτο, ἐπεὶ ὕλην τε καὶ νοῦν πάντων φρουρὸν εἶπεν.* Dasselbe bei Suidas s. v. Carus sagt l. c. p. 12: Sed non modo talem in origine rerum paratarum Mentem se gessisse statuit Anaxagoras, verum eandem etiam ordinato mundo tanquam praesidem et custodem praefecisse videtur, quae, cur universi ordo et egregie conservetur et multis modis varietur, causa sit. Und Schaubach l. c. p. 155: (Mens) providet rebus creatis, est igitur *φρουρός*. Anaxagoras selber schreibt Fragm. 8. (VI) in Anm. 60: *πάντα ἔγνω νόος, καὶ ὁκοῖα ἔμελλεν ἔσεσθαι καὶ ὁκοῖα ἦν καὶ ἄσσα νῦν ἐστι καὶ ὁκοῖα ἔσται, πάντα διεκόσμησε νόος.* Ja Plutarch bezeichnet den Anaxagorischen Noos ausdrücklich als *πρόνοια*, indem er de plac. philos. II, 8. sagt: *Διογένης, Ἀναξαγόρας, μετὰ τὸ συστῆναι τὸν κόσμον καὶ τὰ ζῶα ἐκ τῆς γῆς ἐξαγαγεῖν, ἐγκλιθῆναί πως τὸν κόσμον ἐκ τοῦ αὐτομάτου ἐς τὸ μεσημβρινὸν αὐτοῦ μέρος, ἴσως ὑπὸ προνοίας, ἵνα ἃ μέν τινα ἀοίκητα γένηται, ἃ δὲ οἰκητὰ μέρη τοῦ κόσμου, κατὰ ψύξιν καὶ ἐκπύρωσιν καὶ εὐκρασίαν*, wo die Worte *ἴσως ὑπὸ προνοίας κτλ.* wol allein auf Anaxagoras gehen. Auch bemerkt schon Heinr. Ritter in s. Gesch. d. Ion. Philos. S. 249: „Beim Alexand. Aphrod. de fato §. 2 heisst es, Anaxagoras habe behauptet, es gebe kein Schicksal; da er nun auch keinen Zufall annahm, was ist es sonst, was die Dinge leitet? vielleicht eine Vorsehung des Geistes? (cf. Plutarch. de plac. philos. II, 8.).“ Vgl. Plutarch. de fortuna 3. in Anm. 483: *πάντα τῆς εὐβουλίας εἶναι καὶ τῆς προνοίας.*

219) S. Plutarch. de plac. philos. I, 7, 7 sq. ap. Euseb. Praep. Ev. XIV, 16. unten in Anm. 358 f.

Begriffe erklärte. Denn so meldet Plutarch, im besten Einklange mit Platon und Aristoteles, wörtlich von ihm: „Er zuerst hat das All nicht dem Zufall, auch nicht dem Verhängniss als dem Princip der Anordnung unterworfen, sondern dem reinen Geiste“ oder Noos;[220] und Alexander von Aphrodisias schreibt geradezu: „Anaxagoras der Klazomenier widerspricht dem allgemeinen Glauben der Menschen an das Verhängniss; denn er behauptet, Nichts von Allem, was geschieht, geschehe nach dem Verhängniss, sondern das sei ein leerer Name;“[221] und „den Zufall,“ sagen ausser Plutarch auch noch Andere von den Alten, „erklärte er für eine dem menschlichen Erkennen verborgene Ursache.“[222] Heinr. Ritter bemerkt hierbei: „Nach Aufhebung dieser beiden Arten der Ursache blieb ihm aber nun wol kein anderer Ausweg, als nur als Ursache alles Geschehens die Vernunft,“ er meint den unendlichen Geist, „zu setzen.“[223] Und Hemsen: „Weil Anaxagoras das ganze Weltall von dem Noos eingerichtet und regiert werden liess, so räumte er dem Zufall und dem Verhängniss durchaus keine Stelle ein.“[224] Aus demselben Grunde wusste Anaxagoras auch von keiner anderen wirkenden Macht oder keinem anderen Gotte neben dem Noos, sondern leugnete kühn den ganzen Hellenischen Götterhimmel, wie hernach gezeigt werden wird.[225]

Völlig dieselbe Lehre haben wir in den heiligen Schriften der Israeliten: dass Gott, der unendliche reine Geist und Verstand, die

---

220) Plutarch. vit. Pericl. 4: (*Ἀναξαγόρας) τοῖς ὅλοις πρῶτος οὐ τύχην, οὐδ' ἀνάγκην διακοσμήσεως ἀρχήν, ἀλλὰ νοῦν ἐπέστησε καθαρόν.* Vgl. Plat. Phileb. p. 28, E. in Anm. 295 und Aristot. Metaph. A, 3. in Anm. 293.

221) Alexand. Aphrodis. de fato cap. 2, p. 4 sq. ed. Orelli: *οὐ γὰρ κενὸν οὐδ' ἄστοχον τἀληθοῦς ἡ κοινὴ τῶν ἀνθρώπων φύσις, καθ' ἣν περί τινων ὁμοδοξοῦσιν ἀλλήλοις, ὅσοι γε αὐτῶν μὴ διά τινας προκαταβεβλημένας δόξας ὑφ' αὐτῶν, διὰ τὸ σώζειν βούλεσθαι τὴν πρὸς αὐτὰς ἀκολουθίαν, ἄλλως ἀναγκάζονται λέγειν· δι' ἣν αἰτίαν οὐδὲ Ἀναξαγόρας ὁ Κλαζομένιος, καίτοι τἄλλα ὢν ἐν τοῖς τὴν φυσικὴν φιλοσοφίαν φιλοσοφήσασιν οὐκ ἀπεῤῥιμμένος, οὐκ ἀξιόπιστος ἀντιμαρτυρῶν τῇ κοινῇ τῶν ἀνθρώπων πίστει περὶ εἱμαρμένης, λέγει γὰρ οὗτός γε μηδὲν τῶν γινομένων γίνεσθαι καθ' εἱμαρμένην, ἀλλὰ εἶναι κενὸν τοῦτο τοὔνομα.* Vgl. ib. cap. 48. p. 134.

222) Plutarch. de plac. philos. I, 29. u. Stob. Eclog. phys. I, p. 218: *Ἀναξαγόρας καὶ οἱ Στωϊκοὶ (τὴν τύχην λέγουσιν) ἄδηλον αἰτίαν ἀνθρωπίνῳ λογισμῷ.* Theodoret. Graec. affect. cur. 6. (de providentia dei) p. 87 ed. Sylb. p. 237 ed. Gaisford: *(τὴν τύχην) ἄδηλον αἰτίαν ἀνθρωπίνῳ λόγῳ.* Vgl. Plutarch. de fortuna 3. in Anm. 483.

223) Heinr. Ritter Gesch. d. Philos. B. I, S. 308. Vgl. dens. in Anm. 218.

224) Hemsen l. c. p. 82: Toto universo ab intelligentia disposito atque gubernato, casui fatoque Anaxagoras nullum plane locum concessit.

225) S. unten Anm. 274 ff.

Welt mit Allem, was da ist, nicht blos gemacht und eingerichtet habe, sondern auch fortwährend sie erhalte und regiere und Jegliches in ihr wirke.[226] Vernehmen wir zuerst die treffende Darstellung des Eusebios. Nachdem dieser dargelegt hat, wie die Israelitische Theologie die Einrichtung der Welt als das Werk nicht des Zufalls oder einer blinden Naturkraft, sondern des weisesten Baumeisters erkennt, so fährt er fort: „Dann aber lehrt sie, dass die ganze Weltordnung nicht so für sich allein, wie eine Waise von dem Vater, von ihrem Bildner verlassen sei, sondern in alle Zeit von Gottes Vorsehung regiert werde, so dass Gott nicht blos der Werkmeister und Schöpfer des Alls sei, sondern auch der Erhalter und Verwalter und Herrscher und Lenker, indem er die Sonne selbst und den Mond und die Sterne und die gesammte Himmels- und Weltordnung unaufhörlich regiere, und mit weitblickendem Auge und göttlichem Vermögen Alles beaufsichtige und bei Allem im Himmel und auf Erden gegenwärtig sei und Alles in rechter Ordnung einrichte und verwalte."[227] Werfen wir den Blick in die heiligen Schriften selbst, so lesen wir hier in der That fast auf jedem Blatte den klaren Ausdruck des Glaubens, dass Jehovah, er allein, die gesammte Weltordnung, wie er sie geschaffen, auch unaufhörlich beherrsche und Jegliches ohne Ausnahme, was in ihr zur Erscheinung kommt, bewirke. „Jehovah hat im Himmel errichtet seinen Thron, und sein Königthum herrschet über Alles," reden die Psalmen, und preisen ihn in dichterischer Veranschaulichung als den, „Der den Himmel decket mit Wolken, der Erde Regen bereitet, Kräuter sprossen lässt auf den Bergen; der dem Vieh seine Speise giebt, den jungen Raben, die da rufen;" „er giebt Schnee wie Wolle, Reif wie Asche streuet er aus; er wirft

---

226) S. de Wette Bibl. Dogm. §. 105 u. 159. v. Coelln Bibl. Theol. §. 34, 35 u. 86, 88. B. I, S. 179 f. u. 386. 391.

227) Euseb. Praep. Ev. VII, 10. p. 314: *μὴ γὰρ εἰκῇ, μηδ᾽ ὡς ἔτυχε, μηδ᾽ αὐτομάτῳ καὶ ἀλόγῳ φορᾷ συνεστάναι τὸν τηλικοῦτον διάκοσμον, μηδ᾽ ἀναιτίου φύσεως ἔργον τυγχάνειν τὸ μέγα τοῦτο καὶ περικαλλὲς τεχνούργημα, ἀλλ᾽ εἶναι μὲν ποίημα τοῦ πανσόφου τῶν ὅλων ἀρχιτέκτονος, τοῦ δὲ αὐτοῦ λόγοις καὶ νόμοις ἱεροῖς διακυβερνᾶσθαι.* Dann VII, 11. p. 318: *τοιαύτη μὲν ἡ καθ᾽ Ἑβραίους θεολογία, λόγῳ θεοῦ δημιουργικῷ τὰ πάντα συνεστάναι παιδεύουσα. ἔπειτα δὲ οὐχ ὧδε ἔρημον, ὡς ὀρφανὸν ὑπὸ πατρός, καταλειφθέντα τὸν σύμπαντα κόσμον ὑπὸ τοῦ συστησαμένου διδάσκει, ἀλλ᾽ εἰς τὸ ἀεὶ ὑπὸ τῆς τοῦ θεοῦ προνοίας αὐτὸν διοικεῖσθαι, ὡς μὴ μόνον δημιουργὸν εἶναι τῶν ὅλων καὶ ποιητὴν τὸν θεόν, ἀλλὰ καὶ σωτῆρα καὶ διοικητὴν καὶ βασιλέα καὶ ἡγεμόνα, ἡλίῳ αὐτῷ καὶ σελήνῃ καὶ ἄστροις καὶ τῷ σύμπαντι οὐρανῷ τε καὶ κόσμῳ δι᾽ αἰῶνος ἐπιστατοῦντα, μεγάλῳ τε ὀφθαλμῷ καὶ ἐνθέῳ δυνάμει πάντ᾽ ἐφορῶντα καὶ τοῖς πᾶσιν οὐρανίοις τε καὶ ἐπιγείοις ἐπιπαρόντα, καὶ τὰ πάντα ἐν κόσμῳ διατάττοντά τε καὶ διοικοῦντα.*

sein Eis herab in Stücken;" „Alles, was Jehovah will, thut er, im Himmel und auf Erden, im Meer und allen Fluthen; der Wolken heranzieht vom Ende der Erde, Blitze zum Regen bereitet, Wind hervorholt aus seinen Vorrathshäusern;" „dein, Jehovah, ist das Königthum, und du bist erhaben über Alles als Haupt, und Reichthum und Ehre kommt von deinem Angesichte, und du bist Herrscher über Alles;" „denn wer ist Gott, ausser Jehovah, und wer ist Hort, als unser Gott?" „nicht schlummert dein Hüter; siehe, nicht schlummert, nicht schläfet der Hüter Israels."[228] Von der gleichen Anschauung ist das Buch Hiob erfüllt, die Propheten und die übrigen Schriften; in allen ist Jehovah der Allwaltende, und wird Jegliches, was da geschieht, sei es in der Natur oder im Menschenleben, unmittelbar von ihm als dem Urheber hergeleitet, der mit Allwissenheit über Alles wacht und Alles fügt.[229] Insbesondere von der Auffassung Jehovah's als des Wächters, welche auch das Buch Hiob ausspricht mit den Worten: „Er schaut bis an die Enden der Erde, unter dem ganzen Himmel hin schauet er," finden wir einen merkwürdigen Zug in dem Berichte Esra's über die Heimkehr aus der Verbannung: „Ich schämete mich, vom Könige Kriegsleute und Reiter zu verlangen, um uns zu schützen vor Feinden auf der Reise; denn wir hatten dem Könige gesagt: die Hand unseres Gottes waltet über Allen, die ihn suchen, zu ihrem Besten."[230] Dieselbe Anschauung, wie in den alten heiligen Schriften, herrscht in den Hellenistischen Büchern, unter denen das Buch der Weisheit, wie bereits gezeigt worden, die Regierung der Welt und alles Wirken in ihr auch gerade der Weisheit, d. i. Jehovah als reinem Noos, zuschreibt, und derselben gleichzeitig auch gerade wegen ihrer Lauterkeit oder Unkörperlichkeit, wie Anaxagoras dem Noos, das Vermögen beilegt, durch Alles hindurchzugehen und über Alles zu walten.[231] Dabei stellen die Hellenistischen Bücher das Verhältniss Gottes zur Welt und seine Thätigkeit in ihr meistens auch in denselben Ausdrücken dar, wie die Alten das Verhältniss und die Thätigkeit des Anaxagorischen Noos.[232] Diese gleiche Ansicht der

228) Ps. 103, 19. 147, 8 f. 135, 6 f. 1 Chron. 30, 11 f. Ps. 18, 32. 121, 3. 4.

229) S. Hiob 5, 9 f. 7, 17 f. 9, 4 f. 12, 9. 13 f. u. s. Jes. 45, 5 f. 40, 21 f. 46, 9 f. Jer. 10, 6 f. 14, 22. Klagl. 3, 34 f. Amos 3, 6. Nehem. 9, 6.

230) Esr. 8, 22. Vgl. Hiob 28, 24. 7, 18. 20. 34, 21.

231) S. Weish. 7, 24. 27. u. 8, 1. mit Grimm's Erläuterungen, in Anm. 166, 168 u. 163. Dazu Weish. 6, 7: *μικρὸν καὶ μέγαν αὐτὸς* (*ὁ πάντων δεσπότης*) *ἐποίησεν, ὁμοίως τε προνοεῖ περὶ πάντων.* Ferner Weish. 14, 3. Sir. 42, 15 ff. 43, 1 ff. u. s. 2 Makk. 7, 35. u. A. in Anm. 232.

232) Nach Anaxagoras ist der unendliche reine Geist oder Gott *αἴτιος*

Israeliten von dem alleinigen Wirken und Walten Jehovah's, desselben unendlichen reinen Geistes und Verstandes, in der ganzen Weltordnung wird natürlich auf gleiche Weise, wie die Anaxagorische, dadurch bekräftigt, dass auch die Israeliten durchaus keiner anderen wirkenden Macht oder keinem anderen Gott eine Geltung einräumen neben Jehovah, und weder von einem Verhängniss wissen, noch von einem Zufall; sondern an Stelle des Verhängnisses verehren sie Jehovah's Rathschluss,[233] und, wie K. v. Coelln richtig

---

καὶ κύριος τῶν ὅλων, Hermias Irris. gentil. philos. 6. in Anm. 203, βασιλεὺς οὐρανοῦ καὶ γῆς, Plat. Phileb. p. 28, C. vgl. Breier a. a. O. S. 82, c., αὐτοκρατὴς oder αὐτοκράτωρ, Anaxag. Fragm. 8. (VI). Plat. Cratyl. p. 413, C. vgl. Carus l. c. p. 9 in Anm. 257, καὶ ἰσχύει μέγιστον, Anaxag. l. c., ὅσα γε ψυχὴν ἔχει, πάντων νόος κρατέει, Anaxag. l. c. Nach den Hellenisten ist er κύριος τοῦ οὐρανοῦ καὶ τῆς γῆς, Tob. 7, 18., δεσπότης τῶν οὐρανῶν καὶ τῆς γῆς, Jud. 9, 12., μέγας τοῦ κόσμου δυνάστης, 2 Makk. 12, 15., ὁ βασιλεὺς ὁ μέγας, Tob. 13, 15., ὁ μόνος βασιλεύς, 2 Makk. 1, 24., βασιλεὺς μεγαλοκράτωρ, 3 Makk. 6, 2., πάντων κρατῶν, Esth. 13, 9, παντοκράτωρ, Sir. 50, 17. Weish. 7, 25. Jud. 8, 13. 15, 10. 16, 6. Bar. 3, 1. 4. 2 Makk. 1, 25. 3, 21. Nach Anaxagoras ist er τεχνίτης aller Dinge, Plutarch. de plac. philos. I, 3, 12. vgl. Anm. 110 f., τέκτων der Welt, Plutarch. l. c. I, 7, 7. ap. Euseb. Praep. Ev. XIV, 16. p. 753 in Anm. 112. Nach den Hellenisten ist er gleichfalls τεχνίτης aller Dinge, Weish. 13, 1. 7, 22. vgl. Anm. 104, ὁ πάντων κτίστης, 2 Makk. 1, 24. Sir. 24, 12 (8.). vgl. Euseb. l. c. VII, 10. 11. in Anm. 227. Nach Anaxagoras ist er πάντων φρουρός, Harpocrat. s v. Ἀναξαγ. u. A. in Anm. 218, und die πρόνοια, Plutarch. de plac. philos. II, 8. vgl. Heinr. Ritter Gesch. d Ion. Philos. S. 249 in Anm. 218. Nach den Hellenisten ist er ὁ πάντα ἐφορῶν, 2 Makk. 15, 2, πάντων ἐπόπτης, 3 Makk. 2, 21., τῶν ὅλων σκεπαστής, eb. 6, 9. und die πρόνοια, Weish. 14, 3., der προνοεῖ περὶ πάντων, eb. 6, 7. Anaxagoras sagt: πάντα διεκόσμησε und πάντα κοσμεῖ, Fragm. 8. (VI), Plat. Cratyl. p. 413, C. u. s. in Anm. 291. Die Hellenisten schreiben: ἐκόσμησε τὰ ἔργα αὐτοῦ, Sir. 16, 27. in Anm. 307. Nach Anaxagoras ist er daher auch τοῦ καλῶς ἡ αἰτία, Aristot. Metaph. A, 3. de anima I, 2. in Anm. 294 f. Nach den Hellenisten ὁ τοῦ κάλλους γενεσιάρχης, Weish. 13, 3. in Anm. 306. Nach Anaxagoras διοικεῖ τὰ πάντα, denn ἅπαξ γενόμενος ὁ κόσμος διαμένει ὑπὸ τοῦ νοῦ ἐφεστῶτος διοικούμενος, Simplic. in Aristot. Phys. fol. 33, a. in Anm. 215. Nach den Hellenisten διοικεῖ τὰ πάντα χρηστῶς, Weish. 8, 1. 15, 1. vgl. Euseb. l. c. in Anm. 227. Nach Anaxagoras διακυβερνᾷ τὰ ξύμπαντα, Plat. Phileb. p. 28, E. Nach den Hellenisten ist er πάντα διακυβερνῶν, 3 Makk. 6, 2. Weish. 14, 3. Anaxagoras schreibt in Fragm. 8. (VI): πάντα ἔγνω νόος, καὶ ὁκοῖα ἔμελλεν ἔσεσθαι καὶ ὁκοῖα ἦν καὶ ἅσσα νῦν ἔστι καὶ ὁκοῖα ἔσται, πάντα διεκόσμησε νόος. Jud. 9, 5. heisst es: σὺ γὰρ ἐποίησας τὰ πρότερα ἐκείνων καὶ ἐκεῖνα καὶ τὰ μετέπειτα καὶ τὰ νῦν καὶ τὰ ἐπερχόμενα διενοήθης, καὶ ἐγεννήθησαν ἃ ἐνενοήθης.

233) S. Hiob 38, 2. u. s. Eben das ist die Ansicht der Hellenistischen Bücher, insbesondere des Buches der Weisheit, welches, wie auch schon Grimm zu 6, 7. S. 149 ausdrücklich hervorhebt, „sowohl jedes blinde Ungefähr, als auch den Fatalismus ausschliesst." Vgl. Euseb. l. c. VII, 10. 11. in Anm. 227. Und eben das ist auch die Lehre der Sadducäer, welche sich durchaus der alten Grundansicht treu erweisen, nach Joseph. de bello Jud. II, 8, 14: τὴν μὲν εἱμαρμένην παντάπασιν ἀναιροῦσι. Vgl. dens. Antiq. Jud. XIII, 5, 9. in Anm. 502.

bemerkt, auch „das Zufällige nach menschlicher Ansicht der Dinge leitet der Hebräer auf Gott zurück," wie Anaxagoras auf den Noos, indem er es als eine dem menschlichen Erkennen verborgene Ursache erklärt, „womit sich ihm dann auch der eigentliche Begriff des Zufalls verliert,"[234] ganz wie dem Klazomenier.

Doch Anaxagoras lehrte nicht blos, dass der Noos die ganze Weltordnung geschaffen und eingerichtet habe, und dass er fortwährend durchaus in ihr walte und Alles in ihr wirke, sondern er betrachtete den Noos auch als Eines mit der Seele und also zugleich als das Lebensprincip. Denn Aristoteles berichtet uns Folgendes: „Anaxagoras erklärt sich nicht so deutlich über sie," nämlich über den Noos oder Geist und die Seele; „denn häufig nennt er den Noos den Urheber der trefflichen und rechten Einrichtung; anderwärts dagegen nimmt er ihn für Eines mit der Seele; denn er wohne in allen lebenden Wesen, sowohl den grossen als den kleinen, den geachteten und minder geachteten;" und weiterhin sagt er nochmals: „Anaxagoras scheint den Noos und die Seele zu unterscheiden, wie wir schon früher bemerkt haben; er behandelt aber beide als Ein Wesen, nur dass er den Noos vornehmlich als Princip aller Dinge betrachtet."[235] In diesem Berichte bezeugt Aristoteles mit voller Bestimmtheit, dass Anaxagoras die klare Unterscheidung des Noos oder Geistes und der Seele, welche in der späteren Philosophie gemacht wurde, noch nicht kannte, sondern in Wirklichkeit den Noos als Eines mit der Seele auffasste, indem er behauptete, dass derselbe allen lebendigen Wesen inwohne. Und damit wir dies um so weniger bezweifeln, „so gebraucht auch Platon, indem er von der Weltordnung des Anaxagoras spricht, die Wörter Geist und Seele als ganz gleichbedeutend," wie schon Heinr. Ritter bemerkt hat.[236] Ja wir besitzen auch noch in den Bruchstücken des Anaxagoras folgende Stelle: „Sovieles da Leben hat, Gross und Klein, Alles beherrscht der Noos;" womit er den Noos

234) v. Coelln Bibl. Theol. §. 35. B. I, S. 182.

235) Aristot. de anima I, 2: *ὁμοίως δὲ καὶ Ἀναξαγόρας ψυχὴν εἶναι λέγει τὴν κινοῦσαν, καὶ εἴ τις ἄλλος εἴρηκεν ὡς τὸ πᾶν ἐκίνησε νοῦς· οὐ μὴν παντελῶς γε, ὥςπερ Δημόκριτος. ἐκεῖνος μὲν γὰρ ἁπλῶς ταὐτὸ τὴν ψυχὴν καὶ τὸν νοῦν· κτλ. Ἀναξαγόρας δὲ ἧττον διασαφεῖ περὶ αὐτῶν· πολλαχοῦ μὲν γὰρ τὸ αἴτιον τοῦ καλῶς καὶ ὀρθῶς τὸν νοῦν λέγει· ἑτέρωθι δὲ τὸν νοῦν εἶναι τὸν αὐτὸν τῇ ψυχῇ· ἐν ἅπασι γὰρ ὑπάρχειν αὐτὸν τοῖς ζώοις καὶ μεγάλοις καὶ μικροῖς καὶ τιμίοις καὶ ἀτιμοτέροις.* Und weiter unten: *Ἀναξαγόρας δ᾽ ἔοικε μὲν ἕτερον λέγειν ψυχήν τε καὶ νοῦν, ὥςπερ εἴπομεν καὶ πρότερον, χρῆται δ᾽ ἀμφοῖν ὡς μιᾷ φύσει, πλὴν ἀρχήν γε τὸν νοῦν τίθεται μάλιστα πάντων.*

236) Heinr. Ritter Gesch. d. Ion. Philos. S. 232 zu Plat. Cratyl. p. 400, A.

augenfällig als das Lebensprincip darstellt, als das vorzüglich allen lebenden Wesen Inwohnende und in ihnen Wirksame, wie schon Breier gezeigt hat.[237] Wie hätte Anaxagoras auch anders denken können? Die Welt für sich, ohne den Noos, war ihm ja Nichts weiter, als blos eine Sammlung zwar unzähliger und unendlich verschiedener, aber an sich todter Stoffe, von denen er daher auch behaupten musste und wirklich behauptete, dass sie durch die ganze frühere Zeit, ehe der Noos zu wirken begann, in völliger Ruhe und Regungslosigkeit durcheinander da gelegen; erst der Noos brachte Bewegung und Leben in das todte Durcheinander.[238] Indem er nun den Noos als das alleinige bewegende und wirkende Princip erkannte, so musste er denselben auch nothwendig zwar überall,

---

237) Anaxag. Fragm. 8. (VI): *ὅσα γε ψυχὴν ἔχει, καὶ μείζω καὶ ἐλάσσω, πάντων νόος κρατέει.* Breier schreibt a. a. O. S. 75 f.: „Wir werden denselben Geist, wie in dem Weltall überhaupt, so auch in allen lebendigen Wesen zu suchen haben, obwohl in seinem Wirken auf die Schöpfung im Allgemeinen und auf die lebenden Wesen insbesondere ein Unterschied sein muss. Auf diesen Unterschied, welchen Aristoteles in den Worten: *πολλαχοῦ μὲν γὰρ τὸ αἴτιον τοῦ καλῶς καὶ ὀρθῶς τὸν νοῦν λέγει* und *ἐν ἅπασιν ὑπάρχειν αὐτὸν τοῖς ζώοις* andeutet, führt auch Anaxagoras selbst an einigen Stellen, z. B. im 5. Fragment, wo es heisst: In Allem ist ein Theil von Allem, ausser dem Geist; in Manchem ist aber auch Geist. Dies sind offenbar die lebendigen Wesen, zu denen auch die Pflanzen gehören; es sind diejenigen Wesen, welche Anaxagoras mit den Worten: Alles was Seele hat (Fragm. 6), ausdrücklich hervorhebt, wo er von der Thätigkeit des Geistes redet; denn dass unter *ὅσα ψυχὴν ἔχει* nichts Anderes zu verstehen sei, als das Lebendige, geht aus der gewöhnlichen, populären Bedeutung von *ψυχὴ* hervor; und dass auch der Ausdruck *ἔστιν οἷσι δὲ καὶ νόος ἔνι* wiederum nur die lebendigen Wesen meint, lässt sich um so weniger bezweifeln, als wir anderswoher bestimmt wissen, dass Anaxagoras in den Pflanzen selbst Geist gefunden (Aristot. de plant. I, 1.), und in den Worten des Aristoteles: *ἐν ἅπασι γὰρ ὑπάρχειν αὐτὸν τοῖς ζώοις, καὶ μεγάλοις κτλ.* die Beziehung auf jenes *ὅσα ψυχὴν ἔχει* und *ἔστιν οἷσι δὲ νόος ἔνι* zu Tage liegt.“ Was hiebei insbesondere die Pflanzen betrifft, so sagt Aristoteles de plant. I, 1: *ὁ μὲν Ἀναξαγόρας καὶ ζῶα εἶναι (τὰ φυτὰ λέγει)*, und Plutarch Quaest. natur. 1: *ζῶον γὰρ ἔγγειον τὸ φυτὸν εἶναι οἱ περὶ Πλάτωνα καὶ Ἀναξαγόραν καὶ Δημόκριτον οἴονται.* Dazu Aristot. l. c.: *ὁ δὲ Ἀναξαγόρας καὶ ὁ Δημόκριτος καὶ ὁ Ἐμπεδοκλῆς καὶ νοῦν καὶ γνῶσιν ἔχειν εἶπον τὰ φυτά.* Vgl. Schaubach l. c. p. 185. u. Heinr. Ritter Gesch. d. Ion. Philos. S. 289 f. Dass auch diese Behauptung des Anaxagoras der Israelitischen Grundansicht nicht widerspricht, s. in Anm. 240.

238) Aristot. Phys. VIII, 1: *φησὶ γὰρ ἐκεῖνος, ὁμοῦ πάντων ὄντων καὶ ἠρεμούντων τὸν ἄπειρον χρόνον, κίνησιν ἐμποιῆσαι τὸν νοῦν καὶ διακρῖναι.* De coelo III, 2: *ἐξ ἀκινήτων γὰρ ἄρχεται κοσμοποιεῖν.* Simplic. in Aristot. Phys. fol. 257, b: *ἠρεμούντων γὰρ τὸν πρὸ τοῦ χρόνον τῶν ὄντων, κίνησιν ἐγγενέσθαι φασὶν ὑπὸ τοῦ νοῦ, ὑφ᾽ ἧς γεγονέναι τὸν κόσμον.* Themist. in Aristot. Phys. fol. 58, b: *ἀλλ᾽ οὐδὲ Ἀναξαγόρας τὴν αἰτίαν προςεπιλέγει, δι᾽ ἣν τόδε τὸ μίγμα ἠρεμοῦν τὸν ἄπειρον χρόνον ἤρξατό ποτε κινῆσαι ὁ βραδύτατος νοῦς.* Plutarch. de plac. philos. I, 7, 6. ap. Euseb. Praep. Ev. XIV, 16: *ὁ δὲ Ἀναξαγόρας φησίν, ὡς εἱστήκει κατ᾽ ἀρχὰς τὰ σώματα, κτλ. ὁ δὲ Πλάτων* (Tim. p. 30, A.) *οὐχ ἑστηκότα ὑπέθετο τὰ πρῶτα σώματα, ἀτάκτως δὲ κινούμενα.*

wo er in der Welt Bewegung und Thätigkeit wahrnahm, vorzüglich aber in allen lebendigen Wesen wirksam und gegenwärtig erblikken.* Was dem Anaxagoras der Noos in der Welt war, zeigt sich am klarsten, wenn wir uns ihn einmal aus der Welt hinwegdenken. Wie nach seiner Ansicht die Welt, uranfänglich, für sich allein, ein todtes Chaos der gesammten Stoffe, alle Bewegung und alles Leben erst durch den hereintretenden ordnenden Noos empfangen hat, so müsste auch, zöge dieser sich aus ihr zurück, alle Thätigkeit aus ihr schwinden und alles Leben in ihr erblassen. Daher sagt denn auch Tertullian ganz treffend, dass der Noos die Angel ist, an welcher in der Anschauung des Anaxagoras die Bewegung und das ganze Leben des Weltalls hängt.[239]

Die gleiche Ansicht, wie die eben nachgewiesene Anaxagorische vom Noos, liegt uns in den heiligen Schriften der Israeliten von Jehovah, demselben reinen Geiste und Verstande, vor Augen. Dies zeigt schon v. Coelln, indem er wörtlich also schreibt: „Alles nämlich, was in der beseelten Natur sich als Leben, Bewegung, Kraft verräth, leitet man nicht vom göttlichen Wesen überhaupt, sondern von dem Geiste Jehovah's ab, so als ob dieser selbst es sei, welcher in den Lebewesen sich als Lebensthätigkeit, Bewegung, Kraft äussere. So erscheint der Geist Gottes als das Lebensprincip überhaupt 1 Mos. 1, 2.," und er fügt dazu die Zeugnisse der Psalmen und des Buches Hiob, die hernach vorgelegt werden sollen.[240] Eben das erkennt auch Wilib. Grimm, dass „schon nach Alt-Israelitischer, einfach religiöser Anschauung der Geist Gottes als das Princip des physischen Lebens, als die in der materiellen Welt überall wirkende und überall gegenwärtige Kraft gedacht wurde."[241]

---

239) Tertullian. de anima 12: Initium enim omnium commentatus (Anaxagoras) animum, universitatis oscillum de illius axe suspendens, purumque eum affirmans etc.

240) v. Coelln Bibl. Theol. §. 23. B. I, S. 132, mit Verweisung, ausser 1 Mos. 1, 2., auf Ps. 104, 30. u. Hiob 33, 4. Dazu Rosenmüller Schol. ad Genes. 1, 2: Praestat igitur, רוּחַ אֱלֹהִים hoc loco accipere de ἐνεργείᾳ illa et vi divina, qua moveri cuncta et vivificari opinata est prisca illa philosophia. eadem notione occurrit haec dictio Ps. 104, 30. Aus dem angeführten Psalm 104, 30. ersieht man zugleich, dass der göttliche Geist für das Lebensprincip nicht blos der Thiere, sondern auch der Pflanzen gilt; daher auch Rosenmüller l. c. ad Genes. 2, 7: „und (Gott) hauchte in seine Nase den Odem des Lebens," richtig bemerkt: Spiraculum s. halitum vitae, quo intelligi videtur, quod proprie vita dicitur, qua corpora plantarum et animalium vegetantur. Diesen Gedanken, der aus der Grundansicht unabweislich folgt, hat Anaxagoras nur klarer entwickelt, wie in Anm. 237 vorliegt.

241) Grimm zu Weish. 1, 7. S. 19. Vgl. dens. zu 1, 5., auch Gesenius zu Jes. 11, 2. B. I, S. 42.

Wollen wir nun diese Anschauung auch aus den heiligen Schriften selbst vernehmen, so dürfen wir uns nicht etwa dadurch beirren lassen, dass sie den Geist Gottes, so oft sie ihn als das Lebensprincip darstellen, mit dem Ausdrucke Hauch oder Odem bezeichnen. Daraus folgt durchaus nicht, dass sie ihn für luftartig und also für körperlich ansehen, sondern da die völlige Unkörperlichkeit des Gottesgeistes, wie erwiesen,[242] gerade die unterscheidende Grundlehre der Israelitischen Religion bildet, so haben sie den Ausdruck, der in der Urzeit allerdings aus der entsprechenden Vorstellung entsprungen sein mag, offenbar nur beibehalten, wie die heiligen Urkunden des Christenthums, aus Mangelhaftigkeit der Sprache. Aus derselben Quelle ist ohne Zweifel auch das merkwürdige Zusammentreffen herzuleiten, dass die Alten auch von Anaxagoras berichten, er habe die Seele für luftartig und für einen Körper gehalten.[243] Denn auch von Anaxagoras ist dies nicht denkbar, weil er die Seele, wie eben gezeigt worden, im Wesen für Eines mit dem Noos ansah, dem Noos aber, wie ebenfalls erwiesen,[244] mit der grössten Bestimmtheit völlige Unkörperlichkeit zuschrieb; es muss demnach ein Missverständniss sein, und, wie Heinr. Ritter bemerkt, „der Grund dieses Missverständnisses entdeckt sich uns leicht in dem eigenen Ausdrucke unseres Philosophen, dass der Geist das Dünnste, Zarteste sei, ein Ausdruck, der leicht zu der Vermuthung führen konnte, Anaxagoras habe ihn sich doch als körperlich gedacht und zwar, indem die Vermuthung weiter fortschreitend ihn mit seinem vermeinten Lehrer Anaximenes verglich, als luftartig.“[245] Doch darüber urtheile Jeder, wie er will; das, worauf es hier ankommt, ist völlig klar, dass von den heiligen Schriften der Israeliten der göttliche Geist gerade so, wie von Anaxagoras, als das allgemeine Lebensprincip dargestellt wird. Nach ihnen ist der göttliche Geist erstlich dem Menschen inwohnend als die belebende Kraft; denn so steht im ersten Buche Mose geschrieben:

---

242) S. oben S. 10 f.

243) Plutarch. de plac. philos. IV, 3: *οἱ δὲ ἀπὸ Ἀναξαγόρου ἀεροειδῆ ἔλεγόν τε καὶ σῶμα (τὴν ψυχήν).* Stob. Eclog. phys. I, p. 796: *Ἀναξαγόρας, Ἀναξιμένης, Ἀρχέλαος, Διογένης, ἀερώδη (τὴν ψυχήν).* Theodoret. Graec. affect. cur. V, p. 72 ed. Sylb., p. 196 ed. Gaisf.: *Ἀναξιμένης δὲ καὶ Ἀναξίμανδρος καὶ Ἀναξαγόρας καὶ Ἀρχέλαος ἀερώδη τῆς ψυχῆς τὴν φύσιν εἰρήκασιν.*

244) S. oben S. 5 f.

245) Heinr. Ritter a. a. O. S. 235. Vgl. Anm. 165. Ebenso bemerkt Breier a. a. O. S. 63: „Die unbestimmte und unbeholfene Sprache des Anaxagoras hat spätere Autoren verführt, ihm einen luftartigen Geist aufzudrängen.“

„Da bildete Jehovah den Menschen aus Staub von der Erde, und hauchte in seine Nase den Odem des Lebens, und so ward der Mensch ein lebendiges Wesen;“ und an einer anderen Stelle: „Da sprach Jehovah: Nicht soll mein Geist im Menschen walten ewiglich;“ „es seien seine Tage hundert und zwanzig Jahr;“ und im Buche Hiob: „Gottes Geist hat mich geschaffen, und des Allmächtigen Hauch belebet mich;“ und wiederum: „Ganz ist noch mein Athem in mir, und Gottes Hauch in meiner Nase;“ endlich im Buche Koheleth: „Zurück kehrt der Staub zur Erde, wie er gewesen; der Lebenshauch aber kehret zu Gott, der ihn gegeben hat.“ [246] Dabei ist nach ihnen der Lebenshauch oder die Seele auch zugleich der Noos im Menschen, wie wir schon früher aus dem Buche Hiob vernommen haben: „Allein der Geist ist es im Menschen, der Hauch des Höchsten, der ihn klug macht.“ [247] Ebenso lehrt das Buch der Weisheit: Der Thor „verkennet den, der ihn bildete, der ihm eine wirksame Seele einhauchte, und den Lebensgeist einblies;“ und auch noch in diesem Buche ist die belebende Seele Eines mit dem Noos, wie bereits Wilib. Grimm dargethan hat. [248] Aber der gött-

246) 1 Mos. 2, 7. 6, 3. Hiob 33, 4. 27, 3. Kohel. 12, 7. P. v. Bohlen bemerkt zu 1 Mos. 2, 7: „Auch dem Hebräer ist das Lebensprincip, רוּחַ oder נִשְׁמַת חַיִּים (6, 3. Ps. 104, 30. Hiob 33, 4.) der göttliche Odem, der aber mit der Zerstörung des Körpers sich auflöst und seine eigene Existenz verliert; die Unterscheidung von πνεῦμα und ψυχή, wie bei den Indern Gottesodem (Brâhmâtma) und Lebensodem (jîvâtma) liegt hier keineswegs, am wenigsten in נֶפֶשׁ, welches auch dem Thiere zukommt.“ Daher übersetzt auch Flav. Josephus Antiq. Jud. I, 1, 2. die Stelle 1 Mos. 2, 7: καὶ πνεῦμα ἐνῆκεν αὐτῷ καὶ ψυχήν.

247) Hiob 32, 8. Dazu v. Coelln Bibl. Theol. §. 39, B. I, S. 200: „Die Bezeichnungen, durch welche der Hebräer den geistigen Bestandtheil des Menschen unterscheidet, fallen theils mit der Vorstellung von Lebenskraft zusammen, theils führen sie zu dem Begriff des Edelsten und Vorzüglichsten im Menschen.“ „So vereinigt נֶפֶשׁ, von נָפַשׁ hauchen, die Bedeutung Hauch, Lebenskraft, Seele; so רוּחַ Hauch, Wind, dann Lebens-, Bewegungskraft (anima), vgl. z. B. Ezech. 10, 17. Zach. 5, 9., endlich vernünftige Seele, Geist; ebenso auch נְשָׁמָה, Hauch, Athem und Seele Spr. 20, 27.“ Vgl. Fr. A. Carus Psychologie d. Hebräer, Nachgel. Werke B. V, S. 36 ff.

248) Weish. 15, 11. mit Grimm's Erläuterung, nach welchem sowohl in dieser Stelle, als 1, 4. 8, 19. 9, 15. der Verfasser des Buches „keinen Unterschied kennt zwischen ψυχή und νοῦς oder πνεῦμα, da er offenbar auch der ψυχή Denkkraft zuschreibt;“ so Grimm zu 9, 15. S. 238. Ebenso Bretschneider Dogm. d. Apokryphen §. 50, S. 277: „Von der bei den Griechischen Philosophen üblichen Unterscheidung zwischen πνεῦμα und ψυχή, oder dem λογικὸν und ἄλογον, der vernünftigen und unvernünftigen Seele, findet sich in den Apokryphen keine zuverlässige Spur, vielmehr wird ψυχή namentlich im Buche der Weisheit, wo man diesen Unterschied am ersten suchen könnte, dem σῶμα häufig entgegengesetzt, und zwar so, dass durch beides der ganze Mensch beschrieben wird (1, 4. 8, 19. 20. 9, 15.).“

liche Geist ist nach den alten heiligen Schriften nicht blos die beseelende Kraft im Menschen, sondern überhaupt das allgemeine Lebensprincip, auch in den übrigen Geschöpfen; denn so redet ein berühmter Psalm im Hinblick auf alles Lebende, davon „es wimmelt ohne Zahl, Thiere, klein und gross," wörtlich von Gott: „Du nimmst ihren Odem: sie sterben und kehren in ihren Staub zurück. Du lässest aus deinen Odem: sie werden erschaffen, und du erneuest die Gestalt der Erde;"[249] und ganz übereinstimmend sagt das Buch Hiob: „Wenn er auf sich nur Acht gäbe, seinen Geist und seinen Lebenshauch an sich züge: es erblasste alles Fleisch zumal, und der Mensch kehrte in den Staub zurück."[250] Ebenso lehrt das Buch der Weisheit: „Der Geist des Herrn erfüllt den Weltkreis;" und an einer anderen Stelle: „Du schonest Alles, weil es dein ist, Herr, du Lebensfreund; denn dein unvergänglicher Geist ist in Allem."[251] Hiezu bemerkt v. Coelln, in Uebereinstimmung mit Wilib. Grimm, ganz richtig: „Die Erhaltung des Alls leitet das Buch der Weisheit insonderheit ab von dem Geiste Gottes, der in den Geschöpfen wohnt, und der als das das gesammte All durchströmende göttliche Lebensprincip zu fassen ist; eine Vorstellung, welche sich an den Hebraismus genau anschliesst, und die man daher nicht aus der Platonischen Weltseele ableiten darf."[252] Dass dieses Buch den allbelebenden und allwirkenden Gottesgeist in anderen Stellen auch geradezu als die Weisheit, d. i. als den Anaxagorischen Noos, darstellt, ist bereits oben gezeigt worden, sowie, dass es auch darin sich im besten Einklange mit den ältesten heiligen Schriften befindet.[253] Die Anschauung, dass der göttliche Geist

---

249) Ps. 104, 29. 30.

250) Hiob 34, 14. 15. Die LXX: *εἰ γὰρ βούλοιτο συνέχειν, καὶ τὸ πνεῦμα παρ' αὐτῷ κατασχεῖν, τελευτήσει πᾶσα σὰρξ ὁμοθυμαδόν, πᾶς δὲ βροτὸς εἰς γῆν ἀπελεύσεται, ὅθεν καὶ ἐπλάσθη.*

251) Weish. 1, 7. 11, 26. 12, 1. *τὸ γὰρ ἄφθαρτόν σου πνεῦμά ἐστιν ἐν πᾶσι.*

252) v. Coelln Bibl. Theol. §. 88, B. I, S. 391. Grimm zu Weish. 12, 1. bemerkt ebenfalls, „dass der Sinn der ist, der göttliche Geist durchdringe das All (vgl. K. 1, 7. 7, 22 ff. 8, 1.), und sei kraft seiner eigenen Unvergänglichkeit das belebende und erhaltende Princip des Ganzen." Vgl dens. zu 1, 7. Ebenso Bretschneider Dogm. d. Apokr. §. 26, S. 152, c: „Der Verfasser leitet die Fortdauer, das Bestehen der erschaffenen Dinge davon ab, dass Gottes unvergänglicher Geist in ihnen wirksam ist, sie durchdringt, und ihr Leben erhält."

253) S. oben S. 57 f. u. Anm. 164 u. 174. Wir haben also hier ziemlich Dasselbe, wie bei Anaxagoras in Anm. 235, dass das göttliche Princip bald als *ψυχή*, רוּחַ, bald als *νόος*, חָכְמָה oder *σοφία*, bezeichnet wird, und dass die letztere Bezeichnung besonders da hervortritt, wo es als *τὸ αἴτιον τοῦ καλῶς καὶ ὀρθῶς* dargestellt wird, wie Hiob 28, 12 ff., Spr. 8,

zwar überall in der Natur, wo Bewegung und Thätigkeit sich offenbart, vorzüglich aber in allen lebendigen Geschöpfen wirksam und gegenwärtig sei, wird auch noch durch die Vorstellung des Volkes von der Heiligkeit des Blutes aller Thiere bekräftigt, durch die strenge Verkündigung Jehovah's in den Büchern Mose: „Ein Jeglicher aus dem Hause Israels und von den Fremdlingen, welche sich aufhalten unter ihnen, der irgend Blut isset, wider einen solchen, der Blut isset, richte ich mein Angesicht, und rotte ihn aus seinem Volke; denn die Seele des Fleisches ist im Blute."[254] Hier ist klar ausgesprochen, wodurch in der Israelitischen Anschauung das Blut geheiligt wird; weil in ihm die Seele, d. i. die allwirkende und allbelebende Gotteskraft, ihren Sitz habe; eine Ansicht, welche die Israeliten offenbar von den alten Aegyptern aufgenommen haben, die eben dies lehrten, dass die das All durchdringende Seele und Vernunft bei den lebendigen Wesen vornehmlich im Blute wohne.[255] Aus allen diesen Vorlagen nun geht mit vollkommener Gewissheit hervor, dass Jehovah, der unendliche reine Geist, ganz ebenso, wie der unendliche reine Noos des Anaxagoras, das wirkende und bewegende Princip in allen Geschöpfen ist, dass er ganz ebenso, wie nach Tertullian's Ausdruck der Anaxagorische Noos, die Angel ist, an welcher die Bewegung und das ganze Leben des Weltalls hängt; dies haben wir vorhin auch fast in demselben Ausdrucke aus dem Buche Hiob und den Psalmen vernommen. Ja wie in jenen Stellen gesagt ist, dass der göttliche Geist selber alles Lebende bilde und erhalte, und dass alle Geschöpfe, sobald er sie verlasse, in den Staub zurückkehren, d. h. wieder in blosse todte Stoffe zerfallen, genau Dasselbe schreibt Breier in seiner gründlichen Untersuchung über die Philosophie des Anaxagoras: dass auch nach dessen Ansicht „ohne den Geist die Bildung solcher Organe gar nicht möglich wäre, und dass der Geist selbst, der Natur der

14 ff., Sir. 24, 1 ff. u. s., die erstere dagegen, wo es als das allgemeine Lebensprincip erscheint, wie Ps. 104, 29. 30. Hiob 34, 14. 15. Nur hat bei Anaxagoras das Wort *νόος*, bei den Israeliten das Wort רוּחַ beide Bedeutungen, während bei dem ersteren *ψυχὴ* nur die Bedeutung der Seele oder des Lebens, bei den letzteren חָכְמָה nur die Bedeutung des *νόος*, der Vernunft, hat. Aus רוּחַ ist dann in den Apokryphen und den Christlichen heiligen Schriften *πνεῦμα* die Bezeichnung des göttlichen Geistes geworden.

254) 3 Mos. 17, 10. 11. Dazu 1 Mos. 9, 4. 3 Mos. 7, 26 f. 5 Mos. 12, 16. 23 f. 1 Sam. 14, 33 f. Ezech. 33, 25 u. s., auch Flav. Joseph. Antiq. Jud. I, 3, 8: *ἐν τούτῳ (τῷ αἵματι) γάρ ἐστιν ἡ ψυχή*. Daher das Verbot des Blutessens auch noch in Ap. Gesch. 15, 20. u. 29.

255) S. Empedokles u. die Aegypter S. 53 f.

verschiedenen Dinge gemäss, diese allein zu Organismen zusammennehmen kann; sowie aber der Geist diese seine Bildungen wieder fahren lässt, fallen sie von selbst zurück in das Stoffliche.“ [256]

Indem Anaxagoras aber lehrte, wie gezeigt worden, dass der Noos die ganze sichtbare Weltordnung mit Allem, was da ist, gemacht habe, und fortwährend das All durchaus beherrsche und gleichsam als die Angel erhalte und ohne Ausnahme Alles wirke und Alles mache, so musste er ihm auch nothwendig Allmacht beilegen. In der That sagt Platon, der Noos sei nach Anaxagoras Autokrator, d. h. Selbstherrscher mit unumschränkter Macht nach freiem Belieben; und wir lesen auch urschriftlich in den Bruchstücken des Anaxagoras: „Der Noos aber ist unbegrenzt und unumschränkt herrschend nach freiem Belieben,“ und: „Er besitzt die grösste Stärke;“ worin, wie schon die Ausleger, insbesondere Carus, Hemsen und Breier bemerken, „die Allmacht“ des Noos „mit Bestimmtheit ausgesprochen ist.“ [257]

---

256) Breier a. a. O. S. 78.

257) Plat. Cratyl. p. 413, C. in Anm. 165: *αὐτοκράτορα γὰρ αὐτὸν ὄντα κτλ.* Dazu l. c. p. 412, D ebend. *ὥστε αὐτὸ μηδὲν στέγειν*, worauf auch schon Breier a. a. O. S. 65 hingewiesen hat. Anaxag. Fragm. 8. (VI): *νόος δέ ἐστι ἄπειρον καὶ αὐτοκρατές*, und weiterhin: *καὶ ἰσχύει μέγιστον.* Zu *ἄπειρον*, bei welchem wegen der Verbindung mit *αὐτοκρατὲς* die Beziehung auf die Macht allerdings im Vordergrunde zu stehen scheint, bemerkt Carus l. c. p. 9: (Ille *νοῦς*) infinitus est plurimumque valet, nec eius potentia circumscribi potest finibus, siquidem summa vi pollet. in hunc modum *τὸ ἄπειρον* Mentis accipio, nec ab illis nostri verbis magnopere diversum *ἰσχύει μέγιστον.* Und zu *αὐτοκρατές* giebt er folgende Erläuterung (welche zugleich die Behauptung Zeller's in s. Philosophie d. Griechen B. I, S. 683: „dass gerade das entscheidende Merkmal des persönlichen Lebens, die freie Selbstbestimmung, dem Nus nirgends beigelegt wird,“ als unwahr erweist): Solis suis viribus et solo suo utitur arbitrio, suamque propriam potestatem habet, nec ulla causa nisi sua voluntate ductus decernit. Verbum illi aetati maxime proprium, Euripideum, Thucydideum. Apud Euripidem mentis solius est epitheton. v. Androm. 482. 5. In Thucydide, ubi Schol. *αὐτεξούσιον* explicare solet, vel de libertate ipsi *τύχῃ* imperante (IV, 64.), vel de *λογισμῷ* s. ratione sponte agente (IV, 107.), vel sensu politico occurrit, e. c. *τὸ πᾶν αὐτοκράτορσι διαθεῖναι* (v. I, 126. coll. VI, 18. V, 45.), huc quoque referam *αὐτοκίνητον* illud ap. Lactant. Inst. I, 5, 18. (in Anm. 165). Hemsen sagt l. c. p. 83 sq.: summam intelligentiam Menti tribuendam censebat, neve quid illi in mundo perficiendo impedimento esset, summam potestatem magnam quidem, sed non maximam Mentis esse potestatem, Tennemannus contendit; sed, si quid videmus, *ἰσχύειν μέγιστον* summam significat potestatem. Am treffendsten behandelt den Gegenstand wol Breier a. a. O. S. 65: „Bestimmt ausgesprochen ist dann die Allmacht und Allwissenheit des Geistes, vermöge deren er Alles ordnet, in den Worten: *γνώμην περὶ παντὸς πᾶσαν ἴσχει καὶ ἰσχύει μέγιστον*, und in den darauf folgenden Worten des sechsten Fragments, welche auf eine erhabene Weise die erkennende Vernunft beschreiben. Auf diese wirksame Seite der geistigen Natur sind auch die Wörter *ἄπειρον* und *αὐτοκρατὲς* zu beziehen, von denen das letztere die unbeschränkte Freiheit des Geistes im Handeln nach dem bekannten Hel-

Ebenso finden wir die Vorstellung der Allmacht Jehovah's in den heiligen Schriften der Israeliten.[258] Zwar eine tiefere eigentlich metaphysische Begründung dieser Eigenschaft Gottes lässt sich in ihnen ebenso wenig, wie bei Anaxagoras, entdecken, sondern selbst das Hebräische Wort, durch welches sie die Vorstellung der Allmacht Jehovah's ausdrücken, bedeutet buchstäblich nur, was die Worte des Anaxagoras sagen: „Er besitzt die grösste Stärke," wie K. v. Coelln bemerkt und jedes Hebräische Wörterbuch nachweist.[259] Aber nichts desto weniger sprechen auch sie die Allmacht Jehovah's mit Bestimmtheit aus, indem sie ihn durchaus als Autokrator darstellen und sagen: „Alles, was Jehovah will, thut er, im Himmel und auf Erden, im Meer und allen Fluthen;" „denn gross ist die Macht des Herrn;" „auf seinen Befehl geschieht Alles, was ihm gefällt, und Niemand ist, der seine Hilfe mindern kann."[260] Beständig veranschaulichen sie die Allmacht Jehovah's durch Hinweisung auf die Schöpfung, theils in blosser Bezugnahme auf die Darstellung der heiligen Schöpfungsurkunde, theils in eigener ausführlicher Schilderung, wie z. B. das Buch Hiob Jehovah selber die

---

lenischen Sprachgebrauche ausdrückt (Carus l. c.). Mit der Bezeichnung *ἄπειρον* ist Anaxagoras freigebig genug; ein Beweis, dass man den Begriff nicht scharf treiben darf, sondern ihn in seiner Unbestimmtheit lassen muss. Er nennt die Dinge unendlich an Zahl und Kleinheit, das Kleine selbst unendlich, unendlich auch Luft und Aether, obgleich beides schon Absonderungen sind: so ist *ἄπειρον* nur im allernächsten Sinne genommen und bedeutet das, worin man keine Grenze finden kann. Da nun das Wesen und Leben des Geistes in seiner Macht und Erkenntniss besteht" (vgl. Aristot. de anima I, 2. in Anm. 178), „so ist auch seine Macht unbegrenzt und sein Wissen ohne Schranken, also dass in der Unendlichkeit eben so gut das *ἰσχύειν μέγιστον* enthalten ist, wie Carus es nimmt, als das *πάντα νοεῖν*, woran Hemsen denkt, keines von beiden aber ausschliesslich."

258) S. de Wette Bibl. Dogm. §. 99 u. 149, u. v. Coelln Bibl. Theol. §. 22 u. 79, 80, B. I, S. 129 u. 368, 373.

259) Das Wort שַׁדַּי, 2 Mos. 6, 3. 1 Mos. 17, 1. 4 Mos. 24, 4. 16. Ps. 68, 15. Hiob 5, 17 u. s., von שָׁדַד, stark sein, bedeutet eigentlich fortissimus, validissimus; „erst die LXX, besonders im Hiob, tragen später den Begriff der Allmacht hinein, indem sie dafür *ὁ παντοκράτωρ* setzen," bemerkt v. Coelln a. a. O. B. I, S. 96. Ueberhaupt, schreibt derselbe S. 131, alle Ausdrücke für das Attribut der Allmacht „geben nur den allgemeinen Begriff der Macht und Stärke, und an einem Worte, welches dem Begriffe der Allmacht entspräche, fehlt es der Hebräischen Sprache; daher sich denn auch das Vorhandensein der Vorstellung selbst nur an den Merkmalen erkennen lässt, unter denen die Macht Gottes beschrieben wird." In den Hellenistischen Büchern wird dagegen Gott bezeichnet als *παντοκράτωρ*, Bar. 3, 1. 4 Jud. 8, 13. 15, 10. 16, 6. Sir. 50, 14. 17. 2 Makk. 1, 25 u. s., als *πάντων κρατῶν*, Esth. Bruchst. 4., als *παντοδύναμος*, Weish. 11, 17., aber auch blos als *μεγαλοκράτωρ*, 3 Makk. 6, 2. und als *ἰσχυρός*, 2 Makk. 1, 24.

260) Ps. 135, 6. Sir. 3, 21. (20.) u. 39, 23.

Bildung des Himmels und der Erde und der gesammten Weltordnung und sein Wirken in ihr beschreiben, und darauf Hiob ausrufen lässt: „Ich weiss, dass Alles du vermagst, und dir verwehrt ist kein Beginnen.“ [261] Zwar in Wirklichkeit enthält die Israelitische Schöpfungstheorie, insofern sie nicht auch eine Erschaffung der Stoffe, aus denen die Welt besteht, sondern deren Vorhandensein von Urbeginn, annimmt, freilich eine Beschränkung der göttlichen Allmacht; aber davon haben die Verfasser der heiligen Schriften kein Bewusstsein, weder der Verfasser des Buches Hiob, der in der erwähnten Schilderung, die er auf den Begriff der Allmacht hinausführt, Jehovah auf das Bestimmteste, gleich der Schöpfungsurkunde, nicht als eigentlichen Schöpfer, sondern nur als Baumeister und Ordner und Beherrscher der Welt darstellt, noch auch der Verfasser des Buches der Weisheit, welcher, wie bereits oben bemerkt worden, den Gedanken der Erschaffung der Welt aus gestaltloser Materie mit dem der Allmacht Gottes ausdrücklich verbindet. [262] Ebenso wenig weiss aber auch Anaxagoras von einem Widerspruche seiner gleichen Schöpfungstheorie mit der Vorstellung der Unbeschränktheit und Allmacht des Noos, wie ebenfalls schon oben [263] bemerkt und hier urkundlich vor Augen gelegt worden, sondern dies, dass der Noos in seinem Wirken beschränkt sei, wird in die Anaxagorische Lehre überall erst von den Geschichtschreibern der Philosophie aus unserem Erkennen hineingetragen.

In der Entwickelung des Israelitischen Gottesbegriffes wird von den Christlichen Theologen neben der Vorstellung der Allmacht auch die der Allgegenwart Gottes hervorgehoben. [264] Diese findet sich in den heiligen Schriften erstlich in der verneinenden Form, dass das göttliche Wesen über jede Begrenzung im Raume erhaben und auf keinen Ort beschränkt sei. So redet Salomo bei der Einweihung des Tempels: „Freilich in Wahrheit sollte Gott wohnen auf der Erde? Siehe, die Himmel und aller Himmel Himmel fassen dich nicht, gar nun dieses Haus, welches ich gebauet!“ Und bei Jesaja spricht Jehovah: „Wo ist ein Haus, das ihr mir bauen könntet, und wo ein Ort zu meiner Ruhestätte?“ [265] Das

---

261) Hiob 38, 1 ff. u. 42, 2. Dazu Ps. 33, 6. 9. u. Jes 40, 12 ff. mit der Erläuterung v. Coelln's a. a. O. B. I, S. 129 u 130.

262) S. oben S. 39 u. Weish. 11, 17. in Anm. 91. Vgl. Bruno Bauer Die Religion des A. T. B. I, §. 2, S. 16 f. hier oben S. 39.

263) S. 39.

264) S. de Wette Bibl. Dogm. §. 99 u. 149. und v. Coelln Bibl. Theol. §. 22 u. 79, 80. B. I, S. 125 f. u. 367, 372.

265) 1 Kön. 8, 27. u. 2 Chron. 6, 18. Jes. 66, 1.

Gleiche versteht sich von selbst vom Anaxagorischen Noos, welcher als unendlicher reiner Geist ebenfalls über alle Räumlichkeit erhaben ist. Dann ist die Allgegenwart Jehovah's auch bejahend ausgesprochen, fast immer in Verbindung mit der Vorstellung seiner Allwissenheit, in den bereits angeführten Stellen, welche lehren, dass sein Geist Himmel und Erde erfülle oder, wie das Buch der Weisheit sich ausdrückt, „durch Alles hindurchgehe," und dass er überall walte und über Alles wache.[266] Ganz ebenso wird die Allgegenwart vom Anaxagorischen Noos ausgesprochen; denn auch dieser ist, wie Platon ausdrücklich schreibt, „durch Alles hindurchgehend," und waltet durch das ganze Weltall und ist Wächter über Alles.[267] Und wenn bei dem Israelitischen Gottesbegriffe auch noch die Stellen der heiligen Schriften, welche die Allwissenheit Jehovah's bezeugen, zum Beweise seiner Allgegenwart aufgeführt werden,[268] so haben wir die gleiche Berechtigung bei dem Anaxagorischen Noos, welchem mit derselben urkundlichen Bestimmtheit dieselbe auch nicht durch Vergangenheit oder Zukunft begrenzte Allwissenheit zugeschrieben wird.[269]

All die entwickelten Bestimmungen des Anaxagorischen und des Israelitischen Gottesbegriffes, welche denselben im Grundwesentlichen erschöpfen,[270] fassen wir jetzt in dem Gedanken der

---

266) S. Jer. 23, 24. Ps. 139, 7 ff. Weish. 1, 7. 12, 1. 7, 24 u. A. oben S. 59 f. Namentlich heisst es Weish. 7, 24. in Anm. 166 von der Weisheit Gottes oder seinem allwaltenden *νόος* ausdrücklich: *διήκει δὲ καὶ χωρεῖ διὰ πάντων.*

267) Plat. Cratyl. p. 413, C. in Anm. 165: *πάντα φησὶν αὐτὸν κοσμεῖν τὰ πράγματα διὰ πάντων ἰόντα.* Dazu Plat. Phileb. p. 28, E in Anm. 295: *τὰ ξύμπαντα καὶ τόδε τὸ καλούμενον ὅλον ... νοῦν καὶ φρόνησίν τινα θαυμαστὴν ξυντάττουσαν διακυβερνᾶν.* Cedren. Chron. p. 130 in Anm. 218: *νοῦν πάντων ἀρχὴν καὶ φρουρὸν εἶπεν.*

268) So bei de Wette a. a. O. Sir. 16, 17. und bei K. v. Coelln a. a. O. noch ausserdem Sir. 17, 19. 23, 19. 20. 39, 19. 42, 18 f.

269) S. Anaxag. Fragm. 8 (VI) In Anm. 180 u. 60.

270) Dass dem Anaxagorischen Noos, vom religiösen Standpunkte betrachtet, auch, wie dem Jehovah, das Attribut der Heiligkeit zukommt, braucht kaum bemerkt zu werden. Denn der Hauptgedanke, welcher dem Attribut der Heiligkeit, sie werde im natürlichen, oder moralischen Sinne genommen, zu Grunde liegt, ist offenbar die *καθαρότης*, welche wir oben in Anm. 30 f. gerade als die auszeichnende Eigenschaft des Anaxagorischen Noos kennen gelernt haben Von der *καθαρότης* im moralischen Sinne konnte freilich bei Anaxagoras nicht wol die Rede sein, da er den Noos vorzugsweise als Schöpfer und Beherrscher der natürlichen Weltordnung betrachtete. Diese Seite der Betrachtung ist aber auch bei den alten Israeliten noch die überwiegende, wogegen die andere Seite in der Christlichen Weltanschauung das Uebergewicht erhält. Bruno Bauer bemerkt daher in s. Werke, Die Religion des A. T. B. II, §. 43, S. 114: „Man hat gefragt ob im A. T. die Heiligkeit Jehovah's, wie man es ausdrückt, im moralischen Sinne, d. h. als Lauterkeit und Erhabenheit des

ausschliessenden Einheit und Alleinigkeit des Anaxagorischen und des Israelitischen Gottes zusammen. Obwohl Anaxagoras lehrte, dass der Noos durch das ganze Weltall walte und selbst das inwohnende Lebensprincip aller Geschöpfe sei, so erkannte er ihn nichts desto weniger seiner Wesenheit nach als Einen in absolutem Fürsichselbstsein. Diese Erkenntniss spricht er urschriftlich mit der grössten Bestimmtheit in den bereits angeführten inhaltschweren Worten aus: „Er ist mit keinem Dinge vermischt, sondern ganz allein für sich selber ist er."[271] Diesen seiner Wesenheit nach Einen und für sich selbst seienden Noos betrachtete er zugleich als die alleinige Alles wirkende und überall waltende Macht im Weltall, und konnte daher auch keiner anderen Macht oder keinem anderen Gott eine Geltung neben ihm einräumen. Wie Anaxagoras mit unabweislicher Nothwendigkeit denken musste, dass allein der Noos, der unbeschränkte und Alles wirkende, „Gott ist und keiner mehr, ausser ihm ist kein Gott," so hat er nach dem einstimmigen Zeugnisse des gesammten Alterthums auch wirklich gedacht und gelehrt. Wir haben bereits oben aus der Ueberliefe-

---

Willens und als Wohlgefallen an dem Guten und Reinen allein, gefasst werde, und es für den ganzen Umfang des alttestamentlichen Bewusstseins geleugnet. Die Heiligkeit Jehovah's bezeichne für dieses nur, dass er abgesondert überhaupt, erhaben in Kraft und verehrungswürdig sei. Vgl. z. B. Baumgarten-Crusius Grundzüge der bibl. Theologie S. 208–9." Endlich gebührt dem Anaxagorischen Noos auch, wie dem Jehovah, das Attribut der Gerechtigkeit, obgleich es von Anaxagoras aus demselben Grunde wol auch nicht hervorgehoben worden ist; denn Anaxagoras machte in dem Noos ja nach Aristot. Metaph. *Λ*, 10: *τὸ ἀγαθὸν ἀρχήν*, nach l. c. A, 3. *τοῦ καλῶς τὴν αἰτίαν ἀρχήν*. Vgl. Anm. 290 f. Ja das Attribut der Gerechtigkeit wird dem Anaxagorischen Noos von Plutarch de plac. philos. I, 7, 10. ap. Euseb. Praep. Ev. XIV, 16. in Anm. 359 auch mit Bestimmtheit beigelegt.

271) Anaxag. Fragm. 8. (VI) in Anm. 33: *μοῦνος αὐτὸς ἐφ' ἑωυτοῦ ἐστιν*, „worin *μοῦνος* prädicativ zu verstehen ist und nicht blos als ausschliessendes Adverb," bemerkt Breier a. a. O. S. 59. „Dies beweist der Ausdruck; denn wenn auch in den Worten *μέμικται οὐδενὶ χρήματι, ἀλλὰ μοῦνον αὐτὸ*" (auch diese Lesung findet sich in einer Stelle bei Simplicius, s. Schaubach l. c. p. 102) „*ἐφ' ἑωυτοῦ ἐστι* das Wort allenfalls die Bedeutung des Adverbs nur haben könnte (obgleich auch hier das zwischenstehende *αὐτὸ* auf eine Trennung von *ἐφ' ἑωυτοῦ* hinweist), so gestattet doch das folgende *ὡς καὶ μοῦνον ἐόντα ἐφ' ἑωυτοῦ* keinesweges jene Auslegung, indem die Stellung von *ἐόντα* das Wort *μοῦνον* so sehr hervorhebt, dass eher *ἐφ' ἑωυτοῦ* für eine demselben untergeordnete Bestimmung könnte angesehen werden, als umgekehrt." In der Vorstellung des reinen Fürsichselbstseins liegt natürlich auch der Begriff der Einheit, „der im Gegensatze zu der Vielheit der Dinge dem Geiste allerdings zukommen muss," wie Breier S. 61 sagt; auch bezeugt dies Aristoteles ausdrücklich Metaph. *Λ*, 2: *ὁ γὰρ νοῦς εἷς*. Phys. III, 4: *καί τινα ἀρχὴν εἶναι δεῖ τῆς γενέσεως, αὕτη δ' ἐστὶ μία, ὃν ἐκεῖνος καλεῖ νοῦν*. Vgl. Theophrast. ap. Simplic. in Aristot. Phys. fol. 33, a. in Anm. 25. Dazu Anaxag. l. c.: *νόος δὲ πᾶς ὅμοιός ἐστι καὶ ὁ μείζων καὶ ὁ ἐλάσσων*.

rung Platon's vernommen, dass das Werk des Mannes voll war von solchen den Hellenen frevelhaft erscheinenden Reden, in denen er den Naturmächten, die in der Hellenischen und allen heidnischen Religionen als Götter verehrt wurden, unter ihnen selbst dem Helios oder der Sonne, die göttliche Wesenheit absprach, und sie für blosse natürliche Dinge erklärte.[272] All jene Götter, die in Wahrheit nur vergötterte Bestandtheile der Welt waren, wurden schon durch seine völlige Entgötterung der Natur vernichtet. Ferner haben wir gesehen, dass Anaxagoras auch von keinem Zufall in der Welt wusste und von keinem Verhängniss, sondern von dem letzteren, dem in der Vorstellung der Hellenen sogar Zeus selbst und alle Götter unterworfen waren, geradezu behauptete, „das sei ein leerer Name."[273] Jetzt müssen wir noch hören, dass er auch den grossmächtigen Donnerer und Vater der Götter und Menschen, Zeus selber, und alle übrigen Götter des Hellenischen Himmels insgesammt leugnete. Dies meldet uns Lucian mit der grössten Bestimmtheit, indem er in seiner scherzenden Weise den Zeus reden lässt, wie folgt: „Gebrochen und abgestumpft sind die beiden grössten Strahlen meines Blitzes, da ich zu hitzig ihn neulich gegen den Sophisten Anaxagoras schleuderte, welcher seine Anhänger beredete, wir, die Götter, seien überhaupt gar nicht."[274] Und diese Meldung Lucian's wird von allen Seiten so vollständig und ohne jeden Widerspruch bekräftigt, dass es unmöglich ist, dagegen irgend ein Bedenken zu erheben. Denn erstens schreibt auch Irenäus, dass Anaxagoras „auch ein Atheist zugenannt worden ist."[275] Einen solchen durften die Alten von ihrem Standpunkte ihn mit demselben Rechte nennen, mit welchem sie wirklich auch die Israeliten Atheisten nannten,[276] weil diese, wie jener, alle heidnischen Götter insgesammt leugneten. Auf dem heidnischen Standpunkte ist es

---

272) S. oben S. 49 f. u. Anm. 124 f.

273) S. oben S. 77 f u. Anm. 220 f.

274) Lucian. Timon 10: *κατεαγμέναι γὰρ αὐτοῦ (τοῦ κεραυνοῦ) καὶ ἀπεστομωμέναι εἰσὶ δύο ἀκτῖνες αἱ μέγισται, ὁπότε φιλοτιμότερον ἠκόντισα πρῴην ἐπὶ τὸν σοφιστὴν Ἀναξαγόραν, ὃς ἔπειθε τοὺς ὁμιλητὰς μηδὲ ὅλως εἶναί τινας ἡμᾶς τοὺς θεούς· ἀλλ' ἐκείνου μὲν διήμαρτον, ὑπερέσχε γὰρ αὐτοῦ τὴν χεῖρα Περικλῆς, κτλ.*

275) Iren. adv. haeret. II, 19: Anaxagoras autem, qui et atheus cognominatus est, etc.

276) Flav. Joseph. c. Apion. II, 14: (*Ἀπολλώνιος ὁ Μόλων*) *ποτὲ μὲν ὡς ἀθέους καὶ μισανθρώπους λοιδορεῖ* (*ἡμᾶς*, d. i. die Israeliten). Schol. ad Ptolem. Tetrab. p. 62 ed. Bas. 1559: *ἀθέους ἀμέλει Ἰουδαίους.* Die gleiche Beurtheilung erfuhren aus demselben Grunde natürlich auch die Christen, wie unter Anderen Justin der Märtyrer bezeugt, Apol. I, §. 6: *ἔνθένδε καὶ ἄθεοι κεκλήμεθα, καὶ ὁμολογοῦμεν τῶν τοιούτων νομιζομένων θεῶν ἄθεοι εἶναι, ἀλλ' οὐχὶ τοῦ ἀληθεστάτου κτλ.*

ganz begreiflich, dass der Redner Aristeides den Anaxagoras auch mit dem wirklichen Atheisten Diagoras dem Melier zusammenstellt,[277] während Appulejus ihn mit den Atomikern in Eine Klasse setzt, von denen man ebenso, wie von Anaxagoras, behaupte, „dass sie die Götter leugnen.“[278] Dazu kommt zweitens, dass in der That auch von den Freunden und Anhängern des Anaxagoras bestätigt wird, was die angeführte Stelle Lucian's sagt, sie seien durch ihn zum Nichtglauben an die Götter verleitet worden. So lesen wir selbst von dem grossen Geschichtschreiber Thukydides: weil er ein Zuhörer des Anaxagoras war und sich mit dessen Lehre vertraut gemacht hatte, „desshalb, sagt Antyllos, wurde er im Stillen auch für einen Atheisten gehalten.“[279] Von Metrodoros dem Lampsakener ist es gewiss, dass er, sich an Anaxagoras anschliessend, unverhohlen den Zeus und alle Götter allegorisch als blosse menschliche Begriffe zu erklären versuchte, und die Homerischen Gesänge in diesem Sinne deutete.[280] Wie sein Anhänger Euripides über die Hellenische Götterlehre dachte, liegt uns noch jetzt in den erhaltenen Dramen und Bruchstücken des Dichters, so vorsichtig er es auch verhüllen musste, durchscheinend genug vor Augen, zumal nachdem Valckenaer, E. Müller, Schneither und Andere darüber ein helleres Licht verbreitet haben.[281] Endlich ist es eine

---

277) Ael. Aristid. t. III, p. 101. ed. Steph.: *εἰ Διαγόρου κατηγοροίη καὶ Ἀναξαγόρου καί τινας ἄλλους ἐκλέξας ... ἀτόπους ἀνθρώπους.* Dazu Cic. de nat. deor. I, 1: nullos omnino (Deos) Diagoras Melius et Theodorus Cyrenaicus putaverunt.

278) Appulej. Apolog. p. 453. ed. Oudend.: Verum haec ferme communi quodam errore imperitorum philosophis objectantur, ut partim eorum, qui corporum causas meras et simplices rimantur, irreligiosos putent, eoque aiant Deos abnuere, ut Anaxagoram et Leucippum et Democritum et Epicurum, etc.

279) Marcellin. vit. Thucyd. p. 4 ed. Duker: *ὅθεν, φησὶν Ἄντυλλος, καὶ ἄθεος ἠρέμα ἐνομίσθη, τῆς ἐκεῖθεν θεωρίας ἐμφορηθείς.* Vgl. Schaubach l. c. p. 28 sq.

280) Diog. L. II, 11: *δοκεῖ δὲ (Ἀναξαγόρας) πρῶτος, καθά φησι Φαβωρῖνος ἐν παντοδαπῇ ἱστορίᾳ, τὴν Ὁμήρου ποίησιν ἀποφήνασθαι εἶναι περὶ ἀρετῆς καὶ δικαιοσύνης· ἐπὶ πλεῖον δὲ προστῆναι τοῦ λόγου Μητρόδωρον τὸν Λαμψακηνόν, γνώριμον ὄντα αὐτοῦ, ὃν καὶ πρῶτον σπουδάσαι τοῦ ποιητοῦ περὶ τὴν φυσικὴν πραγματείαν.* Tatian. Orat. ad Graec. 37: *καὶ Μητρόδωρος δὲ ὁ Λαμψακηνὸς ἐν τῷ περὶ Ὁμήρου λίαν εὐήθως διείλεκται, πάντα εἰς ἀλληγορίαν μετάγων· οὔτε γὰρ Ἥραν οὔτε Ἀθηνᾶν οὔτε Δία τοῦτ' εἶναί φησιν, ὅπερ οἱ τοὺς περιβόλους αὐτοῖς καὶ τεμένη καθιδρύσαντες νομίζουσι, φύσεως δὲ ὑποστάσεις καὶ στοιχείων διακοσμήσεις.* Vgl. Schaubach l. c. p. 31. Dazu Syncell. Chron. p. 149: *ἑρμηνεύουσι δὲ οἱ Ἀναξαγόρειοι τοὺς μυθώδεις θεούς, νοῦν μὲν τὸν Δία, τὴν δὲ Ἀθηνᾶν τέχνην, ὅθεν καὶ τὸ χειρῶν ὀλλυμένων ἔῤῥει πολύμητις Ἀθήνη.*

281) S. Valckenaer Diatribe in Euripidis perditorum dramatum reliquias, Lugd. Bat. 1767. E. Müller Euripides deorum popularium contemtor, Vratisl. 1826. Schneither Disput. de Euripide philosopho, Groningae

unzweifelhafte Thatsache, von welcher nur das Genauere abweichend berichtet wird, dass Anaxagoras in Athen von den Gegnern des Perikles, seines hochstehenden Freundes, auf dessen Sturz es wenigstens mitabgesehen war, förmlich in Anklage versetzt und in das Gefängniss gebracht worden ist, wie die Einen blos im Allgemeinen sagen, „weil er gegen die Götter frevelte," wie die Anderen insbesondere hervorheben, „weil die Athener die Sonne für einen Gott ansahen, er aber behauptete, sie sei blos eine feurige Masse," wie Andere sich ausdrücken, „weil er eine neue Ansicht von der Gottheit einführte;" was alles gleichzeitig bei ihm stattfand; [282] durch Perikles aber wurde er aus der Gefahr gerettet, und begab sich von Athen nach Lampsakos, wo er dann bis zu seinem Tode lebte. Bei dieser Anklage, welche in Athen gegen ihn erhoben

---

1828. Janske De philosophia Euripidis, im Progr. d. Kgl. kath. Gymnas. zu Breslau 1857 u. A. Unter diesen urtheilt Valckenaer l. c. p. 2, Niemand werde von dem Dichter gering denken, qui praeter alios veteres Christianos Clementem legerit Alexandrinum, atque ex locis huic uni conservatis perceperit, quam prope in istac caligine superstitionis ad veritatis lucem Euripides accesserit. Und p. 36 sq. sagt er: Deorum, quales a Graecis vulgo colebantur, contemptor, Euripides unicum agnovisse deum videtur *αὐτοφυῆ*, mentem puram, aeternam atque adeo infinitam, nulliusque rei indigam: non ille, quae aliorum fuit opinio, deum mentem esse censuit, quae, materiae velut infusa ac cum illa arcte coniuncta, hanc molem instar spiritus agitaret; sed puram et a materia longe semotam, cui materiae natura sua quiescenti et confusae mens ista divina motum indiderit atque ornatum, creatrix coeli et terrae. Vgl. Janske l. c. p. 18. Schneither bemerkt unter Anderem l. c. p. 26 sq.: Aeternum illum Deum animum esse, neque tamquam corpus domo posse includi, eosdem Graecos, quorum urbes refertae erant templis sive Deorum habitaculis, hisce versibus docuit (ap. Clementem Strom. V, p. 584 B.):

Ποῖος δ' ἂν οἶκος, τεκτόνων πλασθεὶς ὕπο,
Δέμας τὸ θεῖον περιβάλοι τοίχων πτυχαῖς;

Cui non, haec legenti, statim cogitatio subit convenientiae, quae inter hos versus et nobilissimum illud sacrae scripturae effatum intercedit, quod iisdem fere verbis conceptum est: *ὁ οὐρανός μοι θρόνος, ἡ δὲ γῆ ὑποπόδιον τῶν ποδῶν μου· ποῖον οἶκον οἰκοδομήσετέ μοι, λέγει Κύριος.* Vid. Jesaia 66, 1. et Act. Apost. 7, 49. Vgl. auch 1 Kön. 8, 27. u. 2 Chron. 6, 18. oben S. 91. Eine andere Stelle des Euripides, welche Schneither l. c. aus Clem. Alex. Protrept. p. 45, B anführt, lautet:

Θεὸν δὲ ποῖον εἰπέ μοι νοητέον;
Τὸν πάνθ' ὁρῶντα καὐτὸν οὐχ ὁρώμενον.

Vgl. die Stellen des A. T. oben S. 13 u. 70 f.

282) Das Nähere über den Anaxagorischen Prozess s. b. Schaubach l. c. p. 47 sq. Hier nur die bestimmten Anklagen: Diod. Sic. XII, 39: *ὡς ἀσεβοῦντα εἰς τοὺς θεοὺς ἐσυκοφάντουν.* Plutarch. vit. Pericl. 32: *ψήφισμα Διοπείθης ἔγραψεν εἰσαγγέλλεσθαι τοὺς τὰ θεῖα μὴ νομίζοντας ἢ λόγους περὶ μεταρσίων διδάσκοντας.* Flav. Joseph. s. Apion. II, 37: *ὅτι νομιζόντων Ἀθηναίων τὸν ἥλιον εἶναι θεόν, ὁ δ' αὐτὸν ἔφη μύδρον εἶναι διάπυρον.* Vgl. Euseb. Praep. Ev. XIV, 14. in Anm. 125. Suids. s. v. *Ἀναξαγόρας: ἐνεβλήθη ἐς δεσμωτήριον, οἷά τινα καινὴν δόξαν τοῦ θεοῦ παρεισφέρων.*

worden, ist noch ein Umstand besonders bemerkenswerth, dessen Verständniss den Geschichtschreibern der Philosophie bisher entgangen ist und sich hier von selbst darbietet; nämlich Satyros meldet, unser Klazomenier sei „nicht blos des Frevels gegen die Götter“ beschuldigt worden, „sondern auch, dass er Persisch gesinnt sei“ und es mit den Feinden der Hellenen halte.[283] Wenn die erstere Beschuldigung von dem Hellenischen religiösen Standpunkte vollkommen begründet und berechtigt war, so ist doch die letztere in der Form, in welcher sie in der Ueberlieferung ausgedrückt wird, ganz unerklärlich bei einem Manne, welcher, abgesehen davon, dass er sich überhaupt nicht um die Politik bekümmert und nur der Philosophie gelebt haben soll,[284] gerade mit dem grössten und von der innigsten Vaterlandsliebe erfüllten Hellenen, mit Perikles, in der vertraulichsten Verbindung stand, und den Geschichtschreiber Thukydides und den Dichter Euripides unter seinen Anhängern hatte. Die Meldung des Satyros muss daher auf einem Missverständniss beruhen, und es ist jetzt ganz leicht zu ermitteln, auf welchem. Wir wissen, nämlich aus der sichersten Ueberlieferung des Alterthums, wie die alten Perser und Meder darin mit den Israeliten zusammenstimmten, dass sie, nur aus anderer Anschauung, die Götterbilder und Tempel aller übrigen heidnischen Völker verabscheuten, und wie sie demgemäss in den Kriegen mit den Hellenen deren Götterbilder und Heiligthümer zertrümmerten.[285] Mit dieser Gesinnung der Perser gegen den Hellenischen Kultus waren also die Athener auf die gründlichste und für sie empörendste Weise bekannt geworden, und hatten die Greuel, welche von den Persern gegen ihre Heiligthümer verübt wurden, gerade in der Zeit des Anaxagoras, der bald nach dem Feldzuge des Xerxes bei ihnen lebte, noch in frischem Andenken. Da nun Anaxagoras, indem er die Hellenischen Götter insgesammt leugnete, offenbar auch, wie die Perser und die Israeliten, die gesammten Hellenischen Götterbilder und Heiligthümer als eine Thorheit verwerfen musste, so kann auch die Meldung des Satyros, er sei beschuldigt worden, dass er Persisch gesinnt sei, schwerlich eine andere Grundlage haben, als diese,

283) Diog. L. II, 12: *Σάτυρος δ' ἐν τοῖς βίοις ὑπὸ Θουκυδίδου φησὶν εἰςαχθῆναι τὴν δίκην, ἀντιπολιτευσαμένου τῷ Περικλεῖ, καὶ οὐ μόνον ἀσεβείας, ἀλλὰ καὶ μηδισμοῦ, καὶ ἀπόντα καταδικασθῆναι θανάτου.*

284) Diog. L. II, 7: *περὶ τὴν τῶν φυσικῶν θεωρίαν ἦν, οὐ φροντίζων τῶν πολιτικῶν. ὅτε καὶ πρὸς τὸν εἰπόντα· Οὐδέν σοι μέλει τῆς πατρίδος; Εὐφήμει, ἔφη, ἐμοὶ γὰρ καὶ σφόδρα μέλει τῆς πατρίδος, δείξας τὸν οὐρανόν.* Vgl. Cic. de orat. III, 15. Aristot. Eth. ad Eudem. V, 7. ad Nicom. VI, 7 u. A. b. Schaubach l. c. p. 7 sq.

285) S. Herakleitos u. Zoroaster S. 58 f.

dass er von den Hellenischen Heiligthümern, gerade so, wie die Perser, die gehassten Feinde, dachte. Diese Grundlage der Meldung des Satyros ist um so weniger zu bezweifeln, da die Anklage wegen Persischer Gesinnung ja mit der wegen Frevels gegen die Götter vereinigt gewesen sein soll. Indessen mag Jemand auch gegen diese ganz unbedenkliche Erklärung Bedenken tragen: das, was hier erwiesen werden sollte, ist über jeden Zweifel erhoben, dass Anaxagoras einzig und allein den Noos, den unendlichen reinen Geist, als die Gottheit erkannte, und keine anderen Götter hatte neben ihm, sondern alle anderen Götter mit Bestimmtheit leugnete, und daher auch deren Verehrung als eine Thorheit betrachtete.

Was hier für Anaxagoras erwiesen worden, ist, wie bekannt, das erste der zehn Gebote, in welchem Jehovah, der unendliche reine Geist, also zu dem Israelitischen Volke redet: „Ich bin der Herr, dein Gott;“ „du sollst keine anderen Götter haben neben mir.“[286] Ebenso spricht er bei Jesaja: „Ich bin Jehovah, und keiner mehr; ausser mir ist kein Gott;“ und ganz ebenso lehren, wie Jeder weiss, alle übrigen heiligen Bücher, sowohl die Hebräischen, als die Hellenistischen: „dass Jehovah Gott ist, und keiner mehr;“ „wir aber kennen keinen anderen Gott ausser ihm;“ „kein Gott ist ausser dir, der für Alles sorgt.“[287] All die anderen Götter, welche von den übrigen Völkern verehrt werden, sind ihnen „Nichtigkeiten“ und „Wahnwesen,“ wie sie mit Bestimmtheit aussprechen: „Alle Götter der Völker sind Nichtigkeiten;“ „Wahnwesen sind sie.“[288] Daher betrachten sie natürlich auch den gesammten Kultus der übrigen Völker als die grösste Thorheit, um so mehr, da sie ihn zugleich völlig unrichtig auffassen und meinen, dass diesen die blossen todten Bilder der Götter für die Götter selbst gelten. In dieser sonderbaren Auffassung sagen sie: „Die Götzen der Völker sind Silber und Gold, Gemächt von Menschenhänden; einen Mund haben sie, und reden nicht; Ohren haben sie, und hören nicht; auch ist kein Athem in ihrem Munde.“[289]

Wir haben nun den Anaxagorischen und den Israelitischen Got-

---

286) 2 Mos. 20, 2. 3. u. 5 Mos. 5, 6. 7. Vgl. de Wette Bibl. Dogm. §. 98 u. 149, und v. Coelln Bibl. Theol. §. 19, 20 u. 79, 80, B. I. S. 105 ff. u. 367, 370.

287) Jes. 45, 5. 1 Kön. 8, 60. u. Jud. 8, 20. Weish. 12, 13. Dazu 5 Mos. 6, 4. 32, 39. 2 Sam. 7, 22. 22, 32. 2 Kön. 5, 15. 19, 19. 1 Chron. 18, 20. Ps. 18, 32. 86, 10. Jes. 44, 6. 45, 14. 46, 9 u. s. und Sir. 36 (33), 5. 2 Makk. 7, 37 u. s.

288) Ps. 96, 5. Jer. 10, 15. Vgl. 3 Mos. 19, 4. 26, 1. Jes. 2, 20. 10, 11 u. s. und 5 Mos. 32, 21. 1 Kön. 16, 26. 2 Kön. 17, 15. Jer. 2, 5 u. s.

289) Ps. 135, 15 f. Dazu 5 Mos. 4, 28. Ps. 115, 4. Jes. 40, 18 f. 44,

tesbegriff ausführlich in allen Grundbestimmungen kennen gelernt, nämlich dass ein unkörperlicher und mit keinem Dinge vermischter, sondern ganz allein für sich selber seiender reiner Geist und Verstand, welcher unbeschränkt, von Ewigkeit, unwandelbar, allwissend, Urheber und Beherrscher der gesammten Weltordnung, Alles und überall in ihr wirkend, mit ungehemmter Freiheit, daher allmächtig und allgegenwärtig, dass dieser der Eine und alleinige Gott ist. Jetzt richten wir unseren Blick auf die Welt, und untersuchen, ob auch diese in der Anschauung des Anaxagoras und der Israeliten wirklich die Beschaffenheit hat, welche sie bei dem dargelegten Gottesbegriffe beider nothwendig haben muss.

Da nach Anaxagoras der reine Noos, d. i. der reine Geist und Verstand, die Welt mit Allem, was in ihr ist, gebildet und eingerichtet hat, und sie fortwährend beherrscht, und Alles ohne Ausnahme in ihr anordnet und wirkt, indem aus ihr sowohl der Zufall, als das Verhängniss, als auch jede andere wirkende Macht ausgeschlossen ist: so muss nach seiner Ansicht die Welt auch durchaus verständig oder weise oder zweckmässig, mit Einem Worte, trefflich eingerichtet sein, und muss Alles, was in ihr geschieht, verständig oder trefflich sein. Denn, wie Aristoteles mit der ihm eigenen Schärfe und Klarheit bemerkt, der Anaxagorische Noos ist Beides in Einem, allwirkendes Princip „und zugleich Princip der Trefflichkeit,“ indem sich nicht anders denken lässt, als wie auch Platon dachte, „dass, wenn der Noos Alles anordne, er Alles auch so anordne und einrichte, wie es am schönsten sei.“[290] So musste nothwendig auch Anaxagoras selber denken, und so hat er nach den einstimmigen urkundlichen Vorlagen und Ueberlieferungen auch wirklich gedacht. Denn erstens stellt er schon gleich in seiner oben mitgetheilten Beschreibung der Weltbildung die Alles einrichtende Thätigkeit des Noos urschriftlich in einem Ausdrucke dar, welcher, genauer angesehen, nicht blos „einrichten,“ sondern zugleich „ordentlich und schön“ einrichten bedeutet; und diesen Ausdruck gebrauchen auch Platon und die übrigen Alten beständig, wo sie

---

9 f. 46, 6 f. Jer. 2, 27. 10, 3 f. Vgl. v. Coelln Bibl. Theol. §. 20, B. I, S. 114 f.

290) Aristot. Metaph. A, 3: *οἱ μὲν οὖν οὕτως ὑπολαμβάνοντες (Ἀναξαγόρας) ἅμα τοῦ καλῶς τὴν αἰτίαν ἀρχὴν εἶναι τῶν ὄντων ἔθεσαν καὶ τὴν τοιαύτην ὅθεν ἡ κίνησις ὑπάρχει τοῖς οὖσιν.* Plat. Phaed. p. 97, C: *ἡγησάμην, εἰ τοῦθ' οὕτως ἔχει, τόν γε νοῦν κοσμοῦντα πάντα κοσμεῖν καὶ ἕκαστον τιθέναι ταύτῃ, ὅπῃ ἂν βέλτιστον ἔχῃ.* Dazu Arist. l. c. Λ, 10: *Ἀναξαγόρας δὲ ὡς κινοῦν τὸ ἀγαθὸν ἀρχήν· ὁ γὰρ νοῦς κινεῖ, ἀλλὰ κινεῖ ἕνεκά τινος*, d. h. der *νοῦς* wirkt nach Zweck. Simplic. in Aristot. Phys. fol. 321, a: *νοῦν ὡς ποιητικὸν καὶ τελικὸν αἴτιον.*

von der weltbildenden und allwirkenden Thätigkeit des Anaxagorischen Noos berichten.[291] Zudem hat er den Noos auch ausdrücklich als Princip der Trefflichkeit bezeichnet, wie Aristoteles mit Bestimmtheit bezeugt mit den Worten: „Häufig nennt er den Noos den Urheber der trefflichen und rechten Einrichtung" der Dinge.[292] Dann aber geht aus allen Ueberlieferungen mit vollkommener Klarheit hervor, dass Anaxagoras auch von dem sichtbaren Weltall selbst, wie es in der Wirklichkeit vor uns besteht, nicht anders wusste, als dass es überaus herrlich eingerichtet sei, und durch und durch eine bewundernswürdige Vernunft in ihm walte. Schon aus dem ganzen Berichte des Aristoteles, wie Anaxagoras seine Ansicht gewonnen und welche Stellung er unter den übrigen Vor-Platonischen Philosophen eingenommen habe, lässt sich deutlich genug erkennen, dass er eben aus dieser Anschauung des Weltalls behauptet hat, der Noos sei der Anordner und das Alles wirkende Princip desselben, dass er durchaus nichts Schlechtes in ihm gesehen, und daher auch keine Nöthigung empfunden hat, einen Grund des Schlechten aufzusuchen; dagegen dem Empedokles, sagt Aristoteles, sei diese Nöthigung entstanden, indem dieser, wahrnehmend, dass auch Schlechtes in der Natur sei, zwei wirkende Principien, die Liebe und den Streit, aufgestellt habe, die erstere als Urheberin des Trefflichen, den letzteren als Urheber des Schlechten.[293] Auch

---

291) Anaxag. Fragm. 8. (VI) in Anm. 60: *πάντα διεκόσμησε νόος.* Derselbe Ausdruck b. Plat. Phaed. p. 97, C: *ὡς ἄρα νοῦς ἐστιν ὁ διακοσμῶν τε καὶ πάντων αἴτιος.* Phileb. p. 28, E: *νοῦν πάντα διακοσμεῖν.* Cratyl. p. 400, A: *νοῦν καὶ ψυχὴν εἶναι τὴν διακοσμοῦσαν*, Cratyl. p. 413, C: *πάντα φησὶν αὐτὸν κοσμεῖν τὰ πράγματα.* Phileb. l. c. *τόν γε νοῦν κοσμοῦντα πάντα κοσμεῖν κτλ.* Vgl. Diog. L. II, 6. Plutarch. de plac. philos. I, 3, 12 u. I, 7, 6. in Anm. 59. Dass dem Ausdrucke die Bedeutung der Trefflichkeit einverleibt ist, einrichten *εὐ κατὰ κόσμον*, braucht dem Sprachkenner kaum bemerkt zu werden; doch hebt dies auch schon Carus l. c. p. 11 hervor, indem er mit Hinweisung auf das Wort sagt, der Noos bewirke in den Dingen ordinem, praestantiam atque ornatum. Ebenso Schaubach l. c. p 111: Apte hac voce utitur Anaxagoras; nam mentis consilio singula formantur, und fügt hinzu Aristot. Anim. I, 2: *τὸ αἴτιον τοῦ καλῶς καὶ ὀρθῶς τὸν νοῦν λέγει.* Dazu Bretschneider ad Jes. Sir. 16, 27. (17, 4.) in Anm. 307.

292) Aristot. de anima I, 2. in Anm. 235: *πολλαχοῦ μὲν γὰρ τὸ αἴτιον τοῦ καλῶς καὶ ὀρθῶς τὸν νοῦν λέγει.* Auch Metaph. A, 3. lässt Aristoteles den Anaxagoras behaupten, der Noos sei *τὸ αἴτιον τοῦ κόσμου καὶ τῆς τάξεως πάσης.*

293) Aristot. Metaph A, 3 sq.: *μετὰ δὲ τούτους* (die anderen Ionischen Philosophen und die Eleaten) *καὶ τὰς τοιαύτας ἀρχάς, ὡς οὐχ ἱκανῶν οὐσῶν γεννῆσαι τὴν τῶν ὄντων φύσιν, πάλιν ὑπ' αὐτῆς τῆς ἀληθείας, ὥςπερ εἴπομεν, ἀναγκαζόμενοι τὴν ἐχομένην ἐζήτησαν ἀρχήν. τοῦ γὰρ εὖ καὶ καλῶς τὰ μὲν ἔχειν, τὰ δὲ γίγνεσθαι τῶν ὄντων, ἴσως οὔτε πῦρ οὔτε γῆν οὔτ' ἄλλο τῶν τοιούτων οὐθὲν οὔτ' εἰκὸς αἴτιον εἶναι οὔτ' ἐκείνους οἰηθῆναι· οὐδ' αὖ τῷ αὐτομάτῳ καὶ τῇ τύχῃ τοσοῦτον ἐπιτρέψαι πρᾶγμα*

bezeugt Aristoteles in einer anderen Stelle ausdrücklich und mit Verwunderung, dass Anaxagoras „kein Entgegengesetztes zu dem Guten und dem Noos angenommen habe;“ und Themistios bemerkt ebenfalls ausdrücklich, was hieraus schon von selbst einleuchtet, dass nach Anaxagoras „nichts Unvernünftiges und Unordentliches in der Natur stattfinde.“[294] Dazu hören wir nun, wie die Anschauung des Anaxagoras von dem sichtbaren Weltall auch von Platon dargestellt wird; dieser schreibt: „Sollen wir sagen, über Alles insgesammt und dieses sichtbare Weltall walte die Macht des Vernunftlosen und des Zufälligen und das Ungefähr, oder im Gegentheil, wie Die vor uns,“ er meint den Anaxagoras, „behaupteten, ein wundervoller Noos und Verstand beherrsche Alles anordnend?“ Jenes, schreibt er weiter, „erscheint mir gar als eine Versündigung; aber zu sagen, dass ein Noos es alles anordne und einrichte, ist des Anblickes der Weltordnung und der Sonne und des Mondes und der Gestirne und des ganzen Himmelsumschwunges würdig.“[295] Dass Platon hier insbesondere auf die Einrichtung und Pracht des Himmels hinweist, in welcher sich das Walten des Noos am klarsten offenbare, thut er ganz im Geiste des Anaxagoras; denn auch dieser hebt schon in seiner angeführten Beschreibung der Weltbildung namentlich hervor: „Alles richtete der Noos ein, auch diese Kreisbewegung, in welcher jetzt die Gestirne herumgehen und die Sonne und der Mond;“ und wir werden über die Bedeutung, welche die Einrichtung des Himmels für ihn mit Recht hatte, sogleich noch Gewichtigeres vernehmen. Wenn nämlich schon die vorge-

καλῶς εἶχε. νοῦν δή τις εἰπὼν εἶναι, καθάπερ ἐν τοῖς ζώοις, καὶ ἐν τῇ φύσει τὸ αἴτιον τοῦ κόσμου καὶ τῆς τάξεως πάσης, οἷον νήφων ἐφάνη παρ' εἰκῇ λέγοντας τοὺς πρότερον. κτλ. οἱ μὲν οὖν οὕτως ὑπολαμβάνοντες ἅμα τοῦ καλῶς τὴν αἰτίαν ἀρχὴν εἶναι τῶν ὄντων ἔθεσαν καὶ τὴν τοιαύτην, ὅθεν ἡ κίνησις ὑπάρχει τοῖς οὖσιν. κτλ. ἐπεὶ δὲ καὶ τἀναντία τοῖς ἀγαθοῖς ἐνόντα ἐφαίνετο ἐν τῇ φύσει, καὶ οὐ μόνον τάξις καὶ τὸ καλόν, ἀλλὰ καὶ ἀταξία καὶ τὸ αἰσχρόν, καὶ πλείω τὰ κακὰ τῶν ἀγαθῶν καὶ τὰ φαῦλα τῶν καλῶν, οὕτως ἄλλος τις φιλίαν εἰςήνεγκε καὶ νεῖκος, ἑκάτερον ἑκατέρων αἴτιον τούτων.

294) Aristot. Metaph. Α, 10: ἄτοπον δὲ καὶ τὸ ἐναντίον μὴ ποιῆσαι τῷ ἀγαθῷ καὶ τῷ νῷ. Themist. in Aristot. Phys. fol. 58, b: οὐδὲν γὰρ ἄλογον οὔτε ἄτακτον ἐν τοῖς παρὰ τῆς φύσεως γιγνομένοις.

295) Plat. Phileb. p. 28, E: ΣΩ. πότερον, ὦ Πρώταρχε, τὰ ξύμπαντα καὶ τόδε τὸ καλούμενον ὅλον ἐπιτροπεύειν φῶμεν τὴν τοῦ ἀλόγου καὶ εἰκῇ δύναμιν καὶ τὰ ὅπη ἔτυχεν; ἢ τἀναντία, καθάπερ οἱ πρόσθεν ἡμῶν ἔλεγον, νοῦν καὶ φρόνησίν τινα θαυμαστὴν ξυντάττουσαν διακυβερνᾶν; ΠΡΩ. οὐδὲν τῶν αὐτῶν, ὦ θαυμάσιε Σώκρατες. ὃ μὲν γὰρ σὺ λέγεις νῦν, οὐδ' ὅσιον εἶναί μοι φαίνεται· τὸ δὲ νοῦν πάντα διακοσμεῖν αὐτὰ φάναι, καὶ τῆς ὄψεως τοῦ κόσμου καὶ ἡλίου καὶ σελήνης καὶ ἄστρων καὶ πάσης τῆς περιφορᾶς ἄξιον, καὶ οὐκ ἄλλως ἔγωγ' ἄν ποτε περὶ αὐτῶν εἴποιμι οὐδ' ἂν δοξάσαιμι. Die Zusammenstellung dieser Worte mit Anaxag. Fragm. 8. (VI), in Anm. 60, ist schon von Breier a. a. O. S. 82 gemacht worden.

legten Zeugnisse keinen Zweifel übrig lassen, mit welchen Augen Anaxagoras die Dinge anschaute, so kommt dazu noch die inhaltschwere Meldung des Alterthums, dass er die Betrachtung der herrlichen Einrichtung der Welt überhaupt und insbesondere des Himmels sogar für das höchste Gut und Glück des Lebens erachtet habe. Denn so berichtet Aristoteles: „Anaxagoras soll zu Einem, der hierüber in Ungewissheit war und fragte, um wesswillen wol Jemand eher erwählen möchte, geboren, als nicht geboren zu werden, geantwortet haben: um den Himmel zu betrachten und die Ordnung in der ganzen Welt;" und Dasselbe melden die Späteren, nur dass diese, ungenauer in ihren Angaben, den Anaxagoras blos von der Betrachtung des Himmels reden lassen, der allerdings, und sehr begreiflich, auch in dem Berichte des Aristoteles im Vordergrunde steht; namentlich schreibt Jamblichos: „Anaxagoras soll, als er gefragt wurde, um wesswillen wol Jemand erwählen möchte geboren zu werden und zu leben, auf die Frage geantwortet haben: um den Himmel zu schauen und was an ihm ist, die Gestirne und den Mond und die Sonne;" und der Sammler Diogenes: „Als er einst gefragt wurde, wozu er geboren sei, sagte er: zur Betrachtung der Sonne und des Mondes und des Himmels."[296] Von Diogenes wird uns auch noch eine andere Aeusserung des Anaxagoras überliefert, welche denselben Sinn des Mannes offenbart; als nämlich zu ihm, der durch Geburt, Vermögen und Geist vor Vielen zu einer bedeutenden Wirksamkeit im öffentlichen Leben berufen schien, „Jemand sprach: Bekümmerst du dich gar nicht um das Vaterland? da erwiderte er: Rede nicht so! ich bekümmere mich gar sehr um das Vaterland, und zeigte dabei gen Himmel."[297] Dazu fügen die Alten noch die überaus glaubwürdige Nachricht, dass er auch viele Nächte unter freiem Himmel durchwacht habe, wie er selber, nach Philon, gesagt haben soll, „um die Weltordnung zu betrachten, wo-

296) Aristot. Eth. ad Eudem. I, 5: *τὸν μὲν οὖν Ἀναξαγόραν φασὶν ἀποκρίνασθαι πρός τινα διαποροῦντα τοιαῦτ' ἄττα καὶ διερωτῶντα, τίνος ἕνεκ' ἄν τις ἕλοιτο γίνεσθαι μᾶλλον ἢ μὴ γίνεσθαι; τοῦ, φάναι, θεωρῆσαι τὸν οὐρανὸν καὶ τὴν περὶ τὸν ὅλον κόσμον τάξιν.* Jamblich. Protrept. 6: *Ἀναξαγόραν δέ φασιν ἐρωτηθέντα, τίνος ἂν ἕνεκα ἕλοιτο γενέσθαι τις καὶ ζῆν, ἀποκρίνασθαι πρὸς τὴν ἐρώτησιν, ὡς τοῦ θεάσασθαι τὸν οὐρανὸν καὶ τὰ περὶ αὐτόν, ἄστρα τε καὶ σελήνην καὶ ἥλιον.* Diog. L. II, 10: *ἐρωτηθεὶς ποτε, εἰς τί γεγένηται; εἰς θεωρίαν, ἔφη, ἡλίου καὶ σελήνης καὶ οὐρανοῦ.* Dazu Lactant. Inst. div. III, 9, 4. 23, 11. VI, 1. in Anm. 299. Dasselbe entstellt b. Clem. Alex. Strom. II, 21. p. 179 ed. Sylb. p. 497 ed. Pott: *Ἀναξαγόραν μὲν γὰρ τὸν Κλαζομένιον τὴν θεωρίαν φάναι τοῦ βίου τέλος εἶναι καὶ τὴν ἀπὸ ταύτης ἐλευθερίαν λέγουσιν.* Vgl. Aristot. l. c. I, 4. in Anm. 302.

297) Diog. L. II, 7. in Anm. 284.

mit er auf die Reigen und Umläufe der Gestirne deutete." [298] Je vollkommener diese Ueberlieferungen mit der Grunderkenntniss des Anaxagoras zusammenstimmen, und je einfacher daher das Verständniss derselben ist, und je erhabener zugleich und verehrungswürdiger der Sinn des Mannes, der sich in ihnen ausspricht, desto seltsamer nimmt sich der blinde Eifer und Tadel aus, welchen Lactanz dagegen richtet. Denn um die anderen Stellen zu übergehen, in denen er ganz unbegreiflich redet, so schreibt er in der noch verständigsten, wie folgt: „Dazu sind wir von Gott gebildet und mit Geist begabt, nicht um den Himmel zu betrachten und die Sonne, wie Anaxagoras meinte, sondern um den Werkmeister der Sonne und des Himmels, Gott, mit reiner und ganzer Seele zu verehren." [299] Der gute Kirchenlehrer hätte doch schon durch Cicero, den er so fleissig gelesen, wissen sollen, was wir oben von diesem vernommen, dass Anaxagoras „die Einrichtung und Beschaffenheit aller Dinge durch die Macht und Einsicht des unendlichen Geistes bestimmt und vollendet werden liess;" ebenso hätte er doch auch wissen sollen, was Platon, Flav. Josephus und Eusebios berichten, mit welcher Offenheit zugleich der Philosoph sowohl der Sonne, als den übrigen Himmelskörpern alle Göttlichkeit absprach, so dass er gerade desshalb zu Athen in die bekannte Lebensgefahr gerieth, wie Eusebios sich ausdrückt, „weil er nicht die Sonne als Gott ansah, sondern den Schöpfer der Sonne." [300] Das war ja die Angel des gesammten Anaxagorischen Denkens, dass ein unendlicher reiner Geist oder Noos, d. i. Gott, die ganze Weltordnung hervorgerufen und beherrsche und insbesondere auch „Alles, was am Himmel ist, eingerichtet habe." [301] Was Anderes konnte demnach

---

298) Philo Quod mundus sit incorr. p. 488: *Ἀναξαγόρας πρὸς τὸν πυνθανόμενον, ἧς ἕνεκα αἰτίας τὰ πολλὰ πειρᾶται διανυκτερεύειν ὕπαιθρος, ἀπεκρίνατο· τοῦ τὸν κόσμον θεάσασθαι, τὰς χορείας καὶ περιφορὰς τῶν ἀστέρων αἰνιττόμενος.* Philostr. vit. Apollon. Tyan. II, 5: *ἀκούων τὸν μὲν Κλαζομένιον Ἀναξαγόραν ἀπὸ τοῦ κατὰ Ἰωνίαν Μίμαντος ἐπεσκέφθαι τὰ ἐν τῷ οὐρανῷ.*

299) Lactant. Inst div. VI, 1: Propterea ficti et inspirati ab eo (Deo) sumus, non ut coelum videremus et solem, quod Anaxagoras putavit, sed ut artificem solis et coeli Deum pura et integra mente coleremus Ib. III, 9, 4: Anaxagoras, quum ab eo quaereretur, cujus rei causa natus esset, respondit: coeli ac solis videndi. hanc vocem, bezeugt er redlich, admirantur omnes ac philosopho dignam judicant. at ego, fügt er ohne Verstand hinzu, hunc puto non invenientem, quid responderet, effudisse hoc passim, ne taceret. Ib. III, 23, 11: hic est ille, qui se idcirco natum esse dicebat, ut coelum ac solem videret, qui in terra nihil videbat sole lucente. (!)

300) S. oben S. 49 u. Anm. 124 u. 125.

301) Anaxag. Fragm. 8. (VI) in Anm. 60. Plat. Leg. XII, p. 967 B: *(τινὲς) λέγοντες, ὡς νοῦς εἴη ὁ διακεκοσμηκὼς πάνθ᾽ ὅσα κατ᾽ οὐρανόν.*

Anaxagoras an der Sonne und dem gesammten Himmel mit Bewunderung betrachten und verehren, als eben den Werkmeister derselben, als die Macht und Einsicht des unendlichen Geistes oder Gottes, welche sich in der ganzen Weltordnung, doch nirgends so grossartig, so überzeugend und ergreifend, wie gerade in der Schöpfung und Einrichtung der Sonne und des Himmels, offenbart? Es ist in der That die reinste und vollste Gottesverehrung, welche dem Anaxagoras in der vorgelegten Ueberlieferung bezeugt wird, dass er die Betrachtung der ganzen Weltordnung und vornehmlich des Himmels sogar für das höchste Gut erklärt und in ihr die höchste Beseligung gefunden habe.[302] Auch ohne diese ausdrückliche Ueberlieferung müsste Jeder schon aus der Grunderkenntniss des Mannes die Gefühle errathen, welche ihn in jenen Nächten beseligten, die er im stillen bewundernden Anschauen des Himmels durchwachte. Diesen Sinn erblickt denn auch Heinr. Ritter in dem angeführten Berichte des Aristoteles über des Anaxagoras höchstes Gut: „als wenn dies das würdigste Werk des niederen Geistes sei, den ordnenden Gedanken des allwaltenden Geistes nachzudenken;" und die gleiche Gesinnung schreibt auch Breier dem Anaxagoras zu: „Das Sichversenken in diesen Geist," den unendlichen allwaltenden Noos, „ist daher auch das wahre Leben und der Zweck der Wissenschaft."[303] Nachdem wir oben gesehen, dass dem Anaxagoras die Welt ihrer Substanz nach von dem unendlichen reinen Geiste völlig geschieden und damit entgöttert war, so finden wir jetzt, dass er dagegen in ihrer wundervollen Einrichtung und Verwaltung die Offenbarung und Verherrlichung der Gottheit erblickte.

Untersuchen wir jetzt die Ansicht der Israeliten, so stellt sich bei diesen aus dem gleichen Gottesbegriffe auch die gleiche unabweisliche Nothwendigkeit, wie bei Anaxagoras, heraus, die Einrichtung der sichtbaren Welt und Jegliches, was in ihr geschieht, als durchaus trefflich aufzufassen. Denn die beiden Hauptbestimmungen des Anaxagorischen Noos, welche uns Aristoteles angegeben hat, dass er allwirkendes Princip und zugleich Princip der Trefflichkeit sei, sind in der That auch die beiden unzertrennlichen Hauptbestimmungen des Gottesbegriffes der Israeliten, bei denen sie in den beiden Vorstellungen der Allmacht und der Weisheit Jeho-

302) Zum Ueberfluss deutet dies auch schon Aristoteles klar genug an, Eth. ad Eudem. I, 4: *αὐτὸς δ' ἴσως ᾤετο τὸν ζῶντα ἀλύπως καὶ καθαρῶς πρὸς τὸ δίκαιον ἤ τινος θεωρίας κοινωνοῦντα θείας, τοῦτον ὡς ἄνθρωπον εἰπεῖν μακάριον εἶναι.*

303) Heinr. Ritter Gesch. d. Ion. Philos. S. 230. Breier a. a. O. S. 72.

vah's auftreten. Die Allmacht nämlich wird Jehovah zugeeignet, insofern er Alles macht und wirkt; die Weisheit, insofern er Alles weise oder trefflich macht. Diese beiden Vorstellungen, die Allmacht und die Weisheit, bilden, nächst der völligen Unkörperlichkeit Jehovah's, so sehr die beiden Hauptbestimmungen des Israelitischen Gottesbegriffes, dass in ihnen vorzugsweise sich die ganze Entwickelung des religiösen Bewusstseins des Volkes ausprägt. Dies bezeugt auch Wilib. Grimm, indem er schreibt: „Die Entwickelung des religiösen Bewusstseins im Hebräischen Volke nahm einen sehr natürlichen Gang. Zuerst trat in demselben die Idee der göttlichen Allmacht hervor, angeregt durch den Eindruck, den die grossartigen Werke der Schöpfung oder einzelne gewaltige Naturerscheinungen in dem mehr sinnlichen Menschen hervorbringen. Dies beurkundet schon der Umstand, dass alle früheren Hebräischen Namen der Gottheit von deren Grösse, Macht und Herrschaft entnommen sind. Erst in der späteren Zeit des Hebraismus, als bei fortschreitender Bildung in das religiöse Leben die Reflexion eingetreten war, und man das Nachdenken auf die in der ganzen Schöpfung sichtbare Harmonie und Schönheit, auf den nach bestimmten Gesetzen und Zwecken geordneten Zusammenhang des Weltgebäudes gerichtet hatte, kam die Idee der göttlichen Weisheit zu klarem Bewusstsein; sie trat nun in der Betrachtung der göttlichen Eigenschaften am schärfsten hervor, und die Weisheit erschien als Einheit und Inbegriff aller Offenbarung des göttlichen Wesens.“ [304] Nur muss nicht etwa Jemand daraus die irrige Meinung schöpfen, welche Wilib. Grimm keinesweges ausdrücken will, als ob beide Vorstellungen nicht gleich von Anfang im Israelitischen Gottesbegriffe enthalten gewesen, sondern die letztere erst später entsprungen und hinzugekommen wäre. Das Thatsächliche ist blos, dass im Allgemeinen in dem Gottesbegriffe der ältesten heiligen Urkunden die Vorstellung der Allmacht im Vordergrunde steht, dagegen in den späteren, jedoch schon in dem Buche Hiob und in den Sprüchen und vielen Psalmen, die Vorstellung der Weisheit „mit klarem Bewusstsein“ hervortritt, so dass in diesen die Weisheit oder, mit Aristoteles zu reden, die Bestimmung „Princip der Trefflichkeit“ geradezu aus dem Gottesbegriffe herausgehoben und dichterisch als besondere Person veranschaulicht wird, welche die Genossin Jehovah's sei von Anbeginn, und mit der er Alles gemacht habe und Alles vollbringe, wie oben

304) Grimm a. a. O. Einleit. S. XIII f. Ueber die ältesten Hebräischen Namen der Gottheit s. v. Coelln Bibl. Theol. §. 18, B. I, S. 95 ff,

ausführlich dargelegt worden ist.[305] Dass die Israeliten schon gleich im Anfange, sowie sie nothwendig mussten, indem sie Jehovah als reinen Geist oder Noos erkannten, die Weisheit mit der Allmacht in seinem Begriffe vereinigt haben, darüber lässt die heilige Urkunde von der Weltschöpfung, die älteste des Volkes, die wir besitzen, gar keinen Zweifel übrig. Diese nämlich legt uns in der That eben das, was Aristoteles vom Noos oder Gotte des Anaxagoras bezeugt, dass er allwirkendes Princip und zugleich Princip der Trefflichkeit sei, auch vom Gotte der Israeliten in vollständiger klarer Ausführung vor Augen, indem sie erstens beschreibt, wie Gott Alles wirkte oder machte, und dann in beständiger Wiederholung hervorhebt, dass er es zugleich trefflich vollbrachte; denn so stehet hier nach jedem Schöpfungsakte geschrieben: „Und Gott sahe, dass es gut war," und zuletzt nach Vollendung der ganzen Weltbildung: „Und Gott sah Alles, was er gemacht, und siehe, es war sehr gut." Das Wort „gut" bedeutet in diesem Zusammenhange, wie Jedem einleuchtet, „trefflich;" auch haben die Siebenzig in ihrer Uebersetzung dafür wirklich denselben Griechischen Ausdruck, welchen Aristoteles gebraucht, indem er den Anaxagorischen Noos als Princip der Trefflichkeit bezeichnet.[306] Wenn Anaxagoras in seiner Beschreibung der Weltbildung aus dem Chaos die Thätigkeit des Noos in Einem Worte darstellt, welches beide Gedanken, „einrichten" und „trefflich," vereinigt, so wird in der Israelitischen Beschreibung der gleichen Weltbildung aus dem Chaos der letztere Gedanke besonders ausgesprochen; doch ist in dem Buche Sirach die Thätigkeit Gottes auch in demselben beide Gedanken vereinigenden Worte ausgedrückt, dessen sich Anaxagoras bedient.[307] Nachdem wir uns zuvörderst vergegenwärtigt haben,

305) S. oben S. 57 f.

306) S. 1 Mos. 1, 4. 10. 12. 18. 21. 25. u. 31. טוב heisst gut, trefflich, schön, *καλός*, z B. auch 1 Mos. 6, 2. 2 Mos. 2, 2. Wie nach Aristot. Metaph. A, 3. in Anm. 290 Anaxagoras in dem Noos *ἅμα τοῦ καλῶς τὴν αἰτίαν* als das Alles wirkende Princip aufstellte, so heisst es in der Uebersetzung der Siebenzig beständig: *καὶ εἶδεν ὁ Θεός, ὅτι καλόν*, und zuletzt: *καὶ εἶδεν ὁ Θεὸς τὰ πάντα, ὅσα ἐποίησε, καὶ ἰδοὺ καλὰ λίαν.* Dazu Weish. 13, 3: *ὁ γὰρ τοῦ κάλλους γενεσιάρχης ἐποίησεν αὐτά.* Sir. 39, 21. (16.): *τὰ ἔργα κυρίου πάντα ὅτι καλὰ λίαν.* Auch Flav. Joseph. c. Apion. II, 22: (*ταῦτα τοῦ Θεοῦ*) *καλὰ θελήσαντος, καλῶς ἦν εὐθὺς γεγονότα.*

307) Wie Anaxagoras sagt: *πάντα διεκόσμησε νόος*, und nach ihm Platon bald *διακοσμεῖν*, bald *κοσμεῖν* gebraucht, in Anm. 291, so steht auch b. Sir. 16, 27. (17, 14.) von Gott: *ἐκόσμησεν εἰς αἰῶνα τὰ ἔργα αὐτοῦ.* Vgl. 42, 21. Dazu bemerkt Bretschneider: *Κοσμέω*, bene facio (היטיב, 2 Reg. 9, 30.), quod referendum ad טוב, quod in Genesi saepius

dass der Israelitische Gottesbegriff die beiden Bestimmungen der Allmacht und der Weisheit, oder allwirkendes Princip und Princip der Trefflichkeit zu sein, unzertrennlich in sich vereinigt, so dass demgemäss die Israeliten die sichtbare Welt, wie sie vor uns besteht, und Alles, was in ihr geschieht, durchaus als trefflich auffassen mussten, so sehen wir nun, ob sie diese Auffassung auch wirklich gehabt haben. Schon gleich die eben angeführten Worte der heiligen Schöpfungsurkunde sagen es ausdrücklich, dass die ganze sichtbare Welt mit Allem, was in ihr ist, durchaus gut oder trefflich sei. Und von dieser Ueberzeugung finden wir auch die Verfasser der übrigen heiligen Schriften durchdrungen; denn so steht ausdrücklich auch in den Psalmen: „Wie gross sind deine Werke, Jehovah! alle hast du sie mit Weisheit gemacht;" und in den Sprüchen: „Jehovah hat Alles gemacht zu seinem Zwecke."[308] Demnach lehrt auch Sirach gar nichts Neues, sondern entwickelt die Ansicht schon der heiligen Schöpfungsurkunde nur mit der vollsten Bestimmtheit, indem er schreibt: „Alle Werke des Herrn sind sehr gut;" „man darf nicht sagen: was ist das? wozu soll das? denn alles wird zu seiner Zeit erfordert;" und nochmals: „Die Werke des Herrn sind alle gut, und schaffen zu seiner Zeit allen Nutzen; und man darf nicht sagen: dies ist schlechter, als jenes; denn Alles bewährt sich wohl zu seiner Zeit."[309] Eben aus dieser Ansicht von der Beschaffenheit alles Daseienden wird ja auch die Weisheit in dem Buche Hiob, in den Sprüchen, bei Sirach und in dem Buche der Weisheit als „die Werkmeisterin aller Dinge" dargestellt; eben aus dieser Ansicht heisst es von ihr bei Sirach: der Herr „goss sie aus auf alle seine Werke," und im Buche der Weisheit: „sie geht und dringet durch Alles," und „sie reichet mächtig von einem Ende (der Welt) zum andern, und ordnet Alles wohl."[310] Also haben wir hier dieselbe Anschauung, wie bei Anaxagoras, dass

---

occurrit. vertendum igitur: praeclara omnia fecit et disposuit. Vgl. die Erklärung des Anaxagorischen *διεκόσμησε* in Anm. 291. Demgemäss ist auch die Welt der Israeliten „*ὁ κόσμος* recht eigentlich," wie Umbreit zu Spr. 8, 22. bemerkt, „d. i. die zur kunstvollen Ordnung geformte Urmasse der Dinge, bei deren Schöpfung die Weisheit als thätige Künstlerin an Gottes Seite stand" Ebenso Rosenmüller l. c. ad Gen. 1, 6: das war das Endziel der Schöpfung nach der Idee der heiligen Urkunde, ut ex rudi ista mole prodiret haec rerum universitas, quam a perfecta absolutaque elegantia Graeci *κόσμον* appellant.

308) Ps. 104, 24. Spr. 16, 4. Dazu Kohel. 3, 11.

309) Sir. 39, 21. 22 (16. 17.). Vgl. 42, 23. 24 (22. 23.). Die Gottheit wird hier von Sirach vornehmlich als *τελικὸν αἴτιον* betrachtet; vgl. Aristot. Metaph. *Λ*, 10. u. Simplic. in Aristot. Phys. fol. 321, a. in Anm. 290.

310) S. Hiob 28, 23 f. Spr. 8, 22 f. Sir. 24, 1 f. Weish. 7, 22. und Sir. 1, 10 (9.). Weish. 7, 24. 8, 1.

die Welt, während sie ihrer Substanz nach von der Gottheit völlig geschieden und damit entgöttert ist, gleichwohl in ihrer wundervollen Einrichtung und Verwaltung als die Offenbarung und Verherrlichung der „Macht und Einsicht des unendlichen Geistes“ [311] erscheint. Aus dieser Anschauung reden die Psalmen: „Dich preisen, Jehovah, all deine Werke, und deine Frommen rühmen dich; von deines Königthums Herrlichkeit sprechen sie, und von deiner Macht reden sie, um den Menschenkindern deine Macht kund zu thun und die prachtvolle Herrlichkeit deines Königthums.“ [312] Ebenso Sirach: „Seiner Herrlichkeit voll ist seine Schöpfung; selbst den Frommen hat es der Herr nicht gegeben, alle seine Wunder auszusprechen, welche er, der allmächtige Herr, bereitet hat, dass in seiner Herrlichkeit das All bestünde.“ [313] Gerade das ist das Thema, welches die schönsten ausführlicheren Lobpreisungen Jehovah's in den Psalmen und im Buche Hiob entwickeln, sowie jener Gesang der drei Männer: „Preiset, all ihr Werke des Herrn, den Herrn, lobsinget und erhebet ihn hoch in Ewigkeit!“ welcher sich in's Einzelne über alles Daseiende verbreitet. [314] Wir haben oben gesehen, dass dem Anaxagoras sich der unendliche Geist zwar in der ganzen Weltordnung, aber nirgends so grossartig und ergreifend offenbarte und verherrlichte, wie in der Schöpfung der Sonne und dem ganzen Bau des Himmels mit seinem Monde und seinen Gestirnen, den er daher beständig mit der grössten Bewunderung und Beseligung betrachtete. Dasselbe finden wir ganz natürlich auch bei den Israeliten. So schreibt Jesaja: „Wem denn wollt ihr mich vergleichen, dass ich ähnlich wäre? spricht der Heilige. Hebt zur Himmelshöhe eure Augen und schauet! Wer hat diese geschaffen? Der herausführt ihr Heer nach der Zahl, sie alle ruft bei Namen; ob seiner grossen Macht und gewaltigen Stärke bleibt keiner aus.“ [315] Und jener schon angeführte Psalm, welcher unbestritten dem Könige David zugeschrieben wird, sagt: „Schau' ich deinen Himmel, deiner Hände Werk, den Mond und die Sterne, die du bereitet: was ist der Sterbliche, dass du sein gedenkest, und des Menschen Sohn, dass du auf ihn siehest!“ [316] Insbesondere gehört hierher der fol-

---

311) Worte Cicero's de nat. deor. I, 11. in Anm. 214, mit denen er auch am unendlichen Geiste des Anaxagoras die beiden Attribute der Allmacht und der Weisheit besonders hervorhebt.

312) Ps. 145, 10 f. Vgl. Ps. 8, 2 f.

313) Sir. 42, 16. 17.

314) S. Ps. 104, Hiob 38, 1 ff. Gesang d. drei Männer 34 ff.

315) Jes. 40, 25. 26.

316) Ps. 8, 4. 5.

gende Psalm, der allgemein ebenfalls für echt Davidisch gilt: „Die Himmel erzählen Gottes Herrlichkeit, und die Veste verkündet seiner Hände Werk. Ein Tag dem andern sagt den Spruch, eine Nacht der andern meldet die Kunde: kein Spruch und keine Worte, deren Stimme man nicht vernähme. Durch alle Lande geht ihr Klang, bis an's Ende der Welt ihr Ruf, woselbst er der Sonne ein Zelt aufgeschlagen. Und diese, dem Bräutigam gleich, der hervortritt aus der Kammer, freut sich wie ein Held zu laufen den Pfad. Vom Ende des Himmels ihr Aufgang, und ihr Umschwung bis an seine Enden, und Nichts ist geborgen vor ihrer Gluth.“ [317] Zu diesen schönen Worten lohnt es sich wol auch die umschreibende Erläuterung Ewald's zu vernehmen: „Einer sinnigen Betrachtung erscheint die Herrlichkeit und Ordnung des ruhigen Himmelsgewölbes so gross und glänzend, so unwandelbar dieselbe klare und deutliche, dass der Himmel als äusserliches Werk selbst für jeden nicht ganz Gefühllosen der beredteste Zeuge und sprechendste Verkünder der höchsten Herrlichkeit des Schöpfers wird, und von dem Sichtbaren auffordert zurückzuschliessen auf das Unsichtbare. Und wie die Pracht und Ordnung des Himmels ewig dieselbe, an jedem Tage und jeder Nacht, so dauert auch dieser Preis und diese Lehre des Himmels an die Menschen ewig, als würden sie von einem Tage dem andern, von einer Nacht der andern mitgetheilt und verkündet in ununterbrochener Folge. Und zwar verkündet der Himmel ein sehr lautes, vernehmliches Wort über Gott, obwohl ein ganz anderes, als ein menschliches und von menschlicher Stimme; denn geht der Himmel nicht über alle Länder und Menschen bis zu den äussersten Enden der Erde fort, dass alle Menschen ihn sehen und seine Lehre hören müssen? und hat nicht dieser Himmel das Wunder des mit jedem Tage seinen weiten Lauf wie mit neuem Muth und frischer Stärke beginnenden und vollendenden, Alles mit seiner Hitze durchdringenden Helios, dessen Kraft und Wunder doch wol Jeder fühlen muss? und indem der Himmel so alle Irdischen mit lautem Bewundern erfüllt, wird da sein Preis der göttlichen Herrlichkeit nicht laut genug?“ [318] Endlich hören wir noch Sirach, welcher die Betrachtung des Himmels und der ganzen Weltordnung auch geradezu, wie Anaxagoras, für die grösste Beseligung erklärt, indem er schreibt: „Wer wird es satt, seine Herrlichkeit zu schauen, die Pracht der Himmelshöhe, die Veste der Reinheit, die Gestalt

317) Ps. 19, 2 ff.
318) Heinr. Ewald Die poet. Bücher d. Alten Bundes B. II, S. 102.

des Himmels im herrlichen Ansehen! Die Sonne in ihrer Erscheinung verkündet (sie) beim Aufgange, ein wunderbares Werkzeug, ein Werk des Höchsten. Am Mittage trocknet sie die Erde; und wer kann vor ihrer Hitze bestehen? Den Ofen bläst man an zur Glutharbeit: dreimal stärker brennt die Sonne die Berge. Sie bläst feurige Dünste an, und von Strahlen leuchtend, blendet sie die Augen. Gross ist der Herr, der sie erschaffen, und auf dessen Gebot durcheilet sie ihre Laufbahn. Und der Mond hält in Allem seine Zeit, zur Bestimmung der Fristen und zum Zeichen der Zeit. Vom Monde das Zeichen der Feste: sein Licht, das abnimmt, bis es sich ganz verlieret." „Er nimmt zu wunderbarlich, im Wechsel. Ein Werkzeug der Heerschaaren in der Höhe, leuchtet er an der Veste des Himmels. Die Schönheit des Himmels ist der Glanz der Sterne, eine leuchtende Welt, in der Höhe des Herrn. Auf das Gebot des Heiligen stehen sie in Ordnung, und werden nicht müde auf ihren Wachen." [319]

Ehe wir in unserer Untersuchung weiter fortschreiten, müssen wir den Tadel näher beleuchten, welchen Platon und Aristoteles hiebei gegen Anaxagoras richten und die Späteren wiederholen. Der erstere nämlich lässt in seinem Phaidon den Sokrates die Anforderung an Anaxagoras stellen: da er behaupte, dass der Noos der Urheber und Anordner von Allem sei, dieser aber vermöge seines Wesens nothwendig Alles auf das Beste anordne, so hätte er auch bei jedem Einzelnen die Ursache angeben sollen, aus welcher es so, wie es ist, am besten eingerichtet sei; warum z. B. die Erde platt oder rund sei, warum in der Mitte des Weltgebäudes, desgleichen warum die Sonne und der Mond und die Sterne in ihrer Schnelligkeit, ihren Umläufen und anderen Veränderungen auf die Weise, wie sie sich zu einander verhalten, am besten eingerichtet seien; dies aber sage Anaxagoras nicht, sondern im Gegentheil gebe er natürliche Ursachen an, aus denen Alles so, wie es ist, geworden sei und sich verhalte, Luft und Aether und Wasser und vieles andere Unpassende. [320] Auf dieselbe Anforderung und den-

---

319) Sir. 43, 1 (42, 25) f.: *τίς πλησθήσεται ὁρῶν δόξαν αὐτοῦ, κτλ.*

320) Plat. Phaed. p. 97 sq.: *εὑρηκέναι ᾤμην διδάσκαλον τῆς αἰτίας περὶ τῶν ὄντων κατὰ νοῦν ἐμαυτῷ τὸν Ἀναξαγόραν, καί μοι φράσειν πρῶτον μέν, πότερον ἡ γῆ πλατεῖά ἐστιν ἢ στρογγύλη· ἐπειδὴ δὲ φράσειεν, ἐπεκδιηγήσεσθαι τὴν αἰτίαν καὶ τὴν ἀνάγκην, λέγοντα τὸ ἄμεινον καὶ ὅτι αὐτὴν ἄμεινον ἦν τοιαύτην εἶναι· κτλ. ἀπὸ δὴ θαυμαστῆς, ὦ ἑταῖρε, ἐλπίδος ᾠχόμην φερόμενος, ἐπειδὴ προϊὼν καὶ ἀναγιγνώσκων ὁρῶ ἄνδρα τῷ μὲν νῷ οὐδὲν χρώμενον οὐδέ τινας αἰτίας ἐπαιτιώμενον εἰς τὸ διακοσμεῖν τὰ πράγματα, ἀέρας δὲ καὶ αἰθέρας καὶ ὕδατα αἰτιώμενον καὶ ἄλλα πολλὰ καὶ ἄτοπα.*

selben Vorwurf geht die Rede des Aristoteles hinaus: „Anaxagoras bedient sich des Noos als Werkzeuges zur Weltschöpfung, und wann er sich in Verlegenheit befindet, aus welcher Ursache Etwas mit Nothwendigkeit stattfinde, dann ziehet er ihn herbei, im Uebrigen aber schreibt er eher allem Anderen die Ursache des Geschehenden zu, als dem Noos.“ [321] Was nun erstens das Begehren betrifft, Anaxagoras hätte mit Bestimmtheit angeben sollen, inwiefern Alles und Jedes so, wie es ist, am besten eingerichtet sei, so ist wol klar, dass damit von ihm eine Auskunft verlangt wird, die sonst noch Niemand von einem Sterblichen verlangt hat oder erwartet. Nur soviel durfte ihm gerügt werden, dass er, wie aus dem ganzen Tadel hervorgeht, zu sehr dabei stehen blieb, die Weltordnung nur im Allgemeinen zu bewundern, während seine Grunderkenntniss allerdings ihn hätte nöthigen sollen, die Trefflichkeit und Zweckmässigkeit in der Beschaffenheit und Einrichtung der Dinge wenigstens soviel, als er vermochte, in's Genauere aufzusuchen und nachzuweisen; dies hätte er nicht unterlassen sollen, so Recht er auch hatte, wenn er, nach Cicero, [322] über die Beschränktheit der menschlichen Einsicht klagte. Es ist jedoch zur Milderung des Vorwurfs zu erwähnen, dass auch die Israeliten gar nicht anders thun, als Anaxagoras, sondern in ihren heiligen Schriften ebenfalls die Herrlichkeit und Weisheit der ganzen Weltordnung beständig blos im Allgemeinen bewundern und das Daseiende und Geschehende in der Natur blos so, wie es sich darstellt, bewundernd beschreiben, ohne ins Genauere einzugehen, und zu sagen, inwiefern Jedes so, wie es ist oder geschieht, am trefflichsten sei; diese Betrachtung wird selbst nicht von Sirach unternommen, der doch gerade die Zweckmässigkeit in der Einrichtung der Dinge unter Allen am meisten in's Auge gefasst hat. [323] Kann auch dieser

---

321) Aristot. Metaph. A, 4: *Ἀναξαγόρας τε γὰρ μηχανῇ χρῆται τῷ νῷ πρὸς τὴν κοσμοποιΐαν, καὶ ὅταν ἀπορήσῃ, διὰ τίν' αἰτίαν ἐξ ἀνάγκης ἐστί, τότε παρέλκει αὐτόν, ἐν δὲ τοῖς ἄλλοις πάντα μᾶλλον αἰτιᾶται τῶν γιγνομένων ἢ νοῦν.* Vgl. Jo. Philop. ad h. l. in Anm. 328. Mehr b. Schaubach l. c. p. 105 sq.

322) Cic. Acad. I, 12: rerum obscuritate, quae ad confessionem ignorationis adduxerant Socratem et veluti amantes Socratem Democritum, A n a x a g o r a m, Empedoclem, omnes paene veteres: qui nihil cognosci, nihil percipi, nihil sciri posse (dixerunt): angustos sensus, imbecillos animos, etc.

323) S. Sir. 42, 15 ff. Vgl. Ps. 104. Hiob 38, 1 ff. Uebrigens hat Sirach gewiss wohlgethan, diese Betrachtung zu unterlassen; denn 43, 6 f., wo er einmal seine Teleologie ins Bestimmtere entwickelt, ist er nahe daran, zu behaupten, dass der Mond zur Anfertigung des Jüdischen Kalenders erschaffen sei.

Mangel freilich auf dem religiösen Standpunkte nicht mit demselben Rechte gerügt werden, wie auf dem philosophischen, so ist es doch merkwürdig, dass Anaxagoras auch hierin mit den Israeliten übereinstimmt und zwar so vollkommen, wie er gar nicht sollte. Dagegen könnte es scheinen, dass er aus der Uebereinstimmung mit ihnen herausgetreten sei in dem, was Platon und Aristoteles hervorheben: er habe bei der Beschreibung der Weltbildung ins Einzelne, anstatt des Noos, natürliche Ursachen wirken lassen; daraus könnte Jemandem leicht die Meinung entstehen, dass dem Anaxagoras der Noos doch nicht das alleinige, Alles wirkende Princip gewesen sei, ungeachtet Platon und Aristoteles selber, wie wir gesehen, dies mit der grössten Bestimmtheit bezeugen und auch Anaxagoras ausdrücklich sagt: „wie es sein sollte und wie es war und so Vieles jetzt ist und wie es sein wird, Alles richtete der Noos ein." Aber diese Meinung wäre durchaus unrichtig und unhaltbar. Schon von selbst leuchtet ein, dass Anaxagoras doch unmöglich so, wie er in den eben angeführten Worten thut, reden konnte, wenn er die natürlichen Ursachen nicht als blosse Mittel des Alles wirkenden und einrichtenden Noos auffasste. Und zugleich liegt uns glücklicher Weise ein bestimmter Punkt und gerade derjenige, welcher an seiner Beschreibung der Weltbildung am schärfsten gerügt wird, noch urschriftlich vor, bei welchem wir uns mit eigenen Augen zu überzeugen vermögen, dass Anaxagoras die natürlichen Ursachen wirklich so aufgefasst hat. Nämlich Clemens der Alexandriner schreibt, den Platonischen und Aristotelischen Vorwurf genauer bezeichnend, wie folgt: „Anaxagoras setzte zuerst den Noos den Dingen vor, aber auch er hielt das wirkende Princip nicht fest, indem er gewisse unvernünftige Wirbel schilderte bei der Unthätigkeit und Verstandlosigkeit des Noos."[324] Hier meint Clemens ohne Zweifel jene Kreisbewegung, vermöge welcher nach Anaxagoras die Sonderung der gleichartigen Stoffmassen aus dem Durcheinander im Chaos vollbracht wurde; darüber schreibt aber Anaxagoras selber also: „Alles richtete der Noos ein, auch diese Kreisbewegung, in welcher jetzt die Gestirne herumgehen" u. s. w.; „diese Kreisbewegung aber bewirkte die Absonderung, und es sonderte sich das Dichte von dem Dünnen, das Warme von dem Kalten, das Helle

---

324) Clem. Alex. Strom. II, 4. p. 157 ed. Sylb. p. 435 ed. Pott: *Ἀναξαγόρας πρῶτος ἐπέστησε τὸν νοῦν τοῖς πράγμασι· ἀλλ' οὐδὲ οὗτος ἐτήρησε τὴν αἰτίαν* (st. *ἀξίαν* mit Schaubach l. c. p. 105) *τὴν ποιητικήν, δίνους τινὰς ἀνοήτους ἀναζωγραφῶν σὺν τῇ τοῦ νοῦ ἀπραξίᾳ τε καὶ ἀνοίᾳ.*

von dem Finstern, das Trockne von dem Nassen.“[325] In diesem Bruchstücke sagt ja Anaxagoras mit den klarsten Worten, dass der Noos die Kreisbewegung entstehen liess, und sich derselben nur als Mittels bediente, um die Sonderung der Stoffe zu vollbringen; daher auch die Alten, indem sie die Sonderung der Stoffe durch die Kreisbewegung eben auch nur als mittelbares Wirken oder als Anordnung des Noos auffassen, ganz richtig sagen: der Noos sonderte die Stoffe.[326] Demnach war die gerügte Anaxagorische Beschreibung der Weltbildung gar nichts Anderes, als was wir auch in der Israelitischen Schöpfungsurkunde, nur nicht in derselben bestimmten Ausführung, vor uns haben. Auch nach dieser, wenn wir sie genauer ansehen, vollbringt Gott nicht Alles selber unmittelbar, sondern die Weltbildung geschieht auf seinen Befehl, d. i. auf seine Anordnung; er spricht: „Es werde Licht,“ „Es werde eine Veste inmitten der Wasser,“ „Es sammle sich das Wasser unter dem Himmel an Einem Orte, und es erscheine das Trockne,“ „Es lasse die Erde Gras sprossen,“ „Es werden Lichter an der Veste des Himmels,“ „Es wimmle das Wasser von Gewimmel lebendiger Wesen, und Gevögel fliege über die Erde an der Veste des Himmels,“ „Es bringe die Erde hervor lebendige Wesen nach ihrer Art,“ und von allen den Dingen, die auf Gottes Geheiss oder Anordnung entstehen, von den Thieren, welche auf seinen Befehl die Erde hervorbringt, sagt die Urkunde freilich auch wieder: Gott machte sie,[327] gleichwie die Alten von dem, was auf Anordnung des Noos geschieht, sagen: der Noos machte es. Dass die Israelitische Urkunde den ganzen Prozess der Weltbildung in dem kurzen Zeitraume

325) Anaxag. Fragm. 8. (VI) in Anm. 60. Vgl. Heinr. Ritter Gesch. d. Philos. B. I, S. 317 f.

326) S. Anm. 59.

327) v. Coelln behauptet in s. Bibl. Theol. §. 31, B. I, S. 172 folgenden Unterschied zwischen der Elohistischen und Jehovistischen Darstellung der Schöpfung: „Nach der ersten erfolgen alle Schöpfungsakte unmittelbar, Gott spricht, es werde! und das Werk steht auch da; die zweite Sage dagegen erwähnt überall mittelbare Schöpfungs- oder vielmehr Bildungsakte: Gott befruchtet die Erde durch die Feuchtigkeit, und nun lässt die Erde die Gewächse hervorsprossen — also eine in der Erde selbst liegende Erzeugungskraft.“ Aber steht denn nicht auch bei dem Elohisten 1, 11. 12. „Gott sprach: Es lasse die Erde Gras sprossen,“ „und die Erde liess Gras sprossen?“ Ist es darum weniger die Erde, welche die Gewächse, sowie auch die Thiere, hervorbringt, weil sie es in der dichterischen Anschauung des Elohisten gleich nach dem Befehl Gottes in der kürzesten Frist thut? Und steht nicht auch wieder bei dem Jehovisten 2, 19: „Da bildete Gott Jehovah aus der Erde alle Thiere des Feldes und alle Vögel des Himmels?“ Blos die Bildung des Menschen ist 1, 26. und 2, 7. so dargestellt, als ob Gott selbst sie nach Art eines Thonbildners vollbracht habe; worüber Anm. 335.

von sechs Tagen vollbracht werden lässt, ist eine blosse dichterische Einkleidung, durch welche die Beschaffenheit des Prozesses selbst gar nicht verändert, sondern nur die Dauer desselben verkürzt wird. Die Israelitische Urkunde giebt nun in ihrer dichterischen Darstellung nicht das Genauere an, in welcher bestimmten Weise Jedes auf Gottes Anordnung geschah; darüber handelte aber Anaxagoras ausführlich, so dass er in jenen natürlichen Ursachen, die er wirken liess, eben die bestimmte natürliche Weise beschrieb, in welcher Gott oder der Noos den Prozess der Weltbildung sich vollziehen liess; nur dass er, nachdem er einmal den Noos für den Urheber und Anordner von Allem erklärt hatte, nicht bei jedem Einzelnen wiederholentlich auf ihn hinwies, sondern, wie Johannes Philoponos bemerkt, wann er den Grund nicht anzugeben wusste, aus welchem Etwas so oder so geschah, dann sagte er: „der Noos wollte dies so.“ [328] Damit meinte er offenbar nicht: das Uebrige wirkten natürliche Ursachen, dies aber wirkte der Noos, sondern nur: auch dies richtete der Noos ein, doch weiss ich nicht, aus welcher natürlichen Ursache gerade in dieser bestimmten Weise. Was von der Weltbildung gesagt worden, gilt auch von allen Vorgängen in der Natur überhaupt; wenn die heiligen Schriften der Israeliten blos im Allgemeinen sagen, Gott lasse es regnen, lasse Schnee und Hagel herabfallen, u. s. w., so gab Anaxagoras auch die bestimmte natürliche Weise an, wie dies alles entstehe, ohne damit im Entferntesten darthun zu wollen, dass nicht der Noos dies alles wirke, der ja nach seiner ausdrücklichen Lehre die ganze Weltordnung eingerichtet hat und durchaus verwaltet, wie zur Genüge gezeigt worden ist. Es ist den Alten schwer geworden, die beiden Anaxagorischen Gedanken, dass der unendliche Geist oder Noos Alles wirke, und dass nichts desto weniger Alles nach natürlichen Gesetzen und Ursachen stattfinde, mit einander zu vereinigen, obwohl auch schon Platon einiger Maassen beide vereinigt und das, was er bei Anaxagoras tadelt, in seinem Timaios sich selber zu Schulden kommen lässt, wie bereits Simplicius ihm entgegenhält; [329]

---

328) Jo. Philop. in Aristot. Metaph. A, 4. fol. 2, b: Anaxagoras, quando dubitat quippiam novum, pertrahit mentem, ut defendatur probabile, aiens, forte, quod haec Mens voluit facere. Vgl. Aristot. l. c. in Anm. 321.

329) Simplic. in Aristot. Phys. fol. 38, a: *ὅπερ δὲ ὁ ἐν Φαίδωνι Σωκράτης ἐγκαλεῖ τῷ Ἀναξαγόρᾳ, τὸ ἐν ταῖς τῶν κατὰ μέρος αἰτιολογίαις μὴ τῷ νῷ κεχρῆσθαι, ἀλλὰ ταῖς ὑλικαῖς ἀποδόσεσιν, οἰκεῖον ἦν φυσιολογίᾳ. τοιγαροῦν καὶ αὐτὸς ὁ Πλάτων ἐν Τιμαίῳ τὴν ποιητικὴν πάντων αἰτίαν ὁλικῶς παραδούς, ἐν ταῖς κατὰ μέρος διαφοραῖς ὄγκων καὶ σχημά-*

die Alten übersahen, dass Anaxagoras auch die natürlichen Gesetze und Ursachen nur als Anordnung und Mittel des Noos denken konnte. Dagegen der Christlichen Weltansicht, welche die Anaxagorische ebenso wie die Israelitische zu ihrer allgemeinen Grundlage hat, macht die Vereinigung der beiden Gedanken gar keine Schwierigkeit; daher ist denn auch Anaxagoras von den Christlichen Gelehrten gegen den angeführten Tadel auf das Kräftigste in Schutz genommen worden. So schreibt bereits Bayle gegen den Platonischen Sokrates: „Ich trage kein Bedenken zu sagen, dass er den Anaxagoras zur Ungebühr tadelte. Jeder Philosoph, welcher einmal davon ausgegangen ist, dass ein Verstand die Materie in Bewegung gesetzt und die Theile des Weltalls geordnet hat, hat keine Verpflichtung mehr, auf diese Ursache zurückzugehen, wann es sich darum handelt, den Grund eines jeden Vorganges in der Natur anzugeben. Er muss aus der Wirkung und Gegenwirkung der Körper, aus den Eigenschaften der Elemente, aus der Gestalt der Theile der Materie, u. s. w. das Leben der Pflanzen, die Meteore, das Licht, die Schwere, die Undurchsichtigkeit, die Flüssigkeit, u. s. w. erklären. So verfahren die Christlichen Philosophen, zu welcher Schule sie auch gehören mögen.“ „Wenn also die oben angeführte Bemerkung des Clemens von Alexandria sich blos auf die Rede des Sokrates gründete, so wäre sie sehr ungehörig. Um sie gerechtfertigt zu finden, müssten wir wissen, nicht dass Anaxagoras viele Dinge erklärte, ohne des göttlichen Verstandes Erwähnung zu thun, sondern dass er ihn ausdrücklich und mit Bestimmtheit ausschloss, als er einen Theil der Naturerscheinungen erklärte.“ [330] Hemsen sagt: Sokrates „klagt ihn mit Unrecht an, dass er auf die Luft, den Aether und andere mittelbare Ursachen Vieles zu-

---

των αἰτιᾶται τήν τε θερμότητα καὶ ψυχρότητα· καὶ ἐπὶ τῶν ἄλλων ὡσαύτως.

330) Bayle Dict. histor. et crit. s. v. Anaxagoras, note 9: J'oserai bien dire qu'il censuroit mal à propos Anaxagoras. Tout philosophe qui a supposé une fois qu'un Entendement a mu la matière, et arrangé les parties de l'Univers, n'est plus obligé de recourir à cette cause, quand il s'agit de donner raison de chaque effet de la nature. Il doit expliquer par l'action et la réaction des corps, par les qualités des élémens, par la figure des parties de la matière, etc. la végétation des plantes, les météores, la lumière, la pesanteur, l'opacité, la fluidité, etc. C'est ainsi qu'en usent les philosophes Chrétiens, de quelque secte qu'ils soient, etc. De façon que si la remarque de Clément Alexandrin, rapportée ci-dessus, n'étoit fondée que sur le discours de Socrate, elle seroit très-injuste. Il faudroit, pour la trouver légitime, que nous sussions, non pas qu'Anaxagoras expliquoit beaucoup de choses sans faire mention de l'Entendement divin, mais qu'il l'excluoit nommément et formellement, lorsqu'il expliquoit une partie des phénomènes de la nature. Vgl. Zévort Anaxagore p. 91 suiv.

rückführe, was ihm auf Befehl der höchsten Gottheit zu geschehen schien. Ebenso beschuldigt Aristoteles unseren Philosophen, dass er den Noos wie einen Deus ex machina gebrauche. Aber dieses Zeugniss ist dem Anaxagoras mehr zum Lobe, als zum Fehler anzurechnen. Denn der Physiker muss erst dann zu einer übernatürlichen Ursache seine Zuflucht nehmen, wenn er natürliche Ursachen nicht findet. Weil er aber jene verschweigt, so lange diese zu Gebote stehen, daraus folgt nicht, dass er die letzte und höchste Ursache entweder überhaupt leugne, oder ausser Acht lasse." [331] Und Heinr. Ritter schreibt: „Mit Unrecht scheint man ihm den Vorwurf zu machen, er habe die Idee nicht festgehalten, dass der Geist die alleinige Ursache der Bewegung in der Welt sei, gewisse unvernünftige Wirbel abmalend, bei der Unthätigkeit und Vernunftlosigkeit des Geistes. Denn wenn er auch die Umkreisung der bewegten Dinge als eine Ursache der Bewegung setzte, so ist doch auch diese als eine Wirkung, wenn auch nur als eine mittelbare, des Geistes anzusehen; und dass bei dieser mittelbaren Wirkung der Zwischenursachen die ursprüngliche Wirkung des Geistes von Anaxagoras nicht vergessen wurde, zeigen seine eigenen Worte, indem er den Geist den Wächter nannte und von ihm sagte, er bewege und ordne nicht nur das Vergangene, sondern auch das Gegenwärtige und Zukünftige, Alles." [332] Auch Breier unterlässt

331) Hemsen l. c. p. 89 sq.: Injuria accusat eum (Socrates), quod ex aëre, aethere aliisque causis mediis multa petierit, quae ipsi jussu summi numinis fieri viderentur. eodem fere modo Aristoteles nostrum coarguit, quod Mente ut deo ex machina utatur. sed hoc testimonium laudi potius quam vitio Anaxagorae est vertendum. physico enim, ut ex dictis patet, tum demum ad rationem metaphysicam est confugiendum, si physicis destituatur. quod vero illas reticet, quamdiu hae supersunt, inde non sequitur, eum vel omnino negare vel negligere ultimam causam atque supremam.

332) Heinr. Ritter Gesch. d. Philos. B. I, S. 317 f. Derselbe sagt in s. Gesch. d. Ion. Philos. S. 246 f.: „Freilich ist es sehr leicht, im Allgemeinen zu bestimmen, dass im Weltgebäude Ordnung, aus einer vernünftigen Ursache hervorgegangen, walte; aber wie sie gewaltet habe und walten werde, dies auf speculative Weise zu verfolgen, hat noch Niemandem glücken wollen. So lässt es sich erklären, warum Anaxagoras Ordnung und Schönheit im Weltganzen nicht als Ursachen der einzelnen Erscheinungen angab, sondern physische Ursachen aufsuchte, und sobald er den Zusammenhang der Erscheinungen nach dem Maasse seiner Erkenntniss gezeigt hatte, es verschmähte, müssiger Weise noch die Ordnung in diesem Zusammenhange anzustaunen und bewundernd zu preisen. Daraus aber, dass er dies nicht that, würde man mit Clemens unrichtig schliessen, dass er den Geist in Unthätigkeit und Verstandlosigkeit ruhend sich vorgestellt habe." Und ebend. S. 294: „Anaxagoras ist hierin mit den Physikotheologen der neuern Zeit zu vergleichen, welche auch nur in den beobachteten Gesetzen des Alls die Weisheit und Güte des Schöpfers bewundern konnten."

nicht zu bemerken, dass wir „den Eifer des Sokrates im Phädon einiger Maassen übertrieben finden müssen," und spricht sein Urtheil dahin aus: „Sehen wir indess mehr auf das, was Anaxagoras wollte, als was er durchführen konnte, so bleibt der Geist, den er ja Sonne, Mond und Sterne ordnen und lenken lässt, am Ende doch überall wirksam."[333] Zugleich ist beachtenswerth, was Carus über die mittelbare Wirksamkeit des Noos bei der Weltschöpfung bemerkt: „Es scheint, dass Anaxagoras ihn desshalb, damit seiner Würde kein Abbruch geschähe, nicht unmittelbar, sondern von ferne seine Macht über die Materie ausüben, und lieber Alles gleichsam mit Einem Ruck in Bewegung setzen und für die erste Ursache des Weltalls gelten, als die einzelnen Dinge selber bilden liess."[334] Denn eben das sehen die Theologen als den Grund an, warum auch in der Israelitischen Schöpfungsurkunde Gott nicht unmittelbar oder selber die einzelnen Dinge hervorbringt, sondern die ganze Weltbildung, den Menschen ausgenommen, auf seinen Befehl geschieht.[335]

Wir kehren jetzt in den Gang unserer Untersuchung zurück. Es hatte sich zuletzt ergeben, dass Anaxagoras, da er lehrte, dass der unendliche Geist oder Noos die ganze Weltordnung eingerichtet habe und Alles in ihr, gleichviel ob unmittelbar oder mittelbar, wirke, auch nothwendig Alles, was da ist und geschieht, als trefflich auffassen musste und wirklich so auffasste. Nun entsteht die Frage: wie dachte er von allem Dem, was der gewöhnlichen Anschauung sich als Schlechtes in der Natur darstellt? Da er neben dem Noos keine andere wirkende Macht, also auch kein Princip des Schlechten hatte, wie Empedokles neben der Liebe oder Aphrodite den Streit oder Neikos, sondern den Noos für den alleinigen

---

333) Breier a. a. O. S. 71.

334) Carus l. c. p. 26: Videtur eum Anaxagoras, ne quid ejus dignitati detraheretur, non cominus, sed eminus vim suam in materiam exserere voluisse, eumque omnia uno tamquam ictu commovere primamque universi causam haberi, quam singulas res ipsum fingere maluisse. Vgl. Breier a. a. O.

335) Desshalb erblicken die Ausleger in 1 Mos. 1, 26. u. 2, 7., wonach den Menschen Gott selber, nach Weise eines Thonbildners, hervorbrachte, eben eine Auszeichnung desselben. Luther bemerkt darüber in s. Enarrat. in Genesin, Exeget. Op. t. I, p. 104 ed. Erlang.: Nempe quod Deus eum finxerit ex gleba, sicut figulus manu ex luto fingit ollam, ideo supra non dixit, sicut de aliis creaturis: Producat terra hominem, sed: „Faciamus hominem," ut ostendat excellentiam generis humani; und p. 105: Hominem hoc arguit esse praestantissimam creaturam, si quidem Deus in eo condendo consilium adhibet et novo modo utitur: non relinquit eum fingendum terrae, sicut bestias et arbores, sed ipse eum format ad imaginem sui.

Urheber und Anordner von Allem erklärte, so musste er ihn nothwendig auch als den Urheber alles dessen betrachten, was der gewöhnlichen Anschauung nach schlecht ist. Das will wol auch Alexander von Aphrodisias sagen, indem er bemerkt: „Dem Anaxagoras war der Noos die alleinige wirkende Ursache sowohl des Guten als des Schlechten,“ d. h. er hatte für beides nur das Eine wirkende Princip.[336] Blieb Anaxagoras nun dabei stehen, „dass nichts Unvernünftiges und Unordentliches in der Natur stattfinde,“[337] und also blos überhaupt zu leugnen, dass irgend Etwas in der Natur schlecht sei? oder versuchte er das scheinbar Schlechte auch irgendwie als ein Vernünftiges und Gutes zu deuten? Fühlte er sich damit befriedigt, wenn er es auf natürliche Ursachen zurückführen konnte? oder erklärte er es vielleicht auch in ähnlicher Weise, wie den Zufall, indem er ihm einen nur der menschlichen Einsicht verborgenen Zweck unterlegte? Darüber erhalten wir keine Auskunft von den Alten, sondern müssen uns mit der Thatsache begnügen, dass aus der Weltansicht des Anaxagoras das Schlechte in der Natur sich als ein Problem herausstellt, welches irgend eine Lösung fordert. Diese Thatsache ist jedoch ausreichend, um auch an ihr wieder die vollkommene principielle Uebereinstimmung der Anaxagorischen Weltansicht mit der Israelitischen einzusehen, indem die letztere ganz dasselbe Problem darbietet und zugleich löset, mag auch die Lösung immerhin eine andere sein auf dem religiösen Standpunkte, als die, welche Anaxagoras auf dem philosophischen Standpunkte finden konnte.

Nämlich auch die Israeliten haben, gleich dem Anaxagoras, neben dem unendlichen reinen Geiste oder Jehovah keine andere wirkende Macht oder keinen anderen Gott, also auch keinen, von dem sie, wie die Aegypter von Typhon, das Schlechte in der Natur herleiten könnten, sondern indem sie Jehovah als den alleini-

---

336) Alexand. Aphrod. in Aristot. Metaph. p. 46 ed. Bonitz, Schol. in Aristot. p. 553, b: *Ἀναξαγόρᾳ δὲ ὁ νοῦς τοῦ εὖ τε καὶ κακῶς μόνον ἦν ποιητικὸν αἴτιον.* Die Lesung scheint indessen nicht ganz sicher zu sein, da *εὖ τε καὶ κακῶς* sehr leicht statt *εὖ καὶ καλῶς* verschrieben sein kann; doch lässt sich *κακῶς* in dem angegebenen Sinne ganz wohl aufrecht erhalten. Wenn Plutarch de Is. et Osir. 48. sagt, Anaxagoras betrachte den Geist und die Materie, *νοῦν καὶ ἄπειρον*, als Principien des Guten und des Schlechten, so ist das nur seine eigene unrichtige Deutung. Vgl. Breier a. a. O. S. 66. Nur insofern ist daran etwas Wahres, als dem Anaxagoras die *τάξις καὶ τὸ καλὸν* und die *ἀταξία καὶ τὸ αἰσχρόν* in Einen Begriff zusammenfloss, Aristot. Metaph. A, 4. p. 984, b, 33 sq., das *ἄπειρον* aber oder das uranfängliche Chaos eine *ἀταξία* war, welche erst vom Noos in die gegenwärtige *τάξις* umgewandelt wurde.

337) Anm. 294.

gen Urheber und Anordner von Allem erkennen, so müssen sie ihn nothwendig auch für den Urheber des Schlechten ansehen. Und dafür sehen sie ihn in der That mit der grössten Unbedenklichkeit an; denn so redet Jehovah bei Jesaja, auf jenes Gebot der Bücher Mose: Ich bin der Herr, dein Gott, du sollst keine anderen Götter haben neben mir, hinweisend: „Ich bin Jehovah und keiner mehr; der Licht bildet und Finsterniss schaffet, Heil bewirket und Uebel schaffet; ich Jehovah thue dieses alles.“[338] Hier hebt Jehovah, wie schon K. v. Coelln bemerkt, mit Nachdruck hervor, auch das Schlechte, auch „das Uebel sei von Gott gebildet worden, damit nicht etwa der Ursprung desselben auf ein anderes göttliches Wesen leite.“[339] Und ganz übereinstimmend lehrt Sirach: „Gutes und Schlechtes, Leben und Tod, Armuth und Reichthum ist von dem Herrn.“[340] Wie vermochten aber die Israeliten Jehovah, der als der Weise nur Treffliches wirken kann, für den Urheber auch des Schlechten anzusehen, wenn sie dem Schlechten nicht gleichzeitig einen Zweck unterlegten, durch den es sich als sein Werk rechtfertigte? Freilich hätten sie besser gethan, dabei stehen zu bleiben, wobei vermuthlich Anaxagoras stehen geblieben ist, dass auch das scheinbar Schlechte in der Natur, weil Alles von Gott mit Weisheit gebildet worden, nothwendig einen Zweck haben müsse, den der Mensch, wegen der Beschränktheit seiner Einsicht, nur nicht zu erkennen vermöge; aber damit haben die Israeliten sich nicht beruhigt, sondern sind dazu fortgeschritten, das Schlechte mit Bestimmtheit zu deuten und zu behaupten, dass es von Jehovah zur Bestrafung der Vergehungen der Menschen erschaffen sei.[341] Aus dieser Quelle, aus der Nöthigung, das durch den Gottesbegriff gesetzte Problem des Schlechten in der Welt zu lösen, ist die bekannte Vergeltungstheorie entsprungen, welche die ganze sittliche Anschauung des Volkes beherrscht und ihr ein durchaus eigenthümliches Gepräge aufdrückt. So wird schon gleich in der Mosaischen Urgeschichte des Menschen, wie bereits K. v. Coelln gezeigt hat, das grösste aller natürlichen Uebel, die Sterblichkeit oder der Tod, als eine Strafe Gottes dargestellt, weil der Mensch, von der listigen Schlange verführt, das Gebot, nicht vom Baume der Erkenntniss des Guten und Bösen zu essen, übertreten habe.[342]

338) Jes. 45, 6. 7. Vgl. Klagl. 3, 38.
339) v. Coelln Bibl. Theol. §. 20, B. I, S. 114.
340) Sir. 11, 14.
341) S. de Wette Bibl. Dogm. § 105 u. 162, und v. Coelln Bibl. Theol. §. 35 u. 86, B. I, S. 183 u. 387.
342) S. 1 Mos. 2, 17. u. 3, 22. und dazu v. Coelln a. a. O. §. 45, B. I,

Und auch in einer anderen Stelle des ersten Buches Mose sagt Jehovah ausdrücklich: „Nicht soll mein Geist im Menschen walten ewiglich, wegen ihrer Vergehung; er ist Fleisch, und es seien seine Tage hundert und zwanzig Jahr."[343] Und demgemäss lehrt auch Sirach: „Vom Weibe der Sünde Ursprung, und um ihretwillen sterben wir alle."[344] Und ebenso das Buch der Weisheit: „Gott hat den Menschen geschaffen zur Unvergänglichkeit, und ihn gemacht zum Bilde seines eigenen Wesens; aber durch den Neid des Teufels ist der Tod in die Welt gekommen."[345] Dass hier jene listige Schlange der Mosaischen Urgeschichte des Menschen als der Teufel gedeutet wird, geschieht im Anschluss an die Zoroastrische Anschauung, aus welcher die Israeliten seit ihrer näheren Bekanntschaft mit derselben die Vorstellung Ahriman's, jedoch nur beiläufig, aufgenommen haben, um sich seines Beistandes bei der Lösung des Problems zu bedienen.[346] Wie der Tod, so wird auch der Aussatz und überhaupt jede Krankheit als Gottes Strafe für Vergehungen gegen seine Gebote betrachtet.[347] Auf dieselbe Weise werden in den heiligen Schriften alle ausserordentlichen verderblichen Vorgänge in der Natur erklärt, z. B. jene ungeheure Wasserfluth, welche dadurch zu einer Sündfluth wird; denn „wie der Hebräer," nach Tuch, „überall in dem Unheil des Menschen nur

---

S. 225 f., welcher sagt: „Die Strafe, welche ihm (dem Menschen), wenn er dies Gebot übertreten würde, gedroht wird, ist der Tod, d. i., wenn man die Folge des Mythus vergleicht, nicht ein augenblicklicher Tod, sondern die Sterblichkeit überhaupt."

343) 1 Mos. 6, 3. Vgl. Spr. 10, 27. 1 Kön. 3, 14. u. s.

344) Sir. 25, 32 (24.).

345) Weish. 2, 23. 24. Vgl. 1, 13.

346) S. v. Coelln Bibl. Theol. §. 99, B. I, S. 420 f. Vgl. §. 45, S. 226. Der Satan erscheint erst in den nachexilischen heiligen Schriften, und zwar: 1 Chron. 21, 1., wo er den David zur sündhaften Volkszählung verführt, welche 2 Sam. 24, 1. noch von Jehovah hergeleitet wird; im Prolog des Buches Hiob, 1, 6 f. u. 2, 1 f., wo er Jehovah die Frömmigkeit Hiobs verdächtigt und ihn dadurch bewegt zu gestatten, dass er die harten Prüfungen über Hiob verhänge; Zach. 3, 1. 2., wo er als falscher Ankläger wider den Hohenpriester Josua auftritt; auch 2 Chron. 18, 20 f. wird ein Lügengeist erwähnt, welcher den Propheten lügenhafte Weissagungen eingiebt. Wie im ganzen Hebraismus nirgends eine Geburtsstätte des Satans aufzufinden ist, so zeigt er sich auch in allen Stellen nur als eine äusserlich aufgenommene Vorstellung zur Erklärung des Uebels. „Zur bequemen Erklärung mancher von diesen Erscheinungen," sagt auch Strauss in s. Christl. Glaubenslehre §. 53, S. 2 f., „musste nun aber den Juden doch nachgerade eine Idee als höchst dienlich einleuchten, die sie in ihrem Verkehr mit den Persern zu Ende und nach Verfluss des Exils kennen lernten, die Idee des Ahriman in der Zendreligion. Es war doch immer anständiger, zu sagen, die von Gott so sehr missbilligte und so hart bestrafte Volkszählung sei dem David von einem bösen Geist (1 Chron. 21, 1.), als sie sei ihm von Jehovah selbst eingegeben gewesen;" u. s. w.

347) S. 4 Mos. 12, 10. 2 Kön. 5, 27. 2 Chron. 26, 19. Ps. 103, 3. u. s.

Folgen eines sündhaften Wandels erblickt, so setzt er bei dem allgemeinen Strafgerichte durch die Fluth allgemeine Lasterhaftigkeit des Menschengeschlechtes voraus."[348] Das Gleiche gilt von der bekannten Erzählung des durch einen vulkanischen Ausbruch erfolgten Unterganges Sodom's und Gomorra's; auch in dieser, wie Tuch bemerkt, „ist die leitende Grundidee die Vergeltungslehre, die aus solch einem ausserordentlichen Ereignisse auf unerhörte Lasterhaftigkeit zurückschliesst."[349] Ebenso erklären die heiligen Schriften alle anderen verderblichen Ereignisse, jede Verheerung des Landes durch Heuschrecken,[350] durch Pest,[351] jede übermässige Dürre,[352] den furchtbaren Meeressturm,[353] u. s. f. Demnach entwickelt auch hier wieder Sirach gar nicht eine nur ihm eigenthümliche Lehre, sondern spricht die Ansicht, welche schon durch all die ältesten heiligen Schriften herrscht, nur mit der grössten Bestimmtheit und Klarheit aus, indem er schreibt von Gott: „Seine Wege sind für die Frommen eben, dagegen den Sündern voll Anstoss. Gutes ist für die Guten geschaffen von Anfang, dagegen für die Sünder Böses. Die Hauptbedürfnisse für das Leben des Menschen sind: Wasser, Feuer und Eisen und Salz und Weizenmehl und Honig und Milch, Traubenblut und Oel und Kleidung. Alle diese Dinge sind für die Frommen zum Nutzen, dagegen verwandeln sie sich für die Sünder zum Schaden. Es giebt Winde, welche zur Rache geschaffen sind, und durch ihre Wuth die Strafen verstärken. Zur Zeit des Verderbens schütten sie ihre Kraft aus, und stillen den Zorn ihres Schöpfers. Feuer und Hagel und Hunger und Pest sind alle zur Rache geschaffen. Die Zähne der Raubthiere und Skorpionen und Schlangen und das Schwert, das Rache nimmt an den Gottlosen zum Verderben, freuen sich seines Befehles, und sind auf Erden bereit, wenn er ihrer bedarf, und zu ihrer Zeit übertreten sie nicht sein Gebot. Darum bin ich von Anfang fest geblieben, und hab' es bedacht und in Schrift hinterlassen. Die Werke des Herrn sind alle gut, und schaffen zu seiner Zeit allen Nutzen. Und man darf nicht sagen: dies ist schlechter, als jenes;

348) S. 1 Mos. 6, 1 ff. und dort Tuch, der auch schon die Fluthsagen der anderen Völker vergleicht.
349) S. 1 Mos. 19, 1 ff. und dort Tuch, mit den Berichten des Tacitus, Strabon u. A. über das Ereigniss. Dazu 5 Mos. 29, 22 f. Jer. 20, 15. 23, 14. u. s. Klagl. 4, 6. Zeph. 2, 9. Vgl. 4 Mos. 16.
350) S. Joel 1, 1 ff.
351) S. 2 Sam. 24, 15. Dazu eb. 21, 1.
352) S. Jer. 8, 3. 14, 1 f.
353) S. Jon. 1, 4 f.

denn Alles bewähret sich wohl zu seiner Zeit." „Denn Tod und Blutvergiessen und Hader und Schwert, Unglücksfälle, Hunger und Verderben und Plage, für die Gottlosen ist dies alles geschaffen, und um ihretwillen kam die Wasserfluth."[354]

Wie aus der Grundlehre des Anaxagoras, dass der Noos, der unendliche reine Geist und Verstand, welcher seinem Begriffe gemäss nur Verständiges und Treffliches hervorbringen und anordnen kann, der Urheber und Anordner von Allem sei, das sichtbare Schlechte und Verderbliche in der Natur sich als ein Problem herausstellt, ebenso das Schlechte und Verkehrte in den menschlichen Geschicken, welches die tägliche Erfahrung darbietet. Oder sollte Anaxagoras etwa geglaubt haben, dass das menschliche Leben nicht unter der Waltung des Noos stehe? Aber unmöglich konnte er doch denken, dass der Noos das Vergangene und das Gegenwärtige und das Zukünftige, kurz, Alles, einrichte, dass er Alles und Jedes wisse, und Wächter über Alles sei,[355] und nur die menschlichen Geschicke nicht anordne, nur von diesen nicht wisse, und nur über diese nicht wache. Unmöglich konnte er doch auch den Zeus und all die übrigen Götter, welche von den Hellenen gar nicht als blosse Naturmächte, sondern im Gegentheil vorzugsweise als Gebieter über Heil und Unheil des menschlichen Lebens verehrt wurden, hinwegleugnen,[356] ohne an ihre Stelle eben den Noos als Anordner auch der menschlichen Geschicke einzusetzen und diesem die Waltung zu übergeben, die er jenen absprach. Hätte er die menschlichen Geschicke nicht unter die Waltung des Noos gestellt, so hätte er nothwendig annehmen müssen, dass sie von dem Verhängniss oder dem Zufall bestimmt werden; aber auch das Verhängniss und den Zufall leugnete er ja ausdrücklich, und erklärte beide für leere Begriffe, wie oben gezeigt worden ist.[357] Also war er unumgänglich genöthigt, den Noos als den Anordner der menschlichen Geschicke anzusehen. Nachdem wir uns klar gemacht haben, dass Anaxagoras zufolge seiner Grunderkenntniss schlechterdings diese Ansicht haben musste, so ist jetzt noch zu erweisen, dass er auch nach der Ueberlieferung sie wirklich gehabt hat. Erstens berichten die Alten einstimmig, wie aus-

---

354) Sir. 39, 29 (24.) ff. u. 40. 9. 10. Für πνεύματα 39, 38 (28.), welches de Wette in „Geister" übersetzt, mit Linde und Bretschneider „Winde." Dazu Weish. 16, 24.

355) S. oben S. 69 f.

356) S. oben S. 93 f.

357) S. oben S. 77 f.

führlich dargethan worden ist, Anaxagoras habe den Noos als die Eine und alleinige Alles wirkende und anordnende Gottheit betrachtet, ohne dass sie irgendwo auch nur im Entferntesten andeuten, er habe wunderlichen Denkens das menschliche Leben von dem Walten desselben ausgenommen. Freilich geht aus den Vorlagen hervor, dass er den Noos mehr nach seinem Wirken und Walten im Weltganzen und insbesondere in der Natur betrachtet, dagegen die menschlichen Dinge noch wenig zum Gegenstande seines Denkens gemacht hat; aber selbst wenn er das menschliche Leben gänzlich von seiner Betrachtung ausgeschlossen hätte, so würde daraus nicht im Geringsten folgen, dass er es auch aus dem Gebiete der Waltung des Noos ausgeschlossen habe. Zweitens aber wird die Sache durch das ausdrückliche und klare Zeugniss Plutarch's entschieden, welches jede weitere Untersuchung überflüssig macht; denn dieser legt dem Anaxagoras die Ansicht von der Fürsorge des Noos auch für die menschlichen Angelegenheiten mit so grosser Bestimmtheit bei, dass er ihm dieselbe sogar zum Vorwurf anrechnet. Denn also schreibt Plutarch gegen Anaxagoras und zugleich gegen Platon, der sich in seinem Timaios hierin an den Klazomenier anschloss: „Beide irren also, dass sie die Gottheit für die menschlichen Angelegenheiten sorgen und um dieser willen die Weltordnung einrichten liessen. Denn," so meint Plutarch, „das selige und unsterbliche und vollkommene und jedem Leiden unzugängliche Wesen, welches ganz im Genusse seiner eigenen Glückseligkeit und Unsterblichkeit aufgeht, ist unbekümmert um die menschlichen Dinge."[358] Und dazu werden wir sogleich hören, dass Plutarch der Anaxagorischen Ansicht vom Walten des Noos über die menschlichen Geschicke auch eben den Widerspruch der Erfahrung entgegen hält, von dem hier die Rede ist. Es springt in die Augen, dass Plutarch, hätte Anaxagoras diese Ansicht nicht wirklich dargelegt, auch unmöglich eine solche Kritik gegen ihn richten konnte, ohne eine Lächerlichkeit zu begehen, deren er sich doch nirgends schuldig macht. Demnach ist gar nicht zu bezweifeln, dass Anaxagoras diese Ansicht, die wir ihm auch ohne ausdrückliche Bezeugung zuschreiben müssten, wirklich gehabt, dass

---

358) Plutarch. de plac. philos. I, 7, 7. ap. Euseb. Praep. Ev. XIV, 16. p. 753: *οἷς ἐπιλέγει (Πλούταρχος)· κοινῶς οὖν ἁμαρτάνουσιν ἀμφότεροι, ὅτι τὸν θεὸν ἐποίησαν ἐπιστρεφόμενον τῶν ἀνθρωπίνων καὶ τούτων χάριν τὸν κόσμον κατασκευάζοντα. τὸ γὰρ μακάριον καὶ ἄφθαρτον ζῶον συμπεπληρωμένον τε πᾶσι τοῖς ἀγαθοῖς καὶ κακοῦ παντὸς ἄδεκτον, ὅλον ὂν περὶ τὴν συνοχὴν τῆς ἰδίας εὐδαιμονίας τε καὶ ἀφθαρσίας, ἀνεπιστρεφές ἐστι τῶν ἀνθρωπίνων πραγμάτων.*

er wirklich auch die menschlichen Angelegenheiten und Geschicke unter die Waltung des Noos gestellt hat. Wenn aber Anaxagoras also thut, dann musste ihm bei der näheren Betrachtung auch nothwendig das Problem entgegentreten: wie gehet es zu, dass dennoch nach der Erfahrung so häufig der Schlechte sich des besten Wohlergehens erfreuet, hingegen der Tugendhafte von dem schwersten Ungemach heimgesucht wird, da es doch ganz undenkbar ist, dass der Noos, „der Urheber der trefflichen und rechten Einrichtung der Dinge," wenn er über die menschlichen Geschicke waltet, nicht auch diese durchaus trefflich und recht einrichten sollte? Es wird uns nicht gemeldet, wie Anaxagoras dieses Problem gelöst, auch nicht einmal, ob er es überhaupt in Erwägung gezogen habe. Da seine Betrachtung, wie schon bemerkt, mehr auf das Weltganze und insbesondere auf die Natur hingewandt war, und die menschlichen Dinge weniger beachtete, so ist es sehr glaublich, dass dieses Problem gar nicht vor seine Seele getreten ist. Nichts desto weniger leuchtet ein, dass seine Lehre vom Noos als der allwaltenden Gottheit, falls er unternommen hätte, sie auch auf dem Gebiete des menschlichen Lebens bestimmter zu entwickeln und zur vollen Geltung zu bringen, ihm unausbleiblich den angeführten Widerspruch der Erfahrung hervorrufen musste, den sie aus sich selbst einem jeden, der bestimmter in sie eingehet, hervorruft. Um hiegegen kein Bedenken übrig zu lassen, so hebt auch in der That schon Plutarch, wie bereits erwähnt worden, diesen Widerspruch der Erfahrung gegen die Lehre des Anaxagoras ausdrücklich hervor, indem er gegen ihn und zugleich wieder gegen Platon wörtlich schreibt, wie folgt: „Aber, wenn die Gottheit," er redet vom Noos, „ist, und durch deren Fürsorge die menschlichen Angelegenheiten verwaltet werden, wie gehet es zu, dass der Schlechte im Glücke lebt, dagegen der Gute leidet? Denn Agamemnon,

Beides, ein trefflicher König sowohl, als tüchtiger Streiter,

wurde von einem Ehebrecher und einer Ehebrecherin meuchlings ermordet, und dessen Verwandter Herakles, welcher das menschliche Leben von vielem Verderblichen befreite, wurde von Dejaneira hinterlistig durch Gift umgebracht."[359] Diese Thatsache nun, die

359) Plutarch. de plac. philos. I, 7, 10. ap. Euseb. l. c. XIV, 16. p. 754: πῶς δέ, εἴπερ ὁ θεός ἐστι καὶ τῇ τούτου φροντίδι τὰ κατ' ἄνθρωπον οἰκονομεῖται, τὸ μὲν κίβδηλον εὐτυχεῖ, τὸ δὲ ἀστεῖον ἐναντίον πάσχει; Ἀγαμέμνων τε γάρ,

Ἀμφότερον, βασιλεύς τ' ἀγαθός, κρατερός τ' αἰχμητής,

ὑπὸ μοιχοῦ καὶ μοιχαλίδος ἡττηθεὶς ἐδολοφονήθη· καὶ ὁ τούτου δὲ συγγενὴς Ἡρακλῆς, πολλὰ τῶν ἐπιλυμαινομένων τὸν ἀνθρώπινον βίον καθά-

schon für sich selbst völlig klar ist und hier noch von Plutarch mit der grössten Bestimmtheit bezeugt wird, dass aus der Lehre des Anaxagoras nicht blos das sichtbare Schlechte in der Natur, sondern auch das Verkehrte in den menschlichen Geschicken, das häufige Glück des Bösen und das häufige Ungemach des Guten, sich als ein Problem herausstellt, gleichviel ob Anaxagoras selber sich dieses Problem klar gemacht und eine Lösung desselben versucht hat, oder nicht, genügt wieder vollkommen zum Beweise der völligen Einheit der Anaxagorischen Grundansicht mit der Israelitischen, weil auch diese wieder ganz dasselbe Problem darbietet zugleich mit einer Lösung im Buche Hiob, welche ohne Zweifel auch von Anaxagoras als die einzige erkannt werden musste, wenn er das Problem erfasste und zu lösen versuchte.

Indem die Israeliten aus der gleichen Nöthigung ihrer Grundansicht, wie der Anaxagorischen, die beiden Gedanken vereinigten, dass, wie die Natur, auch das menschliche Leben unter der alleinigen Waltung des Einen Gottes, des unendlichen reinen Geistes oder Jehovah's, stehe, und dass sein Walten durchaus trefflich und recht sei, so wurden sie dadurch vermocht, die bereits erwähnte, dem religiösen Standpunkte nahe liegende Vergeltungslehre zu ergreifen, in welcher sie alles den Menschen treffende Uebel als Strafe Gottes erklärten, und daher bei allem Ungemach, sowohl des ganzen Volkes, wie jedes Einzelnen, Verschuldung voraussetzten; worüber v. Coelln das Genauere in den heiligen Schriften des Volkes nachweist.[360] Aus dieser Auffassung reden im Buche Hiob die Bestreiter des frommen Dulders, und sagt Eliphas: „Gedenke doch, wer kam unschuldig um, und wo wurden Redliche vernichtet? Sowie ich gesehen, die Böses pflügen und die Unheil säen, die ernten es.“[361] Indem die Israeliten in solcher Weise lehrten, mochten sie freilich wol mit einer grossen Summe der Erfahrungen sich in Uebereinstimmung wissen; wie aber, wenn die Erfahrung ihnen doch auch vor Augen stellte, was sie zu allen Zeiten vor Augen stellt, dass allerdings auch Tugendhafte von Ungemach heimgesucht werden, und dagegen Frevler in Glück leben? Hiedurch wären sie, hätten sie bereits das Jenseits im Christlichen Lichte gesehen, nicht in Verlegenheit gesetzt worden; denn dann hätten sie die Lösung des Problems im künftigen Leben erwarten und glauben können,

ρας, ὑπὸ Δηϊανείρας φαρμακευθεὶς ἐδολοφονήθη. Der angeführte Vers ist aus Hom. Il. III, 179.

360) S. v. Coelln Bibl. Theol. §. 60 ff. B. I, S. 288 ff.

361) Hiob 4, 7 f. Vgl. 8, 11 f. u. s.

dass der Fromme, nachdem er hier durch Leiden geprüft und geläutert worden, dort desto höhere Seligkeit empfangen, hingegen der Böse die Strafe, die ihm hier nicht geworden, dort erdulden werde; da ihnen aber das Jenseits eine trostlose Schattenwelt und das wirkliche Leben des Menschen mit dem Tode beschlossen war, wie weiterhin gezeigt werden wird, so befanden sie sich in der bedrängnissvollen Lage, die Lösung des Problems schon im Gebiete des irdischen Daseins annehmen und aufsuchen zu müssen. Hier bot sich ihnen nun eine vortreffliche Auskunft dar in dem Gedanken, welcher bereits in ihren ältesten heiligen Urkunden herrscht, dass Jehovah „das Vergehen der Väter heimsucht an Söhnen, am dritten Glied und am vierten.“[362] Denn bei dieser Annahme konnten sie, wenn offenbare Frevler in ungestörtem Glücke fortlebten, zur Rechtfertigung Jehovah's sagen, dass er die Strafe an den Nachkommen vollstrecken werde; und wieder, wenn Solche, bei denen sich keine Vergehung auffinden liess, von Ungemach betroffen wurden, so gingen sie auf die Sünden der Vorfahren zurück, gleichwie sie ja auch selbst die Sterblichkeit des ganzen Menschengeschlechtes und das schmerzvolle Gebären und die Unterwürfigkeit des Weibes unter den Mann und die ganze Mühseligkeit des menschlichen Lebens von dem Vergehen der Ur-Eltern herleiteten.[363] Aber indem die Israeliten hiedurch nach der einen Seite den Widerspruch der Erfahrung gegen das Walten der Gottheit über die menschlichen Geschicke, wie sie meinten, aufhoben, setzten sie sich nach der anderen Seite in Widerspruch mit dem eigenen Rechtsgefühle, welches ihnen nicht verborgen lassen konnte, dass sie selber ja bessere Gerechtigkeit übten, als sie der Gottheit bei dieser Auskunft zuschrieben; denn ihr eigenes Gesetz lautete: „Es sollen nicht Väter getödtet werden um Söhne, und Söhne sollen nicht getödtet werden um Väter; ein Jeglicher soll für *seine* Sünde getödtet werden.“[364] Daher wendet sich denn auch bereits der Verfasser des Buches Hiob mit scharfer Kritik gegen diese Auskunft, indem er Hiob folgende Rede in den Mund legt: Es heisst vom Frevler: „Gott spart seinen Kindern sein Unheil;“ „*ihm* sollt' er vergelten, dass *er* es fühle! *sein* Auge sollte sein Verderben sehen, und vom Zorne des Allmächtigen sollte *er* trinken! Denn was liegt ihm an seinem Hause nach dem Tode, wenn die Zahl seiner

362) 4 Mos. 14, 18. 2 Mos. 20, 5. 5 Mos. 5, 9.
363) S. 1 Mos. 3, 1 ff.
364) 5 Mos. 24, 16. Vgl. 2 Kön. 14, 6. 2 Chron. 25, 4.

Monden zugetheilt ist?"[365] Ja in den Zeiten der Propheten Jeremia und Ezechiel wurde die angeführte Lehre von dem Volke selbst mit dem Sprichworte gerichtet: „Die Väter essen saure Trauben, und den Söhnen werden davon die Zähne stumpf," aus welchem der bittere Spott des witzigen Erfinders klar genug hervorblickt. Auch zeigt sich Jehovah selber wirklich ganz entrüstet über dieses Sprichwort und die in ihm bezeichnete Lehre, indem er bei Ezechiel also redet: „Warum führet ihr das Sprichwort im Lande Israels, indem ihr sprechet: Die Väter essen Herlinge, und den Söhnen werden die Zähne stumpf? Bei meinem Leben! spricht der Herr Jehovah, wo euch fürder soll zu führen sein solch Sprichwort in Israel! Sieh, alle Seelen sind mein; wie des Vaters Seele, so des Sohnes Seele, mein sind beide; die Seele, welche sündigt, die soll sterben." „Ein Sohn soll nicht tragen die Missethat des Vaters, und ein Vater nicht tragen die Missethat des Sohnes; die Gerechtigkeit des Gerechten soll auf ihn kommen, und der Frevel des Frevlers auf ihn kommen."[366] Und ebenso redet Jeremia in Verheissung glücklicher Tage: „Zu selbiger Zeit wird man nicht mehr sagen: Die Väter haben Herlinge gegessen, und den Söhnen werden die Zähne stumpf; sondern ein Jeglicher soll für seine Vergehung sterben, und jeglichem Menschen, der Herlinge isset, sollen seine Zähne stumpf werden."[367] Also sehen wir, dass die angegebene Lösung des Problems schon von den Israeliten selber, wenigstens von den tiefer Blickenden unter ihnen, als unvereinbar mit menschlicher und göttlicher Gerechtigkeit erkannt und verworfen wurde; wobei die Christlichen Theologen von ihnen lernen können. Eine andere Auskunft und Beruhigung über den Widerspruch der Erfahrung gegen das Walten der Gottheit über die menschlichen Geschicke fanden sie in dem Gedanken, dass der Frevler, wie lange es ihm auch wohl ergehe, doch zuletzt von der verdienten Strafe getroffen werde. So heisst es in einem Psalm, dessen Verfasser sich ausdrücklich die Aufgabe stellte, dies auf dem Israelitischen Standpunkte Unbegreifliche, das Glück der Frevler, zu deuten: „Da dacht' ich nach, dies zu begreifen, mühevoll war es meinen Augen, bis ich drang in Gottes Heiligthümer, Acht hatte auf Jener Ende. Ja, auf schlüpfrige Oerter stellst du sie, stürzest sie hin zu Trümmern. Wie werden sie zunichte unversehens! weggerafft, gehn sie unter plötzlich. Wie Träume nach dem

365) Hiob 21, 19 f.
366) Ezech. 18, 1 f.
367) Jer. 31, 29. 30.

Erwachen machst du, Herr, aufweckend ihren Wahn zu Spott."[368] Aber musste ihnen nicht auch diese Auskunft, welche sie gegen die Erfahrung gebrauchten, durch die Erfahrung selbst wieder vernichtet werden, wenn sie überall Acht hatten auf der Frevler Ende? Dem gleichen Schicksal konnte auch die Behauptung nicht entgehen, dass anderseits der Fromme durch die Leiden, welche ihn treffen, nur geprüft, dann aber desto herrlicher von Gott belohnt werde; denn so werden die Leiden der Frommen insbesondere von Jesaja und von Sirach gedeutet, welche dieselben mit der Läuterung des Metalls im Feuer vergleichen; und diese Auffassung liegt auch der Einkleidung des Buches Hiob zu Grunde.[369] Auch hiegegen musste die Erfahrung zeugen, dass manche Fromme doch bis an ihr Lebensende leiden und im Ungemach hinsterben. Erst der Verfasser des Buches der Weisheit vermochte diesen Glauben über den Widerspruch der Erfahrung zu erheben, indem er ihn, schon in das Christliche Bewusstsein durchbrechend, mit dem Gedanken der Unsterblichkeit wenigstens der Frommen vereinigte, und daher den endlichen Lohn nach der Läuterung durch Leiden in das künftige Leben hinaussetzte.[370] Aber in der früheren Zeit, ehe noch der Gedanke der Unsterblichkeit Wurzel gefasst hatte, musste all die Auskunft, die hier dargelegt worden, dem schärfer Blickenden sich durchaus als unzulänglich erweisen. Daher ist denn auch nicht zu verwundern, dass Manche unter den Israeliten sich dem wirklichen Unglauben hingaben und geradezu bezweifelten, dass Jehovah die Bösen bestrafe und die Guten belohne und überhaupt über das menschliche Leben walte. Denn so redet Jesaja

---

368) Ps. 73, 16 f. Dazu Jer. 17, 11. Ps. 37, 1 f. Spr. 24, 19. 20. In manchen einzelnen Fällen erfanden sie zur Rechtfertigung Jehovah's auch noch andere merkwürdige Gründe; z. B. dass bei den Strafgerichten, die über Jerusalem ergingen, doch nicht Wenige, die einen schlechten Lebenswandel führten, dem Verderben entrannen, erklärt Ezechiel 14, 21 f. also: diese seien verschont worden, um zum Beweise zu dienen, dass das Ungemach nicht unverdient über die Stadt verhängt worden sei; er schreibt: „sie werden euch trösten, wenn ihr ihren Wandel und ihre Handlungen sehet, und werdet erkennen, dass ich nicht ohne Ursache gethan Alles, was ich darin gethan, spricht der Herr Jehovah."

369) S. Jes. 48, 10. Sir. 2, 4. 5. u. Hiob im Prolog u. Epilog. Vgl. Jes. 28, 24 f.

370) S. Weish. 3, 4 f. Dazu Grimm a. a. O. S. 81 f.: „Wie der Verfasser des Buches Hiob, so erhebt sich auch unser Schriftsteller über den Hebräisch-Jüdischen Wahn, jedes irdische Leiden als Sündenstrafe zu betrachten; seine religiöse Anschauung ist aber noch weiter entwickelt, und bildet den Uebergang zu dem Christlichen Bewusstsein, indem er das irdische Ungemach im Lichte der Unsterblichkeit und darum auch V. 5 u. 6 als Prüfungs- und Läuterungsmittel betrachtet." Vgl. dens. zu 1, 12. S. 29 f. in Anm. 461.

von solchen, „die da sprechen: Er beeile, beschleunige sein Werk, dass wir's sehen; es nahe und gehe in Erfüllung der Rath des Heiligen Israels, dass wir's erfahren!" und Zephanja redet von solchen, „die sprechen in ihrem Herzen: Nichts Gutes thut Jehovah, noch Böses;" und Maleachi von solchen, die sagen: „Vergeblich ist's Gott dienen, und welcher Gewinn, dass wir Alles gegen ihn beobachteten, und dass wir in Treue einhergingen vor Jehovah der Heerschaaren? Und nun preisen wir selig die Uebermüthigen; aufgebauet sind die Frevel Uebenden; auf die Probe stellten sie Gott, und entrannen."[371] Ja der Verfasser des Buches Koheleth bietet uns selbst die merkwürdige Erscheinung dar, wie ein tieferer Denker unter dem Volke ausführlich mit dem vollsten Ernste und besten Gewissen darzuthun unternimmt, dass bei der Erfahrung, welche uns vorliege, bei der völligen Eitelkeit und Erfolglosigkeit aller Bestrebungen hier im Leben und bei der trostlosen Finsterniss jenseits, das Weiseste für den Menschen sei, den Genuss des Augenblicks zu ergreifen. Er schreibt: Ich sah, „dass nicht den Schnellen der Lauf, und nicht den Helden der Krieg, und auch nicht den Weisen Brot, und auch nicht den Klugen Reichthum, und auch nicht den Einsichtsvollen Gunst zustehe, sondern Zeit und Zufall trifft sie alle." „Einerlei Schicksal hat der Gerechte und der Frevler, der Gute und der Reine und der Unreine, und der, welcher opfert, und der, welcher nicht opfert; wie der Gute, so der Sünder, der, welcher schwöret, und der, welcher den Schwur fürchtet." „Es ist eine Eitelkeit, die auf Erden geschieht, dass Gerechte sind, denen widerfährt gleich dem Thun der Frevler; und dass Frevler sind, denen widerfährt gleich dem Thun der Gerechten. Ich sprach: Auch das ist eitel! Und so lobte ich die Freude, weil Nichts gut ist für den Menschen unter der Sonne, als zu essen und zu trinken und fröhlich zu sein; und dies bleibt ihm für seine Mühe sein Leben lang, das ihm Gott gegeben hat unter der Sonne." „Nichts Besseres für den Menschen, als dass er esse und trinke und seine Seele Glück schauen lasse bei seiner Mühe." „Ja, wenn viele Jahre der Mensch lebt, in ihnen allen freue er sich, und gedenke der Tage der Finsterniss, dass ihrer viele sein werden; Alles, was kommt, ist eitel."[372] Jetzt, nachdem wir die Rathlosigkeit uns recht deutlich gemacht haben, in welcher die Israeliten die Lehre vom Walten der Gottheit über die menschlichen Geschicke gegen

371) Jes. 5, 19. Zeph. 1, 12. u. Mal. 3, 14. 15.

372) Kohel. 9, 11. u. 2. 8, 14. 15. 2, 24. u. 11, 8. Vgl. v. Coelln Bibl. Theol. §. 61, B. I, S. 297 f.

den schreienden Widerspruch der Erfahrung zu behaupten hatten, und nachdem wir gesehen, wohin bei dieser Rathlosigkeit Manche unter ihnen geführt wurden, sind wir gehörig vorbereitet, um die ganze Bedeutung zu erkennen, die dem Buche Hiob auf dem Israelitischen Standpunkte zukommt, und die Hoheit des Sinnes zu würdigen, welchen der Verfasser desselben entwickelt, indem er eben das Problem, von dem hier die Rede ist, und das, wie wir gesehen, auch Plutarch der Lehre des Anaxagoras entgegenhält, zum Gegenstande seiner ausführlichen Verhandlung macht. Folgendes ist der Hauptinhalt und Kern des Buches:

„Es war ein Mann im Lande Uz, Hiob sein Name; und es war selbiger Mann fromm und rechtschaffen und gottesfürchtig und das Böse meidend. Und es wurden ihm sieben Söhne geboren und drei Töchter; und seines Viehes waren siebentausend Schafe und dreitausend Kameele und fünfhundert Joch Rinder und fünfhundert Eselinnen, und des Gesindes sehr viel; und es war selbiger Mann grösser, denn alle Söhne des Ostens.“ Und als eines Tages die Himmlischen sich um Jehovah versammelten, unter ihnen der Widersacher, sprach Jehovah zu diesem: „Hast du Acht gehabt auf meinen Knecht Hiob? Denn nicht ist wie er auf der Erde ein Mann fromm und rechtschaffen und gottesfürchtig und das Böse meidend. Und der Widersacher antwortete dem Jehovah, und sprach: Fürchtet wol Hiob Gott umsonst? Hast du nicht ihn und sein Haus und Alles, was sein ist, geschirmet ringsum? Das Thun seiner Hände hast du gesegnet, und sein Vieh hat sich ausgebreitet im Lande. Aber strecke doch deine Hand aus, und taste an Alles, was sein ist, ob er nicht in dein Angesicht dir Lebewohl sagen wird? Und Jehovah sprach zum Widersacher: Siehe, Alles, was sein ist, sei in deiner Hand; nur an ihn lege nicht deine Hand. Und so ging der Widersacher hinweg vom Angesichte Jehovah's.“ Hierauf geschah die Prüfung der Frömmigkeit Hiobs nach der Gestattung Jehovah's. „Da kam ein Bote zu Hiob, und sprach: Die Rinder pflügeten, und die Eselinnen weideten neben ihnen: da fielen Sabäer ein, und nahmen sie, und die Knappen schlugen sie mit der Schärfe des Schwertes, und ich nur entrann allein, es dir zu berichten. Noch redete dieser, so kam jener, und sprach: Feuer Gottes fiel vom Himmel, und brannte unter den Schafen und den Knappen, und frass sie, und ich nur entrann allein, es dir zu berichten. Noch redete dieser, so kam jener, und sprach: Chaldäer machten drei Haufen, und fielen über die Kameele her, und nahmen sie, und die Knappen schlugen sie mit der Schärfe des Schwertes, und ich nur entrann allein, es dir zu berichten. Während dieser redete, so kam jener, und sprach: Deine Söhne und deine Töchter assen, und tranken Wein im Hause ihres Bruders, des erstgeborenen: und siehe, da kam ein grosser Wind über die Wüste her, und stiess an die vier Ecken des Hauses, und es fiel auf die Jünglinge, und sie starben, und ich nur entrann allein, es dir zu berichten." Also war Hiob plötzlich seines gesammten Reichthums und aller seiner Kinder beraubt. „Da stand Hiob auf, und zerriss sein Gewand, und schor sein Haupt, und fiel zur Erde, und betete an, und sprach: Nacket bin ich aus Mutterleibe gekommen, und nacket kehre ich dahin zurück; Jehovah hat gegeben, und Jehovah hat genommen: es sei der Name Jehovah's gepriesen!" Hierauf, als die Himmlischen und unter ihnen der Widersacher wiederum vor Jehovah erschienen, sprach Jehovah zu diesem: „Hast du Acht gehabt auf meinen Knecht Hiob? Denn nicht ist wie er auf der Erde ein Mann fromm und rechtschaffen, gottesfürchtig und das Böse meidend; und noch hält er fest an seiner Frömmigkeit, und du reiztest mich gegen ihn, ihn zu verderben, vergebens. Und der Widersacher antwortete dem Jehovah, und sprach: Haut um Haut; Alles ja, was der Mensch hat, giebt er für sein Leben. Aber strecke doch deine Hand aus, und taste sein Gebein und Fleisch an, ob er nicht in dein Angesicht dir Lebewohl sagen wird? Und Jehovah sprach zum Widersacher: Siehe, er sei in deiner Hand; nur sein Leben bewahre!" Und der Widersacher ging hinweg, „und schlug Hiob mit bösen Beulen, von seiner Fusssohle bis zu seinem Scheitel." „Und es hörten drei Freunde Hiobs all dieses Unglück, das über ihn gekommen, und kamen, ein jeglicher von seinem Orte: Eliphas, der Themaniter, und Bildad, der Suchäer, und Zophar, der Namaathiter; und sie verabredeten sich mit einander zu kommen, ihn zu beklagen und ihn zu trösten. Und als sie ihre Augen erhoben von ferne, erkannten sie ihn nicht, und erhoben ihre Stimme, und weineten, und zerrissen ein jeglicher sein Gewand, und sprengten Staub auf ihre Häupter himmelwärts. Und sie sassen bei ihm auf der Erde sieben Tage und sieben Nächte, und keiner redete ein Wort zu ihm; denn sie sahen, dass sehr gross der Schmerz war." Endlich brach Hiob das Schweigen, überwältigt von der Grösse seiner Leibesqual, und verfluchte den Tag seiner Geburt, und sehnete den Tod herbei, ihn zu erlösen aus der Qual. Mit diesem Ausbruche nun der Klagen Hiobs eröffnet der Verfasser die eigentliche Verhandlung des Problems, die er in einem Drama wechselnder Reden und Gegenreden Hiobs und seiner Freunde entfaltet, und zuletzt mit dem Erscheinen und der Rede Jehovah's vollendet. Die Freunde, aufgeregt von Hiob, welcher sich vermisst, wegen seines Geschickes mit Gott zu rechten, sind aus allen Kräften bemüht, der hergebrachten Vergeltungslehre, wie sie bei jedem Ungemach angewendet wurde, auch bei Hiob Anerkennung in seinem Leiden zu verschaffen. Denn, meinen sie, „soll Gott beugen das Recht, und der Allmächtige beugen die Gerechtigkeit?" Indem sie in beständiger Wiederholung, so dass sie auch unsere Ungeduld erregen, ihm die herkömmlichen Weisen von dem Geschicke der Sünder vorsingen, und ihn auf Gottes grosse Macht und unergründliche Weisheit hinweisen, wollen sie ihn vermögen, dass er seine Schuld und Gottes Gerechtigkeit erkenne und sein Unrecht wegthue und die göttliche Gnade anflehe. Aber was die Drei wissen und reden von Gott, weiss auch Hiob, und schildert selber Gottes Allmacht und unergründliche Weisheit in noch prächtigeren Zügen, als jene; nur die Vergeltungslehre und dass er wegen Versündigung leide, weist er zurück. Er sagt: „Eins ist es, drum sprech' ich: Unsträflichen und Schuldigen tilgt er." Und ebenso leugnet er nach der anderen Seite auch die stete Bestrafung der Bösen, indem er spricht: „Denk' ich daran, so erschreck' ich, und meinen Leib fasset Schauder: warum leben die Frevler, altern, wachsen gar an Kraft? Ihr Same bestehet vor ihnen, gleich ihnen, und ihre Sprösslinge vor ihren Augen. Ihre Häuser in Frieden, ohne Furcht, und Gottes Ruthe kommt nicht über sie." Er fragt: „Wie oft erlischet die Leuchte der Frevler, und kommt über sie ihr Verderben, und theilt er (ihnen) Schmerzen zu im Zorn?" Insbesondere aber behauptet er gegen jeden der Freunde seine eigene Unschuld mit der ganzen Kraft des reinen Bewusstseins, und erwidert zuletzt allen dreien feierlich betheuernd: „Beim Leben Gottes, der mir mein Recht entzogen, beim Allmächtigen, der meine Seele betrübt hat — denn ganz ist noch mein Athem in mir, und Gottes Hauch in meiner Nase — wo meine Lippen Unrecht reden, und meine Zunge Trug ausspricht! Fern sei von mir, dass ich euch Recht gebe; bis ich verscheide, lass' ich meine Unschuld mir nicht nehmen. An meiner Gerechtigkeit halt' ich, und lasse sie nicht; nicht schmähet mein Herz einen meiner Tage." Und er beschliesst seine Vertheidigung mit einer umständlichen Darlegung seines unsträflichen tugendhaften Wandels, und fügt hinzu: „Hier ist meine Unterschrift, der Allmächtige antworte mir, und seine Klage schreibe mein Gegner!" Auf diese Herausfoderung von Hiob erscheint plötzlich Jehovah selber. „Und Jehovah antwortete dem Hiob aus dem Wetter, und sprach: Wer ist's, der den Rathschluss verfinstert mit Reden ohne Verstand? Gürte doch wie ein Mann deine Lenden! So will ich dich fragen, und du belehre mich! Wo warest du, als ich die Erde gründete? Sag' an, wenn du Einsicht hast! Wer bestimmte ihre Maasse, dass du's wüsstest, oder wer zog über sie die Messschnur? Worauf wurden ihre Grundlagen eingesenkt? oder wer legte ihren Eckstein, als allzumal die Morgensterne jubelten, und jauchzten alle Gottessöhne? Und wer umschloss mit Thoren das Meer, als es hervorbrach aus dem Mutterschooss, als ich Gewölk ihm gab zum Gewand und Wolkennacht zu Windeln?" „Gebotst du je in deinem Leben dem Morgen, wiesest dem Frühroth seine Stätte?" „Kamst du bis zu des Meeres Quellen, und hast du das Innere der Tiefe durchwandelt?" „Hast du betrachtet der Erde Breiten? Sag' an, wenn du das alles weisst! Wo ist der Weg zur Wohnung des Lichtes, und die Finsterniss, wo hat sie ihren Sitz?" „Du weisst es! denn damals warst du schon geboren, die Zahl deiner Tage ist so gross!" Und so fragt Jehovah ihn weiter über die wunderbare Einrichtung der ganzen Welt, und sagt: „Knüpfest du die Bande des Siebengestirns, oder kannst du die Fesseln Orions lösen? Führest du des Thierkreises Bilder hervor zu ihrer Zeit, und leitest du den Bären neben seinen Kindern?" Und nachdem Jehovah ihm die Weltordnung im Grossen vorgeführt, redet er zu ihm auch noch von der wunderbaren Bildung und Natur der einzelnen Geschöpfe, der Gemse und des Hirsches, des Waldesels, des Büffels und des Rosses, des Strausses und des Habichts, und insbesondere des Behemoth und des Leviathan. „Und Hiob antwortete dem Jehovah und sprach: Ich weiss, dass du Alles vermagst, und dir verwehrt ist kein Beginnen. Wer ist's, der den Rathschluss verdunkelt ohne Verstand? Darum bracht' ich vor, was ich nicht verstand; Unbegreifliches für mich, was ich nicht einsah." „Mit dem Ohre nur hatt' ich von dir gehört, aber nun hat dich mein Auge geschaut. Darum verwerf' ich, und bereue auf Staub und Asche." Hienach „sprach Jehovah zu Eliphas, dem Themaniter: Mein Zorn ist entbrannt über dich und über deine beiden Freunde; denn ihr habt nicht recht von mir geredet, sowie mein Knecht Hiob. Und nun nehmet euch sieben Stiere und sieben Widder, und gehet hin zu meinem Knechte Hiob, und opfert Brandopfer für euch, und Hiob, mein Knecht, möge für euch beten; nur auf ihn will ich Rücksicht nehmen, dass ich nicht an euch Strafe übe." So sehr war also Jehovah selber erzürnt über die Behauptung der drei Freunde Hiob's, dass jedem Leiden des Menschen eine Versündigung zu Grunde liege. „Und Jehovah erstattete dem Hiob seinen Verlust, da er betete für seine Freunde, und Jehovah vermehrte Alles, was Hiob hatte, auf das Doppelte;“ „und er erhielt vierzehntausend Schafe und sechstausend Kameele und tausend Joch Rinder und tausend Eselinnen; und er erhielt sieben Söhne und drei Töchter.“ „Und Hiob lebte nach diesem hundert und vierzig Jahr, und sah seine Söhne und seine Sohnessöhne, vier Geschlechter. Und Hiob starb alt und lebenssatt.“

Das sind die Grundzüge des Buches, aus denen klar in die Augen springt, wie der Verfasser das Problem löset, nämlich dadurch, dass er auf die ganze wunderbare Weltordnung, in welcher sich die höchste Macht und Weisheit Jehovah's offenbart, und auf die Beschränktheit der menschlichen Einsicht hinweist. Und eine andere Lösung des Problems, welche sich gegen jede Widerrede zu behaupten vermochte, war auf dem Israelitischen Standpunkte offenbar nicht möglich. Damit wird zugleich die Behauptung berichtigt, welche von Manchen aufgestellt worden ist, dass der Verfasser sich mit seiner Erkenntniss auf einem anderen, höheren Standpunkte, als dem Israelitischen, befinde. Er erhebt sich allerdings über die herrschende, dem tieferen Erkennen und klareren Rechtsgefühle und der treuen Auffassung der Erfahrung widerstreitende Vergeltungslehre des Volkes, steht aber dabei so sehr auf dem Israelitischen Boden, dass er eben das allereigenste und grösste Problem des Israeliten nur in der schönsten Weise löset, und in dem frommen Dulder Hiob, wie dieser, wenn auch erst nach Jehovah's Vorhaltung, sich in Demuth dem unerforschlichen göttlichen Rathschlusse unterwirft, in der That eben nur die Prüfung und Verklärung des Israelitischen Glaubens darstellt. Dieses Verdienst dürfen wir dem Verfasser durchaus nicht etwa desshalb entziehen oder verkümmern, weil er seine Ansicht, in der er sich über die Vergeltungslehre erhebt, gleichwohl selbst mit der Vergeltungslehre bekleidet, insofern er nämlich auch Hiob nach bestandener Prüfung mit verdoppeltem Glücke von Jehovah belohnt werden lässt. Denn die Erzählung des Prologs und Epilogs bleibt immer nur die Einkleidung der eigentlichen Verhandlung des Gegenstandes, welche sich in den Reden und Gegenreden Hiobs und seiner Freunde entwickelt und in dem Erscheinen und der Rede Jehovah's entscheidet; eine Einkleidung, die selbst von unserem Standpunkte aus schmerzlich vermisst werden würde, und dem Verfasser um so weniger zum Vorwurfe gereichen kann, da er sich hierin nur auf dem allgemeinen Israelitischen Boden zeigt, und auf diesem die höchste Lösung des Problems entfaltet. Dass aber Anaxagoras nothwendig ganz dieselbe Lösung hätte geben müssen, wenn er aus dem Begriffe des über Alles, auch über die menschlichen Geschicke, waltenden reinen Noos das Problem zu lösen unternommen hätte, leuchtet wol von selbst ein. Auch wird uns ausdrücklich gemeldet, nicht blos, dass er über die Beschränktheit der menschlichen Einsicht geklagt, sondern auch, dass er in der That, wo er keine befriedigende Auskunft wusste, den unerforschlichen Willen des Noos oder der Gottheit als Grund angeführt und in jeder Verlegenheit bei der Erklärung der Weltordnung den Noos wie einen Deus ex machina herbeigezogen habe.[373] Gerade als ein Deus ex machina, wie schon de Wette bemerkt, wird ja Jehovah von dem Verfasser des Buches Hiob in der offensten und schönsten Weise herbeigerufen, um den für die menschliche Einsicht unauflösbaren Knoten des Drama's zu lösen.[374]

Nach der hier ins Ausführliche dargelegten Ansicht des Anaxagoras und der Israeliten von der Beschaffenheit der ganzen sichtbaren Welt giebt es also durchaus nichts wirklich Schlechtes, weder in der Natur, noch in der Vertheilung der menschlichen Geschicke, sondern auch alles das, was sich der menschlichen Anschauung als schlecht oder verkehrt darstellt, hat einen verständigen Zweck, wenn ihn auch der Mensch nicht zu erkennen vermag, weil sich nicht anders denken lässt, als dass der unendliche reine Geist, der Urheber und Anordner von Allem, was da ist und geschieht, auch Alles mit Verstand oder Weisheit angeordnet habe und geschehen lasse. Kurz, in der ganzen sichtbaren Weltordnung, der natürlichen, wie der menschlichen, ist Alles ohne Ausnahme gut oder trefflich. Aber nichtsdestoweniger bleibt auch in der Ansicht des Anaxagoras und der Israeliten dem Schlechten oder Verkehrten eine Thür offen, durch die es störend in die göttliche Weltordnung und Weltregierung einzudringen vermag, wenn sie nämlich sich den Menschen mit der Freiheit des Willens, ebensowohl das Gute und

---

373) S. Cic. Acad. I, 12. in Anm. 322, Aristot. Metaph. A, 4. in Anm. 321 u. Jo. Philop. in Aristot. l. c. in Anm. 328. Dazu Hemsen l. c. p. 89: Aristoteles nostrum coarguit, quod Mente ut deo ex machina utatur.

374) Der unbefangenen Kritik ist es unzweifelhaft, dass die breite, den Zusammenhang störende und der Entscheidung Jehovah's vorgreifende Rede Elihu's ein späteres Einschiebsel ist, zumal da Elihu auch vom Prolog und Epilog ausdrücklich verleugnet wird, in denen nur von drei Freunden Hiobs geschrieben steht. Daher bemerkt de Wette in s Einleit. ins A. T. §. 287, S. 429 ganz richtig gegen Bertholdt: „Dass durch die Wegnahme der Reden Elihu's die Schönheit des Gedichtes leide, indem alsdann die folgende Theophanie zu unvorbereitet, ein Deus ex machina sei, ist ein unbegreiflicher Einwand; sie soll ja eben ein Deus ex machina sein."

Vernünftige, wie das Schlechte und Verkehrte zu thun, ausgestattet denken. Das ist in der That der Fall, wie weiterhin bei der Betrachtung der Anaxagorischen und Israelitischen Ansicht von der Natur und Stellung des Menschen gezeigt werden soll; hier genügt es, blos darauf hinzuweisen, damit nicht aus dem eben Dargelegten etwa die Meinung entstehe, als ob in den beiden Weltanschauungen der Begriff des Schlechten und Verkehrten völlig ausgeschlossen und dem Schlechten gar keine Quelle geöffnet sei, aus der es in Gottes Schöpfung hereintreten könne.

Zunächst müssen wir bei der Lehre von dem Walten der Gottheit über das menschliche Leben, in die wir zuletzt geführt worden sind, noch die Vorstellung genauer betrachten, welche die Israeliten von dem Verhältnisse Jehovah's zu ihnen selbst und zu den übrigen Völkern hatten, weil viele Gelehrte dadurch, dass sie diese Vorstellung nicht in dem rechten Lichte betrachten, sich auch zu einer unrichtigen Auffassung des Israelitischen Gottesbegriffes verirren. Darauf nämlich, weil die Israeliten sich für das auserwählte Volk Jehovah's und für den Hauptgegenstand seiner Fürsorge ansahen, bauen Viele die sonderbare Behauptung, er sei auch seinem Begriffe nach nicht die allgemeine allwaltende Gottheit, sondern ein blosser beschränkter Volksgott. Wäre diese Behauptung begründet, so hätte hier von Anfang gar nicht von der Uebereinstimmung des Israelitischen Gottesbegriffes mit dem Anaxagorischen die Rede sein dürfen. Aber es ist in der That wunderlich, von dem Gotte, welchen die heiligen Schriften des Volkes, wie ausführlich dargelegt worden ist, als den Urheber der ganzen sichtbaren Weltordnung und als den alleinigen allmächtigen und allwissenden und allgegenwärtigen Lenker derselben, der keine andere wirkende Macht oder keinen anderen Gott duldet neben sich, ja als das Lebensprincip aller Wesen darstellen, von ihm zu sagen, dass er ein blosser beschränkter Volksgott sei. Es ist sonnenklar, dass die Israeliten, indem sie die ganze Weltregierung in des Einen jede andere Macht ausschliessenden Gottes Hand wussten, auch nothwendig glauben mussten, nicht blos sie selbst, sondern auch alle übrigen Völker und deren Geschicke ständen unter seiner Lenkung. Wie sie dies nothwendig glauben mussten, so haben sie es auch in Wirklichkeit geglaubt. Denn ausdrücklich sagt ein Psalm: „Jehovah's ist das Königthum, er ist Herrscher über die Völker;“ und ein anderer: „Du richtest die Völker recht, und die Nationen auf Erden lenkest du;“ und wieder ein anderer: „Vom Himmel blicket Jehovah herab, siehet alle Menschenkinder; von seinem Wohnsitz herab schaut er auf alle Bewohner der Erde: er, der ihr Herz bildet allzumal, der da merket auf all ihre Thaten; kein König siegt durch Grösse der Macht, der Held wird nicht gerettet durch Grösse der Kraft, eitel ist das Ross zum Siege, und mit seiner grossen Kraft rettet es nicht," sondern durch Jehovah geschieht dies alles.[375] Ausdrücklich schreibt Jesaja von seinem Thun: „Das ist der Rathschluss, der beschlossen über alle Lande, und das die Hand, die ausgestreckt über alle Völker."[376] Ausdrücklich spricht auch die Weisheit, der überall und Alles wirkende Gottesgeist, bei Sirach: „In den Wogen des Meeres und auf der ganzen Erde und unter allen Völkern und Nationen nahm ich Besitz."[377] Mit Bestimmtheit auch wird Jehovah „im weitesten und allgemeinsten Sinne," wie schon K. v. Coelln bemerkt, „in einem väterlichen Verhältnisse gedacht zu den Völkern überhaupt, bei Jeremia, wo Jehovah von Israel sagt: „Welchen Platz sollte ich dir unter den Söhnen einräumen? und ich gab dir ein anmuthiges Land u. s. w. Hier nämlich kann man unter den Söhnen Gottes nach dem Contexte nur die Völker überhaupt verstehen, unter welche Jehovah die Länder der Erde austheilt."[378] Und in demselben Verhältnisse zu den gesammten Völkern zeigt sich Jehovah auch darin, worauf ebenfalls schon K. v. Coelln hinweist, dass er Mose dem Pharao verkünden heisst: „So spricht Jehovah: Israel ist mein erstgeborener Sohn;" wonach die übrigen Völker eben auch Jehovah's Söhne sind, und Israel nur der bevorzugte unter allen und ihm geweihete ist.[379] Ferner lassen ja die Bücher Mose den Jehovah auch thatsächlich seine Macht über das ganze Menschengeschlecht ausüben, und nicht blos in der Urgeschichte des Menschen,[380] sondern auch in der Fluthsage[381] am ganzen Menschengeschlechte sein Strafgericht vollziehen, lassen ihn bei dem Thurmbau zu Babel alle Völker zerstreuen über die Erde und „ihre Sprache verwirren, dass sie nicht verstehen Einer des Anderen Sprache,"[382] lassen ihn jedem Volke seinen Sitz anweisen;[383] und Sirach erklärt auch die Verfassungen

---

375) Ps. 22, 29. 67, 5. u. 33, 13 f. Vgl. Ps. 96, 10. 13. 99, 1. Jer. 10, 7. 1 Chron. 17, 4.

376) Jes. 14, 26. Vgl. 14, 5 f. 45, 1.

377) Sir. 24, 9. 10 (6.). Dazu Bretschneider ad h. l in Anm 158.

378) S. Jer. 3, 19. u. v. Coelln Bibl. Theol. §. 50, B. I, S. 250.

379) S. 2 Mos. 4, 22. u. dazu v. Coelln a. a. O. S. 250 f. Vgl. 2 Mos. 19, 5. 5 Mos. 26, 18. 19.

380) 1 Mos. 3, 17 f.

381) 1 Mos. 6, 1 ff.

382) 1 Mos. 11, 1 f.

383) 5 Mos. 32, 8.

der fremden Völker für Jehovah's Anordnung, indem er schreibt: „Jeglichem Volke hat er einen Vorsteher gesetzt; aber des Herrn Theil ist Israel.“[384] Dazu kommt, dass die heiligen Schriften auch im Einzelnen jedes Glück und jedes Ungemach der fremden Völker, von dem sie wissen und berichten, als Jehovah's Fügung darstellen. Denn so stehet bei Jesaja von Cyrus, dem Perserkönige, geschrieben: „Wer erweckte vom Aufgange her ihn, dem Sieg begegnet auf jedem Tritte? giebt ihm Völker preis, und unterjocht Könige, macht wie Staub ihr Schwert, wie verwehete Spreu ihren Bogen? Er verfolgt sie, und ziehet sicher den Pfad, den sein Fuss nie betreten. Wer that und vollbracht' es? Der die Menschengeschlechter hervorrief vom Anbeginn, ich, Jehovah, der Erste und bei den Letzten Derselbe.“[385] So redet Jehovah bei Jesaja auch von dem Assyrerkönige: „Die Ruthe meines Zornes und der Stekken meines Grimmes ist in seiner Hand. Gegen ein gottloses Volk send' ich ihn, gegen das Volk meines Zornes entbiet' ich ihn, um Beute zu erbeuten und Raub zu rauben, und es zu treten wie Strassenkoth. Er aber denket nicht also, und sein Herz sinnet nicht also.“ „Denn er spricht: Durch meines Armes Kraft hab' ich's gethan und durch meine Weisheit, denn ich bin klug.“ „Rühmt sich wol die Axt gegen den, der damit hauet, oder brüstet sich die Säge gegen den, der sie führet, als führte die Ruthe den, der sie hebt, als höbe der Stock den Mann? Darum sendet der Herr, der Herr der Heerschaaren, unter seine feisten Krieger die Dürre, und unter seiner Herrlichkeit brennt ein Brand wie Feuerbrand.“[386] Ja mit der grössten Vollständigkeit melden die heiligen Schriften von dem Walten Jehovah's, wie über Cyrus und über die Assyrerkönige, auch über alle übrigen fremden Fürsten und Völker, über die Kanaaniter,[387] über Moab,[388] über Edom,[389] über Ammon,[390] über Kedar und Hazor,[391] über Elam,[392] über Gaza und die Philister,[393] über Syrien und namentlich über Damaskus,[394] über Ty-

384) Sir. 17, 14 (17.).
385) Pseudo-Jes. 41, 2 f. Vgl. 44, 28 ff. 46, 11. 48, 14 f. Esr. 1, 1.
386) Jes. 10, 5 f. Dazu 14, 24 f. 36, 26 f. u. s.
387) 4 Mos. 21, 2 f. 33, 50 f. 5 Mos. 7, 1 ff. Richt. 2, 1 u. s.
388) Jes. 15, 1 ff. Jer. 48, 1 ff. Ezech. 25, 8 f. Amos 2, 1 f.
389) Jes. 34, 1 ff. 63, 1 f. Jer. 49, 7 f. Ezech. 25, 12 f. 35, 1 f. Amos 1, 11 f. Obadja 1, 1 ff. Mal. 1, 1 f.
390) Jer. 49, 1 f. Ezech. 21, 28 f. 25, 1 f. Amos 1, 13 f.
391) Jes. 21, 13 f. Jer. 49, 28 f. Auch über Saba, Jes. 43, 3.
392) Jer. 49, 34 f.
393) Jes. 14, 28 f. Jer. 47, 1 f. Amos 1, 3 f. Ezech. 25, 15 f.
394) Jes. 8, 1 f. 17, 1 f. Jer. 49, 23 f. Amos 1, 3 f.

rus[395] und Sidon,[396] über Ninive,[397] über Babel und die Chaldäer,[398] über Aegypter[399] und weiter hinaus über Aethiopien.[400] Bei diesen Vorlagen wäre es äusserst seltsam, den Israeliten die Vorstellung, dass Jehovah über alle Völker gebiete und ihre Geschicke bestimme, zu bestreiten. Ebenso unbestreitbar ist aber allerdings auch, was wir beinahe auf jedem Blatte der heiligen Schriften lesen, dass die Israeliten sich als das auserwählte Volk Jehovah's betrachteten, welches er aus allen Völkern zu seinem Dienste erkoren und geweihet, und vor allen zum Gegenstande seiner Fürsorge und zum Schauplatze seiner Verherrlichung ausersehen habe. Dieser Glaube liegt bereits den ältesten heiligen Sagen von den Vätern, von Abraham, Isaak und Jakob, zu Grunde, welche Jehovah mit Abraham und seinem Hause einen Bund schliessen und besiegeln lassen durch das Gebot der Beschneidung des ganzen Volkes, die das Zeichen der priesterlichen Weihe war; denn bei den Aegyptern, von denen das Symbol entlehnt ist, war die Beschneidung nur den Priestern geboten.[401] Auf diesem Glauben beruht die vorhin erwähnte Verkündigung Mose's an den Pharao: „So spricht Jehovah: Israel ist mein erstgeborener Sohn;“ denn alle Erstgeburt war nach Israelitischer Satzung dem Jehovah geweihet.[402] Ja auf diesem Glauben ist die ganze Gesetzgebung erbaut, welche Jehovah vom Sinai herab dem Volke ertheilt. „Israel lagerte sich daselbst dem Berge gegenüber. Mose aber stieg hinauf

---

395) Jes. 23, 1 f. Ezech. 26, 1 ff. Amos 1, 9 f.

396) Ezech. 28, 20 f.

397) Jona 3, 1 ff. Nahum 1, 1 ff.

398) Jes. 13, 1 ff. 21, 1 ff. 43, 14. 47, 1 f. 48, 14 u. s. Jer. 46, 1 ff. 47, 1 f. 50, 1 ff. Ezech. 20, 45 ff. 26, 7 f. Hab. 1, 1 ff.

399) 1 Mos. 39, 1 ff. 2 Mos. 4, 21 ff. u. s. Jes. 19, 1 f. 43, 3 u. s. Jer. 43, 8 f. 46; 1 f. Ezech. 29, 1 f.

400) Jes. 20, 1 f. 43, 3. Vgl. 18, 1 f.

401) S. 1 Mos. 17, 1 f. 12, 1 f. Dazu Jablonski Pantheon Aegypt. t. III, Proleg. p. XIV: Animadverti et istud meretur, circumcisionis ritum, sicut apud Abrahamidas, ita quoque apud Aegyptios, actum fuisse religiosum, signum ac veluti tesseram singularis in religione puritatis et castimoniae, etc. apud Aegyptios enim ad circumcisionem nemo tenebatur, nisi sacerdos mysteriis religionis initiandus, qui rerum divinarum curam agebat et ad scientias sacras admittebatur. solebant id observare etiam ex aedituis templorum religiosissimi quique. Horapoll. Hieroglyph. I, 14. Origen. in Epist. ad Rom. II. Anaxandrid. ap. Athen. VII, p. 300. Cyrill. Alex. adv. Julian IX, p. 298. Dass die Israeliten die Beschneidung von den Aegyptern angenommen, sagten sie selbst, nach Herodot. II, 104: *Φοίνικες δὲ καὶ Σύροι οἱ ἐν τῇ Παλαιστίνῃ καὶ αὐτοὶ ὁμολογέουσι παρ' Αἰγυπτίων μεμαθηκέναι.* Vgl. ebend. II, 36. Diod. Sic. I, 28. Joseph. c. Apion. II, 13. Cels. ap. Orig. c. Cels. I, 22. P. v. Bohlen Das alte Indien B. I, S. 290 f.

402) 2 Mos. 4, 22. Vgl. 2 Mos. 13, 2. 22, 29 34, 19. 20. 4 Mos. 3, 13. 18, 15 u. s.

zu Gott. Da rief ihm Jehovah vom Berge und sprach: So sprich zu dem Hause Jakob's, und verkündige den Söhnen Israels: Ihr habt gesehen, was ich gethan an Aegypten, und wie ich euch getragen auf Adlersflügeln und euch zu mir gebracht. Und nun, wenn ihr meiner Stimme gehorchet und meinen Bund beobachtet, so sollt ihr mein Eigenthum sein aus allen Völkern, denn die ganze Erde ist mein, und ihr sollt mir ein Priesterkönigreich sein und ein heiliges Volk. Das sind die Worte, die du reden sollst zu den Söhnen Israels." Und das Volk gelobte, alle Gebote Jehovah's zu thun, und Mose „heiligte das Volk," wie Gott ihm befahl, und darauf empfing es seine Gebote.[403] Hiezu bemerkt schon v. Coelln ganz richtig: Insofern das Israelitische Volk „vorzugsweise zum Dienste Gottes bestimmt ist, bildet es ein priesterliches Königreich und ein heiliges Volk; die Priester nämlich, den priesterlichen Verein oder Orden, denkt man sich vorzugsweise dem göttlichen Dienste gewidmet, und wenn das Volk ein priesterliches genannt wird, so ist der Gedanke: das Volk der Hebräer steht zu den übrigen Völkern hinsichtlich des Gottesdienstes in demselben Verhältnisse, wie der Orden der Priester zu den Laien."[404] Das ist die klare Grundanschauung der Israeliten von ihrer Stellung unter den übrigen Völkern zu Jehovah, wie dieselbe urkundlich in ihren heiligen Schriften vorliegt, und sich in ihrer ganzen Verfassung und Gottesverehrung ausspricht;[405] auf ihr beruht all die Auszeichnung, die sie sich vor den übrigen Völkern bei Jehovah zueignen. Aber dieser Glaube der Israeliten, dass sie das auserwählte Volk seien, wird man nun fragen, fliesst er denn nicht aus einem sehr beschränkten Gottesbegriffe? Mit Nichten, ist die Antwort, er fliesst gar nicht aus dem Gottesbegriffe, sondern ist nur der Glaube dessen, was ihnen als Thatsache in der Geschichte vor Augen lag. Indem die Israeliten auf dem ganzen Schauplatze der Völker sich als die Einzigen erblickten, denen die Erkenntniss Jehovah's, des unendlichen reinen Geistes, als des Einen und alleinigen wahren Gottes, geoffenbart war und die in seinem heiligen Dienste lebten, und indem sie nothwendig annehmen mussten, dass dies nicht durch das Verhängniss oder den Zufall (das waren ihnen ja leere Namen), sondern durch Jehovah selber, der ja Alles anordne, also

403) 2 Mos. 19, 1 ff. Dazu 5 Mos. 7, 6. 14, 2. u. 26, 18 19.

404) v. Coelln Bibl. Theol. § 51. B. I, S. 252. Vgl. Michaelis und Leclerc b. Rosenmüller ad Exod. 19, 6.

405) S. hierüber die ausführliche Verhandlung v. Coelln's a. a. O. §. 50 ff. B. I, S. 247 ff.

gefügt sei: konnten sie da wol anders glauben, als wie sie glaubten? Waren sie denn nicht in Wirklichkeit das auserwählte oder priesterliche Volk Jehovah's, und alle übrigen Völker gegen sie in der Stellung zu Jehovah Laien? Durch die Erfahrung ward ihnen der Glaube aufgedrungen, als der einfache Ausdruck und die bei ihrer Weltansicht unabweisliche Erklärung derselben, dass Jehovah aus allen Völkern sie zu seiner Verehrung und Verherrlichung auserwählt habe, weil er thatsächlich bei ihnen allein verehrt wurde und sich verherrlichte. Aus dem Gottesbegriffe aber konnten sie diesen Glauben unmöglich ableiten. Wie denn hätten sie ihn aus dem Begriffe des unendlichen reinen Geistes, der die ganze sichtbare Weltordnung, auch die der Völker, mit Weisheit erschaffen habe und beherrsche, entwickeln sollen? Wirklich waren sie auch soweit davon entfernt, dies Unmögliche zu unternehmen, dass sie im Gegentheil den Widerspruch ihres Gottesbegriffes mit der thatsächlichen Lage der menschlichen Dinge, von der ihnen der angegebene Glaube aufgedrungen wurde, erkannten, und diese Lage der Dinge desshalb als eine vorübergehende betrachteten. Dies hebt auch schon v. Coelln sehr treffend hervor, indem er schreibt: „Indessen müssen wir bei dieser particularistischen Auffassung festhalten, dass sie theils in den damaligen religiösen Verhältnissen, theils in einer eigenthümlichen Auffassung der Geschichte ihren Grund hatte, und in beiden Beziehungen das particulare Verhältniss nur als ein bedingter, vorübergehender Zustand der Dinge gedacht wird. Sehen wir zuerst auf das damalige religiöse Verhältniss der Hebräer zu den übrigen Völkern, so erscheinen die Hebräer als die einzigen Verehrer des einigen Gottes; daher mussten sie sich auch in einem innigern Verhältnisse zu dem einigen göttlichen Wesen als seine Lieblinge, seine Auserkorenen betrachten. Beachten wir ferner die mythische Auffassung der Geschichte bei den Hebräern, so stellt sich nach ihr dies particularistische Verhältniss dar als ein in der Zeit entstandenes und in der Folgezeit wieder aufhörendes. Denn nach der historischen Ansicht in den Hebräischen Ueberlieferungen herrschte im Anbeginn der Monotheismus unter den Menschen, und die Ausländer haben den Einen Gott, den ihre Väter gleichfalls ehrten, vergessen. In der Folgezeit wird aber der Monotheismus wieder zur allgemeinen Herrschaft gelangen; alle Goim werden Jehovah, den einigen Gott, wieder verehren; damit wird dann auch Gott wieder im vollen Sinne zum Gott aller Völker werden. Der Polytheismus und der aus ihm sich ergebende theokratische Particularismus sind also nach der Weltansicht der Hebräer in der That nur etwas Vorübergehendes in der Entwickelungsgeschichte der Menschheit."[406] So einleuchtend war den Israeliten der Widerspruch des Begriffes Jehovah's als des Einen Gottes und Beherrschers aller Völker mit der thatsächlichen Beschränkung seiner Theokratie und Verehrung auf sie allein und mit dem Verhältnisse der Entfremdung der übrigen Völker, dass sie eben aus dieser Erkenntniss mit der vollsten Zuversicht die bekannte Messianische Verheissung entwickelten: dereinst werde, nach dem erweiterten und verklärten Vorbilde der Davidischen Zeit, durch einen neuen erhabenen Sprössling Isai's und zweiten David[407] die Theokratie Jehovah's sich über alle Völker der Erde erstrekken und sie zu seiner Verehrung vereinigen, und dann allgemeine Glückseligkeit und Friede sein unter den Menschen und selbst in der Natur, wie es die Vorstellung seiner vollständig verwirklichten unbeschränkten Theokratie fodert. Denn also lautet die Verheissung bei den Propheten: „Aber es geschieht in der Folge der Zeiten, dass stehet der Berg des Hauses Jehovah's gegründet auf dem Gipfel der Berge und erhebet sich über die Hügel, und es strömen zu ihm die Völker. Und es gehen viele Nationen und sprechen: Auf, lasst uns hinanziehen zum Berge Jehovah's und zum Hause des Gottes Jakob's, und er soll uns lehren seine Wege, und wir wollen wandeln in seinen Pfaden! Denn von Zion wird ausgehen Belehrung, und das Wort Jehovah's von Jerusalem. Und er richtet viele Völker und bescheidet zahlreiche Nationen in der Ferne, und sie schmieden ihre Schwerter zu Hacken und ihre Speere zu Winzermessern; nicht heben Volk gegen Volk das Schwert, und nicht lernen sie fürder den Krieg. Dann wohnen sie ein jeglicher unter seinem Weinstock und Feigenbaum ungestört. Denn der Mund Jehovah's der Heerschaaren hat's geredet." „Zu selbiger Zeit wird man Jerusalem nennen Jehovah's Thron, und es werden sich zu ihr alle Völker versammeln um des Namens Jehovah's willen; und sie werden nicht mehr dem Starrsinne ihres bösen Herzens nachwandeln." „Und Jehovah ist König über die ganze Erde; zu selbiger Zeit ist Jehovah einzig, und sein Name einzig." „Dann weilet der Wolf beim Lamme, und der Parder lagert sich beim Böckchen; Kalb und junger Löwe und Mastkalb allzumal, ein kleiner Knabe führet sie. Und Kuh und Bärin weiden, ihre Jungen lagern zusammen, und der Löwe wie das Rind frisst Stroh. Und

406) S. v. Coelln a. a. O. B. 1, S. 111 f. Vgl. Baumgarten-Crusius Grundzüge d. bibl. Theologie S. 34.
407) S. Jes. 11, 10. Jer. 30, 9.

es spielt der Säugling an der Natter Kluft, und nach der Otter Höhle streckt der Entwöhnte seine Hand aus. Nichts Böses und nichts Verderbliches thun sie auf meinem ganzen heiligen Berge; denn voll ist das Land von Erkenntniss Jehovah's, wie die Wasser das Meer bedecken. Und es geschieht zu selbiger Zeit, der Sprössling Isai's, der dastehet als Panier für die Völker, zu ihm wenden sich die Nationen, und seine Wohnung ist Herrlichkeit."[408] Und ausdrücklich wird bei dieser Verheissung darauf hingewiesen, dass nicht blos Israel, sondern auch die übrigen Völker und Länder Jehovah's seien, indem zu selbiger Zeit die Erde „Jehovah der Heerschaaren segnet und spricht: Gesegnet sei mein Volk Aegypten und meiner Hände Werk Assyrien und mein Besitzthum Israel!"[409] Und geradezu wird diese Weissagung durch den Gottesbegriff begründet, indem es heisst: „Eingedenk kehren dann zu dir die Enden der Erde, und vor dir beten an alle Völkerstämme. Denn Jehovah's ist das Königthum, er ist Herrscher über die Völker."[410] Und ganz ebenso denken auch noch die späteren Juden, unter denen namentlich „Joseph Samiga, der Verfasser des Buches Mikra Kodesch, sagt: Die Hauptsache bei der Ankunft des Messias ist, dass alle Völker den Namen Jehovah's anrufen und einmüthig ihm dienen; denn alle sind ein Werk seiner Hände."[411] Das ist die Grundlage des Glaubens der Israeliten, dass sie das auserwählte Volk Jehovah's seien, und das die Quelle ihrer Messianischen Erwartung, welche Gott dann in der That, nur in anderer Weise, als sie hofften, verwirklicht hat „nach seinem Wohlgefallen, das er sich vorgenommen in Hinsicht auf die Veranstaltung der Erfüllung der Zeiten, Alles wieder zusammenzufassen in Christo, sowohl was im Himmel, als was auf Erden ist."[412] Diese Erörterung war nothwendig, um einerseits den dargelegten Glauben selbst, weil er in der Ansicht und dem Leben des Volkes eine so bedeutende Stelle einnimmt, in das rechte Licht zu setzen, und anderseits dem Ein-

---

408) Micha 4, 1 f. u. Jes. 2, 1 f. Jer. 3, 17. Zach. 14, 9. u. Jes. 11, 6 f. 65, 25. Dazu Jes. 19, 23 f. 27, 13. 66, 18 f. 42, 1 f. 49, 6. Zeph. 3, 9 f. Zach. 14, 8 f. 8, 20 f. 2, 11. Dan. 2, 44. 7, 13 f. 27. Ps. 22, 28 f. 87, 3 f. 102, 16. 22. Tob. 19, 11. 14, 6 f. Vgl. auch den Jehovisten 1 Mos. 12, 3. 18, 18. 26, 4. 28, 14. und dazu v. Coelln a. a. O. B. I, S. 258 u. 301.

409) Jes. 19, 25.

410) Ps. 22, 28. 29. Rosenmüller: nam Jovae est regnum, et ipse gentibus dominatur. Eadem sententia Ps. 96, 10. 97, 1.

411) S. v. Coelln a. a. O. B. I, S. 503 und Schoettgen de Messia t. II, p. 624 sq.

412) Eph. 1, 10. Zu *τοῦ πληρώματος τῶν καιρῶν* und Gal. 4, 4: *ὅτε δὲ ἦλθε τὸ πλήρωμα τοῦ χρόνου*, vgl. Tob. 14, 5: *ἕως πληρωθῶσι καιροὶ τοῦ αἰῶνος*, u. f.

wurfe zu begegnen, welchen Jemand aus ihm herleiten könnte, als sei der Israelitische Gottesbegriff ein anderer, als der Anaxagorische. Jehovah bleibt auch bei diesem Glauben der Eine unendliche allmächtige und allwissende reine Geist, der die ganze sichtbare Ordnung aller Dinge, der natürlichen wie der menschlichen, hervorgerufen hat und lenkt, und wird als ein solcher auch bei diesem Glauben selbst vorausgesetzt, welcher eben nur die Erklärung der thatsächlichen Lage der menschlichen Verhältnisse aus dem angegebenen Gottesbegriffe war.

Nachdem wir die Lehre des Anaxagoras und der Israeliten von dem Walten der Gottheit über das menschliche Leben näher betrachtet und, soweit es von der Seite des ersteren, der auf diesem Gebiete nicht ins Bestimmtere eingegangen ist, zulässig war, verglichen haben, so müssen wir auch noch die Ansicht Beider von der Natur des Menschen an sich und von seiner Stellung in der Weltordnung überhaupt genauer untersuchen. Von Anaxagoras melden die Alten, dass er die lebendigen Wesen und mit ihnen natürlich auch den Menschen im Anbeginn, bei der Bildung der Welt durch den unendlichen reinen Geist, aus der Erde habe hervorgehen und dann sich durch Begattung fortpflanzen lassen. Denn so berichtet Plutarch: „nach der Einrichtung der Welt habe er die lebendigen Wesen aus der Erde hervorgerufen;“ und der Sammler Diogenes: er habe gelehrt, „dass die lebendigen Wesen aus Feuchtem und Warmem und Erdigem, später aber aus einander geworden seien;“ wonach er sich die Entstehung derselben ähnlich, wie Empedokles, aus einer Art von Schlamm unter Einwirkung der Sonne oder des Feuers gedacht zu haben scheint.[413] Woraus aber der Mensch im Anfange entstanden sei, dahin, lehrte er, kehre er im Tode zurück, wie sich aus folgendem Berichte des Herakleitos,

---

413) Plutarch. de plac. philos. II, 8. ap. Euseb. Praep. Ev. XV, 39: *Διογένης, Ἀναξαγόρας, μετὰ τὸ συστῆναι τὸν κόσμον, καὶ τὰ ζῶα ἐκ τῆς γῆς ἐξαγαγεῖν, κτλ.* Diog. L. II, 9: *ζῶα γενέσθαι ἐξ ὑγροῦ καὶ θερμοῦ καὶ γεώδους, ὕστερον δὲ ἐξ ἀλλήλων.* Dazu Origen. Philosophum. 8: *ζῶα δὲ τὴν μὲν ἀρχὴν ἐν ὑγρῷ γενέσθαι, μετὰ ταῦτα δὲ ἐξ ἀλλήλων.* Irenaeus adv. haeret. II, 19: Anaxagoras autem, qui et atheus cognominatus est, dogmatizavit, facta animalia decidentibus e coelo in terram seminibus. Ueber die Entstehung der Gewächse: Theophrast. Hist. plant. III, 2: *Ἀναξαγόρ ς μὲν τὸν ἀέρα πάντων φάσκων ἔχειν σπέρματα, καὶ ταῦτα συγκαταφερόμενα τῷ ὕδατι γεννᾶν τὰ φυτά.* Aristot. de plant. I, 2: *εἶπε δὲ Ἀναξαγόρας, ὅτι ἡ ὑγρότης τούτων ἐστὶν ἀπὸ τῆς γῆς. καὶ διὰ τοῦτο ἔφη πρὸς Λεχίνεον, ὅτι ἡ γῆ μήτηρ μὲν ἐστι τῶν φυτῶν, ὁ δὲ ἥλιος πατήρ.* Vgl. H. Ritter Gesch. d. Ion. Philos. S. 282 u. 288 f. Mit der Lehre von den Homoiomerieen konnte Anaxagoras diese Ansicht gar wohl vereinigen, wenn er sich die Bestandtheile der lebendigen Geschöpfe vorzugsweise in dem Wasser und der Erde enthalten dachte.

Verfassers der Homerischen Allegorien, ergiebt: Anaxagoras betrachtete das Wasser und die Erde als die Hauptbestandtheile des Menschen, „und diese Meinung pflanzte zuerst Homer, welcher dem Anaxagoras die Keime zu seiner Ansicht darbot in jenen Worten:

Aber o möchtet ihr all' in Wasser und Erd' euch verwandeln!

Denn Jegliches, das aus irgendwelchen Stoffen entsteht, löst sich in dieselben beim Untergange auf, gleichsam als wenn die Natur das, was sie im Anfange dargeliehen, zuletzt als Schuld wieder zurücknähme. Daher denn Euripides, den Lehren des Klazomeniers anhängend, sagt: Zurückkehrt, was aus der Erde geworden ist, in die Erde, und was aus ätherischem Samen entsprossen ist, in den Aether.“ [414] Dabei liess Anaxagoras den Geist, welchen er, wie oben gezeigt worden ist, [415] als Eines mit der animalischen Seele ansah, in das leibliche Gebilde „von aussen her eingeführt werden,“ und beim Tode sich vom Körper scheiden. [416]

Ganz dieselbe Ansicht, dass die lebendigen Wesen im Anbeginn aus der Erde hervorgegangen seien, und nach diesem sich durch einander fortpflanzten, finden wir in der heiligen Schöpfungsurkunde der Israeliten, in welcher es ausdrücklich heisst bei dem Elohisten: „Da sprach Gott: Es bringe die Erde hervor lebendige Wesen nach ihrer Art, Vieh und Gewürm und Thiere der Erde nach ihrer Art!“ und bei dem Jehovisten: „Da bildete Gott Jehovah aus der Erde alle Thiere des Feldes und alle Vögel des Himmels;“ und auch die Anordnung, die sich von selbst versteht, dass die Geschöpfe sich fortan durch einander fortpflanzen sollten, wird von dem Elohisten ausdrücklich hervorgehoben, indem er schreibt: „Und Gott segnete sie und sprach: Seid fruchtbar und mehret euch, und erfüllet das Wasser im Meer, und das Gevögel

---

414) Heraclit. Allegor. Hom. 22: *ὁ Κλαζομένιος Ἀναξαγόρας, κατὰ διαδοχὴν γνώριμος ὢν Θάλητος, συνέζευξε τῷ ὕδατι δεύτερον στοιχεῖον τὴν γῆν· ἵνα ξηρῷ μιχθὲν ὑγρὸν ἐξ ἀντιπάλου φύσεως εἰς μίαν ὁμόνοιαν ἀνακραθῇ. καὶ ταύτην δὲ τὴν ἀπόφασιν πρῶτος Ὅμηρος ἐγεώργησεν, Ἀναξαγόρᾳ σπέρματα τῆς ἐπινοίας χαρισάμενος, ἐν οἷς φησιν·*

Ἀλλ' ὑμεῖς μὲν πάντες ὕδωρ καὶ γαῖα γένοισθε. (Hom, Il. VII, 99.)

πᾶν γὰρ τὸ φυόμενον ἔκ τινων εἰς ταὐτὰ ἀναλύεται διαφθειρόμενον, ὡςπερεὶ τῆς φύσεως, ἃ δεδάνεικεν ἐν ἀρχῇ, χρέα κομιζομένης ἐπὶ τέλει· διὸ δὴ τοῖς Κλαζομενίοις δόγμασιν ἑπόμενος Εὐριπίδης φησί·

Χωρεῖ δ' ὀπίσω τὰ μὲν ἐκ γαίας
Φύντ' εἰς γαῖαν, τὰ δ' ἀπ' αἰθερίου
Βλαστόντα γονῆς εἰς αἰθέρα.

Vgl. Valckenaer Diatr. in Eurip. perd. dram. reliq. p. 19 sq.

415) S. oben S. 82 f.

416) Stob. Eclog. phys. I, p. 790: *θύραθεν εἰςκρίνεσθαι τὸν νοῦν.* Vgl. Plutarch. de plac. philos. V, 25. in Anm. 429 *τὸν διαχωρισμόν.*

mehre sich auf der Erde!"[417] Und nicht blos die Thiere, sondern auch den Menschen lässt der Jehovist im Anfange aus der Erde entstehen, indem er sagt: „Da bildete Gott Jehovah den Menschen aus Staub von der Erde;" und ebenso lehrt Sirach: „Der Herr schuf aus Erde den Menschen," und er nennt die Erde ausdrücklich die Mutter Aller, indem er schreibt: „Ein schweres Joch liegt auf den Söhnen Adams, vom Tage an, wo sie aus ihrer Mutter Leibe hervorgehen, bis zum Tage der Rückkehr zur Mutter Aller;" und auch im Buche der Weisheit sagt Pseudo-Salomo: „Auch ich bin ein sterblicher Mensch, gleich allen andern, ein Abkömmling des erdgebornen Erstgeschaffenen."[418] Um den hohen Werth, welchen der Mensch in den Augen Gottes hatte, auszudrücken, stellen die heiligen Schriften es so dar, als ob Gott selber nach Weise eines Thonkünstlers ihn gebildet habe; so thut schon der Jehovist, und in dieser Anschauung sagt auch Hiob: „Gedenke doch, dass wie Thon du mich formtest;" und Jesaja: „Spricht wol der Thon zu seinem Künstler: was machst du?"[419] Auch diese Verbildlichung steht im besten Einklange mit der Ansicht des Anaxagoras, dessen Noos ja ebenfalls, wie wir oben gesehen, als Künstler oder Werkmeister von den Alten dargestellt wird.[420] Selbst dass die Urmasse, aus welcher der Mensch zuerst entstanden sein soll, bei dieser Verbildlichung als eine Art von Schlamm aus Wasser und Erde vorgestellt wird, ist ganz Anaxagorisch. Ferner lässt der Jehovist, gleich dem Anaxagoras, auch den Geist, welchen er mit den übrigen heiligen Schriften, wie oben gezeigt worden ist, auch als Eines mit der animalischen Seele betrachtet,[421] von aussen her in das leibliche Gebilde eingepflanzt werden; denn er schreibt:

---

417) 1 Mos. 1, 24. 2, 19. u. 1, 22. Dazu Ps. 104, 29. u. Sir. 16, 30.

418) 1 Mos. 2, 7. Sir. 17, 1. u. 40, 1: *ἕως ἡμέρας ἐπὶ ταφῇ εἰς μητέρα πάντων.* Weish. 7, 1: *γηγενοῦς ἀπόγονος πρωτοπλάστου.* Dazu 1 Mos. 3, 19. Kohel. 12, 7. Hiob 10, 9. u. 34, 15.

419) Rosenmüller l. c. ad Genes. 2, 7: „Formavitque Jova Deus hominem glebam argillaceam e terra." Verbum fingendi seu formandi, יָצַר, proprie refertur ad delineationem membrorum corporis in similitudinem figuli, vasi formam dantis. Vgl. Luther in Anm. 335 u. v. Bohlen zu d. St. Dazu Hiob 10, 9. u. Jes. 45, 9. Vgl. Jes. 29, 16. 64, 8. Vgl. auch die Aegyptische und Empedokleische Anschauung, Emped. u. d. Aegypter S. 111 f. und zu ihr die Bemerkung des Simplicius über die Israelitische Kosmogonie, in Aristot. Phys. fol. 268, a: *ὅτι μυθική τίς ἐστιν ἡ παράδοσις καὶ ἀπὸ μύθων Αἰγυπτίων εἱλκυσμένη.* Eine Aehnlichkeit der Aegyptischen Kosmogonie mit der Israelitischen zeigt sich auch in der schwarzen Spitze der Pyramide, Emp. u. d. Aegypter S. 120, Anm. 269.

420) S. oben S. 40 f.

421) S. oben S. 84 f.

„Da bildete Gott Jehovah den Menschen aus Staub von der Erde, und hauchte in seine Nase den Odem des Lebens, und da ward der Mensch ein lebendiges Wesen.“ [422] Endlich lehren die heiligen Schriften der Israeliten auch ganz so, wie Anaxagoras, dass der Mensch bei seinem Tode ebendahin zurückkehre, woraus er im Anfange geworden. Denn so redet Gott in der Darstellung des Jehovisten zum Menschen: „Im Schweisse deines Angesichts sollst du das Brot essen, bis dass du zurückkehrest zur Erde; denn von ihr bist du genommen; denn Staub bist du, und zum Staube sollst du zurückkehren;“ und im Buche Koheleth steht geschrieben: „Zurückkehrt der Staub zur Erde, wie er gewesen, der Lebenshauch aber kehret zu Gott, der ihn gegeben hat.“ [423] Ja in der vollständigsten Uebereinstimmung mit dem angeführten Berichte des Herakleitos über die Lehre des Anaxagoras schreibt Sirach: „Alles, was von der Erde ist, kehret wieder zur Erde, und was von Wasser, fliesset wieder ins Meer.“ [424] Sogar die Vorstellung, welche Herakleitos dem Anaxagoras zuschreibt, dass die Bestandtheile des Menschen ein Darlehn seien, die bei seinem Tode als eine Schuld von ihm zurückgefordert werden, findet sich klar ausgesprochen im Buche der Weisheit; ausdrücklich wird hier der Mensch dargestellt als ein solcher, „der den Odem von einem Andern geliehen bekommen,“ „der, vor Kurzem aus Erde entstanden, in Bälde dahin fähret, wovon er genommen ist, wenn das Darlehn der Seele wieder von ihm gefordert wird.“ [425]

Hiebei lässt sich die nähere Erörterung der Frage nicht zurückweisen, wie Anaxagoras und die Israeliten über das Geschick des Menschen nach dem Tode gedacht, ob sie die Unsterblichkeit der menschlichen Seele geglaubt haben. Wie Anaxagoras hierüber gedacht hat, wird uns von den Alten nicht ausdrücklich gemeldet; doch lässt sich seine Ansicht aus dem, was er über die Natur des Menschen lehrte, mit hinreichender Sicherheit ermitteln. Es ist oben gezeigt worden, dass er den unendlichen reinen Geist oder Noos als Eines mit der Seele und als das gemeinsame Lebensprincip aller Geschöpfe betrachtete; [426] nur diesen konnte er

422) 1 Mos. 2, 7. Dazu Weish. 15, 11.

423) 1 Mos. 3, 19. u. Kohel. 12, 7. Dazu Hiob 10, 9. 34, 14 f. Kohel. 3, 20. Ps. 90, 3. 146, 4. Sir. 17, 1. 2. 40, 1. 41. 41, 13 (10.). Tob. 3, 6.

424) Sir. 40, 11: *πάντα, ὅσα ἀπὸ γῆς, εἰς γῆν ἀναστρέφει, καὶ (ὅσα) ἀπὸ ὑδάτων, εἰς θάλασσαν ἀνακάμπτει.*

425) Weish. 15, 16: *τὸ πνεῦμα δεδανεισμένος*, u. 15, 8: *ὃς πρὸ μικροῦ ἐκ γῆς γεννηθεὶς μετ' ὀλίγον πορεύεται ἐξ ἧς ἐλήφθη, τὸ τῆς ψυχῆς ἀπαιτηθεὶς χρέος.*

426) S. oben S. 82 f.

daher auch, wie wir soeben von den Alten vernommen, „von aussen her“ als die belebende Seele in den Körper des Menschen herein treten und beim Tode sich wieder vom Körper scheiden lassen, wonach ihm der letztere wieder in die ursprünglichen todten Stoffe zerfiel.[427] Bei dieser Vorstellung musste er nothwendig zwar die Bestandtheile des Menschen als solche, und nicht blos seinen Geist, sondern auch die Stoffe, aus denen der Körper gebildet ist, für unzerstörbar, dagegen den Menschen selber als besonderes Wesen für vergänglich ansehen. Insofern ihm nämlich die Seele des Menschen ein Theil oder Ausfluss des unendlichen Geistes war, den er eben als das Lebensprincip allen Geschöpfen inwohnen liess, konnte er sie nimmermehr der Vernichtung unterwerfen, sondern nur annehmen, dass bei dem Tode des Menschen der unendliche Geist seine beseelende Kraft aus ihm blos zurückziehe;[428] insofern ihm aber die Seele mit der Scheidung vom Körper doch ihr besonderes Dasein verlieren musste, durfte er allerdings sagen, wie er wirklich gesagt haben soll: „dass die Scheidung auch der Tod der Seele sei.“[429] Der Mensch als besonderes, eigenes Wesen musste ihm nothwendig durch den Tod vernichtet werden. Denn was konnte ihm von dem Menschen nach dem Tode noch Eigenes übrig bleiben, wenn einerseits der unendliche Geist die belebende Kraft und Vernunft und anderseits die Erde die leiblichen Stoffe als ihr blosses Darlehn wieder zurücknahmen? Genau betrachtet, hat ja der Mensch, nach Anaxagoras, selbst in seinem besonderen Dasein keine wirkliche Besonderheit; es ist vielmehr nur eben der unendliche Geist, der, wie in allen Geschöpfen, in ihm waltet „und der,“ wie schon Breier ganz richtig bemerkt, „dem Menschen nur einen leeren nichtigen Schein von Individualität und Persönlichkeit übrig lässt.“[430] Nach der Ueberlieferung der Alten hat Anaxagoras freilich auch von der Unterwelt oder dem Hades als der Wohnung der Verstorbenen geredet; denn Cicero berichtet mit dem Sammler Diogenes von ihm: „Als bei seinem Tode zu Lampsakos seine Freunde ihn fragten, ob er nicht, falls ihm Etwas zustiesse, nach Klazomenä in sein Vaterland gebracht zu werden wünschte, so gab er ihnen zur Antwort: Das ist gar nicht nöthig; denn es ist aller Orten gleich weit in die Unterwelt.“[431] Aber da er bei seiner Ansicht

427) S. Anm. 416 u. vgl. Breier oben S. 136.
428) Vgl. Breier a. a. O. S. 78, hier oben S. 136.
429) Plutarch. de plac. philos. V, 25: *εἶναι δὲ καὶ ψυχῆς θάνατον τὸν διαχωρισμόν.*
430) Breier a. a. O. S. 78.
431) Cic. Tuscul. I, 43: Praeclare Anaxagoras: qui quum Lampsaci

von der Natur des Menschen ein besonderes Fortleben nach dem Tode nicht annehmen konnte, und den Tod der Seele auch wirklich behauptete, so kann er mit der Unterwelt unmöglich etwas Anderes, als nur, indem er sich an die herrschende Anschauung und Redeweise seines Volkes anschloss, ein finsteres nichtiges Schattenreich, eine Versinnlichung des Zustandes des Nichtseins der Verstorbenen gemeint haben. Aus seiner angeführten Aeusserung selbst leuchtet auch Nichts weniger, als ein frohes hoffnungsvolles Hinübersehen in das Jenseits hervor; davon zeigt sich auch sonst in den Ueberlieferungen nirgends die leiseste Spur, sondern in Allem, was die Alten in Bezug hierauf von ihm melden, ist, wie in dem eben Angeführten, nur eine ruhige hohe Ergebung in das unvermeidliche traurige Loos ausgedrückt. Denn so soll er, als die Athener ihm das Todesurtheil verkündigen liessen, gesagt haben: „Sowohl sie, als mich hat längst die Natur verurtheilt.“ [432] Auch wird erzählt: „Während Anaxagoras der Klazomenier sich einst mit seinen Freunden ernstlich unterhielt, kam Jemand und meldete ihm, dass seine beiden einzigen Söhne gestorben seien; da sprach er ohne alle Erschütterung: Ich wusste, dass ich Sterbliche gezeugt.“ [433] Mögen diese Erzählungen immerhin keinen Anspruch auf volle Glaubwürdigkeit haben, weil es zweifelhaft ist, ob Anaxagoras wirklich zum Tode verurtheilt worden, [434] und weil das Letztere auch von Solon und von Xenophon erzählt wurde, [435] so bleibt ihnen doch der Werth, dass sie bekunden, mit welcher Auffassung des Todes Anaxagoras den Alten bekannt war, dass die Alten von dem Klazomenier nicht wussten, er habe den Schrecknissen des Todes einen heiteren hoffenden Blick über das Grab hinaus, sondern, ganz übereinstimmend mit seiner eben entwickelten Lehre, nur eine ruhige Ergebung in das gemeinsame Geschick Aller entgegengehalten.

---

moreretur, quaerentibus amicis, velletne Clazomenas in patriam, si quid ei accidisset, afferri: nihil necesse est, inquit; undique enim ad inferos tantundem viae est. Diog. L. II, 11: *πρὸς τὸν δυςφοροῦντα, ὅτι ἐπὶ ξένης τελευτᾷ, πανταχόθεν, ἔφη, ὁμοία ἐστὶν ἡ εἰς Ἅιδου κατάβασις.*

432) Diog. L. II, 13: *εἰπεῖν περὶ μὲν τῆς καταδίκης, ὅτι ἄρα κἀκείνων κἀμοῦ πάλαι ἡ φύσις κατεψηφίσατο.*

433) Aelian. V. H. III, 2: *Ἀναξαγόρᾳ τις τῷ Κλαζομενίῳ σπουδάζοντι πρὸς τοὺς ἑταίρους προςελθὼν ἔφη τεθνηκέναι οἱ τοὺς δύο παῖδας, οὕςπερ οὖν καὶ εἶχε μόνους ὁ Ἀναξαγόρας· ὁ δὲ μηδὲν διαταραχθεὶς εἶπεν· ᾔδειν θνητοὺς γεγεννηκώς.* Dieselbe Erzählung b. Diog. L. II, 13. und mit Erwähnung nur Eines Sohnes b. Plutarch. de cohib. ira 16. Consol. ad Apollon. 33. Cic. Tuscul. III, 24. Valer. Max. V, 10. Simplic. in Epict. Enchir. 22. p. 125. Dio Chrysost. Orat. XXXVII, p. 120 ed. Reisk. Vgl Schaubach l. c. p. 52 sq.

434) S. Schaubach l. c. p. 47 sq.

435) S. Diog. L. II, 13. u. 55. und Menag. ad l. c.

Welche ganz andere Auffassung des Todes, als bei ihm, haben wir bei Herakleitos und bei Empedokles![436]

Dieselbe Auffassung des Todes, die sich hier bei Anaxagoras ergeben hat, ergiebt sich aus der Ansicht der Israeliten von der Natur des Menschen. Auch sie denken ja, dass der unendliche reine Geist oder Jehovah das gemeinsame inwohnende Lebensprincip aller Geschöpfe und insbesondere des Menschen sei.[437] Auch nach ihnen hat daher der Mensch, genau angesehen, schon hienieden in seinem besondern Dasein nur eine scheinbare Besonderheit und Persönlichkeit, da vielmehr nur Jehovah's Geist, der alle Geschöpfe belebt, in ihm waltet; um so weniger kann daher auch bei ihnen der Gedanke aufkommen, dass der Mensch nach dem Tode als besonderes persönliches Wesen fortleben werde. Freilich das können auch sie, wie Anaxagoras, nimmermehr glauben, dass die Seele an sich, ihrer Wesenheit nach, der Vernichtung unterworfen sei, weil sie dieselbe als einen Theil oder Ausfluss des unendlichen ewigen Geistes betrachten, und wirklich lehren sie, wie bereits dargelegt, dass bei dem Tode des Menschen die Seele oder der Lebenshauch von Jehovah blos zurückgenommen werde.[438] Aber der Mensch als besonderes Wesen musste ihnen, gleich dem Anaxagoras, nothwendig durch den Tod vernichtet werden; denn was konnte auch ihnen da von dem Menschen noch Eigenes übrig bleiben, wenn einerseits Jehovah das Darlehn der Seele, und anderseits die Erde das Darlehn der leiblichen Stoffe von ihm zurückfoderte? Wie sie bei dieser Ansicht von der Natur des Menschen den Tod unabweislich als Vernichtung desselben, seiner Besonderheit und Persönlichkeit nach, auffassen mussten, so haben sie ihn laut den urkundlichen Vorlagen auch wirklich aufgefasst.[439] Eine

---

436) Vgl. Herakleitos u. Zoroaster S. 51 f. Emped. u. d. Aegypter S. 60 f.

437) S. oben S. 84 f.

438) S. oben S. 86 f.

439) S. de Wette Bibl. Dogm. §. 113 u. 178 f. Dazu Ph. Conz: War die Unsterblichkeitslehre den alten Ebräern bekannt und wie? in Paulus Memorab. St. III, Nr. 6, S. 141 ff. Thym Historisch-krit. Darstellung der Jüd. Lehre von einer Fortdauer nach dem Tode, Berlin 1795. 8. Ziegler Die Vorstellungen der Hebräer von Fortdauer, Leben und Vergeltungszustande nach dem Tode, in dess. Theolog. Abhandlungen B. II. (Göttingen 1804. 8.) S. 167 ff. Strauss Die Christl. Glaubenslehre B. I, Einl. §. 3, S. 31 d. Ausg. 1840. u. A. Treffend bemerkt Ziegler a. a. O. S 170: „Es hat ein ganz eigenes Interesse, selbst für den philosophischen Anthropologen, zu sehen, wie eine ganze sehr religiös denkende Nation des Alterthums bei ihrem Glauben an einen heiligen Gott und eine gerechte Vorsehung den Glauben an ein Leben und einen Vergeltungszustand nach dem Tode entbehren konnte, ohne die Ueberzeu-

solche Vorlage und die schon fast allein in der Sache entscheidet, ist erstens die bereits entwickelte Vergeltungslehre des Volkes, welche den Glauben an ein persönliches Fortleben im Jenseits ausschliesst, indem sie mit allen nur erdenklichen Ausflüchten gegen den Widerspruch der Erfahrung und selbst mit der gröbsten Verletzung des Rechtsgefühls und des Gottesbegriffes die Bestrafung der Bösen und Belohnung der Frommen schon im irdischen Leben behauptet, und nicht im Entferntesten daran denkt, dass Beides, soweit es hienieden nicht stattfinde, im Jenseits erfolgen könne. [440] Ja wir haben gesehen, dass selbst der Verfasser des Buches Hiob, der doch jene Vergeltungslehre und deren Ausflüchte geradezu bekämpft, und den Widerspruch der Erfahrung gegen dieselbe, das Glück vieler Frevler und das Unglück vieler Frommen bis an ihr Lebensende, vollständig anerkennt, diesen Gedanken ebenfalls aus keiner Sylbe hervorblicken lässt, ungeachtet er sich in ihm zu allernächst und am gründlichsten hätte beruhigen müssen, sondern das Problem nur durch die Hinweisung auf die Unerforschlichkeit des göttlichen Rathschlusses löset. [441] Dazu kommt, dass auch die oben beleuchtete Messianische Verheissung von keinem rein geistigen seligen Leben im Jenseits weiss, sondern die endliche Herstellung der menschlichen Seligkeit blos in einem dereinstigen vollendeten irdischen Gottesreiche erwartet. [442] Auch der Umstand, dass die Israeliten seit ihrer näheren Bekanntschaft mit den Persern so bereitwillig aus der Zoroastrischen Religion die Auferstehungslehre aufnahmen, welche sie dann mit ihrer Messianischen Erwartung verschmolzen, [443] beweist zur Genüge, dass ihre eigene Religion ihnen keine beruhigende Aussicht in das Jenseits eröffnete; wesshalb auch noch in der Christlichen Zeit, als der Glaube an die Auferstehung bei ihnen fast die allgemeine Herrschaft erlangt hatte, gleichwohl die Sadducäer, welche alles aus der Israelitischen Grundansicht nicht Ableitbare und blos äusserlich Aufgenommene, namentlich auch die Engel und Dämonen, leugneten, [444] gegen den Auferstehungsglau-

---

gung von einer moralischen Weltregierung aufzugeben, wenn ihr gleich die Wahrnehmung des Missverhältnisses zwischen dem Wohlverhalten und Wohlsein hier auf Erden nicht entging."

440) S. oben S. 125 f.

441) S. oben S. 130 f.

442) S. oben S. 142 f.

443) S Gesenius zu Jes. 26, 19. Vgl. Ezech. 37, 1 f. Dazu Dan. 12, 2. 13. 2 Makk. 7, 9 ff.

444) Ap. Gesch. 23, 8: *Σαδδουκαῖοι μὲν γὰρ λέγουσι, μὴ εἶναι ἀνάστασιν, μηδὲ ἄγγελον, μήτε πνεῦμα.* Schon de Wette bemerkt in s. Bibl. Dogm. §. 176 hierüber ganz richtig: „Dass die Sadducäer, im Widerspru-

ben mit Bestimmtheit die Vernichtung des Menschen im Tode behaupteten.[445] Zu allem diesem vernehmen wir nun, wie auch die heiligen Schriften des Volkes sich offen über die Verstorbenen aussprechen. In den Psalmen werden die Verstorbenen mit den klarsten Worten als Vernichtete beschrieben, deren Gott nicht mehr gedenke und um die er sich nicht mehr kümmere, und die ihrerseits auch von ihm nicht mehr wissen. So klagt in den Psalmen ein frommer Sänger zu Jehovah: „Geachtet bin ich gleich den ins Grab Gesunkenen, bin wie ein Mann ohne Kraft, unter den Todten hingestreckt, gleich den Erschlagenen, die im Grabe liegen, deren du nicht mehr gedenkest, und die ausgeschlossen von deiner Hand." „Mein Auge verschmachtet vor Elend; ich rufe dich, Jehovah, den ganzen Tag, breite zu dir meine Hände. Wirst du an den Todten Wunder üben, erstehen Schatten, und preisen dich? Wird im Grabe deine Gnad' erzählet, deine Treu' im Abgrund? Wird in der Finsterniss dein Wunder kund, und deine Gerechtigkeit im Lande des Vergessens?"[446] Und ebenso heisst es in mehren anderen Psalmen: „Blick' ab von mir, dass ich mich erheitere, bevor ich hingehe, und nicht mehr bin!" „Welcher Gewinn bei meinem Blute, meinem Sinken zur Grube? Kann Staub dich preisen, verkünden deine Treue?" „Denn nicht im Tode gedenket man dein; in der Unterwelt, wer kann dich preisen?" „Nicht die Todten loben Jah, noch Alle, die zur Stille hinabgesunken."[447] Aus dem gleichen

---

che gegen die Pharisäer, die Existenz der Engel und Geister leugneten, hing mit ihrem Unglauben an die Unsterblichkeit der Seele und ihrer althebräischen Ansicht und Verwerfung der spätern ausländischen Lehren zusammen. Es beweist dies zugleich die ursprünglich mythische Bedeutung der Engel." Wären die Engel bei den alten Israeliten keine blosse Poesie, sondern wirkliche Wesen, so hätte ihre heilige Schöpfungsurkunde nothwendig auch die Erschaffung derselben angeben müssen, wie es in den Kosmogonieen der anderen Völker geschieht; aber wir finden dort der Erschaffung von Engeln mit keiner Sylbe gedacht, sondern vielmehr den Menschen als das Höchste und Gottähnlichste unter allem Erschaffenen dargestellt. Dazu kommt, dass in den ältesten heiligen Schriften „der Engel Jehovah's auch geradezu mit der Vorstellung Jehovah's selber zusammenfliesst, z. B. 1 Mos. 16, wo der V. 7 erwähnte Engel Jehovah's, der mit Hagar redet, V. 13 zu Jehovah selber wird, „der mit ihr geredet." Vgl. 1 Mos. 19 u 22, Richt 6, 11 f 13, 22. Dazu Ziegler Ueber das Buch der Richter, in s. Theolog. Abhandl. B. I. S. 284. Br. Bauer Die Religion des A. T. B. I, §. 7, S. 80.

445) Flav. Joseph Antiq. Jud. XVIII, 1, 4: *Σαδδουκαίοις δὲ τὰς ψυχὰς ὁ λόγος συναφανίζει τοῖς σώμασι.* de bello Jud. II, 8, 14: *ψυχῆς τε τὴν διαμονὴν καὶ τὰς ἐν ᾅδου τιμωρίας καὶ τιμὰς ἀναιροῦσι.* Matth. 22, 23: *προσῆλθον αὐτῷ Σαδδουκαῖοι, οἱ λέγοντες μὴ εἶναι κατάστασιν, κτλ.* Dazu Ap. Gesch. 23, 8. in Anm 444.

446) Ps. 88, 5 f. 11 f.

447) Ps. 39, 14. 30, 10. 6, 6. u. 115, 17.

Tone klingt das „Lied Hiskia's, Königs von Juda, als er krank gewesen, und genesen war von seiner Krankheit," bei Jesaja: „Ich sprach: Nicht werd' ich (fürder) Jehovah sehen, Jehovah im Lande der Lebenden; nicht ferner Menschen schauen, bei den Bewohnern des stillen Landes. Meine Wohnung wird abgebrochen und wandert von mir wie ein Hirtenzelt; ich schneide ab wie der Weber mein Leben; vom Trumm löst er mich ab; in Tag und Nacht machst du's aus mit mir. Ich harrete bis zum Morgen; gleich dem Löwen, so zermalmte er all meine Gebeine. In Tag und Nacht machst du's aus mit mir." „Siehe, zum Heil ward das Leiden mir, das Leiden, und du zogst liebevoll meine Seele aus der Vernichtung Grube; denn du warfest hinter deinen Rücken all meine Sünden. Denn nicht die Unterwelt preiset dich, der Tod nicht lobsingt dir; nicht harren, die in die Grube sanken, auf deine Treue. Der Lebende, der Lebende, er preiset dich, wie ich heute."[448] Dieselbe trostlose Ansicht vom Tode entwickelt auch der Verfasser des Buches Hiob: „Die Bewohner von Lehmhütten, deren Grund auf Staub ruhet: sie werden zerstört wie von Motten; vom Morgen zum Abend werden sie zertrümmert; ohne dass man's achtet, auf immer gehen sie unter." „Es schwindet die Wolke, und fähret hin: also wer zur Unterwelt sinkt, steigt nicht wieder empor." „Denn es ist für den Baum Hoffnung: wird er abgehauen, so grünet er wieder, und seine Sprösslinge nehmen nicht ab. Altert in der Erde seine Wurzel, und stirbt im Boden sein Stamm: vom Dufte des Wassers sprosset er auf, und treibt Aeste, wie neu gepflanzet. Aber stirbt der Mann, so liegt er da; verscheidet der Mensch, wo ist er? Es verfliesset das Wasser aus dem See, und der Strom versieget und trocknet: so liegt der Mensch, und erhebt sich nicht wieder; bis der Himmel vergeht, erwachen sie nicht, und regen sich nicht aus ihrem Schlafe." „Dort lassen Frevler vom Toben, und dort feiern Ermüdete an Kraft; zusammen rasten Gefangene, und hören nicht die Stimme des Treibers; Klein und Gross ist dort Derselbe, und der Knecht ist frei von seinem Herrn."[449] Demnach befindet sich auch der Verfasser des Buches Koheleth hier in vollkommener Uebereinstimmung mit der herrschenden Lehre, indem er schreibt: „Das Schicksal der Menschensöhne ist wie das Schicksal des Thieres, und Ein Schicksal haben sie. Wie dieses stirbt, so stirbt jener; Ein Lebenshauch ist in Allen, und einen Vorzug des Menschen vor

448) Jes. 38, 9 f.
449) Hiob 4, 19 f. 7, 9. 14, 7 f. u. 3, 17 f. Vgl. Hiob's Hoffnungen. in Eichhorn's Bibliothek B. I, St. 3, S. 367 ff.

dem Thiere giebt es nicht; denn Alles ist eitel. Alles gehet dahin an Einen Ort. Alles ward aus dem Staube, und Alles kehret zum Staube."[450] Selbst noch Sirach nennt, in treuer Anschliessung an die alten heiligen Schriften, den Tod einen „ewigen Schlaf," und sagt: „Wer kann den Höchsten in der Unterwelt preisen, anstatt der Lebendigen, und ihm lobsingen? Für den Todten, als der nicht mehr ist, hat Lobsingen ein Ende."[451] Und ganz übereinstimmend redet auch der Verfasser des Buches Baruch zu Gott: „Du thronest ja in Ewigkeit, wir aber vergehen in Ewigkeit," und sagt in einer anderen Stelle ebenfalls: „Nicht die Verstorbenen in der Unterwelt, deren Geist aus ihrem Eingeweide genommen ist, geben dem Herrn Ehre und Gebühr."[452] Zwar hören wir allerdings auch, wie oben den Anaxagoras, hier die Israeliten von der Unterwelt oder dem Scheol als der Wohnung der Verstorbenen reden, wie wenn sie ein Fortleben in ihr glaubten; aber ihre Unterwelt ist, gleich der Anaxagorischen, augenfällig nichts weiter, als, wie schon Conz ganz richtig bemerkt, nur eine Versinnlichung des Zustandes des Nichtseins.[453] Denn sie wird ja ausdrücklich beschrieben als das „Land des Vergessens," als das „Land der Dunkelheit und Todesnacht," als die „Stille," wo die Verstorbenen in „ewigem Schlafe" ruhen, und „kein Thun, noch Klugheit, noch Einsicht, noch Weisheit," überhaupt kein Bewusstsein ist, indem sie auch von Gott nicht wissen, wo unter ihnen „gebettet ist mit Gewürm," und ihre „Decke sind Motten," wo sie sind „gleich Kindern, welche das Licht nicht gesehen," gleich denen, die nie ins Dasein getreten oder nicht sind.[454] So wird in den heiligen Schriften des Volkes die Lehre von dem Fortleben des Menschen nach dem Tode mit der grössten Bestimmtheit verleugnet. Aber, fragt Conz, „sind in der Geschichte der Begebenheiten der alten Hebräer selbst keine Spuren vorhanden, die auf den Glauben an diese Lehre hinweisen? bei dem vielen Wunderbaren, das hier eingeflochten ist, den mannichfaltigen

450) Kohel. 3, 19 f. Dazu 9, 10. u. 12, 7.

451) Sir. 46, 22. (19.): *πρὸ καιροῦ κοιμήσεως αἰῶνος.* 17, 25 f. (27 f.): *ἀπὸ νεκροῦ ὡς μηδὲ ὄντος ἀπόλλυται ἐξομολόγησις.* Vgl. Dähne Jüdisch-Alexandrin. Religionsphilos. B. II, S. 127 f.

452) Bar. 3, 3. u 2, 17. Vgl. Dähne a. a. O. B. II, S. 151.

453) Conz a. a. O. S. 162. Vgl. Ziegler a. a. O. S. 204.

454) Ps. 88, 13. Hiob 10, 21. Ps. 115, 17. Hiob 14, 12. u. Sir. 46, 22 (19.). Kohel. 9, 10. u. Ps. 6, 6. 30, 10. 115, 17. Jes. 38, 18 u. s. Jes. 14. 11. Hiob 3, 16 Wenn Manche darauf ein Gewicht legen, dass Jesaja 14, 9 f. die Bewohner der Unterwelt in Bewegung gerathen lässt und ihnen selbst Rede in den Mund legt, so übersehen sie, ungeachtet es augenfällig ist, dass er dies blos in dichterischer Weise thut.

Erscheinungen, die hier vorkommen, keine Belehrung eines Engels über die Fortdauer, kein Laut, keine Stimme von den Gräbern herüber? Ich suche und sehe mich vergebens um. Alles still, wie das Grab selber, über die grosse Frage: sein oder nicht sein! Nicht einmal an sie gedacht zu haben scheinen sie. Mit dumpfem Gleichmuth fallen sie in die Arme des nothwendigen Todes; sinnlicher Genuss der Gegenwart rückt ihnen das Schreckliche desselben vom Auge hinweg, und sie halten sich allein an den leidigen Trost, hinzugehen, wo die Väter, wo das übrige Volk hingegangen, dasselbige Schicksal mit allen Naturwesen um sie her zu erfahren." [455] Gegen all diese Vorlagen mühen aber dennoch Christliche Theologen sich ab, aus einigen Stellen der heiligen Schriften den Glauben an ein Fortleben nach dem Tode herauszupressen, indem sie dieselben auf die Folter der Auslegung bringen. So wollen sie ihn aus dem Ausdrucke: „zu den Vätern gesammelt werden," herausdeuten, während doch der Ausdruck, wie Conz ganz richtig bemerkt, nur „ein Euphemismus für sterben, und ein rührendes von den Familienbegräbnissen hergenommenes Bild ist," was ja auch Jakob deutlich genug ausspricht in den Worten: „Ich werde gesammelt zu meinem Volke, begrabet mich zu meinen Vätern in der Höhle, die auf dem Felde Ephron's, des Hethiters." [456] Dann wollen sie diesen Glauben auch durch die beiden Dichtungen von der Hinaufnahme Henoch's und Elia's zu Gott erweisen, die doch gerade das Gegentheil bezeugen, indem sie das Loos Henoch's und Elia's eben als ein einziges und beispielloses darstellen, und blos soviel bekunden, dass die Israeliten den Gedanken wol in zwei Mythen zuzulassen vermochten, aus ihrer Dogmatik aber ausschlossen. [457] Ferner ziehen sie auch die in den heiligen Schriften erwähnten Todtenbeschwörungen und insbesondere Saul's Heraufbeschwörung des Geistes Samuel's durch die Zauberei zu Endor als Beweis herbei, ungeachtet die heiligen Schriften jene Zaubereien ausdrücklich eben als einen Abfall von der Israelitischen Religion und als eine schwere Versündigung berichten. [458] Was alles, das von den benachbarten Völkern geglaubt worden, liesse sich auf

---

455) Conz a. a. O. S. 156 f.

456) 1 Mos. 49, 29. Conz a. a. O. S. 154.

457) S. 1 Mos. 5, 24. Sir. 44, 16. 49, 16 (14.). Hebr. 11, 5. u. 2 Kön. 2, 11. Dazu de Wette Bibl. Dogm. §. 114: „Von einem seligen Leben bei Gott liegen Andeutungen in dem Mythus der Wegnahme Henoch's und Elia's, und vielleicht in Ps. 17, 15. 73, 24. Eine Idee, die wenigstens der öffentlichen Religion fremd, und vielleicht anderswoher eingedrungen war."

458) S. 1 Sam. 28, 7 ff. 1 Chron. 10, 13.

solchem Wege nicht auch als Israelitisch darthun! Endlich rufen sie auch die Christlichen heiligen Urkunden zum Zeugniss auf, da nach diesen Christus jene Worte der alten heiligen Schriften des Volkes: „Ich bin der Gott Abraham's und der Gott Isaak's und der Gott Jakob's," in die Unsterblichkeitslehre deutete, indem er sprach, wie schon jene Schriften selbst lehrten: „Nicht ist Gott ein Gott der Todten, sondern der Lebendigen."[459] Aber die Worte: Ich bin der Gott Abraham's und Isaak's und Jakob's, haben im Bewusstsein der alten Schriftsteller augenfällig keinen anderen Sinn, als: Ich bin der Gott, der von Abraham und Isaak und Jakob verehrt wurde und über sie waltete, so dass Christus den neuen Sinn in die Worte erst hineinlegte, indem er sie, wie er durch seine Sendung vollkommen berechtigt war und auch mit der alten Messianischen Verheissung that, aus der grammatischen und historischen in die absolute Wahrheit umdeutete.[460] Selbst wenn Einer unter den Verfassern der alten heiligen Bücher den Glauben an ein Fortleben nach dem Tode wirklich irgendwo mit Klarheit ausspräche, könnte er ihn doch nicht aus der dargelegten Israelitischen Ansicht von der Natur des Menschen, sondern nur anderswoher geschöpft haben, wie späterhin die Israeliten fast allgemein den Auferstehungsglauben eben auch nur aus der Zoroastrischen Religion aufgenommen, welcher daher auch nicht als ein Bestandtheil der eigentlichen Israelitischen Religionslehre hier in Betracht kommen kann, sowenig wie die Ansicht des Buches der Weisheit, das hierin gleichfalls über den Israelitischen Gedankenkreis hinausschreitet.[461] Solange die Israeliten sich allein auf dem Boden ihrer eigenen Religion behaupteten, wie die Sadducäer auch noch unter der Fremdherrschaft des Auferstehungsglaubens thaten, hatten sie, gleich dem Anaxagoras, trotz ihrem Hervorleuchten in der Gotteserkenntniss, doch einen so trostlosen Blick in das Jenseits, wie kein ande-

459) Matth. 22, 31 f. Mark. 12, 26 f. Luk. 20, 37 f.

460) Vgl hierüber oben S. 29 f.

461) Grimm bemerkt zu Weish. 1, 12. S. 29 f.: „Uebrigens bezeichnet die Unsterblichkeitslehre unsers Verfassers in der jedenfalls wohl dem Platonismus entlehnten (s. zu K. 6, 19.) Annahme, dass die durch Weisheit verklärten Menschen zu Gott in den Himmel gelangen, einen wesentlichen Fortschritt in der Entwickelung des religiösen Bewusstseins unter den Juden und eine bedeutende Annäherung an das Christenthum, sowie auch kein Jüdischer Schriftsteller vor unserem Verfasser mit solcher Klarheit und Bestimmtheit, als dieser in K. 5, 1 ff., die Erwartung einer selbstbewussten, mit Rückerinnerung an das gegenwärtige Leben verknüpften Fortdauer nach dem Tode ausgesprochen hat." Vgl. dens. zu 3, 4 f. in Anm. 370.

res Volk des alten Morgenlandes, namentlich die Perser und die Aegypter.[462]

An die Betrachtung der Anaxagorischen und der Israelitischen Lehre von der Natur des Menschen, durch welche wir in die Untersuchung der Vorstellung vom Jenseits geführt worden sind, schliesst sich einfach die Betrachtung und Vergleichung auch der Ansicht von der Würde und Stellung des Menschen in der Weltordnung an. Da wir gesehen, dass Anaxagoras und die Israeliten den unendlichen Geist als das Eine gemeinsame Lebensprincip aller Geschöpfe denken, indem Anaxagoras ausdrücklich hervorhebt: „Sovieles da Leben hat, Gross und Klein, alles beherrscht der Geist," „der Geist aber ist durchaus gleich, in Gross und Klein,"[463] und indem auch die heiligen Schriften der Israeliten ausdrücklich sagen: Ein Geist oder, was hier Dasselbe, „Ein Lebenshauch ist in Allen," in den Thieren und den Menschen:[464] so könnte daraus leicht die Meinung entstehen, dass weder Anaxagoras noch die Israeliten von einem Unterschiede und Vorzuge des Menschen vor den Thieren wissen. Aber diese Meinung würde ganz unrichtig sein, und den klarsten urkundlichen Vorlagen widersprechen. Zwar das ist freilich nicht denkbar, dass sie den wesentlichen Unterschied sich mit scharfer Bestimmtheit deutlich gemacht haben könnten, weil ihnen der denkende vernünftige Geist noch mit der animalischen Seele, der Wesenheit nach, in Eine Vorstellung zusammenfloss; nichts destoweniger bleibt es aber unbestreitbar, dass sie thatsächlich, Anaxagoras sowohl wie die Israeliten, den Menschen wegen seiner geistigen Begabung weit über alle Geschöpfe auf Erden erheben, ihm die Herrschaft über dieselben zueignen, und ihn selbst zu Gottes Hauptaugenmerk und Ziel bei der ganzen Welteinrichtung machen. Wir betrachten jetzt die angegebenen Punkte einzeln.

Wie dürftig auch die Lehre über den Menschen von Anaxagoras entwickelt, oder uns von den Alten überliefert worden ist, so erfahren wir doch erstlich durch Aristoteles wenigstens dies, woran wir freilich auch ohne jede Bezeugung nicht im Geringsten zweifeln würden, dass er erkannte, „der Mensch sei das verstän-

---

462) Vgl. Herakleitos u. Zoroaster S. 52 f. Empedokles u. d. Aegypter S. 65 f.

463) Anaxag. Fragm. 8 (VI) in Anm. 237 u. 167. Vgl oben S. 82 f.

464) Kohel. 3, 19. Vgl. Ps. 104, 29. 30. u. Hiob 34, 14. 15. u. A. oben S. 86 f.

digste von den Geschöpfen."[465] Diese einfache Erkenntniss hat aber auf dem Standpunkte des Klazomeniers ein grösseres Gewicht, als es zunächst scheinen mag, indem sie die Vorstellung der grössten Gottähnlichkeit des Menschen einschliesst, weil der Anaxagorische Gott, der unendliche reine Noos, seiner Wesenheit nach unendlicher reiner Verstand, und daher Verständigkeit und Göttlichkeit in der Anaxagorischen Anschauung Dasselbe ist. Ueberdies tritt die Vorstellung der Gottähnlichkeit des Menschen auch darin bei Anaxagoras mit Klarheit hervor, dass er den unendlichen Noos vorzugsweise als den verständigen Werkmeister aller Dinge auffasste,[466] und dass er nach Aristoteles auch bei dem Menschen, indem er ihn als das verständigste unter den Geschöpfen bezeichnete, vornehmlich auf seine Ausrüstung zum Werkmeister hinwies.[467] Endlich wird uns von Plutarch angedeutet, worauf wir hernach zurückkommen werden, Anaxagoras habe auch die Herrschaft und Macht, welche der Mensch vermöge seiner Vernunft über alle Geschöpfe auf Erden ausübt, als ein Beispiel und Bild von der Herrschaft und Macht des unendlichen Noos im Weltganzen betrachtet.[468] In der That ist ja der unendliche Noos des Anaxagoras überhaupt seinem Begriffe nach, wie von selbst einleuchtet, aber auch Carus ausdrücklich bemerkt, der nur über die Endlichkeit und Beschränktheit erhobene menschliche Noos, und demnach dieser auch seiner Wesenheit nach vollständig das endliche Ebenbild von jenem.[469]

In den heiligen Schriften der Israeliten wird der Vorzug des

---

465) S. Aristot. de part. animal. IV, 10. u. Plutarch. de frat. amore 2. in Anm. 467. Id. de fortuna 3. in Anm. 483.

466) S. oben S. 40 f.

467) Aristot. de part. animal. IV, 10: *Ἀναξαγόρας μὲν οὖν φησι διὰ τὸ χεῖρας ἔχειν φρονιμώτατον εἶναι τῶν ζώων τὸν ἄνθρωπον.* Plutarch. de frat. amore 2: *αὐτάς τε τὰς χεῖρας εἰς πολλοὺς καὶ ἀνίσους δακτύλους σχίσασα (ἡ φύσις), πάντων ὀργάνων ἐμμελέστατα καὶ τεχνικώτατα παρέσχεν, ὥστε Ἀναξαγόραν τὸν παλαιὸν ἐν ταῖς χερσὶ τὴν αἰτίαν τίθεσθαι τῆς ἀνθρωπίνης σοφίας καὶ συνέσεως. ἀλλὰ τουτου μὲν ἔοικεν ἀληθὲς εἶναι τοὐναντίον· οὐ γὰρ ὅτι χεῖρας ἔσχεν ἄνθρωπος, σοφώτατον· ἀλλ᾽ ὅτι φύσει λογικὸν ἦν καὶ τεχνικόν, ὀργάνων φύσει τοιούτων ἔτυχεν.*

468) S. Plutarch. de fortuna 3. in Anm. 483.

469) Carus l. c. p. 26 sq.: Inprimis hominem ipsum adcuratius intuitus, qui illi locus inter cetera animantia adsignatus sit, jam cognitum habuisse videtur. cognoverat enim illam hominis partem, quae maximam dignitatis habet commendationem. itaque eum e reliquis animalium classibus penitus exclusum esse voluit, quippe qui illis et ratione et manuum usu superior esset. quae quidem vel hoc nomine commemoratione dignissima sunt, quod notionem summi numinis, cujus virtutes nisi comparationum auxilio cogitari nequeant, ex iis quae homini propria sunt collectam et ad ejus imaginem effictam, denique a contemplatione mentis humanae ad notionem summae Mentis perventum esse videamus.

Menschen vor den übrigen Geschöpfen ausdrücklich so bezeichnet, dass er nach dem Bilde oder der Aehnlichkeit Gottes erschaffen sei. Denn so steht in der Schöpfungsurkunde: „Und Gott sprach: Lasset uns Menschen machen nach unserem Bilde, nach unserer Aehnlichkeit;" und gleich darauf: „Und Gott schuf den Menschen nach seinem Bilde, nach dem Bilde Gottes schuf er ihn;" und so wird die Gottähnlichkeit des Menschen auch noch in vielen anderen Stellen mit Gewicht hervorgehoben.[470] Es fragt sich nun, ob damit etwas Anderes, als die Verständigkeit und Einsicht des Menschen gemeint sei. Da die Verfasser der heiligen Schriften auch von Gottes Augen und Händen reden, und ihm überhaupt fast alle menschlichen Eigenschaften und Thätigkeiten, nicht blos die geistigen, sondern auch die sinnlichen, wie Sehen, Hören, Riechen u. s. w. zuschreiben,[471] so kann es scheinen, dass sie sich eine Aehnlichkeit der Gestalt gedacht haben. Aber wir würden ihren Gottesbegriff völlig verwirren und zerstören, wenn wir solche Ausdrücke im buchstäblichen Sinne nähmen. Gott bleibt ihnen ein unkörperlicher reiner Geist, wenn sie auch in sinnlich vermenschlichender Vorstellungsweise von ihm reden. Ein Beispiel wird dies klarer machen. Im Buche Hiob heisst es in einer Stelle von Gott: „Auf solchen hast du geöffnet dein Auge," als habe Gott Augen von Fleisch, die er öffne und schliesse, wie der Mensch; dagegen ist in einer anderen Stelle desselben Buches bemerkt, Gott habe nicht Augen von Fleisch, und sehe nicht, wie Sterbliche sehen.[472] Schon aus dieser Einen Bemerkung, dass Gott keine menschlichen Augen habe, geht zur Genüge hervor, dass sie die Gottähnlichkeit des Menschen, falls ihr wirklich irgendwo in den heiligen Schriften die Beziehung auf die leibliche Gestalt gegeben sein sollte, sich eben nur in dichterisch vermenschlichender Anschauung, aber durchaus nicht im Ernste so vorstellen konnten. Hätten sie diese Vorstellung sich im Ernste gemacht, so wären sie ja dadurch mit der oben entwickelten auszeichnenden Grundlehre ihrer ganzen Religion, dass Gott ein unkörperlicher reiner Geist sei, in grellen vernichtenden Widerspruch getreten, und hätten sich gröblich versündigt gegen jenes Gebot von Mose: „So habet nun wohl Acht auf euch selbst, denn ihr habt keinerlei Gestalt gesehen des Tages, da Jehovah zu euch redete auf Horeb aus dem Feuer, dass ihr nicht übel thuet

470) 1 Mos. 1, 26. 27. 5, 1. 9, 6. Sir. 17, 3. Weish. 2, 23. Dazu 1 Mos. 3, 5. u. 22. Ps. 8, 4 f. Vgl. 1 Kor. 11, 7. Jak. 3, 9.

471) S. de Wette Bibl. Dogm. §. 100.

472) Hiob 14, 3. u. 10, 4. Vgl. de Wette a. a. O.

und euch ein Bildniss machet, Gleichniss irgend eines Bildes, die Gestalt eines Mannes oder eines Weibes," u. s. w.[473] Es wird wol Niemand diesem Gebot hier darum die Beweiskraft absprechen, weil es sich zunächst auf die Darstellung in Bildwerken bezieht; denn wenn sie sich Gott wirklich in Menschengestalt vorstellten, so war ihnen damit nicht blos die Erlaubniss, sondern selbst die Aufforderung gegeben, ihn auch so darzustellen in Bildwerken; das Gebot gründet sich ja eben darauf, weil Gott keinerlei Gestalt habe und in keinerlei Gestalt gedacht werden solle. Demnach müssen die Israeliten die Gottähnlichkeit des Menschen, wenn sie ihr eine ernstliche, dogmatische Bedeutung beilegten (und eine solche legten sie ihr offenbar bei, weil sie dieselbe mit so grossem Gewichte hervorheben), nothwendig in seiner geistigen Ausstattung und der Stellung, die er dadurch auf der Erde einnimmt, erblickt haben. In der That sprechen sie dies in ihren heiligen Schriften mit Bestimmtheit aus, dass die Gottähnlichkeit des Menschen in seinem aufgeschlossenen Sinn und seiner Einsicht bestehe, vermöge deren er insbesondere weiss, was gut und böse ist. Denn ausdrücklich lehren sie in der heiligen Urgeschichte des Menschen, dass er die Gottähnlichkeit erst durch den Genuss vom Baume der Erkenntniss, wodurch ihm der Sinn aufgeschlossen worden, empfangen habe. Nach jener Mythe nämlich sagte die Schlange von dem genannten Baume, welchen Gott den eben erschaffenen Menschen verboten hatte, zum Weibe: „Welches Tages ihr davon esset, so werden eure Augen aufgethan, und ihr werdet wie Gott, erkennend Gutes und Böses;" und das Weib und der Mann assen davon, und „da wurden ihnen beiden die Augen aufgethan, und sie erkannten, dass sie nacket waren," „und Gott Jehovah sprach: Siehe, der Mensch ist geworden wie unser einer, so dass er Gutes und Böses erkennet."[474] Mit dem Ausdrucke: „so dass er Gutes und Böses erkennet," bezeichnet die Mythe eben die Verständigkeit und Einsicht, zu welcher der Mensch aus der Kindeseinfalt, in der er auch von keiner Scham wusste, durch den Genuss vom Baume der Erkenntniss gelangt sei, wie schon Rosenmüller richtig bemerkt,[475] und noch andere Stellen vollends ausser Zweifel setzen.

473) 5 Mos. 4, 15 f. Vgl. oben S. 11 f.

474) 1 Mos. 3, 5. 7. u. 22.

475) Rosenmüller l. c. ad Genes 2, 9: Arbor cognitionis boni malique i. e. prudentiae, cujus fructus qui gustaret, rationem sapientiamque adipiscebatur (vid 3, 22.). Dictio דַּעַת טוֹב וָרָע usurpatur de homine tum, quum infantiae annos egressus, ratione jam incipit uti, et quid faciendum fugiendumve sit, intelligit, unde his, qui nondum eo progressi sunt, ut

Denn so schreibt Jesaja in einer Verheissung: „Siehe, die Jungfrau wird schwanger werden, und einen Sohn gebären, und seinen Namen nennen: Gott mit uns (Immanuel); Milch und Honig wird er essen, bis er weiss das Böse zu verwerfen und das Gute zu erwählen; denn ehe der Knabe weiss das Böse zu verwerfen und das Gute zu erwählen, wird verödet sein das Land, vor dessen zwei Königen dir grauet.“ [476] Hier drückt Jesaja eben die Verständigkeit und Einsicht, zu welcher der Mensch nach der Kindeseinfalt gelangt, mit denselben Worten aus, mit denen die Mythe die Gottähnlichkeit des Menschen bezeichnet. Ebenso heisst es im fünften Buch Mose: „Eure Kinder, von denen ihr sagtet, sie werden zur Beute werden, und eure Söhne, welche heute noch nicht Gutes und Böses erkennen, sie sollen dahin kommen,“ in das verheissene Land. [477] Der gleiche Gedanke, wie in der angeführten Mythe, liegt ohne Zweifel auch schon in der Schöpfungsurkunde selbst, indem sie, was auch ein Davidischer Psalm und Sirach thut, die Vorstellung der Gottähnlichkeit des Menschen unmittelbar mit der Vorstellung seiner Herrschaft über alle Geschöpfe auf der Erde verbindet, [478] da der Mensch diese Herrschaft ja nur vermöge seiner Begabung mit Verstand und Einsicht erlangt hat und behauptet; worauf wir hernach zurückkommen werden. Denselben Gedanken hat bei der Gottähnlichkeit des Menschen offenbar auch der Verfasser des Buches der Weisheit, da er sich also ausdrückt: Gott hat „ihn gemacht zum Bilde seines eigenen Wesens;“ [479] denn Gottes eigenes Wesen ist ja nach dem Verfasser dieses Buches, mit dem hierin, wie oben gezeigt worden, auch die alten heiligen Schriften vollkommen übereinstimmen, der Geist der Weisheit und Einsicht, welcher die ganze Weltordnung hervorgebracht hat und beherrscht. [480] Insbesondere wird der unendliche Geist oder die Weisheit auch von den heiligen Schriften der Israeliten, wie von Anaxagoras, als der einsichtsvolle Werkmeister aller Dinge, in der Aehnlichkeit mit einem menschlichen Werkmeister dargestellt, wie

---

bonum malumve dignoscant, indicantur infantes, Deut. 1, 39. Ion. 4, 11. Jes. 7, 15., quibus omnino in tota hac narratione primi homines similes fuisse sumuntur. Vgl. ad Genes. 2, 17. u. 3, 5. 7. u. 22. Er giebt den einfachen Sinn der ganzen Mythe richtig an mit den Worten ad l. c. 3, 7: Fructu gustato *πρωτόγονοι* prudentiam quidem sunt adepti, sed ita, ut pristina illa felix simplicitas atque innocentia simul esset amissa.

476) Jes. 7, 14 f.

477) 5 Mos. 1, 39.

478) S. 1 Mos. 1, 26. Ps. 8, 5 f. Sir. 17, 3. Vgl. Weish. 10, 2.

479) Weish, 2, 23: *κατ' εἰκόνα τῆς ἰδίας ἰδιότητος ἐποίησεν αὐτόν.*

480) S. oben S. 57 f.

oben nachgewiesen worden ist;[481] womit im besten Einklange steht, dass sie anderseits auch wieder bei dem Menschen alles verständige Thun und namentlich das werkmeisterliche aus der Erfüllung vom Geiste Gottes herleiten.[482] Ueberhaupt ist ja auch der Israelitische Gott, der unendliche reine Geist und Verstand, in seinem Begriffe ebenso, wie der Anaxagorische, der nur aus seiner Endlichkeit und Beschränktheit erhobene menschliche Geist, und daher dieser auch in der Israelitischen Anschauung seiner Wesenheit nach das endliche Ebenbild von jenem.

Indem aber Anaxagoras den Vorzug des Menschen in seine Verständigkeit und Einsicht setzte, hob er insbesondere hervor, wie derselbe durch seine geistige Begabung sich zum Herrn über die anderen Geschöpfe auf der Erde aufwerfe, und sich ihrer nach Belieben zu seinem Nutzen bediene. Dies geht mit Klarheit aus einer Ueberlieferung Plutarch's hervor, die hier vollständig in ihrem Zusammenhange dargelegt zu werden verdient. Plutarch handelt in seiner Schrift „Ueber den Zufall," den er, wie Anaxagoras, verwirft, von der Macht der Vernunft, so dass er sich ganz auf dem Anaxagorischen Standpunkte befindet, und wir uns wundern müssten, wenn er dabei nicht den Klazomenier ausdrücklich als seinen Gewährsmann einführte. Das thut er denn auch wirklich. Er schreibt, den Ausdruck von Euripides, dem Anhänger des Klazomeniers, entlehnend: „Fürwahr gering ist die Stärke des Mannes, aber durch die Klugheit des Verstandes bändigt er die ungeheuren Geburten des Meeres, der Erde und der Luft;" darauf führt er namentlich an, wie der Mensch sich das Pferd und den Hund dienstbar mache, die Fische und das Schwein zu seinem Nutzen gebrauche, und selbst den Elephanten bezähme; alsdann fährt er fort: „Nicht nutzlos erwähne ich dies alles, sondern damit wir daraus lernen, wohin den Menschen die Vernunft erhebt, wie hoch sie ihn stellt, und wie sie über Alles herrscht und Macht hat;

Denn nicht im Faustkampf sind wir Gewaltige, noch in dem Ringen,
Noch mit den Füssen enteilen wir rasch,

sondern in allem diesem sind wir minder begünstigt, als die Thiere; aber durch unsere Erfahrung, Erinnerung, Weisheit und Kunst, wie Anaxagoras sagt, bedienen wir uns derselben, sammeln den Honig, melken sie, plündern und führen sie als Gefangene fort; so dass hier gar nicht der Zufall, sondern durchaus die Einsicht und die

481) S. oben S. 39 f.
482) S. 2 Mos. 31, 2 f. u. 35, 30 f., auch 28, 3.

Vorsehung herrscht."[483] Diese Stelle lehrt uns nicht nur mit Bestimmtheit, dass Anaxagoras in seiner Schrift wirklich von der Herrschaft des Menschen über all die anderen Geschöpfe auf der Erde handelte, sondern lässt auch vermuthen, er habe die Herrschaft und Macht, welche der Mensch kraft seiner Vernunft ausübt, zugleich als ein Beispiel und Bild von der Herrschaft und Macht der Vernunft oder des Noos im Weltganzen dargestellt; wenigstens scheint dies in den letzten Worten angedeutet, welche auf die Anaxagorische Leugnung des Zufalls und auf seine Behauptung einer allwaltenden Vorsehung hinweisen.[484]

Die dargelegte Anschauung des Anaxagoras ist vollständig auch die der Israeliten, bei denen sie nur im religiösen Gewande auftritt. Indem nämlich die heilige Schöpfungsurkunde den Menschen nach Gottes Bilde oder Aehnlichkeit, welche, wie wir soeben gesehen, nur von seiner Ausstattung mit Vernunft und Einsicht verstanden werden kann, erschaffen werden lässt, drückt sie sich aus, wie folgt: „Und Gott sprach: Lasset uns Menschen machen nach unserem Bilde, nach unserer Aehnlichkeit, dass sie herrschen über die Fische des Meeres und über das Gevögel des Himmels und über das Vieh und über die ganze Erde und über alles Gewürm, das sich reget auf der Erde;" und Gott schuf den Mann und das Weib nach seinem Bilde, und sprach zu ihnen: „Erfüllet die Erde, und machet sie euch unterthan, und herrschet über die Fische des Meeres und über das Gevögel des Himmels und über alle Thiere, die sich regen auf der Erde."[485] Gott hat nach dieser Darstellung den

483) Plutarch. de fortuna 3: „ἢ βραχὺ μὲν σθένος ἀνδρός, ἀλλὰ ποικιλίᾳ πραπίδων δεινὰ μὲν πόντου χθονίων τ' ἀερίων τε δάμναται παιδεύματα." κουφότατον ἵπποι καὶ ὠκύτατον, ἀνθρώποις δὲ θέουσι· μάχιμον κύων καὶ θυμοειδές, ἀλλ' ἄνθρωπον φυλάττει· κτλ. οὐκ ἀχρήστως τῶν τοιούτων παρεισαγομένων, ἀλλ' ἵνα μανθάνωμεν, ποῦ τὸν ἄνθρωπον ἡ φρόνησις αἴρει καὶ τίνων ὑπεράνω ποιεῖ καὶ πῶς κρατεῖ πάντων καὶ περίεστιν. „Οὐ γὰρ πυγμάχοι εἰμὲν ἀμύμονες, οὐδὲ παλαισταί, Οὐδὲ ποσὶ κραιπνῶς θέομεν," ἀλλ' ἐν πᾶσι τούτοις ἀτυχέστεροι τῶν θηρίων ἐσμέν· ἐμπειρίᾳ δὲ καὶ μνήμῃ καὶ σοφίᾳ καὶ τέχνῃ, κατὰ Ἀναξαγόραν, σφῶν τε αὐτῶν χρώμεθα καὶ βλίττομεν καὶ ἀμέλγομεν καὶ φέρομεν καὶ ἄγομεν συλλαμβάνοντες· ὥστε ἐνταῦθα μηδὲν τῆς τύχης, ἀλλὰ πάντα τῆς εὐβουλίας εἶναι καὶ τῆς προνοίας. Dass die Worte ἢ βραχὺ bis παιδεύματα aus einem nicht mehr erhaltenen Drama des Euripides, welcher in der oben S. 95 angegebenen nahen Beziehung zu Anaxagoras stand, entlehnt sind, nach Valckenaer Diatr. in Euripidis perd. dram. reliq. p. 146, dient der mit ihnen verknüpften Mittheilung über unseren Philosophen offenbar zur Bekräftigung. Die Verse Οὐ γὰρ πυγμάχοι κτλ. hat Plutarch aus Hom. Odyss. VIII, 246 sq. entnommen.

484) S. oben S. 77 f. Insbesondere vgl. den Ausdruck τῆς προνοίας in Anm. 483 mit dem Ausdrucke ὑπὸ προνοίας in Anm. 218.

485) 1 Mos. 1, 26 f.

Menschen zunächst, offenbar durch die Begabung mit Vernunft und Einsicht, nur mit der Fähigkeit ausgerüstet, sich die angegebene Herrschaft zu erwerben, und ihn angewiesen, sich dieselbe zu verschaffen; was ohne Zweifel auch die Ansicht des Anaxagoras war. Dabei ist hier auch mit der Herrschaft über die Thiere gar nichts Anderes gemeint, als bei Anaxagoras, nämlich, wie die Ausleger richtig bemerken, „dass die Menschen sich der Thiere nach ihrem Belieben bedienen können.“[486] Das ist auch in der Rede Gottes zu Noah und dessen Söhnen klar ausgesprochen: „Furcht und Schrecken vor euch sei auf allen Thieren der Erde und auf allen Vögeln des Himmels, auf Allem, womit sich der Erdboden reget, und auf allen Fischen des Meeres; in eure Hand sind sie gegeben. Alles, was sich reget und lebet, euch soll es sein zur Speise; wie das Grüne des Krautes gebe ich euch alles.“[487] Wie die Schöpfungsurkunde die Vorstellung der Herrschaft des Menschen über alle Thiere mit der seiner Gottähnlichkeit verbindet, so thut auch König David im folgenden Lobgesange auf Gott: „Was ist der Mensch, dass du sein gedenkest, und des Menschen Sohn, dass du auf ihn siehest; dass du ihn wenig zurücksetzest gegen Gott, und mit Herrlichkeit und Würde ihn krönest; machest ihn zum Herrscher über die Werke deiner Hände, Alles legest du unter seine Füsse, Schaf' und Rinder allzumal und auch die Thiere des Gefildes, Vögel des Himmels und Fische des Meeres, was die Pfade des Meeres durchwandert.“[488] Ebenso redet Sirach: Gott gab den Menschen Gewalt über Alles, was auf der Erde ist; sich ähnlich rüstete er sie mit Macht aus, und nach seinem Bilde schuf er sie; er legte die Furcht vor ihm auf alles Fleisch, und liess ihn herrschen über Thiere und Vögel.“[489] Der Verfasser des Buches der Weisheit aber schreibt: Gott, der du „durch deine Weisheit den Menschen bereitet, dass er herrsche über die durch dich gewordenen Geschöpfe;“ und wie schon diese Worte eben den Gedanken andeuten, welchen wir in der Schöpfungsurkunde in der Verbindung der beiden Vorstellungen, der Gottähnlichkeit und der Herrschaft des Menschen über die Thiere, gefunden haben, nämlich dass er

---

486) Cleric. ap. Rosenmüller l. c. in Genes. 1, 26: Dominium autem in animalia, quod hic a Deo hominibus datur, situm videtur in eo, quod homines uti animalibus pro arbitrio possint.

487) 1 Mos. 9, 2. 3. Dazu die Paraphrase b. Flav. Joseph. Antiq. Jud. I, 3, 8: *χρῆσθαι δὲ τοῖς ἄλλοις ζώοις ἅπασι πρὸς ἃ βούλεσθε καὶ τὰς ὀρέξεις ἔχετε.*

488) Ps. 8, 5 f. Vgl. Ps. 115, 16.

489) Sir. 17, 3 f.

zur Erlangung der Herrschaft mit Vernunft und Einsicht ausgestattet worden sei, so sagt Pseudo-Salomo an einer anderen Stelle, wie Anaxagoras, ausdrücklich von der Weisheit: „Sie gab ihm Kraft, über Alles zu herrschen.“ [490]

Die höchste Würde und Bedeutung aber eignete Anaxagoras dem Menschen dadurch zu, dass er ihn sogar zum Hauptaugenmerk und Ziel der Gottheit bei der ganzen Welteinrichtung machte. Denn auch dies berichtet uns Plutarch, wie bereits oben dargelegt worden ist, von Anaxagoras und von Platon, der sich hierin an ihn anschloss, mit ausdrücklichen Worten, indem er sagt, „dass sie die Gottheit für die menschlichen Angelegenheiten sorgen, und um dieser willen die Weltordnung einrichten liessen.“ [491]

Die gleiche Würde und Bedeutung hat der Mensch in der Anschauung der Israeliten; denn gerade so stellt ihn auch die heilige Schöpfungsurkunde dar, als das Hauptaugenmerk und Ziel der Gottheit bei der ganzen Welteinrichtung, wie Rosenmüller richtig bemerkt, als die Krone der Schöpfung, „zu dessen Nutzen und Gunsten Gott alles Uebrige vorher eingerichtet und vorbereitet habe.“ [492]

Nachdem wir die hohe Würde und Bedeutung kennen gelernt haben, welche dem Menschen in der Anaxagorischen und in der Israelitischen Weltordnung beigelegt wird, so dürfen wir aber auch die Schattenseite an ihm nicht übersehen. Während nämlich Anaxagoras, wie oben gezeigt worden ist, in dem ganzen Umfange der Natur, da sie ihm allein von dem unendlichen reinen Noos eingerichtet war und beherrscht wurde, kein Princip des Schlechten oder, nach dem Ausdrucke des Aristoteles, „kein Entgegengesetztes zu dem Guten und dem Noos,“ zuliess, und demgemäss behauptete, „dass nichts Unvernünftiges und Unordentliches in der Natur stattfinde, [493] so musste er doch sicherlich wissen und zugeben, dass gleichwohl aus dem Menschen nicht blos Verständigkeit und Einsicht oder das Göttliche und Gute, sondern auch das Entgegenge-

490) Weish. 9, 2: *τῇ σοφίᾳ σου κατεσκεύασας ἄνθρωπον, ἵνα δεσπόζῃ τῶν ὑπό σου γενομένων κτισμάτων.* Ebend. 10, 2: *ἔδωκέ τε αὐτῷ (ἡ σοφία) ἰσχὺν κρατῆσαι ἁπάντων.*

491) Plutarch. de plac. philos. I, 7, 7. ap. Euseb Praep. Ev. XIV, 16. p. 753, oben in Anm. 358: *ὅτι τὸν θεὸν ἐποίησαν ἐπιστρεφόμενον τῶν ἀνθρωπίνων καὶ τούτων χάριν τὸν κόσμον κατασκευάζοντα.*

492) Rosenmüller l. c. in Genes. 1, 1 sq. oben in Anm. 68: Extremum omnium (Deus) hominem, omnium dignissimum et praestantissimum, velut colophonem, addit, cujus in usum et gratiam reliqua omnia longe ante comparasset et praeparasset.

493) S. oben S. 101 u. Anm. 294.

setzte, Unverstand und Thorheit oder Ungöttliches und Schlechtes, in grellem Missklange mit der gesammten Weltordnung, hervortrete. Wie Anaxagoras dies nothwendig wissen und zugeben musste, so berichtet uns Platon auch in der That, dass er sehr viel von Verstand und Unverstand geredet habe.[494] Diesen Gegensatz kann er, nach dem eben Angeführten, unmöglich in dem Gebiete der Natur, sondern nur am Menschen wahrgenommen, und kann also auch nur im Hinblick auf den Menschen so viel von ihm geredet haben. Leider! fehlt uns jede genauere Angabe des Bestimmten, das er hierüber vorbrachte, und wir müssen uns mit der blossen Thatsache begnügen, dass er auch über das Unvernünftige oder Schlechte handelte, dieses aber im ganzen Anaxagorischen Weltall nirgends eine Quelle hat, ausser allein im Menschen. Auch wird uns nicht geradezu gemeldet, dass er sich den Menschen mit der Freiheit des Willens, das Vernünftige und Gute oder das Unvernünftige und Schlechte zu thun, ausgestattet dachte, sondern auch dieses ist nur eine nothwendige Folgerung aus seiner Grundansicht und weil die Alten, unter ihnen, wie wir gesehen, Alexander von Aphrodisias in seiner Abhandlung über das Verhängniss und über die Freiheit des Menschen, uns melden, dass er das Verhängniss leugnete;[595] denn indem er dieses leugnete, war er unabweislich genöthigt, dem Menschen die Freiheit des Willens zuzuschreiben, weil er das Unvernünftige und Schlechte, das der Mensch thut, ganz unmöglich so, wie alles andere Geschehen in der Welt, auf den Noos als den Urheber zurückführen konnte. Diese Nöthigung des Anaxagoras, wenn er seine Grundansicht in das Sittliche hin entwickelte, zu der Lehre, dass der Mensch mit der Freiheit des Willens ausgestattet und so die alleinige Quelle alles Unvernünftigen und Schlechten in der Welt sei, ist aber auch zum Beweise seiner principiellen Uebereinstimmung mit den Israeliten, um den es hier hauptsächlich zu thun ist, genügend, weil aus der Israelitischen Grundansicht die gleiche Lehre vom Ursprunge des Schlechten sich mit Nothwendigkeit ergiebt und thatsächlich in den heiligen Schriften entwickelt ist.

Denn wenn wir bei den Israeliten, wie billig, von den Fällen absehen, in denen sie entweder durch den Gedanken, dass Gott der Eine Urheber von Allem ist, was da geschieht, oder durch ihre teleologische Deutung der Begebenheiten dazu verleitet werden,

494) Plat. Phaedr. p. 270, A: (*Περικλῆς*) *ἐπὶ φύσιν νοῦ τε καὶ ἀνοίας ἀφικόμενος, ὧν δὴ πέρι τὸν πολὺν λόγον ἐποιεῖτο Ἀναξαγόρας, κτλ.*
495) S. oben S. 78 u. Anm. 221.

auch das Schlechte, das der Mensch thut, auf Jehovah als den Urheber zurückzuführen, indem sie z. B. sagen, dass Jehovah selber das Herz des Aegyptischen Pharao gegen die Israeliten verhärtete,[496] dass er den König David zur sündhaften Volkszählung leitete;[497] wenn wir ferner auch den Satan, von dem sie reden, für das nehmen, was er wirklich ist, für einen blossen Eindringling aus der Zoroastrischen Religion, wesshalb er auch erst in den nachexilischen Büchern und auch in diesen nur beiläufig als dichterische Figur zum Vorschein kommt:[498] so betrachten sie den Menschen als die alleinige Quelle, aus welcher das Schlechte in Gottes herrliche Weltordnung und Waltung hereingedrungen ist und hereindringt, und kennen ausser dem Menschen kein Princip des Schlechten, wie die Perser den Ahriman und die Aegypter den Typhon. Ausdrücklich lassen sie den Menschen durch Vergehung sich die Sterblichkeit und alles Ungemach, von dem er heimgesucht wird, zuziehen, und alles Schlechte und Verderbliche in der Natur veranlassen, indem sie diesem den Zweck unterlegen, dass es zur Bestrafung der Sünder erschaffen sei, wie oben bei der Betrachtung der Israelitischen Vergeltungslehre gezeigt worden ist.[499] Mit Bestimmtheit schreiben sie dem Menschen die Freiheit des Willens zu, das Gute oder das Schlechte zu thun. Schon in der heiligen Urgeschichte wird der Mensch ja, wie wir gesehen, mit der Erkenntniss des Guten und des Bösen und also auch mit der Freiheit, das Eine oder das Andere zu erwählen, ausgestattet.[500] Und Sirach sagt mit ausdrücklichen Worten: Gott „hat von Anfang den Menschen geschaffen, und ihn seiner Willkür überlassen. Willst du, so kannst du die Gebote halten, und wohlgefällige Treue beweisen. Er hat dir Feuer und Wasser,“ d. i. das Entgegengesetzte, Gutes und Böses, „vorgelegt; wonach du willst, kannst du deine Hand ausstrecken.“[501] Und übereinstimmend lehrten auch noch in der späteren Zeit die Sadducäer, wie sie die Engel und Dämonen und die Unsterblichkeit des Menschen, die sich aus der Israelitischen Grundansicht nicht herleiten liess, leugneten, im Widerspruche gegen die Pharisäer, welche unisraelitisch dem Verhängniss eine

---

496) S. 2 Mos. 7, 3 f.
497) S. 2 Sam. 24, 1 f.
498) S. Anm. 346.
499) S. oben S. 119 f.
500) 1 Mos. 3, 5. u. 22.
501) Sir. 15, 14 f.: παρέθηκέ σοι πῦρ καὶ ὕδωρ, i. e. opposita, bonum et malum, quorum quid placuerit, eligere potes, bemerkt Bretschneider zu d. St.

Geltung einräumten, es gebe gar kein Verhängniss, auch wirke Gott nicht, dass Jemand etwas Schlechtes thue oder nicht thue, sondern der freien Wahl der Menschen sei das Gute und das Schlechte überlassen.[502]

Vielleicht meint aber Jemand, dass der Israelitische Begriff des Guten und des Schlechten ein anderer sei, als der Anaxagorische, welcher, wie von selbst einleuchtet und Aristoteles auch ausdrücklich bezeugt, mit dem Begriffe des Vernünftigen und Unvernünftigen in Eines zusammenfliesst.[503] Das ist in der That nicht der Fall, sondern auch den Israeliten fällt das Gute und das Schlechte oder Böse, ganz gemäss ihrer Auffassung der Wesenheit Gottes, wie schon bei deren Betrachtung bemerkt worden,[504] in Eine Vorstellung mit dem Vernünftigen und Unvernünftigen zusammen. Dies kann Jeder schon von den Lexikographen erfahren, unter denen z. B. Simonis bei dem Hebräischen Worte Nabal bemerkt: es bedeute einen Thoren, Unverständigen, auch einen Gottlosen, Schlechten, und werde entgegengesetzt dem Worte Chakam, weise, verständig; „denn von den Hebräern," fügt er hinzu, „werden die Schlechtigkeiten auf die Thorheit zurückgeführt, wie die Tugend auf die Weisheit;" und Gesenius sagt: „Wie die Wörter, welche die Weisheit bedeuten, auch die Tugend und Frömmigkeit begreifen, so wird unter dem Thörichten zugleich ein Schlechter, Nichtswürdiger und Gottloser gedacht."[505] Die Ver-

---

502) Flav. Joseph. de bello Jud. II, 8, 14: *Σαδδουκαῖοι δέ, τὸ δεύτερον τάγμα, τὴν μὲν εἱμαρμένην παντάπασιν ἀναιροῦσι, καὶ τὸν Θεὸν ἔξω τοῦ δρᾶν τι κακὸν ἢ μὴ δρᾶν τίθενται, φασὶ δ' ἐπ' ἀνθρώπων ἐκλογῇ τό τε καλὸν καὶ τὸ κακὸν προκεῖσθαι*, i. e. Deum negant auctorem esse, ut quis vel male agat vel a malo abstineat, sed in electione hominum positum aiunt tum bonum tum etiam malum. Antiq. Jud. XIII, 5, 9: *Σαδδουκαῖοι τὴν μὲν εἱμαρμένην ἀναιροῦσι, οὐδὲν εἶναι ταύτην ἀξιοῦντες, οὔτε κατ' αὐτὴν τὰ ἀνθρώπινα τέλος λαμβάνειν, ἅπαντα δὲ ἐφ' ἡμῖν αὐτοῖς τίθενται, ὡς καὶ τῶν ἀγαθῶν αἰτίους ἡμᾶς αὐτοὺς γινομένους καὶ τὰ χείρω παρὰ ἡμετέραν ἀβουλίαν λαμβάνοντας.*

503) Aristot. Metaph. *Λ*, 10. in Anm. 294.

504) S. oben S. 65 f.

505) Simonis Lexicon Hebr. et Chald. ed. Eichhorn s. v. נָבָל: stultus, debilis mente; homo impius, sceleratus; opp. *τῷ* חָכָם Deut. 32, 6. nam Hebraeis scelera a stultitia dicuntur, uti virtus a sapientia. Gesenius Thes. ling. Hebr s. v. נָבָל: 1, adj. stultus. LXX: *μωρός*, *ἄφρων*, semel *ἀσύνετος*. Prov. 17, 7. 21. 30, 22. Jer. 17, 11. Opp. חָכָם Deut. 32, 6. Ut autem sapientiae vocabula (v. חָכָם, חָכְמָה) etiam virtutem et pietatem complectuntur, ita stultus simul cogitatur tum improbus, nequam 1 Sam. 25, 25. 2 Sam. 3, 33. 13, 13. Job. 30, 8. Jes. 32, 5. 6. (opp. נָדִיב) Ezech. 13. 3. (ubi הַנְּבִיאִים הַנְּבָלִים sunt prophetae improbi i. e. mendaces), tum impius Ps. 14, 1. 53, 2. Job. 2, 10. (ut loquuntur stultae, i. e. impiae, loqueris) Deut. 32, 21. Ps. 39, 9. 74, 18. 22.

schmelzung der Vorstellungen des Guten und des Schlechten oder Bösen mit denen des Vernünftigen oder Verständigen und des Unvernünftigen oder Thörichten liegt aber auch in unzähligen Stellen der heiligen Schriften klar vor Augen. Nachdem schon oben bei der Betrachtung der Grundwesenheit des Israelitischen Gottes ausführlich dargelegt worden ist, wie die Vernunft oder Weisheit im objektiven Sinne eben als Grundwesenheit Jehovah's, als der Gottesgeist selbst, der die ganze Weltordnung hervorgebracht habe und Alles in ihr wirke, aufgefasst, und wie sie im subjektiven Sinne als das höchste Besitzthum des Menschen, als das kostbarste mit Nichts vergleichbare Kleinod von ihnen gepriesen wird,[506] so bedarf es hier kaum noch einer weiteren Beweisführung, dass die Verständigen oder Weisen in der Israelitischen Anschauung auch die Gottseligen oder Guten und Frommen sind; doch sollen zum Ueberfluss auch noch ein paar Stellen vorgelegt werden, welche diese Anschauung mit Bestimmtheit aussprechen. So redet die Weisheit in den Sprüchen: „Höret Zurechtweisung, und werdet weise, und lasset sie nicht fahren! Heil dem Menschen, der auf mich höret, dass er Tag für Tag an meinen Thüren wacht, dass er die Pfosten meiner Pforte hütet! Denn wer mich findet, findet Leben, und erhält Wohlgefallen von Jehovah. Wer aber mich verfehlt, verletzet sein Leben; Alle, die mich hassen, lieben den Tod." Und in den Psalmen heisst es: „Des Gerechten Mund spricht Weisheit, und seine Zunge redet Recht;" und in einer anderen Stelle: „Der Weisheit Anfang ist die Furcht Jehovah's; die wahre Einsicht hat, wer darnach thut." Und ebenso steht in dem Buche Hiob: „Siehe, des Herrn Furcht ist Weisheit, und Böses meiden, Einsicht."[507] Hiernach ist, damit kein Zweifel an der Verschmelzung der angegebenen Begriffe übrig bleibe, blos noch darzuthun, dass in den heiligen Schriften der Israeliten auch die Unverständigkeit oder Thorheit die gleiche Bedeutung hat mit der Gottlosigkeit und Schlechtigkeit. Gleich in dem ersten Buch Mose wird jene Schandthat, welche Sichem, der Sohn des Fürsten Hemor, an Dina, der Tochter Jakob's, verübte, zwar nicht in de Wette's Uebertragung, aber im Hebräischen Text und in Luther's genauer Uebersetzung, mit dem Ausdrucke „Thorheit" bezeichnet, indem es heisst: „Und die Söhne Jakob's kamen vom Felde, wie sie es höreten, und die Männer betrübten sich und ergrimmten sehr, weil er

---

506) S. oben S. 57 f.
507) Spr. 8, 33 f. Ps. 37, 30. 111, 10. u. Hiob 28, 28.

eine Thorheit verübt in Israel." [508] Denselben Ausdruck gebraucht das Gesetz im fünften Buch Mose: wenn eine Tochter im elterlichen Hause das Gebot der Keuschheit übertreten hat, „so sollen sie die Dirne hinausführen an die Thür des Hauses ihres Vaters, und die Leute ihrer Stadt sollen sie steinigen, dass sie sterbe, weil sie eine Thorheit verübt in Israel." [509] Ebenso steht im Buche Josua: „Wer getroffen wird beim Verbannten, der soll mit Feuer verbrannt werden, er und Alles, was ihm angehöret, weil er den Bund Jehovah's übertreten und weil er eine Thorheit geübt in Israel." [510] Auf gleiche Weise heisst es im Buche der Richter von jenen Nichtswürdigen zu Gibea, welche das Kebsweib des Leviten geschändet und umgebracht hatten, dass „sie ein Verbrechen und eine Thorheit geübt in Israel." [511] In derselben Anschauung redet im ersten Buche Samuel die Abigail zum Könige David: „Es achte doch mein Herr nicht auf diesen bösen Mann, auf Nabal; denn wie sein Name, so er: Nabal (d. h. Thor) ist sein Name, und Thorheit ist in ihm." [512] Im zweiten Buche Samuel spricht Thamar zu Ammon, ihrem Bruder, da er eine Schandthat an ihr begehen will: „Thue nicht diese Thorheit! Und ich, wohin sollte ich tragen meinen Schimpf, und du würdest sein wie einer der Thoren in Israel." [513] Und in demselben Buche spricht David, nachdem er die sündhafte Volkszählung vorgenommen: „Und nun, Jehovah, nimm doch hinweg das Vergehen deines Knechtes; denn ich habe sehr thöricht gehandelt." [514] Im Buche Hiob drückt sich Elihu, indem er die Lehre von der kurzen Dauer des Glückes der Gottlosen und von ihrer Bestrafung auch in den Nachkommen

---

508) 1 Mos. 34, 7. כִּי נְבָלָה עָשָׂה בְיִשְׂרָאֵל. Die LXX: *ὅτι ἄσχημον ἐποίησαν ἐν Ἰσραήλ.* de Wette: „weil er eine Schandthat geübt in Israel."

509) 5 Mos. 22, 21., wo auch die LXX נְבָלָה genau wiedergeben: *ὅτι ἐποίησεν ἀφροσύνην ἐν υἱοῖς Ἰσραήλ.* de Wette übersetzt wieder „Schandthat."

510) Jos. 7, 15. Die LXX: *καὶ ἐποίησεν ἀνόμημα* (נְבָלָה) *ἐν Ἰσραήλ.* de Wette: „Schandthat."

511) Richt. 20, 6. כִּי עָשׂוּ זִמָּה וּנְבָלָה בְיִשְׂרָאֵל. Vgl. 20, 10. 19, 23. u. 24. Die LXX übersetzen 20, 6: *ζέμα καὶ ἀπόπτωμα*, aber 19, 20. u. 24: *ἀφροσύνην.* de Wette: „Schandthat."

512) 1 Sam. 25, 25: Die LXX: *Ναβαλ* (נָבָל) *ὄνομα αὐτῷ καὶ ἀφροσύνη* (נְבָלָה) *μετ' αὐτοῦ.* de Wette: „Narr" und „Narrheit."

513) 2 Sam. 13, 12. 13. Die LXX: *μὴ ποιήσῃς τὴν ἀφροσύνην* (נְבָלָה) *ταύτην. καὶ ἐγὼ ποῦ ἀποίσω τὸ ὄνειδός μου; καὶ σὺ ὡς εἷς τῶν ἀφρόνων* (נְבָלִים) *ἐν Ἰσραήλ.* de Wette: „Schandthat" und „wie einer der Schändlichen in Israel."

514) 2 Sam. 24, 10. נִסְכַּלְתִּי מְאֹד. Die LXX: *ἐμωράσθην σφόδρα.* de Wette: „denn ich habe sehr thöricht gehandelt."

entwickelt, also aus: „Ich sah einen Thoren wurzeln, aber ich fluchte seiner Wohnung alsbald; fern waren seine Kinder vom Heil."[515] Jesaja schreibt: „Denn der Thor redet Thorheit, und sein Herz bereitet Bosheit, zu üben Ruchlosigkeit, und Lästerung zu reden gegen Jehovah, darben zu lassen des Hungrigen Seele und den Durstigen des Trankes mangeln."[516] Und bei Jeremia verkündet Jehovah von Ahab und Zedekia: „Sieh', ich gebe sie in die Hand Nebukadnezar's, des Königs von Babel, dass er sie schlage vor euren Augen," „darum dass sie Thorheit begangen in Israel, und Ehebruch getrieben mit den Weibern ihrer Nächsten, und Lüge geredet in meinem Namen, was ich ihnen nicht geboten."[517] Aus derselben Anschauung reden die Verfasser der Psalmen: „Gott, du kennest meine Thorheit, und meine Verschuldungen sind dir nicht verborgen."[518] „Es stinken, es eitern meine Beulen, um meiner Thorheit willen."[519] „Der Thor spricht in seinem Herzen: Es ist kein Gott! Verderbt. abscheulich ist ihre Handlung; Keiner, der da Gutes thue."[520] „Steh auf, o Gott, streite deinen Streit! gedenke deiner Schmach von den Thoren täglich!"[521] „Hör' ich, was Gott Jehovah spricht! Denn Heil verspricht er seinem Volke und seinen Frommen; nur kehr' es nicht zur Thorheit."[522] Ebenso der Verfasser des Buches Koheleth: „Ich wandte mich und mein Herz, zu erkennen und zu erforschen und zu suchen Weisheit und Verstand, und zu erkennen Frevel, Thorheit und Narrheit, Tollheit."[523] Und zu diesen Vorlagen, die nur eine unvollständige Auswahl der beweiskräftigsten einzelnen Stellen sind, kommt noch fast das ganze Buch der Sprüche, fast das ganze Buch Sirach und fast das ganze Buch der Weisheit, in denen ziemlich die gesammte Verhandlung

---

515) Hiob 5, 3. Die LXX: *ἐγὼ δὲ ἑώρακα ἄφρονας* (אֱוִיל) *ῥίζαν βάλλοντας.* de Wette: „einen Thoren."

516) Jes. 32, 6. כִּי נָבָל נְבָלָה יְדַבֵּר. Die LXX: *ὁ γὰρ μωρὸς μωρὰ λαλήσει.* de Wette: „Denn der Gottlose redet Gottlosigkeit."

517) Jer. 29, 23. Die LXX: *δι' ἣν ἐποίησαν ἀνομίαν* (נְבָלָה) *ἐν Ἰσραήλ.* de Wette: „darum, dass sie Schandthat begangen in Israel."

518) Ps. 69, 6. Die LXX: *σὺ ἔγνως τὴν ἀφροσύνην μου* (לְאִוַּלְתִּי). de Wette: „meine Thorheit."

519) Ps. 38, 6. Die LXX: *ἀπὸ προσώπου τῆς ἀφροσύνης* (מִפְּנֵי אִוַּלְתִּי). de Wette: „um meiner Thorheit willen."

520) Ps. 14, 1. u. 53, 2. Die LXX: *εἶπεν ἄφρων* (נָבָל) *ἐν καρδίᾳ αὐτοῦ.* de Wette: „der Gottlose."

521) Ps. 74, 22. Die LXX: *μνήσθητι τῶν ὀνειδισμῶν σου τῶν ὑπὸ ἄφρονος* (מִנִּי־נָבָל) *ὅλην τὴν ἡμέραν.* de Wette: „von den Gottlosen."

522) Ps. 85, 9. לְכִסְלָה.

523) Kohel. 7, 25.

an die beiden Begriffe des Verstandes und des Unverstandes oder der Weisheit und der Thorheit, des ersteren als des Göttlichen und Guten, des letzteren als des Gottlosen und Schlechten, geknüpft ist.[524] Sehr natürlich auf diesem Standpunkte der Betrachtung spielen die Begriffe des Guten und des Schlechten auch in die der blossen Klugheit und Unklugheit hinüber.[525] Wenn in den meisten der angeführten Stellen das Hebräische Wort für „Thorheit" von de Wette bald durch „Schandthat," bald durch „Gottlosigkeit" übersetzt wird, so ist dies allerdings dem Sinne nach richtig, aber ungenau, indem durch diese Uebertragung gerade das Grundeigenthümliche der Israelitischen Anschauung des Schlechten oder Bösen verwischt wird, welche, wie schon bemerkt, eben daraus herfliesst, weil die Israeliten die Gottheit, gleich Anaxagoras, als reinen Noos auffassten. Denn bei der Auffassung der Gottheit und des Göttlichen als Noos oder, wie sie selbst die Grundwesenheit Gottes ausdrücken, als Weisheit oder Verstand, mussten sie nothwendig den Gegensatz, den Unverstand oder die Thorheit, als das Gottlose und Abscheulichste erkennen; gerade so wie die Perser bei ihrer Auffassung der Gottheit und des Göttlichen als des Lebens das Leblose oder den Leichnam als gottlos und als das Abscheulichste ansahen, und, weil sie Ormusd, das allgemeine Lebensprincip, zugleich sich als das Licht und die Wahrheit vorstellten, Nichts so sehr hassten, wie die Finsterniss und die Unwahrhaftigkeit oder Lüge.[526] Dieser Anschauung der Israeliten ganz gemäss redet daher auch Christus zu ihnen: „Ich aber sage euch, dass wer seinem Bruder zürnet ohne Ursache, der soll dem Gerichte verfallen sein; und wer irgend zu seinem Bruder sagt: Raka (Schwachkopf), der soll dem Synedrium verfallen sein; und wer irgend saget: Thor, der soll in die Feuerhölle verfallen sein."[527] Was hier gegen de Wette bemerkt worden, gilt auch von den Siebenzig, welche das Hebräische Wort für „Thorheit" in manchen Stellen durch „Gesetzwidrigkeit" übersetzen.[528] Nur ungenau ist auch diese Uebertra-

---

524) Von den Verfassern dieser Bücher, welche die Sittenlehre des Volkes entwickeln, gilt buchstäblich Dasselbe, was Platon, im Phaedr. p. 270, A. oben in Anm. 494, von Anaxagoras meldet: *περὶ νοῦ τε καὶ ἀνοίας τὸν πολὺν λόγον ποιοῦνται.*

525) Dies tritt besonders hervor in den Sprüchen, z. B. Spr. 6, 28 f. 9, 8. 11, 15., und bei Sirach.

526) S. Herakleitos u. Zoroaster S. 60 f. u. 67 f.

527) Matth. 5, 22: *ὃς δ' ἂν εἴπῃ, μωρέ, ἔνοχος ἔσται εἰς τὴν γέενναν τοῦ πυρός.*

528) So Jes. 7, 15: *ἀνόμημα* u. Jer. 29, 23: *ἀνομίαν*, in Anm. 510 u. 517.

gung, dem Sinne nach aber keinesweges unrichtig; denn die Israeliten betrachteten ja ihre gesammte religiöse und politische Gesetzgebung als die Anordnung Jehovah's, des unendlichen reinen Noos, so dass ihnen das verständige und gesetzmässige Thun einerseits und das unverständige und gesetzwidrige anderseits nothwendig für Eines gelten musste. Dies lehrt Sirach auch mit ausdrücklichen Worten, indem er die Weisheit, die Alles wirkende Gotteskraft, also reden lässt: „Der Schöpfer aller Dinge" „stellte fest meine Wohnung, und sprach: In Jakob sollst du wohnen, und in Israel dein Eigenthum haben." „Und so fasst' ich Wurzel bei einem geehrten Volke, im Eigenthum des Herrn. Wie eine Ceder auf Libanon wuchs ich empor." „Ich war wie ein lieblich sprossender Weinstock, und meine Blüthen trugen herrliche und reichliche Früchte. Kommet zu mir, die ihr mein begehret, und sättiget euch von meinen Früchten." „Wer mir gehorchet, wird nicht zu Schanden, und wer sich um mich mühet, sündiget nicht." „Dies alles," fährt Sirach fort, „ist das Buch des Bundes des höchsten Gottes, das Gesetz, welches Mose geboten, als Eigenthum der Gemeinde Jakob's, welches von Weisheit überfliesst, wie der Phison, und wie der Tigris in den Tagen des Frühlings; welches von Einsicht strömt, wie der Euphrat, und wie der Jordan in den Tagen der Ernte; welches Belehrung ausgiesst, wie der Nil, wie der Gihon in den Tagen der Weinlese." [529]

In den dargelegten Lehren des Anaxagoras ist alles Wesentliche, das uns die Alten von ihm überliefern, vollständig zusammengefasst und erschöpft, und damit hier unsere vergleichende Untersuchung zum Ziele gelangt. Wenn hiebei der unendliche reine Geist oder Noos, wie er von Anaxagoras nach Tertullian's Ausdruck als die Angel des gesammten Lebens der Welt betrachtet worden ist, [530] sich natürlich auch als die Angel seiner ganzen Philosophie erwiesen hat, während Manche unter den Neueren umgekehrt seine Lehre von den Homoiomerieen in der Weise in den Vordergrund stellen, als wenn diese bei ihm das Prius und jener, von ihm nur zur Unterstützung und Vervollständigung derselben eingeführt, das Posterius wäre (obgleich in die Augen springt, dass er die unzähligen blossen natürlichen Stoffe, die Homoiomerieen, doch gar nicht denken konnte, ohne zuvor die Scheidung des bisher Vermischten, des Geistes und der Materie, vollzogen, oder den Begriff des reinen

529) Sir. 24, 12 (8.) ff. Vgl. Bar. 3, 37. u. 4, 1.
530) S. Anm. 239.

Noos erfasst zu haben):[531] so steht dieses Ergebniss mit der Anschauung, welche die Alten von dem Wesen und Kern seiner Philosophie hatten, in dem vollkommensten Einklange. Denn von seiner Lehre vom Noos, nicht von seiner Lehre von den Homoiomerieen, behauptet Aristoteles, dass sie eine neue Phase in der Entwickelung der Hellenischen Philosophie begründet habe, indem er den bereits erwähnten Ausspruch thut, dass Anaxagoras mit dieser Lehre, im Vergleich mit seinen Vorgängern, wie ein Nüchterner unter thöricht Redenden erschienen sei.[532] Und auf seine Lehre vom Noos bezieht sich auch all die Bewunderung und Verehrung, welche ihm von seinen Zeitgenossen gezollt worden ist. Auf sie weist die Grabschrift, die ihm von den Lampsakenern gesetzt worden ist, indem sie ihn als Denjenigen rühmt, welcher am tiefsten in die Erkenntniss der himmlischen Ordnung eingedrungen sei.[533] Auf sie weist der heilige Altar des Noos oder der Wahrheit, der auf Veranlassung seiner Philosophie zu Lampsakos errichtet war,[534]

---

531) Vgl. oben S. 45 f.

532) Aristot. Metaph. A, 3. in Anm. 24. Kurz vorher bemerkt er freilich folgenden Stufengang der älteren Philosophie: zuerst habe Thales das Wasser als den Urstoff aller Dinge aufgestellt, dann Anaximenes und Diogenes der Apolloniate die Luft, dann Hippasos der Metapontiner und Herakleitos das Feuer; darauf habe Empedokles, jene drei Urstoffe zusammenfassend und zu ihnen die Erde hinzufügend, die vier Elemente gelehrt, und nach ihm Anaxagoras eine unendliche Vielheit von Urstoffen. Hier setzt Aristoteles das Neue und Fortschreitende der Anaxagorischen Lehre zunächst in die Erweiterung der Empedokleischen Vierheit der Urstoffe zu einer unendlichen Vielheit. Aber wir würden seine Meinung völlig missverstehen, wenn wir übersähen, dass er diesen Stufengang der genannten Philosophen nicht in der Ganzheit ihrer Weltanschauungen, sondern allein darin wahrnimmt, wie sie das stoffliche Princip bestimmten, von dem er zuerst handelt. Zudem unterliegt aber auch seine Skala, welcher er anderwärts, z. B. de coelo III, 5, auch noch eine Mittelstufe zwischen Wasser und Luft einfügt, dem begründetsten Bedenken. Den Thales stellt er selbst mit einem ehrlichen *ἴσως* in die angegebene Reihe. Und die Luft und das Feuer des Anaximenes und des Herakleitos sind erstens nicht so verschieden (vgl. Herakleitos u. Zoroaster S. 13, Anm. 22), und zweitens nicht blosse Stoffe, sondern luftiger und feuriger Noos, die nur noch verhüllte Gottheit des Anaxagoras, und daher eber mit dieser, als mit seinen Homoiomerieen, zusammenzustellen.

533) Diog. L. II, 15: *τελευτήσαντα δὴ αὐτὸν ἔθαψαν ἐντίμως Λαμψακηνοὶ καὶ ἐπέγραψαν·*

Ἐνθάδ' ὁ πλεῖστον ἀληθείας ἐπὶ τέρμα περήσας
Οὐρανίου κόσμου κεῖται Ἀναξαγόρας.

Vgl. Aelian. Var. Hist. VIII, 19.

534) Aelian. l. c.: *ὅτι καὶ βωμὸς αὐτῷ ἵσταται, καὶ ἐπιγέγραπται ὁ μὲν Νοῦ, ὁ δὲ Ἀληθείας.* Die Lesung ist zweifelhaft; Kuhn. ad h. l ergänzt *φησὶ* zu *ὁ μὲν* und *ὁ δέ*, was aber auch nicht befriedigt, da es *οἱ μέν φασι* und *οἱ δὲ* lauten müsste. Der Altar mit der Aufschrift *Νοῦ* war ohne Zweifel dem Gotte des Anaxagoras geweiht, nicht, wie die Ausleger meinen, dem Anaxagoras, da es ganz unglaublich, dass die Lampsa-

damit auch die jährliche Feier seines Andenkens, welche noch in später Zeit dort stattfand.[535] Auf sie weist der Beiname Noos, den ihm die Alten beigelegt haben.[536] Aber nicht blos mit der Anschauung des Alterthums von seiner Philosophie steht das vorliegende Ergebniss im vollkommensten Einklange, sondern auch mit seinem eigenen ganzen Sinn und Charakter, welchen die Alten vorzugsweise als einen erhabenen bezeichnen, indem sie bemerken, dass selbst Perikles die Hoheit seines Wesens aus dem vertrauten Umgange mit dem grossen Klazomenier gewonnen habe.[537] Denn in diesem hervorstechenden Sinn und Charakter des Anaxagoras wird Niemand die Ausprägung seiner Gotteserkenntniss und Anschauung von dem allmächtigen Walten des unendlichen reinen Noos verkennen, die sein Denken und Wesen beherrschte und emporhob durch die Erhabenheit, welche ihr ebenso beiwohnt, wie der gleichen Gotteserkenntniss und Weltanschauung der Israeliten, die von Hegel[538] geradezu als „die Religion der Erhabenheit" bezeichnet worden ist.

---

kener, bei solcher ernsten Widmung witzelnd, ihn mit dem Beinamen bezeichnet haben sollten. Den Beinamen Noos hat er vielleicht erst durch Missverstehen dieser Aufschrift erhalten.

535) Aristot. Rhet. II, 13: *Λαμψακηνοὶ Ἀναξαγόραν ξένον ὄντα ἔθαψαν καὶ τιμῶσιν ἔτι καὶ νῦν.* Diog. L. II, 14: *τῶν ἀρχόντων τῆς πόλεως ἀξιούντων, τί βούλεται αὐτῷ γενέσθαι, φάναι· τοὺς παῖδας, ἐν ᾧ ἂν ἀποθάνῃ μηνί, κατὰ ἔτος παίζειν συγχωρεῖν· καὶ φυλάττεται τὸ ἔθος καὶ νῦν.* Vgl. Plutarch. reip. ger. praec. 27.

536) Plutarch. vit. Pericl. 4: *(Ἀναξαγόραν) οἱ τότ' ἄνθρωποι Νοῦν προςηγόρευον.* Vgl. Timon ap. Diog. L. II, 6. u. A. b. Schaubach l. c. p. 36.

537) Plutarch. vit. Pericl. 4: *ὁ δὲ πλεῖστα Περικλεῖ συγγενόμενος καὶ μάλιστα περιθεὶς ὄγκον αὐτῷ καὶ φρόνημα δημαγωγίας ἐμβριθέστερον ὅλως τε μετεωρίσας καὶ συνεξάρας τὸ ἀξίωμα τοῦ ἤθους, Ἀναξαγόρας ἦν ὁ Κλαζομένιος.* Vgl. ib. 5 Plat. Phaedr. p. 270, A u. A. b. Schaubach l. c. p. 17 sq. Einige Züge, welche den Sinn des Anaxagoras bekunden, sind uns bereits im Gange der Untersuchung, in Anm. 284, 296, 298 u. 433. hervorgetreten; dazu sind noch folgende bemerkenswerth: Plutarch. l. c. 16: *τὴν οἰκίαν ἐκεῖνος ἐξέλιπε καὶ τὴν χώραν ἀφῆκεν ἀργὴν καὶ μηλόβοτον ὑπ' ἐνθουσιασμοῦ καὶ μεγαλοφροσύνης.* Vgl. Diog. L. II, 6. Plat. Hipp. maj. p. 283, A u. A. b. Schaubach l. c 7 sq. Ferner Aelian. Var. Hist. VIII, 13: *Ἀναξαγόραν τὸν Κλαζομένιόν φασι μὴ γελῶντά ποτε ὀφθῆναι μήτε μειδιῶντα τὴν ἀρχήν.* Dasselbe bemerken die Alten von Perikles; s. Plutarch. l. c. 5. Auch von dem philosophischen Werke des Anaxagoras heisst es b. Diog. L. II, 6: *ὃ ἐστιν ἡδέως καὶ μεγαλοφρόνως ἡρμηνευμένον.* Und Breier bemerkt a. a. O. S. 55 über die längere vom Noos handelnde Stelle, welche uns aus dem Werke erhalten ist: „dass sie uns ein Zeuge sein kann von der Würde und einfachen Erhabenheit, welche an den Schriften des Anaxagoras gerühmt wird."

538) S. Hegel Vorlesungen über die Philos. d. Religion Th. II, Abschn. 2, S. 39 f. Ausg. 1832. Vgl. dess. Vorles. über die Aesthetik Th. II, Abschn. 1, Kap. 2, B: die Kunst der Erhabenheit.

CPSIA information can be obtained
at www.ICGtesting.com
Printed in the USA
LVHW111637170422
716440LV00006B/606

9 783752 595765